看见自己

福建师范大学"散文行动"优秀作品选（二）

余岱宗　应贵勇　何君　主编

海峡出版发行集团
海峡书局

图书在版编目（CIP）数据

看见自己 / 余岱宗，应贵勇，何君主编.—福州：海峡书局，2015.6（2024.7 重印）
（闽水泱泱：福建师范大学文学院文学创作丛书）
ISBN 978-7-5567-0100-1

Ⅰ. ①看… Ⅱ. ①余… ②应… ③何… Ⅲ. ①散文集-中国-当代 Ⅳ. ①I267

中国版本图书馆 CIP 数据核字（2015）第 122307 号

责任编辑　廖　伟

看见自己
KANJIAN ZIJI

主　　编	余岱宗　应贵勇　何　君
出版发行	海峡书局
地　　址	福州市台江区白马中路 15 号
印　　刷	三河市兴博印务有限公司
厂　　址	河北省三河市杨庄镇大窝头村西
开　　本	710 毫米×1000 毫米　1/16
印　　张	25.25
字　　数	400 千字
版　　次	2015 年 6 月第 1 版
印　　次	2024 年 7 月第 2 次印刷
书　　号	ISBN 978-7-5567-0100-1
定　　价	99.80 元

版权所有　翻印必究
如有发现印装质量问题请寄承印厂调换

闽水泱泱

福建师范大学文学院文学创作丛书

编者的话

　　本书的作者都是青年人，正经历着人生中最生气勃勃的生命阶段。同时，这些年轻的作者也关注、体察、介入着亲朋好友的种种人生阶段。他们是成长者，也是逐渐成熟的观察者和思考者。"灯"这一辑中，从《你》到《当时只道是寻常》，表面上看，都是写亲情，然而在对亲情刻绘的同时，年轻的作者们正经历着亲人的生老病死带给他们的刻骨铭心。这些体验，对他们来说，大都是第一次。这种种"第一次"，让年轻的朋友们被引领到生命各个阶段的"现场"。各个阶段的生命样式浓缩地呈现在他们面前，让他们体悟到爱的珍贵与生的美好。生命中的"重要他人"给予年轻朋友影响的深远性，可能远超出目前所能感受到的。另一方面，年轻的朋友们正极富活力地拓展自己的视野，他们的脚步踏向祖国各地，甚至走出国门。《滇行散记》、《爱上室韦》等篇目不是简单的游记，而是跨越空间、丰富自我的一次次行走。他们的行走，从小处说，是用新异的遭遇瓦解常态的单调；从大处说，是在不同的风俗和异地的笑靥中启动对自我生活形态的思考。跨越空间，让青年人的生命体验以几何倍数增加，他们的生活追求也有了更多样的参考向度。当然，这不是说只有不断的行走才有意义，某种坚守、某种执著、某种单调的"平凡"，也能给年轻的朋友们带来蜕变的快乐。这样的作品不仅仅给读者带来"文之悦"，更能让人体会到刻苦所换来的沉甸甸的充实感。本书中《天明与日暮》的作者是位大学生，也是一位武术运动员。这位大学生运动员的文章，展现了当代学子充满内在力量的精神面貌。其身体与思想的双重超越，令人振奋。

余岱宗
2015年5月22日

目 录

编者的话

灯

灯　（黄如燕　福建师范大学文学院本科 2012 级）／003
你　（蔡娇　福建师范大学文学院研究生 2014 级）／008
取名记　（陈锦彬　福建师范大学文学院研究生 2014 级）／011
阿嫲的红色方头巾　（梁丹妮　福建师范大学文学院本科 2012 级）／015
多的是你不知道的事　（黄超瑜　福建师范大学文学院本科 2013 级）／019
奶奶和她的大黄狗　（洪婕　福建师范大学文学院本科 2012 级）／024
不和最珍贵的说再见　（叶嘉欣　福建师范大学文学院本科 2012 级）／029
朝花只拾一半　（吴翃　福建师范大学文学院本科 2012 级）／035
开锁声　（程悦　福建师范大学文学院本科 2012 级）／041
记忆错位　（林诗涵　福建师范大学文学院本科 2013 级）／043
外妈的摇篮曲　（郭雅冰　福建师范大学文学院研究生 2014 级）／046
哥哥，等等我　（徐文娜　福建师范大学传播学院本科 2014 级）／051

难中你我　（郑雅静　福建师范大学文学院本科2012级）／053
旧时光的记忆　（刘丽云　福建师范大学文学院研究生2014级）／060
当时只道是寻常　（郑娟娟　福建师范大学文学院本科2012级）／062
电话　（吴煌　福建师范大学传播学院本科2012级）／065
老了，时间　（吴少昀　福建师范大学文学院本科2012级）／068
念你　（樊静静　福建师范大学文学院本科2012级）／071

滇行散记

滇行散记　（李晟旻　福建师范大学文学院研究生2014级）／075
漂洋过海的遇见　（林婧　福建师范大学文学院本科2012级）／094
贝壳的流年　（何惠婷　福建师范大学文学院研究生2013级）／097
爱上室韦　（耿艳　福建师范大学文学院本科2012级）／099
解结　（何雪丹　福建师范大学文学院本科2012级）／103
寻美福州　（李鑫　福建师范大学美术学院本科2013级）／108
晚风　（赵传　福建师范大学人民武装学院本科2013级）／110
你的旧迹，谁在重游　（王廷法　福建师范大学文学院研究生2014级）／112
普陀山散记　（李朝霞　福建师范大学文学院本科2012级）／114
热气寻踪　（胡莉闽　福建师范大学文学院研究生2014级）／117
渼陂邂逅　（尹杰　福建师范大学文学院研究生2014级）／120

回忆红桥巷

回忆红桥巷　（张梦楠　福建师范大学文学院本科2012级）／125
麻将人生　（林获　福建师范大学文学院研究生2014级）／132

怀念与老井

故土，你在雨中等我　（周雅琼　福建师范大学文学院本科2013级）／139
从"状元"到"一秀"的企盼　（陈水源　福建师范大学文学院本科2013级）／142
二见钟情枫亭糕　（叶杨莉　福建师范大学文学院本科2012级）／146

怀念与老井　（曾圣伟　福建师范大学文学院本科2012级）／148

品味古刹禅意深——记福州开元寺　（王凤范　福建师范大学文学院本科2012级）／152

古城·寻踪　（余煌　福建师范大学文学院本科2012级）／154

路　（王姝琪　福建师范大学文学院本科2012级）／157

河的故事　（余静　福建师范大学文学院研究生2014级）／159

城市,零落一身秋　（韦姗姗　福建师范大学文学院研究生2014级）／163

回不去的地方叫故乡　（李树艳　福建师范大学文学院研究生2014级）／167

江南的雨　（邱小菲　福建师范大学文学院本科2012级）／169

那远方的乡土　（谢华平　福建师范大学文学院研究生2014级）／171

单行道

单行道　（崔静雯　福建师范大学文学院本科2012级）／177

那么远,那么近——2月5日探J君

（黄倩倩　福建师范大学文学院本科2012级）／184

梨花的葬礼　（刘常娟　福建师范大学文学院本科2012级）／189

时间的曝光　（徐振江　福建师范大学文学院研究生2014级）／191

思无邪

思无邪　（周明花　福建师范大学文学院本科2012级）／197

南山以南　（沈淑婷　福建师范大学文学院本科2013级）／205

魂兮梦兮思项羽　（李美玲　福建师范大学文学院本科2012级）／209

预约丁香　（蔡文彬　福建师范大学文学院本科2014级）／214

丕公子的黄初八年　（胡敏宽　福建师范大学文学院本科2012级）／216

迷路的诗　（翁田瑶　福建师范大学文学院本科2012级）／223

不负相思意——从韩凭夫妇看古人的爱情

（陶清清　福建师范大学文学院本科2012级）／226

爱恨交织,绝望成伤　（夏林溪　福建师范大学文学院本科2012级）／230

盖茨比之死　（张潇　福建师范大学文学院本科2012级）／233

"老头儿"汪曾祺的高邮梦——读《我的高邮》有感

(曹乐 福建师范大学文学院本科2012级)／238

人生何处不相逢 (郭郁婷 福建师范大学化学与化工学院本科2014级)／242

道不远人——我对中国传统"天人之道"的理解

(陈逸鸣 福建师范大学文学院本科2012级)／244

归来兮,"士"之精神——对于当前国民传统道德信仰缺失的思考

(陈逸鸣 福建师范大学文学院本科2012级)／255

零落成泥——读《情书》有感 (张洛岚 福建师范大学文学院本科2012级)／260

爱情的理想与现实 (欧杨雅兰 福建师范大学文学院本科2012级)／263

此花不与群花比——读易安词有感 (李琳 福建师范大学文学院研究生2014级)／266

寻常巷陌——《雨巷》和《小巷深处》比较阅读

(白睿 福建师范大学文学院本科2012级)／269

读书随想 (陈怡萍 福建师范大学文学院研究生2014级)／271

我为何写作 (钟源悦 福建师范大学文学院本科2012级)／274

长安寂夜

秋思 (赖鸿 福建师范大学文学院研究生2014级)／279

长安寂夜 (刘宏璐 福建师范大学文学院本科2014级)／283

沉寂了的生命 (徐燕芳 福建师范大学文学院本科2012级)／287

美,当诗意地栖息 (刘伟浠 福建师范大学文学院本科2014级)／293

物哀之美 (芦荟 福建师范大学材料科学与工程学院本科2014级)／296

关不上的门 (汪节 福建师范大学材料科学与工程学院本科2014级)／298

匆匆那年,我有你们 (史金雪 福建师范大学传播学院本科2014级)／300

此间的少年 (宋似琦 福建师范大学软件学院本科2012级)／302

遇见师大 (王思羿 福建师范大学数学与计算机科学学院本科2014级)／304

峥嵘岁月,我们将共同走过 (杜晴 福建师范大学外国语学院本科2012级)／306

风乍起时 (刘晓丽 福建师范大学文学院研究生2014级)／309

从此一个人走 (曾燕婷 福建师范大学文学院研究生2014级)／311

看见自己

天明与日暮 （邱越洺 福建师范大学环境科学与工程学院本科2013级）／317

蔓蔓青萝,娓娓不倦 （陈雨晶 福建师范大学材料科学与工程学院本科2014级）／319

花开半夏,回忆如风 （常生凯 福建师范大学材料科学与工程学院本科2014级）／321

鱼儿鱼儿,你怎么了？ （卢允芳 福建师范大学体育科学院本科2014级）／323

我青春,我骄傲 （陈海山 福建师范大学体育科学院本科2013级）／325

看见自己 （骆雯 福建师范大学文学院研究生2014级）／327

空床 （卓一格 福建师范大学文学院本科2012级）／330

弈棋 （王小敏 福建师范大学文学院研究生2014级）／333

反义词 （叶杨莉 福建师范大学文学院本科2012级）／339

查无此人 （高诗雅 福建师范大学文学院本科2012级）／346

家庭 （张佳倩 福建师范大学文学院本科2012级）／348

菩提于心 （张燕玉 福建师范大学文学院本科2014级）／353

酒的断想 （曹强 福建师范大学文学院研究生2014级）／355

忆昔初阳 （林舒颖 福建师范大学文学院本科2012级）／357

浮舟 （刘颖颖 福建师范大学文学院本科2012级）／362

存一份匠气,享十里清风 （秦嘉萱 福建师范大学文学院研究生2014级）／365

我的梦里有你 （王斯泓 福建师范大学文学院本科2012级）／367

从听摇滚说起 （杨鑫 福建师范大学文学院研究生2014级）／370

花意生活 （许庆伟 福建师范大学文学院本科2012级）／374

大学·小学 （张璐瑶 福建师范大学文学院本科2011级）／377

蚂蚁的旅行 （黄茜 福建师范大学文学院本科2012级）／380

第五个季节 （余丹丹 福建师范大学文学院本科2013级）／383

归家 （吴海燕 福建师范大学文学院本科2013级）／385

凄凄离别时 （吴育莹 福建师范大学文学院本科2013级）／387

命运之锁的真相 （许秀婷 福建师范大学文学院本科2012级）／389

你不知道的后来 （段雪寒 福建师范大学文学院本科2013级）／393

DENG ▶
灯

灯

黄如燕
福建师范大学文学院本科 2012 级

十点,我踏出灯火通明的图书馆,独自走在回寝室的路上。

馆外的天空黑沉沉的,没有月亮;四周静悄悄的,只能听见鞋摩擦路面发出的"嚓嚓嚓"的声音;夜很冷,冷得我把手伸进书包与后背的缝隙里,那里还暖和点。

漆黑寒冷的夜晚,又独自一人,我虽不害怕,也不由得乱想。这么黑,不会冒出鬼吧……于是,以前看过的僵尸、鬼怪电影都想起来了,以为忘记的恐怖故事、灵异小说也都想起来了,什么恐怖就想到什么,怎么恐怖就怎么想。我开始痛恨自己丰富的想象力了。

我胆子不小,却也不大。我咽了咽口水。不,不会有鬼吧?或许到亮点儿的地方就好?对!只要熬过这一小段路,前面就有路灯了。我吞了吞口水,拉了拉书包带子,加快脚步,向路灯走去。

黯淡的灯光照在身上,可鬼怪并没有从头脑中散去。我无法停止想象!想点别的,对,想点别的。想什么好呢?想,想……我抬头张望,只看到树叶、房屋,冷冰冰的,没有生气。不行不行。那还有什么?路灯!

嗯,又长又直的身子,尽头是灯头。灯头不大,灯光也不明亮,但灯光的覆盖范围却很广。暗黄色的地面上,有我的影子,没有双手却在移动的影子。没有双手?前天看的一部鬼片里,一只鬼把一个中年男人的双手给……没有没有，我马上从缝隙里抽出双手，紧紧互握，力气大得快把手弄断。想点别的，想点别的。

我突然想到一个故事。讲的是韩愈小时候上学，老师布置作业，让学生用不多的钱买一个能把屋子装满的东西。其他同学带来茅草、竹子、树苗等，但都无法装满屋子。只有韩愈买来蜡烛，当点燃蜡烛的刹那，烛光照亮整个屋子。当初看到这个故事，就觉得很神奇。

在我左前方，大概一百米的地方，有一排四五层楼高的房屋。房屋里有很多房间，有的暗着，有的亮着。亮的房间里或裹着一两个圆圆的光点，或映出一个个方形的光块。然而，无论是光点还是光块，中心都是实的，再向外逐渐变虚、变淡，好像能量在扩散中有所削弱。整个房间都被光亮笼罩。石头、砖瓦的冷硬无法阻隔光点的渗透，它们穿透钢筋水泥，泻出暖意。

看着看着，这些光点好像变大、拉长了。在光晕里，我看到了姥姥。

在所有人中，我最亲近姥姥。小时候，我一直认为爸妈不是我的亲生父母，因为爸爸妈妈疼爱弟弟远远超过我。我们两个发生争执，责骂的是我；弟弟无端哭闹，责怪的是我；甚至弟弟主动挑衅我，挨骂的还是我。只有姥姥是特别的。她会公平地对待我们，不偏爱弟弟；会疼爱我们，给我们留好吃的；会悄悄给我和弟弟零花钱。再加上小时候爸妈工作很忙，没有时间照看我，把我留给姥姥照管。自我有记忆起，就和姥姥睡在同一张床上了。

姥姥已经去世八年。虽然没有忘记姥姥，终究不能完完整整地描述她的外貌。时光带走记忆中的面目细节，心灵仍保留着整体形象。她不是一团模糊的光团，而是面目清晰、与我不远不近着——不亲近，也不远离。

一想到姥姥，就会想到那间房间——姥姥经常待着的地方。房间在一楼大门的右侧。它大概五十平方米，一张典雅的雕花木床静静伫立北墙头，几乎占去房间二分之一的空间，它的左前方是长为4米、宽为1.5米的褐色长木桌；一扇窗户正对着大床，阳光毒辣时放下柠檬色的窗帘遮挡阳光，昏暗时拉开窗帘增加亮度；一张小桌子摆放在窗下，旁边两把塑料椅子。这就是姥姥的房间，在很长一段时间内，也是我的房间。

姥姥出生于20世纪20年代，吃过许多苦，过惯了苦日子，以至于当生活水平提高时，还是照着旧习惯生活。姥姥爱惜粮食，不舍得把剩菜剩饭倒掉，就做成大杂烩自己吃；明明已经九十高龄，眼睛都模糊不清，傍晚时还不舍得开灯，不到万不得已绝不开灯……

六岁那年，姥姥第一次打我，因为我不听她的劝阻，三番两次地偷偷倒掉饭菜。姥姥用手打我的手臂。我怔住了，止不住地颤抖，不是痛，只是觉得伤心、委屈。事后姥姥讲了许多话，我一句都没听进去，倒是死死记住了"不许倒掉饭菜"这六个字。自那以后，我再没倒过饭菜。

姥姥非常爱惜电，即使我屡次劝姥姥早点开灯，她也不愿意，一直说着"我看得见"。道理她不听，我只好另想办法。我想到一个方法，但不能保证百分之百成功，因为我不能保证姥姥会为我妥协。傍晚五点半，我拿着作业本和铅笔跑到姥姥房里，准备开始做作业。姥姥让我去客厅里写，说那里比较亮，不会伤眼睛。我纹丝不动，继续做作业。姥姥小幅度地摇头，开了灯。我胜利了？简单得令人难以置信。

姥姥的身影贯穿我整个童年，为我的童年带来许多温暖。她以身作则，教会我许多浅显的道理。比如教会我宽容，端正对待父母的态度；教会我善良等等。可以说，姥姥是我人生中的第一个导师。

在我初一那年，姥姥去世了。我很难形容听到消息时的感受，只觉得整个人迷迷糊糊，什么都想不起来。我没有号啕大哭，平静地上课、学习，似乎姥姥的去世没有给我的生活带来任何影响。爸妈为此担忧，经常找我聊天，说伤心的话哭出来就好了。我觉得很好笑，我又不伤心，干吗要哭？

姥姥走了，而我还要继续生活。可怕的时间让我逐渐习惯没有姥姥的日子，我似乎已经渐渐忘却姥姥脚上的厚指甲、手上的茧子、脸上的皱纹。姥姥，好像已经被我丢在路上了。

妈妈是严母，对我非常严格。有一次，我拿着九十六分的语文卷子兴冲冲地跑回家给妈妈展示时，她只是冷淡地说"下次要考一百分"。如果可以，我真想撕掉那张卷子！她不允许我出去玩。六岁前的记忆都很模糊，可妈妈拿着木棍去同伴家喊我出来的场景却深深印在脑海里，怎么也刷不掉。妈妈似乎永远不会笑，或者是不会对我笑。妈妈应该是不爱我的，即使姥姥说妈妈很爱我，我也不相信，因为没有任何证据。

可我错了，我发现了证据——妈妈的手。妈妈的手很难看。皮肤不是富态的白,也不是干净的黄,而是没有任何光泽、死气沉沉的褐黑色,其中微微带着红,生活的艰辛都沉淀在厚重的颜色当中;十个肿大的手指头,每个都有两支粉笔的大小,甚至无法伸直;手掌、手指、手背乃至手指缝之间,都布满细小的伤口,一横一横,一竖一竖,有一道三厘米长的口子像条虫子一样趴在妈妈的手心,丑恶难看,几个"小坑"分散在手背上,坑口是微微泛白的皮。妈妈手上的伤从来没有消失过。

妈妈是卖海鲜的,凌晨时就要去海鲜批发市场挑选海鲜,一直忙到早上六点,再匆忙赶到南门(菜市场)卖鱼,持续到中午十二点,有时更是下午一两点才能收拾摊子回家。常年和虾、螃蟹打交道,怎么可能不受伤?更何况受伤之后还不能好好休养:卖鱼时需要接触盐水,做家务又需要接触水,而我当时还在上初一,基本上待在学校,也帮不上什么忙,长此以往,伤口怎么好得起来?

妈妈的手,不是一个三十五岁中年妇女应该有的手,甚至比不上六七十岁的老人的手,至少他们没有常年不断的伤口。我知道世界上一定还有许多双因经年劳作而苍老的手,甚或他们的手比妈妈的手还粗糙、还令人心酸。然而,妈妈的手是为了我们一家、为了我才变得如此粗粝,我没有理由不辛酸、不感动。天下的妈妈都是一样的,只是表现爱的方式各有各的不同。

妈妈那双饱经沧桑的手像钥匙一般打开我忽略多年的记忆大门,里面藏匿着许多小画面:上完晚自习回家时桌上摆放着的热菜,留给我一个人的虾、螃蟹,在亲戚面前对我的夸奖,合身漂亮的新衣服……

人就是这样,不愿相信结果时,就会不由自主地忽略指向结果的线索,千方百计地反驳事实,使自己成为一个眼瞎耳聋的"残疾人"。但是,你若偶然发现真相,就会瞬间回忆起所有指向真相的细节,承认自己的过错。于是,感动的更加感动,羞愧的更加羞愧。

父爱如山。父亲像山一样沉稳、坚定、沉默。他是无言的,默默屹立为你遮风挡雨,不露声色地保护、疼爱你。因此,你很难直观感受到他的爱,只能自己从严肃的表情里寻找关切的神色,从日常行为中发现关怀的举动。然而,子女多是听觉动物,更愿意相信言语中透露的爱意,没有耐心、细心去观察行为中的关爱。所以,他们理所当然地把沉默当做不爱。

爸爸是个沉默寡言的男人。我很少和他聊天,不知道该怎么聊、聊什么。

初中上晚自习,爸爸会提早十分钟到校门口接我回家,车里只有我们两个人,却没有传出一句话,只是缄默。

高中时情况有所好转。我和爸爸会在饭后聊聊天,内容多是和学习相关的,除此之外,便无话可说。沉默的父亲,内向、年轻的女儿,如果没有人改变的话,关系会一直这样吧。

然而,大一时出现转机。

爸爸从泉州赶到福州来看我,带来一床被子、几包人参粉、一小杯煮熟了的冬虫夏草熬的汤、一盒饭菜。看见爸爸风尘仆仆的身影时,我有点想笑,又有点想哭。放下东西,在爸爸的要求下,我带爸爸到食堂试试食堂的饭菜。食堂很空,唯有我和爸爸两个食客。爸爸低头吃饭,我无聊地四处乱瞅,不经意地看到爸爸两鬓的白发。不是粗硬、富有生机的黑,不是染上点点雪白的黑中夹白,也不是泛着银光的白,而是颓败的灰白色。不是几根,而是一片白发。我被迫看到父亲慢慢衰老的痕迹,意识到父亲不再年轻,不再健壮有力,意识到我和父亲相处的时间被缩短一截。很难受,想哭。我不能再忽视爸爸早出晚归的辛勤工作;不能忽视爸爸隐藏在细小举动中的关爱;不能把父亲的少言当做不爱我的表现,不能自欺欺人,用内向作为借口,拒绝和父亲交流;不能是非不分、幼稚任性。我该长大了,该明白爸爸未讲出口的实实在在的疼爱。在心里,我轻轻喊了句"爸"。

如果把子女比作针,父母便是线。既关注、约束针,又放任针,为针而贡献自己的力量。针的每一次行动,都是建立在线的消减上。但愿我们都能明白"树欲静而风不止,子欲养而亲不待"的道理。不要等到线被耗尽的那天,才在墓前忏悔自己的年少轻狂,悔恨自己的虚度光阴。

从回忆中醒来,发现灯光变淡了、大了。

你

蔡娇
福建师范大学文学院研究生 2014 级

已经无法清晰地回忆你到来的消息是如何被获知,然而,你的降临到底是件快乐的事。我是一个难得在 QQ 空间发表心情的人,一条说说记录一个故事,或是关于幸福,或是源于悲伤,而某年某月某日某时的这条说说则是我的一份分享,其中或许带着一分炫耀,主语是你,谓语是来了,宣示着你是此次幸福的点燃者。于是,我便多了一份回家的盼望。

第一次见面,你才两三个月大。那是临过年前,家族长辈要求你从外婆家回来,回家来过你人生中的第一个年,那时候我看到的是你的母亲、一个初出嫁女儿对家的不舍,看到的是你的祖父祖母对传统的执著,看到我自己则是多了"姑姑"这一重生命角色,你是否爱哭、是否爱闹,已经完全无法凭记忆读取。

第二次见面,你九个多月大。此次见面前,我不时地在网络空间获知你的消息,那个时候你依然不是我的焦点,而是感叹于年纪如我的一个年轻女子初为人母的那份担当,每个人都夸她把你照顾得好,带孩子得心应手,那个时候我尤其感叹于母亲的伟大,赞叹你的母亲。当然也有对她一份疼惜以及对自己未来生活的一丝不肯定。

第三次,不是见面,因为一个短暂性动词已无法概括或描述我们之间的点滴,我们之间也锻造出了人生三部曲:初见、相识、相处。

都说金鱼的记忆只有七秒,七秒之后一切又是新的开始。我们的这次见面,对我来说是数字三,但你圆溜溜的眼珠告诉我这又不是三。我回到家时已经是晚上十点,你在那个晚上却异常兴奋,兴奋的劲头一直持续至夜里十二点,爸爸说这是血缘使然,我想这可能是打乱了你生物钟的结果,当然我也不想否定爸爸的说法。

然而,你愿意和我玩玩闹闹,却拒绝我伸向你的魔爪,总是用你的小手极力地拨开,并用你的小眼神警示我的下一举动。终于,我逮到一次机会,那个清晨,世界似乎格外清静,我们小打小闹之时,一起听到马路上传来的小鸟啁啾。于是我灵机一动说:"宝宝,你听,小鸟'啾啾啾啾'叫,我们一起去看小鸟,好不?"你稍作迟疑,但抑制不了已经萌发了的对新事物的渴望。当你澄澈清明的双眸随着欢快的群雀在屋间跳跃时绽放出流光溢彩,我知道我们之间建立了初识的信任。一段情感的联系与建立真可谓来之不易。

在我未回归之前,你的祖母祖父,一个充当秘书,一个充当经纪人,可谓忙得不亦乐乎,而我的回归便成了他们两人之间的 Shift 键,一职多用,多起辅助作用,甚少充当主要作用,当然我的期望则是不要产生不良副作用。

你每日必备行程之一,当然也是举足轻重的一项,便是餐后由经纪人抱着你饭后百步走,其实经纪人的职责也并不是完全在家外,家里事无巨细只要与你有关都是他的职责。然而,你的经纪人,这个男人,在我小时候,他是我的天,他是为我挡风遮雨的一株苍天大树,他还有他那不可侵犯的家长权威,曾经的我一直认为他很高大,可是当我看到他与你一起戏耍时,我才突然发觉他原来并不再是那么充满威严,而是多了几分言听计从。每天晚上当秘书奶奶执行那项你特别想一废了之的洗漱任务时(据说,每个小孩儿都特别讨厌给自己洗脸时的妈妈),为防止你过度啼哭而引起小肠串气,年近五十的你的爷爷不得不上蹿下跳既扮猴子又当戏猴人,转移你的注意力,更引得你哈哈大笑。

我和母亲总是有说不完的话,当经纪人爷爷把你抱去玩耍儿之时,我们娘俩便开始聊我们聊不完的天,近期的话题当然紧紧围绕着你,我说你的大眼睛如何抓人眼球,母亲说她如何在你夜寐之后长久盯着你的长睫毛看个不停;我说你的小脚丫子如何调皮好动,抱着你遛了一圈后你脚下的鞋子已不知去向,母亲说你的小手……这个时候我条件反射地看向母亲的手,想起去年我们娘俩手拉手逛街时的情景,而今日,母亲的手却似乎在一年间粗糙了许多,母亲是个爱美的女人,她可以借助护肤品延缓容颜衰老,却没有任何一支药效神奇的护手霜可以敌得过日夜不休的操劳……我说"妈,我发现宝宝不喜欢和人亲亲",我以为这是你的禀性,可母亲却说"宝宝半夜醒来老会抱着我亲",语气中又有难以抑制的喜悦,原来,哪有不与人亲近的小孩,孩子知道谁对他好,他就与谁好。

一日,经纪人爷爷有事外出一整天,我们可以理解一家之长的事务繁忙,可是这又如何让不满十四个月的你明白。这不,刚吃完早餐,你便闹腾着要玩去,当然十四个月的你并不是完全无意识,这个时候的你已经开始产生想法、解放言行。你清楚在秘书奶奶那儿纵然使出浑身解数也是无济于事,因为你明白秘书奶奶管理家务,经纪人爷爷才是外出陪同人,可是这回他倒真的是外出了。这个时候你迈出你尚未走稳的步子向我挪近,亮黑的眼眸可怜巴巴地望着我,口中清晰地冒出两个音节"bao bao",我纵然是再拨不开脚也被瞬间融化了。当我把你抱入怀中时,你却转身跟奶奶道了声"bai bai",我和母亲相视一笑,对你的小心思已然是心知肚明……

一路上,我和你一起来认识这个世界,你初识,我重拾。田里但凡是绿油油的,那都是青菜"cai";天上飞的,不论大的小的,只要是叽叽喳喳的,那都是鸟"niao"。地上的大母鸡、大鸭子是你最熟悉的两种家禽,因为经纪人爷爷养了十来只,但当你看到它们之后仍然欣喜无比,或许因为它们是你最熟悉的……我们这样相互引着来到了我们的目的地——"老屋",你如此乐意来这儿的原因之一,是因为这儿有不属于你,但你又饱含兴趣的玩具:运沙车和小铲子。很幸运的是,这些玩具的主人今天不在,你可以玩个尽兴。运沙车里有些许余留的沙子,但很难用小铲子铲起里面的沙子来,特别是于你而言,但这并不妨碍你的兴致,你仍然手执小铲子挪动着,向着运沙车靠近,蹲着在车里铲动几下,然后提着铲子转身便走,当我以为你要另寻玩物时,却见你抖动几下铲子往回跑去。原来你已完成了一轮倒沙活动,身边的大人唏嘘着、嬉笑着,而我内心却泛起一层层波浪,那是感动。

我想,你的到来无疑是一件众人的乐事,但与你相处却是一件带来无数感动的又必须切身体会的幸事。

取名记

陈锦彬
福建师范大学文学院研究生 2014 级

从小熊降生之前就开始给他想名字。人就是这样，往往给别人家孩子取名就没这么绞尽脑汁、煞费苦心，随便叫个狗剩、猫皮的得了。自己的孩子嘛，当然比较自恋一些，怎么看都是阿哥格格、心肝宝贝，取名自然马虎不得。

于是动员一家老小，翻出四书五经，搜肠刮肚、辗转反侧，不吃饭、不睡觉、不洗头、不洗澡、不上厕所，在大厅里像钟摆一样踱过来走过去，抓耳挠腮、挖鼻孔搓背，好歹列出甲乙丙丁一大溜名字，却是乱花迷人眼，看着哪个都好，久久迟疑不决。

正如狗熊进了苞米地，看哪个都觉得不是最好的，最好的还在前面，于是掰一个，扔一个。如此往复，结果是一无所得，无功而返。

天下的父母爱自己孩子时，好比热恋中的年轻人一样，"衣带渐宽终不悔，为伊消得人憔悴"。但热恋总还有消退清醒的时候，如烟火，片刻的绚烂之后，归于长久的平静。父母的爱却是经年不减，或是像森林大火愈演愈烈，哪怕是剃头担子一头热，孩子根本不领情，却已是开弓没有回头箭，欲罢不能了。

小熊还在娘胎里时，准爸爸先是拟了"蔚豪"、"瞻远"、"啸涛"和"渔洛"、"梦溪"、"牧雨"等二十个名字，阿哥、格格各十个，其中以阿哥名"蔚豪"和格格名"渔洛"最为喜欢。"蔚豪"除寓意大豪杰之外，还谐音"胃好"，身体棒得像牛一样，牙好得牙医愁生意、蓝天六必治要重新找代言人；因我姓陈，加"渔洛"两字即成"陈渔洛"即沉鱼落（雁），女孩子亭亭玉立如出水芙蓉，多好！且"渔洛"

二字均不是俗字，阴柔美中透出洛阳六朝古都般的大气，渔于洛水之上，击楫悠然而歌。令人沉醉的意境，美不胜收。我眉飞色舞地把得意之作告诉熊妈妈时，她也是拍手叫好，说要是个格格就叫"陈渔洛"；至于"蔚豪"，她说好是好在大气，但亲戚族人中已有大豪中豪小豪若干人等，再取豪字未免显得没有个性。我一想是这个道理，于是作罢，决定重新想过。

一晃过了大半年，小熊在2008年1月的一天来到了这个世界。1月5日，这对别人来说可能是个极其普通的日子，但对我和桥，绝对是很不平常的。因为从这一天开始，我们正式开始了"第三者插足"的生活，我们要担负起更多的责任，面对更多未知的挑战。我想可能是上帝看我们这个年纪了还这么幼稚，就托鹳鸟给我们送来了成人礼吧，有了小熊，我们该让自己尽快地成熟和坚强起来。如果自己都一塌糊涂的，又怎么能抚养好一个小生命呢？逼也要把自己逼成熟起来，就像商人为了挣钱，使劲给鸡鸭、水果打催熟剂一样。

小熊出生前，我们对他(她)最大的期望就是身体健康。还有什么比身体更重要的财富呢？如果孩子智商有爱因斯坦那么高，身体却有诸多先天不足，甚至畸形变异，那智商要来又有什么用呢？还好小熊没有让我们失望，他的一切都正常，除了瘦一点。在他出生三个多小时后，我带着一阵风尘，千里迢迢地赶到他诞生的医院。那几天福州冷，不小心得了感冒。去医院前，我特意买了几个一次性口罩，想抱孩子前先戴上。熊外婆见了说不必，脸不要凑孩子太近就行。于是我把腰挺得笔直，小心翼翼地抱过这个小东西，屏了呼吸去看他。他正在层层的包裹中熟睡，仿佛还在母亲肚子里那个温暖的宫殿之中。

但接下来的几天，小家伙的脾气开始变得越来越坏。有时候根本不是饿了，也不是尿了裤子，但就是要哭，且哭起来特别凶，严重时小脸都哭成酱紫色，熊外婆和我都吓得不轻，轮流抱着千方百计哄也不奏效。请医生诊断，情况却是正常。我和熊妈妈就想，是不是孕期时大人情绪不稳定的缘故？因为听说，母亲孕期的情绪，特别是前三个月的情绪，千万不能波动太大，否则孩子出生后，性格容易变得暴躁不安。想到这层，我和熊妈妈都有些愧疚，因为某些缘故，孩子在娘胎的前几个月，当时妈妈的情绪时好时坏。

就给他想了一个名字，叫"淳怿"吧。"淳"字是温和的意思，"怿"字释意为快乐，我希望小熊能温和而快乐，遇事从容不迫，处乱不惊，待人温和真诚，并且要多笑,顺境时要笑,逆境时,即使摔倒了,也要豪迈地笑。世事变化无常,若没有一份足够平和的心态,怎么能承受突如其来的凄风和苦雨、忧愁和悲伤?但这个名字也惹来了笑话,因为"怿"(yì)属于生僻字,很多人本着看不懂就念半边的原则,肯定就把它念成 zé 了,一来二去"淳怿"就变成"存折"了,人家肯定要以为当爹妈的想钱想疯了。果不其然,把这个名字公布给同事朋友们听时,都是笑得人仰马翻。我自己还得意呢,人家念错了,我家就是有本存折,手里有粮心里不慌;人家念对了,咱赚得更大:存亿啊,存个几个亿的,几辈人光喝油水、光吃银行利息都够了。半夜从床上乐得蹦起来,一看床头钱包里前几天取出来的工资刷拉拉就只剩一张老人头,愣了数秒之后拍一下自个脑袋:还真是想钱想疯了!

有个大学结拜的大姐,得知我升级之后的当天,半夜里不睡觉给侄子想名字,并且用上了技术含量颇高的电脑测名软件。她把我家那"存折"拿去一测试,哎呀不行,分数太低!名字会影响孩子一生的,大意不得!姐也给侄子想几个名字,把孩子出生年月日、生辰八字都报过来!我在电话这头点头称是,并照她说的报过去。一会儿,大姐发过来一个名字:可唯,陈可唯,取"广阔天地,大有可为"的寓意。不管从音律还是外形上看,都是一个好名字,我马上叫好,大姐太有才了。且这名字在软件上测评分数高达九十多分,天格、人格、数理都上佳,确实值得考虑。

桥也挺喜欢这个名字,但希望取其谐音"渴围",说我们一家人因为生活所迫总是要分离,要是能长长久久相聚,一家人围一桌子吃饭多好。我听了心里又是惊讶,又是辛酸难过。但"围"字放在名字中总是不好,怕限制了孩子以后个性的发展,我对桥说,"渴围"还是当小名吧。

大姐又帮忙想的几个名字也都不错:羯、熠蔚和承熠。第一个名字是因为宝宝属于魔羯星座,羯字用于男名,也确实开阔大气。熠蔚和承熠两个名字中都有"火"字旁,大姐解释是因宝宝五行缺火,我们这辈人虽然不信这些,但传统的东西还是宁可信其有,图个吉利也好。承熠这个名字拆解就是传承火种的意思,不无生命的玄义,生命原本不就是薪火相传、生生不息吗?当然我指的并不是封建的、一个家庭一定要有个男丁继承香火的意思,对某些农村重男轻女乃至丢弃女婴的做法,我一向十分不齿。

其实一开始的时候,我们倒更希望是女宝宝,因为女孩子一般本性纯善,而男孩子就难说,成长的变数较大,容易受环境影响变坏。但小熊一旦出生,我们就不管性别,都是一样的感情。我跟桥开玩笑说,不如给孩子取名叫招妹吧,再招个妹妹来,结果招来桥爆笑之后的一顿毒打:"你还想我再痛一次啊!不生了,说什么我也不生了!"

名字至今还是没有定下来,最近想出的一个是奕郎,"奕"取神采奕奕的意思,郎指示性别。这个名字自己也颇为喜欢。但还是犯狗熊挑苞米的老毛病:有没有更好的名字?下一个想出来的会不会更完美一些?都快成心理疾病了。也罢,暂时不想了吧。照这架势,在孩子两岁之前能把名字定下来,就已经皆大欢喜了。孩子,现在还是先叫你小熊和渴围吧,你就粗枝大叶、大大咧咧地成长吧,爸爸妈妈都为你祈祷,没有谁能阻挡你向生活进军的脚步。

孩子最后定下的名字是陈张扬,是舅舅取的。因我夫妻二人都太内敛,盼孩子性格不要像我们,要开朗明快才好。果然小子现在人如其名,阳气十足。不求他将来有何大成,健康、快乐、善良就好,拜谢小熊舅舅。

阿嬷的红色方头巾

梁丹妮
福建师范大学文学院本科 2012 级

阿嬷总说:"做人,就是要信,要善,要信善。"

爸爸说过,阿嬷和阿公那个年代不兴自由恋爱这一套,结婚即是见面时,但阿公和阿嬷是般配的,阿公娶到阿嬷是福分。

阿公是个老实的修船员,帮邻里、朋友修完机器定是不肯收下应得的报酬。阿嬷见了从不吭声,自顾忙着田里活。后来阿公离了船,下了海,做了一名"讨海人",靠抓海里的章鱼卖钱来补贴家用。

阿嬷还是干她的田里活。天还是蟹壳青色,她就戴着那条红色方头巾出门了,不到夜幕降临绝不退出脚下的土地。比起太阳对于大地的滋养,阿嬷对于每一寸田地的耕耘更加不辞劳苦。当清晨的第一缕阳光照进田垄,当夜幕低垂,最后一缕霞光退出地平线,阿嬷见证了所有的朝朝暮暮和日月星辰。

村里只有一口井,全村人都用抽水机从这口井抽水来灌溉农田,一到农忙的时候,供不应求的场面时常有之。为了抢占水井这块高地,村里胆大的男人常在天还没亮的时候就把自家的抽水机搬到井边以示占领,阿嬷却是村里唯一一个敢披着月光潜伏进午夜去"攻占"水井的女人。久而久之,阿嬷在"占有水井"这一场排位赛中常年无人与之争锋。凭借着水源充足的灌溉,和阿嬷没日没夜的耕作,我们家田里的作物总是长得比别人家的更饱满些。每到秋收的季节,农贸贩子进村来收购的时候,阿嬷的庄稼总能卖到最好的价钱。

大抵中国的农民都是勤劳、勇敢、勤俭持家的。开源和节流是千百年来中国农民秉持的持家作风。

阿嬷的平房，和村里的大多数房子没有什么区别，都是典型的"九格村屋"，房子分为前厅、天井、走廊、后厅四个部分。天井位于一个房子的中央，下大雨的时候，天井的水会因排泄口太小而漫上走廊的两级台阶，俨然成为一个不大不小的池塘。每每这时候，阿嬷就会在头上先围上那条方头巾，然后戴上斗笠，拎着水桶去舀天井里的雨水，用拖把从前厅拖到后厅，再从后厅拖到前厅，整间房子就都充满雨水清新湿润的味道了。那时候我常常认为阿嬷是个怪人，总是挑下雨的日子来打扫屋子，长大后才真正明白淳朴人民的智慧与结晶。

每当天色暗下来的时候，夜色漫入天井，黑进了后厅的时候，只有电视和我的眼睛是亮着的。阿嬷说这样省电，电视亮着的时候，灯就不必再亮了。因为村子位于洼地，在湿热的环境里，蚊子嗡嗡声和我肚子的咕噜声总是一唱一和，谁也不输给谁。房子的大铁门嘎吱嘎吱响的时候，是阿嬷从头上解下红色方头巾进门来了。她将方头巾挂在走廊的墙上后，我也麻利地把饭菜端上了楼顶的天台，小饭桌的位置正对着电视，阿嬷说这样省电又可以纳凉。那时候我的视力真是好极了。

阿嬷的勤俭给这个家带来了可观的收益，加上阿公"讨海"赚回来的钱，没过多久，我们家就率先盖起了楼，原本的石条平房变成了一幢三层楼的红色小洋房。村里的人都夸阿嬷的本事大，但她总是笑笑说："嗨，都是菩萨保佑和祖先庇佑呢！"

每年的大年初三，农村人坚信是不能串门的，阿嬷在每年的这一天都会准备大包小包瓜果干货往香山上扛。香山，是一个烧香拜佛的地方，那里常年香客络绎不绝。每到初三，大家都约好了似的，一大波一大波沿着盘山的公路往上爬，老幼妇孺皆有。常有电瓶车往来于山顶与山脚，但多是运送货物，少有香客会贪图轻松乘车上山。阿嬷说，走路方能向菩萨和佛祖显示自己的诚心，于是我也得跟在阿嬷后面屁颠屁颠往上爬。我玩心重，常常逗留在山路边的算命摊和套乌龟的摊子上凑热闹，一转眼阿嬷就在人海中走远了。但是要找到阿嬷并不难，因为那条红色方头巾经过风吹日晒的颜色在斑斓的人群中永远都像是一面旗帜，反复浆洗并不能褪去它的安定从容。登上山顶拜拜的时候，每尊菩萨，阿嬷都是要顾及的，不同的菩萨念不同的话来祈求保佑整个家的平安。念这种保佑辞的时候阿嬷从来都是一气呵成:观世音菩萨,请您保佑梁文海一家出入平安,团团圆圆赚大钱,孙儿乖巧懂事善写字……我总疑心阿嬷念得太快,菩萨来不及听。

香烛和金纸把阿嬷的手染得通红,她总是往自己的头上搓几下,但是那条红头巾还是固执地不添任何一抹红。

日子就这样和和美美地过了几年。

在我初中毕业那年,阿公患上肺癌,不久便过世了。

那时候父亲和母亲在城市里站稳了脚跟,阿嬷曾经嘴里念念有词的愿望眼看就要实现,那时候我已和父母亲生活在一起。为了照顾阿嬷,他们把她从生活了大半辈子的农村带到了城市,要惦记的东西太多,索性什么都搁在那栋红色小洋楼里,唯独那条红色方头巾。失去了朝夕与共的田地,远离了虔诚信仰的寺庙,她劳动了大半辈子的身子骨怎么都坐不住,不安分。唯一能够缓解这种不适应感的方法,就是不停地整理我们一起住着的这一套房,我们常常看见阿嬷三天两头就把所有的被单、被套拿到阳台上洗,有时候甚至一天能拖上三遍地板。父母亲劝不住,也就由着她去了。唯一不变的是,每逢祭祀的节日,阿嬷记得比任何人都清楚,瓜果、三牲绝不落下,一个人摸着黑裹上红头巾就上了出城的公交车,那车驶向她生活了大半辈子的地方。

也许就是阿嬷这样虔诚地向菩萨和佛祖请愿,虽然顶着八百度的厚重眼镜,但我不仅字写得好,而且如愿考上了市重点高中,一人得志,全家欢喜,阿嬷更是欢欣鼓舞地把我搂在怀里,眼里泛着泪光,仿佛是在埋怨丢下自己去享乐的阿公,又像是在安慰他的在天之灵。

人世间的罗愁绮恨,都源于始料未及。一事欢喜,似乎逃不出悲悯的债,两相平衡成了最不愿实现的公平。

在踏进高中校园不久,叔叔出了车祸,当场就不省人事。阿嬷在得知这个消息的时候,拿起那条方头巾就往外跑。

至亲接连离世的重创,并没有换来菩萨和佛祖的怜悯,阿嬷在我上高三那年时也患上了和阿公一样的肺癌。爸爸和姑姑们担心这么要强的阿嬷知道自己的真实病情后恶化,便口径一致告诉她身体里长了一颗良性的瘤,只要乖乖休息不久就会好起来。

因此，她每天都坚持要起床锻炼，坚持每天下床活动筋骨，好像多动动身体就可以使儿女们安点心，毕竟阿公生病时，没日没夜守在他床前的是她。

阿嬷躺在病床上的时候，有时候会记错来探病的人的名字，但每逢初一十五这种日子，她向来记得清清楚楚，早早地叮嘱母亲和婶婶哪里该祭祀、哪里该拜佛，一点儿也不含糊。

直到后来癌细胞扩散，阿嬷再也下不了床。那时候阿嬷已经没有力气再支起身子，说话含混，人也认不得几个了，总是告诉父亲和姑姑们、阿公和叔叔来看她了，说是要带她走。总是动动手指示意要戴上那红色方头巾，她要跟着他俩走了。

总有新闻报道孩子高考，亲人离世消息被隐瞒，等这种事情真正发生在自己身上的时候，才知道什么是五雷轰顶。高考结束，还没来得及跟老师和同学告别，我就被姑妈接回了老家。车子驶进那个童年的村庄时，记忆翻江倒海，情绪几近崩溃，盘旋在村子上空的哀乐令人无法唤醒任何一种温存。

阿嬷出殡的那天，大人们把她的红色方头巾与纸床一类的东西一起烧给了她。那在火里燃烧的红，会灼伤人的眼。

几个月后，我带着通知书来看她，我在她坟头，她在里头。

多的是你不知道的事

黄超瑜
福建师范大学文学院本科 2013 级

  外婆年轻时是一个人人称赞、人人佩服的女强人。明明是个临时工，但也凭自己的工作能力当上了生产队队长，又因为广受街坊邻居欢迎，肩扛民兵团团长一职。然而，人似乎到了一定的年纪，便自然而然被那个越来越大的数字牵着走。漫长的岁月磨平了外婆身上的棱角，生活给予了她沧海桑田的变化，曾经叱咤风云的人老了却归于平静，曾经雷厉风行的人也随着时光慢慢老去。

  外婆常常对新时代的事物感到一种紧张和无奈。搬了新家，当我第一次带外婆坐电梯时，她对眼前的东西很好奇，在电梯里紧紧拉住我的手，问道："瑜啊，这是什么东西？好像会动。咦，这个数字怎么在变呢？"

  人对未知的环境常常会有一种恐惧，我轻松地对外婆说："这是新型武器呢，可神气了，这个数字显示多少，我们就到了第几层，不用爬楼梯，可省事了！"

  外婆舒了一口气，笑起来了："现代人就是不一样。那这两个钮是做什么的？"

  "这个按钮呢，是开门，另外一个是关门。"我指了指两个按钮。出了电梯，我搀着外婆向前走，转眼不经意瞥到了门外电梯的按钮，便也顺口说道："你看呀，门外这两个按钮，你以后下楼，就按这个，上楼就按那个。按一下，门就开啦！"外婆若有所思地点点头。

  走进家里，外婆急匆匆地从房间里拿出一个 iPad，一手拿着 iPad，一手将我拉到沙发坐下，兴致勃勃地跟我说："瑜啊，寒假你总算可以从学校回来了。我听你小姨说,你经常用一个什么微信,发很多你在学校的事情。"

外婆一边说,一边打开了眼镜盒,笨拙的双手慢慢拿出眼镜,将眼镜轻轻戴上,调整了好一会儿才好,说:"我在家没事,经常想你,想知道你在学校发生什么。你这孩子,长大了很多事情也不愿意说,是不是怕鸡同鸭讲,我听不懂。你小姨一两周来一次,我才能用她的手机看看你,咱们家人还有一个'幸福一家'群,我真想每天看看。"

我心里一颤,的确,每次和外婆通电话,总是聊一些很简单的内容,很少提及学校的活动,因为总怕她听不懂,要讲个两三遍。心里有些过意不去,但还是故作轻松说:"哟,之前小姨给你iPad,你说微信新武器学不来,之前怎么劝你都不学。怎么啦,现在想学啦?"

外婆叹一口气说:"上次你小姨让我看了你的动态,我才发现原来在上面可以看到你那么多东西。养了你和弟弟二十年,现在你们都走了,我挂念得很。"她抚摸着iPad,若有所思"在上面可以看到你们,咱一家子都在里面。"

想念和爱是一种很奇妙、很强大的力量,它们会鼓励一个人去适应和了解、学习和改变。一整个寒假,每天必做的事情,就是教外婆搭电梯和用微信。外婆不习惯使用触屏,别人一碰就开的窗口,外婆常常要按好多下才能打开。每次和家人语音,对方的语音还没听完,录音键也还没按下,她就情不自禁地回答,总让我哭笑不得。我还记得她在"幸福一家"里说的第一句话是:"我老太婆也玩微信啦,大家不要笑话。"我将远在澳大利亚的大姨当小白鼠,每天教外婆和大姨视频,虽然有两三个小时的时差,大姨也不在意,愿意陪着外婆聊天。除夕夜在年夜饭,饭桌上摆着iPad,大姨在iPad里,我们一家也算团圆了,外婆特别满足。我也教外婆看动态,外婆每次看我的动态,即使是简单的一两句话,她也要看很久。一边看,一边用手指头一个字一个字地指,一个字一个字地读,眼睛眯成了一条线,有时候很可爱地问我"思密达"是什么意思,问我为什么要发那么多"哈哈哈哈"。

有了微信,这一年的寒假,我们一家人好像离得特别近。教外婆搭电梯和用微信,成了这个寒假我最快乐的事。

返校前,外婆局促不安,从钱包里拿出了五百块钱塞在我手里,郑重地说:"拿好。"我看着那一张张红色钞票,没有拒绝,伸手接了过来。人们都说钱财是这个世界上最俗、最丑陋的东西,可是手中的、别人说的不堪的东西,此刻却温暖着我的心田。

外婆拉着我的手说:"瑜啊,想到你们回校我就难受,想哭。不想你们走。"我听了心里五味杂陈,把充盈在眼眶的泪水逼回去,轻松地说:"不是有 iPad 嘛!"外婆摇摇头:"大家都在忙了,没人教我,我会忘,老了记忆不行。"我拿来纸和笔说:"来,我给你画一张微信使用图,以后你不懂就看它,这样就不会忘啦!"

"你看,左下角这个三条线的圆圈,你按它,就可以和我说话。"外婆坐在一旁,认真地看我的画,怕漏掉了什么。

"你要是想看我动态呀,就按照这两幅图来做。"外婆全神贯注地看着,我抬头看看她,笑着又低下头继续画。

"你要想视频呢,就按照这幅图,要记得哦。我的字都写得比较大,这样你就看得清楚啦。"外婆不回答。"知道了吗?"还是没有回答,我抬头一看,原来外婆睡着了。

她一只手放在腿上,一只手撑着头。我停下了笔,好像只有这种时候才敢认真看看她吧。过年刚染黑的小卷发因为没有打理有些乱,身体不好又睡不好,浮肿的脸像缺水干裂的土地,裂痕深深浅浅相互交错,黑斑随处可见。操劳了一生连睡着都抚平不了的皱眉,还有下唇微微撅起的双唇。柔和灯光下,她安静而祥和。

眼泪静静地流淌,不舍得,还是不舍得。我轻轻站起来,蹑手蹑脚打开衣橱,看着那么多钱包不知道选哪个,外婆习惯把钱分开放。我找了一个自以为外婆经常用的钱包,将五百块轻轻放回去。不能赚钱的老人,我怎么舍得拿这些钱呢?还是多给你自己买点东西,这是一件你不知道的事,你满足了,我也满足。

我又轻轻回到座位上,将微信使用图画好,外婆也醒来了。"你看你都睡着了,你看我都画好啦。藏好啊,不要丢了。"

外婆揉揉眼睛说:"哈,老人就是这样,又睡着了。"

走出外婆家,回家收拾行李,外婆一直目送我走进电梯。

"回去吧,外婆,我走啦!"我挥挥手,按下了关门键。两扇门自动闭合,慢慢地、慢慢地,外婆的身影越来越小、越来越瘦,外婆目送的眼神也慢慢、慢慢地远去。"咚"一声，门完全合上了。心里一下子空落落的，眼睛又是一阵酸楚。想来外婆在门外看到的我，也是这样慢慢地、慢慢地，一点点消失在这两扇门里吧。

"咚"一声，门又突然开了，原来外婆在电梯门外按了开门键，我惊奇地看着这两扇门又慢慢打开，外婆的身影又慢慢地出现在眼前。我对外婆笑了笑，外婆有点不好意思："我就是和你玩一下。"我走出电梯，又和外婆聊了一会："以后你要是想找我，你可以视频或者发语音给我，我都会回你的。"外婆点点头。

我又走进电梯里："外婆再见。"我还是挥了挥手，又看了外婆一眼，按下了关门键，外婆也在门外挥挥手。你一定很不舍吧，其实我也是。新时代的事物真的很神奇，明明两个人前一秒还面对面，下一秒，门一关，一个人还在原地，但另外一个人就不在了。

我低下头，不去看外婆，低头看着电梯门慢慢闭合。还没关一半，门又被打开了，外婆又按了键。这次外婆没有说话，她看着我，有点局促，不知道说什么好。嗓子眼像是被什么堵住，外婆此刻又站在我的面前，我心里有千言万语，但也只剩下一句："外婆，你回去吧，我暑假就回来了，很快的，就三个月。"外婆眼神有点落寞，抚不平的皱眉更加明显："好，去吧。"余光中说，乡愁是船票、邮票、坟墓、海峡，这些事物随着时代的发展或许会渐渐远去，在我看来，眼前电梯的这两扇门，就是乡愁最好的诠释。

我别过头去，再一次按关门键，还是低着头，只能看见门外外婆站的地方变小、变小，外婆的双腿越来越细，细到最后完全看不见。"咚"一声，门彻底关上了。外婆还会不会按下键呢？看来她会自己搭电梯了吧。心里还期待着这扇门会再次打开，可是这次没有了，那个红色数字一秒一秒在变小。

龙应台说："所谓父女母子一场，只不过意味着，你和他的缘分就是今生今世不断地在目送他的背影渐行渐远，越来越远。"电梯门打开，眼前已经不是外婆了，而是我要去奔跑的天地。外婆呢，她还在电梯门前，还是已经进家门了呢？我的身影没有在外婆目送的双眼中渐行渐远，而是在一秒钟里消失不见。我总觉得龙应台说的场景唯美多了。新时代下，外婆最后能够做的，或许和我一样，只能看着眼前的电梯层报数一点一点变小，直到停止那一刻，才真正确定，前一刻还在身边的人真正走远。

我想,这应该是另一种目送,目送一个人,目送一份浓浓的乡愁。在接下来的日子里,继续等待,等待未来的那一刻,电梯里上来的,门外按铃声响的那个人,就是微信里和你视频和你语音的那个人。所有的乡愁、所有的思念,都从微信那个虚拟世界里,如波涛汹涌,或如小桥流水一样,由那个所谓的电梯新事物带到你的面前。

回到学校整理完一切,坐在座位上,"铃铃铃"外婆发送了视频邀请。"你小姨说,你把我给你的钱还给我了,我给你的你就收。哎,你在做什么呢?"

我有点惊讶:"没啊,我有钱呢,我妈会汇给我的啦,我今天还去领补助了呢。"

和外婆视频完,微信"滴滴滴"响,原来是小姨。我打开对话窗口看见:瑜,我藏了一千块在你包里。你偷偷还钱,我偷偷藏钱。

眼泪再一次无声无息地流下来,乡愁,多的是你不知道的事。

奶奶和她的大黄狗

洪婕
福建师范大学文学院本科 2012 级

奶奶和她的大黄狗,在老家的房子里一起生活了五年。老房子很大,只是我们这些做儿孙的早就各自搬出来住了。五年前,我的爷爷去世了。老房子里就只剩下奶奶一个人了。而我的奶奶,和很多人的奶奶一样,是一个面朝黄土背朝天的农民。她质朴、勤劳、善良、坚强,没有半句怨言地为了儿女奉献了自己的一生,平凡到甚至不值得一提,又伟大得无与伦比。岁月从她的身边悄悄溜走,却在她身上留下了难以磨灭的痕迹。现在她老了,花甲之年,一个人和一条大黄狗,在老房子里度过晚年。就像墙角那一盏黯淡的油灯,独自摇曳着仅存的点滴昏黄。

即便是这样,爸爸和叔叔伯伯们几次三番提议,想要把奶奶接来与自己同住,多少也有人可以互相照应着,奶奶却执意要留下。我试图去理解,或许这座老房子对她而言意义太重。承载的何止是她的这一辈子,更有她和所爱之人的所有回忆。我后来才明白,那个年代的爱情,都无可选择地被生活压出一种厚重的温柔。我的爷爷奶奶之间从来不说爱,但奶奶她曾经用一种无限柔软的语气和我说过,那个生火的灶台,冬天里爷爷会和她坐在那儿烤火,一坐就是一整个晚上。还有那个木制的楼梯,是当初爷爷和她两个人自己钉起来的。楼梯下面那个小小的石洞啊,当初村里不让养狗,她和爷爷就如何把家里养的狗藏进去。可是奶奶都多久没养狗了,我就问,后来那狗呢?奶奶说家里儿女多,后来条件也是越来越紧巴,就慢慢没养狗了。那时候日子虽然不好过,不过好在一家子人整整齐齐地在一起,总是很容易快乐。奶奶说这些的时候,我分明看到那双不再明亮的眼睛里,生动地闪着光。

奶奶从来不愿意轻易向生活低头,哪怕是在爷爷走后的那段日子里。我以为在谈论到自己逝去爱人的时候,总是免不了悲伤。可是奶奶每次说起爷爷,不仅没有显示出伤感,反倒会流露出一抹少女般的风情。仿佛不过是与爱人短暂分离,不过是去了远方。眼神中饱含着的那种说不清的安宁、眷恋,还有深深的怀念。奶奶说起爷爷,说起的不仅仅是自己的爱人,还有那段一起走过的难以忘怀的日子。

爷爷走后,记不清是哪次回老家,我们发现门口多了一条半个人高的大黄狗。通体金黄色,没有什么品种,头高高昂着,两只前爪着地,目光烁烁,十分端正精神地坐着。第一次见面,大黄狗非常讲义气地朝我们狂吠。事实上,好像我们每次回家,大黄狗都会朝我们狂吠。每年回一次老家,我们应该是还来不及被大黄狗存档进记忆,就又走了吧。我们没有办法在奶奶身边照顾她,大黄狗代替我们陪在奶奶身边,也挺好的,希望她可以不那么孤单吧。有陌生人来的时候,大黄狗还会用力地叫啊叫,可能多少可以起到保护奶奶的作用。我知道这么想也许很可笑,但是在这种自己什么都做不了的时候,大黄狗的出现,让我心里不免产生了一种莫名的安慰感。

老房子在半山腰上。记得小时候过年回去看奶奶,那时候上山的公路还没有修好,我和爸爸妈妈要走一段难走的山路上山。爸爸妈妈都让我自己走,他们觉得累了完全可以停下来休息会儿,但是必须自己走,不愿意纵容我。而我们总是在山脚下就可以看到翘首以盼的奶奶,大老远地就一路小跑,迎着我们过来,二话不说把我抱起,然后说:"累着我们囡囡了。"

十几年后的今天,奶奶再也抱不动我,但我每每想起这个场景,心里都会止不住地阵阵泛酸。我相信每个人都有过被爱包围的感觉,那种触动了心弦的温暖,我想当时我就是这种感觉。我心里很明白地知道,爸爸妈妈也是爱我,只是他们从小就对我要求比较严格,很多时候遇到什么问题,更多的是想放手让我自己尝试着解决。但是奶奶不同,那种隔代的爱,是让你感觉到她不想看到你受哪怕一丁点儿苦,愿意为你承担一切。

有一年冬天我生病了,其实也没什么,小孩子偶尔都会发的那种烧。在被窝里什么都吃不下。现在长大了,发烧感冒都不把它当回事,觉得闷头睡一觉就好。可是当时的我竟然还噙着眼泪,拉着奶奶的手,不让她走。本来奶奶就心疼得不得了,一直蹲坐在床边陪我。迷迷糊糊中我听到奶奶忧心忡忡地叹着气,不停低声重复着一句话:"有什么病朝我来,不要这样折磨小孩子。"

在我们老家有这样一种说法,老人和小孩是不可以同睡在一张床上的,否则老人会吸走小孩子元气之类的。这类说法我向来不信,但是奶奶却信以为真,并且非常忌讳。其实我很喜欢在奶奶身边睡下,因为奶奶每次都会轻轻地拍我的背,哄我入睡。所以每次在奶奶身边睡着,我都特别安心。那次生病也是如此,我的手就这样一直拉着奶奶的手。但是因为那个迷信的传说,奶奶从来没有舒舒服服地在我身边躺下过,就一直保持着那种特别不自在的半蹲半坐的姿势,在床畔陪了我一天。

现在偶尔在奶奶背后,看着她本来就不高,而现在越来越矮小的身子,沿着墙角缓缓挪步,我都会感受到一种难以言喻的难过,那是一种害怕生命流逝的手足无措的感觉。生老病死这些东西,我向来想都不敢想。爷爷去世之后,我眼睁睁看着奶奶一夜之间好像老了十岁,却无能为力。这才切身体会到在命运面前,我们这么渺小,这么无能,算是个什么东西。唯一能做的只有在心底默默祈愿,希望时光不要伤害她,不要从我身边夺走她。

现在上山的公路倒是修好了,就算走山路我也可以自己全程走下来了。可是每次回家,虽然我知道奶奶很想很想出门来等我们,早点看到我们,但是她现在连做到这点都有困难。代替奶奶出来迎接我们的,是一声声有力的犬吠。接着就可以听到奶奶的声音从屋子里传出来,"别叫了啊,乖乖的。"平常我们不在家的时候,据说大黄狗是寸步不离地跟着奶奶的。奶奶老说,她觉得这样就有了个伴儿。但是我们一回来,奶奶怕大黄狗一直朝着我们叫,就把它拴起来了。也不知道失去了自由的黄狗兄,会不会感到很郁闷。反正它就天天坐在大门口,一有陌生人经过,就不停地狂吠。于是,大家都知道,奶奶家有一只很凶很凶的大黄狗。

在这之前,老房子里过年摆在桌子上的花生米啊糖果啊,村里也不知道哪来的一群熊孩子,一看到门开着,就会偷偷跑进来,能抓走多少是多少。我们在的时候还会骂那些熊孩子,但更多的是我们不在的时候。其实奶奶自己都舍不得吃,但她只是摇摇头说,反正我的牙也咬不动了。

现在有了大黄狗,大黄狗每时每刻都可以在奶奶身边,虽然它单方面不愿意跟我们熟稔起来,但是不可否认的是它还是扮演了一个很重要的家庭成员的角色。

清晨奶奶起床,大黄狗就噌噌噌跑过去绕着奶奶转个两圈儿,好像在说,新的一天开始咯!早上奶奶收拾收拾屋子、做做家务,大黄狗要么在旁边玩玩毛线球,要么就在家里到处乱晃。中午奶奶开始煮饭,当然也没有忘记大黄狗的份儿。奶奶往狗盆里放食物的时候,估计是大黄狗每天感觉最幸福的时刻了。午后奶奶坐在院子里,有时候择择菜,有时候编编竹篮子,大黄狗就乖乖地蜷缩在奶奶脚边晒太阳,这时候的大黄狗显得尤其温顺。傍晚吃过晚饭,奶奶会出门散步,也顺便遛遛大黄狗。一人一狗,一前一后,夕阳把他们的身影拉得很长很长,定格成一幅恬谧而又温暖的画面。

有时候想想,人老了真是一件非常可怕的事情。不论你是谁,不论你年轻的时候身体多么健康强壮。总有这么一天,你会突然发现自己身上这里那里都开始有点不大不小的毛病,简直就像是一部老化的机器。一旦到了这种时候,身体也好心灵也罢,应该都是特别想要有人陪在身边的吧。但是我的奶奶,为了守住记忆,宁愿自己独居,哪怕没有什么可以依靠。而大黄狗适时出现,就像奶奶说服我们也说服她自己留下的理由。奶奶离不开大黄狗了,可是儿孙们住的小区里都没有办法也不方便养宠物。说实话,我真的特别不愿意把孤苦伶仃、无依无靠这类词放在我奶奶身上。但是在某些时刻我甚至觉得,能够天天守在奶奶跟前的大黄狗,都比我们来得有用。

我从一个被奶奶抱在怀里嗷嗷待哺的娃娃,长到现在足足比奶奶高出一个头。奶奶却从青丝熬到白发,从笔直的身板到现在颤颤巍巍的驼背。奶奶看着我一点点地长大,我也见证了奶奶慢慢地变老。但是无论什么时候,只要我叫一声"奶奶",那张沟壑纵横的脸上就总能浮现出熟悉的慈祥的笑意。无论发生了什么,我都知道,我永远是奶奶最疼爱的小孙女,奶奶也永远是我这世上唯一的奶奶。

写到这里思绪万千,脑海中不断涌现的片段,是小时候奶奶经常抱着我时会唱给我听的民谣,大意是:保佑你们在我看不见的地方,人生的道路能像竹子一样直,像棉线一样长。记住,不要害怕,要勇敢。

  在人之最本初的时候,是奶奶们教会了我们善良,给予了我们勇气。是她们让我们被爱着长大,裹挟着这份温情奔赴在人生的漫漫长路上。感恩,感谢,而又充满了敬畏与愧疚。你我都知道,这份爱将被铭记在心底,复刻在脑海里,直到永远永远。

  谨以此文献给那些无私奉献的奶奶们。

不和最珍贵的说再见

叶嘉欣
福建师范大学文学院本科 2012 级

亲情是什么？她是思念起始，但，又没有终点，是一种对家的眷恋，一种对团圆的渴望，一种无言的爱。提笔间，满是对亲人的感恩和愧疚，时不待我，珍惜珍爱的人，不和最珍贵的说再见。

一、不要吝啬爱的付出

那年暑假，与热腾腾的暑气相比，家里的凉爽让我实在不想出门到处晃荡，晃荡的地方自然也包括外婆家。而就当我在家舒舒服服地吹着空调的时候，妈妈突然告诉我一件如晴天霹雳的事。

"阿公早上从楼梯上摔了下来，当场就晕过去了。家里没人在，最后还是他自己醒过来，走回楼上。"老妈有些哽咽地说，"身上肿了一大片，现在躺在床上静养呢。"

"摔下楼，怎么会这样？"我很是着急地问。

"都是为了他的那只宝贝狗，就怕那只狗中暑，去看狗的时候，一个不小心，就从楼梯摔了下去。真不知道那只狗哪里好了……"妈妈的脸色瞬间变化，脾气突然上来，很生气地在旁边碎碎念。

妈妈的讲述简单明了，却像极了一块大石，压得我喘不过气来。

摔下楼、晕倒、醒来、伤痕累累……这几个词不停地在我脑海中回旋。一个八十几岁的老人家，摔下楼，晕倒了，没有人发现。这是一件多么可怕的事，仿佛死神就在旁边,只要它一个"不开心",或许我就见不到阿公了。

庆幸的是,阿公还在,我们的"天"还在。

尽管得知了这个不好的消息,但是接连好几天,我还是不敢去看望他,只是在家里,天天听着妈妈传递过来的一切关于阿公的消息。

其实,不是我不想去,而是我生怕自己的一个不小心,一旦感情控制不住,眼泪就会跟关不住的水龙头一样,啪哒啪哒地掉个不停。我承认自己的胆小,胆小到无力承受看见原本精神的阿公变得虚弱,无力承受外婆在旁的伤心,无力承受因为意外带来的伤害。所以只能躲在家里,默默祈祷阿公能快点好起来。

终于,从老妈那里听到了阿公康复的消息,这段时间过得好漫长,不管怎样,我心中的石头总算可以落下来了。

就这样,日子一天天过去了,我老是因为这样那样的原因而没有去看望过阿公,心里始终带着满满的愧疚。

突然某个早晨,家中空无一人,我依旧在睡梦中。一阵急促的敲门声打破了寂静。紧接而来的居然是:"阿妹啊,开门。"一个中气十足的男性声音,一个熟悉得不能再熟悉的声音。

"是阿公!"是惊讶也是惊喜,"他怎么会来?"带着一堆的疑问,我风风火火地赶去开了门,连拖鞋都没来得及穿。

门外站着的依旧是那个意气风发的"小老头",他走了进来,开口第一句就问:"什么时候过去家里,都好久没去了啊。我买了点花生给你们吃,我也不知道好不好吃。"说完就自顾自地吃了起来。

三颗花生下肚后,他站了起来,说:"我要走了啊。"说完就走到门口准备离开。我站在一旁早就呆了,他离开的时候,嘴上还念叨着:"出门在外,要小心照顾自己……"

从他来到他离开,也就短短的几分钟,我的内心却翻腾了千万次,当时的心情跟打翻了调料瓶一样,五味杂陈。是感动,是愧疚,还是其他的感情?我已经说不清也道不明了。一大堆问候的话,被埋回了心里,而最真实的情感总在人离开后才爆发出来。

看着他蹒跚的步伐,这才发现,阿公真的老了。站在门口的我,全身像灌了铅一样,怎么也动不了。就只剩下嘴巴上发出一段一段:"您千万要小心点,慢慢走……"

回荡在楼里的,是他一声声:"好,你进去吧"……

二、最珍贵的礼物

那是一个很普通的晚上,正是因为远道而来的姨婆和表姨去了阿嫲家,做小辈的我们,自然要去拜访一下,问候一番。

到了阿嫲家,姨婆、表姨和妈妈必不可少的一个环节就是"女人的谈天说地",看惯这些场面的舅舅早早地就溜进房内,窝着不出来;小表妹也深知其"害",和我打过招呼后也溜回了房间,怎么叫也叫不出来。只剩下我一个人"孤苦伶仃",默默听着谈话,不过偶尔还要应和几声,表示我还是有听进去的。

实际上,阿公并没有出现在我的视线中,因为那个时候已经是九点多了,对于一个八十几岁的老人家而言,他没有出现,我只会认为他和以往一样,早早地入睡了。

"啪……嗒……啪……嗒……"缓慢的脚步声,一步一声,从楼梯口传了过来。

原本嘈杂的谈话顿时静止。

只见阿公从楼梯口慢慢地"挪动"下来,扶着扶手,颤颤巍巍的。听妈妈说,最近阿公的腿不知道怎么了,走几步就会产生痛感,再加上年纪的原因,步伐自然也就慢了下来。

阿公走了下来,如往常笑呵呵和我们打了招呼,就默默走到远处的沙发旁,稍微收拾了一下,坐了下去。看到我们和姨婆、表姨聊得不亦乐乎,他始终没有说一句话。因为阿公很节俭,家里的大灯总是被关掉的,这晚也不例外。所以阿公几乎是在"黑暗"中坐着。同个空间里,一边是欢呼雀跃,一边是冷冷清清,再加上昏暗的灯光的投射。在那一刻,我觉得阿公好落寞,但又似在散发一股坚持的力量,坚持守护着这个家庭的力量。

阿公坐了一会儿,似乎想起了什么事,默默走回房间,不一会儿,他又默默地走下了楼梯,没有人发现。

终于,谈得不亦乐乎的长辈们才发现,阿公不见了。

"我看见阿公下楼去了。"为了解决大家的疑惑,我说了阿公的去向。

接着,外婆以一种调侃的语调说他是要和二楼的狗道声晚安,毕竟他很爱那条我们看着觉得不怎么样、他却视如珍宝的小狗。大家笑了一下,又开始了之前的话题。而我,百感交集。也许是因为我们都不在他的身边,只有外婆会和他聊一聊,也许因为他年纪大,听力变得极差,而只有小狗才能做个最"安静"的听众,倾听阿公内心最真实的感受。同时,大家似乎把阿公的存在当成了一种习惯,因为有他在,就像有人撑着整个天,不管遇到什么事都不用担心,但要是这个习惯没了呢?我不敢再想下去了。

不知道过了多久,因为一群女人的聊天时间总是过得很快。阿公的身影重新出现在大家的视线中。而他手里还提着一袋东西。等他走上了楼,走近了,我们才诧异地发现,他那一袋子里面,全是冰棒。原来,他回房间是为了换衣服出门,他不是和小狗说话,而是到外面去买冰棒给我们吃。不知怎么,那时候,我很想哭,很想冲上去,和外公说声谢谢。

但我终是把自己的情感克制了下来。很快的,那些冰棒就被"包产到户",一人一根,连在外打工的表妹都有份。分好冰棒,他又默默回到沙发上,独自一人,重复起了之前的状况,只不过这时候大家的手上多了一根阿公买回的冰棒。

吃完,大家伙儿依旧进行着如火如荼的谈话,阿公就坐在远处的沙发,看着,"听"着,不言不语……然而,早早就过了睡觉时间的阿公自然敌不过瞌睡虫的入侵,有一下没一下地打着瞌睡。我们看得实在心疼,连着说:"阿公,去睡吧。"

只听到他给我们的回复一直都是:"没事,你们继续聊……"

最后要回家的时候,我却发现阿公不见了,不知道他去了哪里,也没办法找到他。总之,怪只怪自己粗心大意,没有和他说声再见,心里有些空落落的。

三、不要让爱成为遗憾

去年春节期间,一家老小驾车来到了疗养院,见到了久违的太婆婆。九十七岁的太婆婆躺在疗养院的床上,牙齿掉光,骨瘦嶙峋,连一句话都没办法说清楚,靠着阿嫲的"翻译",我们才辛苦地听出几句话。这是我从未经历过的场面,原来人到了老的时候是这般模样,像是被抽去了精神一样,行动不便。

翻出早些年的记忆,与记忆中的太婆婆完全不同。原本行动自如的她,现在要靠着看护人员的帮忙才能活动。但是相对于同个房间的其他老人家,太婆婆的精神算是好的。尽管如此,心头仍有莫名的酸涩感。

看到家里的大大小小都来了,太婆婆显得异常的兴奋,阿嬷也就顺势问了一句:"妈,你知道这些孩子都是谁吗?"

太婆婆很高兴,咿咿呀呀地,尽力想表达些什么。

阿嬷看看我们,再看看太婆婆,忍不住帮忙,指着我说:"你认识阿妹吗?"

太婆婆点点头,笑了,又咿咿呀呀地说了一些话。阿嬷翻译道,太婆婆知道我是谁,说我是最大的,还问我什么时候结婚。大家都笑了,还催促着我赶紧找个男朋友。我也附和地笑了,心里却装着满满的感动和开心,因为太婆婆还记得我。

后来又不知道提到了什么,说着说着,太婆婆居然哭了,原本很温馨的气氛,瞬时变得有些悲伤。阿嬷在一旁一直劝着太婆婆说:"哭什么啊,不要哭,大家来看你,你应该开心啊。"一字一句,就像哄着小孩子一样,劝住了太婆婆的眼泪。

作为最大的孩子,知道的最多,隐藏的情感最多。当我看见太婆婆的眼泪时,再也抑制不住,眼泪悄悄从眼角滑落。因为害怕其他人看见,就随便找个借口走出房间,随手擦掉了流出的泪。

之后,大伙儿都出来参观疗养院的景色,留着阿嬷在房间里照看太婆婆。

因为时间的原因,我没有上去再看一眼太婆婆。谁知这次的看望,成了最后一次见面,成了诀别。

前段时期,因为忙着学院两周年的事情,也没有想到要回家的事情。就在两周年开始的前一周,我收到了妈妈的消息,太婆婆去世了,问我能否回家参加葬礼。

那是我第一次真真正正地感受到心痛的感觉。

因为我没办法回家,一旦回家,两周年的很多事情都会受影响,不能因为我的原因,让所有人的努力都化为泡影。

当我发出"我没办法回去"的短信给妈妈时,我哭了,而那时候是在公车上,公车上陌生人不时地向我投射好奇的目光,尽管我努力了,但是眼泪怎么擦都擦不完。我忘了当时是以什么样的情绪回到了学校,因为我想把悲伤的记忆永远尘封住,不想去揭开。

正是因为葬礼和两周年晚会在同一天,我无法回家,但同时也因为是这天,我才能把全身心的注意力都投入到晚会中,这才让我能够驱走笼罩已久的"阴霾"。

距离太婆婆过世已有一段时间,时不时我还会拼凑起几个和她相关的片段,感慨:人,最怕不是生离,因为生离,人还在;最怕是死别,因为死别,人不在。

小时候的我,总是享受着大人们给的满满的爱,尽情挥霍着他们爱意的额度。长大的我,看着大人们逐渐老去的容颜,逐渐蹒跚的步伐,我会难过,但是很多的无可奈何让我陪伴他们的时间变得越来越少。其实,大人们老了,会变得跟孩子一样,或许,他们想要得到的只不过是一句简单的问候和安抚而已。

不擅长表情达意不代表可以无情无义,有时候可以把情放在心上,但有时候给自己个机会,爱很容易。一句话:"我爱你""我想你"……一个行动:为亲爱的"他们"送上一杯热茶……不要让爱成为痴痴的等待,不要让爱成为最后的遗憾。

朝花只拾一半

吴翎
福建师范大学文学院本科 2012 级

> 朝花只拾一半
> 梅雪渐落莲山
> 此生期许再无意圆满
> 承一诺　偏向人间觅冷暖
> 幸此间　红尘把酒共你相思绕眉弯
> 忆韶华　戏入膏肓为你唱断悲欢
> 五十弦　总有无声处任岁月轻轻叹
> 人未远　奈何人在风景两端　各自观看
> ——《朝花只拾一半》歌词

　　从牙牙学语到即将步入社会自己打拼,从小学到大学,串联起我整个求学十六年的,是四条被我踩过无数次的路。路上有太多的人和事让我铭记,让我迫不及待想与人分享。可是,那个我最想让他看到这一切的人,却在不经意间已经离开了我整整五年……

　　第一条路。

　　从家到小学,是一条我走了整整六年的路。即使我已经有九个春夏不曾再走过,我还是清楚地记着,那是一个简单的"Z"字型,穿过一个孩提时玩耍的花园,跨过一条臭气熏天的臭水沟,绕过一座充斥喧嚣叫卖的菜市场,最后再路过一道斑马线,学校的大门就在眼前了。

我还记得当我背上那个比我还重的书包时,我的堂妹出生了。接送我上下学的人,从幼儿园时的爷爷奶奶齐上阵,变成了爷爷单枪匹马守在校门口,一脸凝重地望着校园内,仿佛这座红瓦白墙的学校会将他第一个孙女"吃"了一般。只有见到我从那通往大门的道路上出现时,爷爷的表情才会突然骤变,咧开嘴笑起来,然后不自觉地向前,手伸向前,将快"压垮"我的背包从我背上取下,背到自己肩上。

回家的路上,我总是一路向前冲,爷爷跟在我背后,我不知道他是用什么样的表情看着蹦蹦跳跳的我,也许是微笑,也许是无奈,不过我敢说一定是幸福满满。我会跑到菜市场边的小杂货店里去抓一个棒棒糖。每当这个时候爷爷总是一边掏钱一边对我说:"下次没有了。"当然,一般他每天都会说这样的话,可惜从来没有兑现过。每次妈妈都说爷爷太宠我,爷爷笑笑没说话,我就大喊"爷爷万岁",然后朝妈妈做一个鬼脸。

大概是在二年级的时候,我突然间意识到我应该长大了,于是我开始谋划起长大了该做的事。首先就是独自上下学。于是在某个清晨,当爷爷一如既往背起我的书包时,我一脸严肃地告诉爷爷今天我要自己去上学,趁着爷爷发愣的时候我一把夺回我的书包,背在身上,转身出了家门。

我十分得意,我可以自己上学了,看到那些还被爸爸妈妈们牵着的小同学,我感到自己比他们"高了一截"。我一边走一边东张西望,感觉自己去上学真是有趣极了。当我穿过小花园,我感觉到了不对,怎么感觉老有人跟着我?我猛一回头,才发现原来爷爷就跟在我几步开外,也许没想到我会突然转头,爷爷也吓了一跳。我当时可生气了,指着爷爷说道:"你站在那别动!不要跟着我了,我要自己走。"爷爷笑了起来,点点头跟我说:"不跟着你,我去菜市场买菜。"我其实一点都不相信爷爷不会跟着我,所以我开始走几步就回次头,后来看到爷爷真的站在原地没有动,我也就放心了,开始大步朝学校走去。

当走到校门口的时候我满心的成就感。我昂首挺胸准备跨进大门,就在这时门卫大叔朝我说了句:"小同学怎么不和你爷爷说再见啊?"我才发现原来不知什么时候爷爷居然又跟在我背后走到了校门口,我特别生气,转头就跑进了学校,因此也没看见爷爷放松地吁了口气。

从那天以后,邻居们总是看到一个背着大书包的女孩,身后跟着一个白发苍苍的老人,女孩时不时转过身来"恶狠狠"地对老人说:"你站住!不准动。"我想那时候邻居们一定觉得这是件有趣的事情,现在想起来却是满心的感动,爷爷是真的放心不下我吧,即使被我指责,还是不愿让我离开他的视线。

第二条路。

从筼筜湖的这边到筼筜湖的那边,这条路伴我三年初中生活。比起在上下学的高峰期和同路的学生与上班族拼了命地为了挤上正点的公交车,我更喜欢早早地出门,沿着湖边的小路,一边呼吸着早晨带着甜美露水气味的空气,享受着微风的吹拂,步行前往学校。

也许从上初中开始,我和爷爷之间的交流慢慢地变少了。记忆中,那三年的时间里,我唯一记得的爷爷对我说的话就只剩下了"今晚想吃什么"、"多吃点"以及"照顾好自己"。这些话多么平常,却句句离不开对我的关心。

我是爷爷从小带大的,从我出生起我便没有离开过他。爷爷是个典型的农民,身材瘦小,皮肤黝黑,生活从来都很简朴,舍不得多花一分钱。但是对我,他却格外慷慨,也许每个爷爷都是这样,但我依然觉得我的爷爷是世上最好的爷爷。可是渐渐长大的我,因为一些可笑的理由,从来不曾把我内心的想法告诉爷爷,我对他的爱,对他的感恩,对他的抱歉……

爷爷还是那个无微不至关心着我的爷爷,而我却变得不再像我。我有时候会怀念小学时,爷爷跟在我背后,默默注视着我走每一步。但这也只是偶尔突然冒出来的小想法,初中的我于情于理都不可能再让爷爷带我上学了。

我走在从家到学校的湖边小路上,看着一簇簇灌木丛中开出红的、粉的花朵,随着微风摇曳;看着成群结队的白鹭,从湖中心掠过;看着来来往往的人们,也有牵着孩童散步的老人。我情不自禁把他们想象成是我和爷爷。

那三年里,我有无数次看到爷爷每每想同我讲话却因为不想打扰我学习而作罢。我想着,也许他只是想问我一句"要不要休息一下,喝点水吃个点心"。我多想回馈爷爷同样的问候与关怀,可是那些话却总是哽在喉间,怎么都发不出。我在那段时间里总是不停地想,为何我与爷爷之间的交流变成了默默,也许是我不经意间流露出来的不耐烦,也许是我语气里微乎其微的烦躁,让爷爷在面对我时变得小心翼翼吧。他的心里一定伤心极了,他的孙女,什么时候变成了这般。如果那时的我能好好反省自己,如果我能告诉爷爷我依然最亲近他,如果……也许现在便不会写这些东西,去试图抓住那点回忆的尾巴。

第三条路。

从岛内到岛外,一个半小时的公交车程,从起点站到终点站,一个周末一个来回。我就读的高中是寄宿制的高中,一周只有周末可以回家,其余时间都必须待在学校里。那是我第一次住宿,开学的时候我要将生活用品搬进宿舍。我还记得那天,整个学校都特别热闹,学生家长都忙成了一锅粥,嘻嘻哈哈,吵吵闹闹。那天我可是全家出动,爸爸妈妈、爷爷奶奶都跟着我来"视察"宿舍环境,妈妈和奶奶一边帮我整理床铺书桌,一边嘱咐我各种注意事项。爸爸作为一个"搬运工",不停地往宿舍搬我的大小家当。爷爷却是没什么事做,站在边上看着大家忙碌,偶尔出声"指导"工作。

能体验一把宿舍集体生活,我内心其实充满了期待与热情,宿舍的整理很快结束了,我也要到教室报到了。家人们就要离开,再见就是周末了,他们一边看着我向教室走去,一边朝校门走去。我突然涌起一股不舍之情,我还从来没有离开过家这么久。

新的教室、新的同学和老师、新的环境,我很快在这全新的环境中忘记了那一点不舍,投入到陌生而兴奋的生活中去了。一周的时间其实还是过得挺快的,至少我觉得一转瞬就到了能回家的日子,爸爸开着车来接我,我看到妈妈和奶奶都在车后座里,倒是没见到爷爷。不知道为什么我感到一阵失落。爸爸一边开车一边向我调侃爷爷,他说那天回家的路上爷爷哭了,因为舍不得我。我突然间一阵心酸,眼前渐渐模糊,我强忍着泪水,装作满不在乎的样子说"哭什么呢,我又不是不回去"。然后就在心底暗暗下决心,以后每个回家的周末,都要好好陪在爷爷身边,过去错过的那些,我要在今后一点点补偿回来。

那天回家,我一进家门就跑到厨房,看着爷爷忙碌的背影。我才突然发现,爷爷真的老了,岁月在他身上留下了深深的印记,皱纹、白发、驼背。我喊了声"爷爷",竟然哽咽了。爷爷还是微笑,云淡风轻,如果不是爸爸说过他哭了,我一点也没法感到他对我的关怀竟如此之深。那个周末,我总是待在爷爷身边跟他说着这一周的见闻,老人笑得开怀,我已经很久没有见到这样开心的爷爷。

从现在开始,爷孙俩之间的那些不开心都一笑而泯,我们仿佛回到了小学时期,多么好,多么令人怀念。

周末结束后我又要返回学校,这次我万般不舍,一再要求爷爷下周要去接我回家后,才踏上了返校的行程。

又是一周,当我离开学校坐上爸爸的车,爷爷却不在车里。我疑惑又不满,为什么爷爷没来?我问爸爸,爸爸却什么都不说。回到家里,爷爷也不在厨房也不在他房里,爸爸把我带到房间,妈妈走上前按着我的肩膀,爸爸声音喑哑地说:"我们去医院,看你爷爷。"几乎是他话音一落,我的泪奔涌而出,全身的力气似乎都被抽走,软倒在地,我突然很害怕,害怕去医院,害怕见到爷爷。为什么就一周不见,世界仿佛就变了?

一步步靠近病房,耳边是妈妈的叮咛:"进去看见爷爷不要哭,爷爷还不知道自己病情的严重。"我在病房外深深呼吸,然后推开门。什么不要哭,什么坚强,在我见到爷爷的那一刻全然消散,那是伴我十几年、从未与我分开过的至亲,他就躺在那,望着我,颤巍巍伸出手。我不知道我是怎么走到他床前,怎么握住他的手,那段记忆在我脑海里被我强行地遮盖,不想再回忆起,却总是按捺不住跳出来。

爷爷那时候已经说不出话了,他只是紧紧抓着我的手,很紧很紧,我离开时奶奶哄了他很久,他才放开我。等我出病房时,已是泪流满面,全身都在颤抖。我有一股很强烈的预感,这次放开爷爷的手,也许就是一辈子了。

又过了一周,那个陪伴我十几年的老人,带着微笑,离开了他的孙女……

我突然觉得自己特别可笑,什么以后好好补偿过去,根本没有以后了。世事无常,子欲养而亲不待,悔恨和遗憾永远留在我的心里。

第四条路。

从厦门到福州,我终于开始了我的大学生活,和很小的时候许下的愿望一样,我为了成为一名老师而努力着。我身边的人都在祝贺我,但我总是感到心里缺了一块,我想听到爷爷的祝福,我还想看到他笑着对我说"你是最棒的"。可是,面对空荡荡的房间,我难过,我想要把我的喜悦与他分享,可是他为什么不在了?

这么多年过去了,我从最初每到夜晚总是躲在被窝里哭泣,总是不能习惯我的生活里从此少了一个人,到渐渐地家人们不再讨论爷爷,不再想起这伤心的过往,一切仿佛回到了从前,电视机前的欢笑,饭桌前的侃天侃地,一切都还是如常,只不过是少了一个人。有时候我会有一种错觉,我已经不再伤心了,因为生死由命,人生在世总会经历生老病死。我不能陷在回忆里,因为现实中还有我要去关心和照顾的亲人。可是每当深秋,我还是会不自觉地想起爷爷,身在福州的我没有办法回到他的坟头,焚一炷香,但我的思念已经借着秋风送到他坟前,告诉他我的遗憾、我的抱歉、我的无限想念。

"朝花只拾一半,此生期许再无意圆满。"我与爷爷的那些曾经,就像一片片花瓣,飘落在这四条路上,我终要去拾起来,藏在怀中。但我愿只拾取一半的记忆,让那余者留与岁月,静静相伴。

开锁声

程悦
福建师范大学文学院本科 2012 级

记得一年级时,我参加学校的文艺演出,身穿大红公主纱裙跳了一曲《红彤彤的苹果》。后来,母亲告诉我,当时坐在台下观看的她,还有我的父亲,都百感交集,很担忧:孩子上了小学竟变得如此土里土气。

于是,就在那一年,只有几千元存款的父母到处借钱,又加贷款,在县城买了房。有了这学区房户口,我就能直升县城最好的小学和初中。因为同样的原因,住在县城郊区的大舅舅和大舅母也离开了他们的小天地。我家买 701,他们家买 801。对于小小的我来说,长达十几年的噩梦就这样开始了。

出于对忘了带钥匙进不去的突发情况的担忧,我们两家互换了一把钥匙,平时都放在各自家里的冰箱顶上。但我始终觉得,这是以防万一的备用钥匙,平时不能随便去开别人家的门,这样不礼貌。显然楼上的大舅母不这样认为,她每天开我家锁的声音简直是我童年挥之不去的梦魇。因为我爸妈还在乡下上班,平时大多就我一个人在家,上学期间我家电脑被加了密码不让玩,每当我一次次绞尽脑汁解开了密码,准备上网大玩特玩时,大舅母的开锁声响起了,我被抓了现行。每当我不睡午觉,津津有味地偷看电视时,开锁声响起了,我被告了。每当我们一家人周末正难得坐在一桌吃饭,准备好好聊聊天时,开锁声响起了,大舅母来了,自己坐在桌子旁边,不停地讲关于她自己的琐事。每当我得了一点点好吃的,正准备独自享用时,开锁声响起了,吃的被分走一半。大舅母完全把我家当成了她家,不仅来去自由,而且任何时候在我家看到了盒子、箱子、包裹，她都问都不问，甚至当着我们的面直接拆开检查我们有没有瞒着她藏什么好东西。人不在家时，借什么、要什么，就直接拿，有人在家时也完全不跟你客气。我母亲是脾气非常好的人，而且她心里始终认为哥哥嫂嫂就是更大，不能忤逆他们，所以我数次向爸妈反映这个问题都被无情驳回，我依然活在开锁声的阴影下。

每个寒暑假的早上我本都打算睡个懒觉，大舅母总是大清早开门来叫我起床上楼吃饭。我印象最深的是有一次，家里没人，我因为生理期躺在床上，肚子痛得不行。就在这时，传来了开锁声，我第一次觉得这种声音可以如此动听，大舅母进来后看到我这样，立刻就帮我找药、倒水，还煮了个鸡蛋坐在床上看着我吃掉才放心。她还是一贯地唠叨，在边上碎碎念，说什么："你们这些死孩子啊，就是平时不注意身体啊，才会这样！""都跟你说了几次，别吃生冷的东西了！""我告诉你，红糖和玫瑰花茶肯多吃，包不痛的！"平时我总是很受不了她在我们一家吃饭时的碎碎念，那一次，身体不适到烦躁的我竟然耐着心听进了她的每一句话，直至今天都记得清清楚楚。

直到我和表姐，也就是楼上大舅母的女儿双双考上大学后，这个学区房好像就已经完成了它们的历史使命。爸妈和舅舅、舅母也都爬不动这么高的楼了。于是，801的舅舅、舅母就把住了十多年的房子卖了，换了有电梯的楼房住。终于，我再也不用担心那可恶的开锁声会响起了。

701，我家的房子今年也要卖了，可能会有新的从乡下来的家庭，为了孩子，咬牙买下我家这个学区房，此后，又将是经年的爬楼梯和属于他们的新故事。

最后一个寒假，在这个屋子里。一天，睡到中午才起床的我，拿出一罐泡面正准备加热水。

"咔嚓——"一声熟悉的开锁声突然传来。

"大舅母？"我下意识问道。

"进来看吧，哦，这是业主的女儿，也是个大学生呢，楼上也是大学生，这个房子风水很好哦……"

记忆错位

林诗涵
福建师范大学文学院本科 2013 级

  进入大学的某一天，我与高中同桌相约吃饭。走在路上，我收到了母亲的微信语音信息。问我在做什么，我一边走一边回答。那时 S 市正在台风中像个醉汉似的左右颠走，家里的网络信号不好，隔了好久才收到她打过来的一大串文字，那是我教她使用智能机以来，第一次见到她能敲打出这么多的信息，着实让我惊讶了。隔天，一大波频繁的体能测试来袭之后，我一身疲惫蹭回宿舍给母亲打电话。电话接通之后她又摁掉，我见怪不怪地把手机放在桌上，没过几秒钟屏幕果然又亮了起来。在我用各种形容词和比喻句来表达自己对体能测试的嫌弃之后，母亲问我说："你同桌是谁啊？""大 Y 啊，你又不是不认识。"我答。"那不是你高中同桌吗？"电话那头问。"是啊。""那你大学同桌叫什么？"我这才反应过来母亲把大学等同于高中了。突然想起新生报到那天她陪我来学校，回去之后打电话过来忧心忡忡地问我说报到那天太急没能去见班主任要不要紧？尽管我感到好笑却又耐心地跟她解释：一点关系都没有。大学里没有班主任，只有辅导员，辅导员忙得很，一人管好多人呢，想见他都未必见得到呢。又唠唠叨叨讲了一大堆，挂电话前她好像还有点反应不过来，又说了一句："大学没有班主任啊，好奇怪，怎么这样呢？"在回忆中走神的我冲电话那头解释说："大学没有同桌的啦，位子都是随便坐的，也没有固定的教室，整天跑来跑去的。"我记得这些话我已经在不久前向她解释过了。母亲在电话里恍然大悟般说："啊，原来是这样啊！"我听她这么说便料想她下次肯定又会忘掉的。果然她又问:"你同桌跑这么远去找你玩啊?"我一面扶额一面略带无奈地答道:"老妈,我跟你说过好几次,她跟我是同个校区的啦!""咦!真的啊?我忘了啊。"她在那头又惊了一下,"老了老了啦,记性不好嘛。"她也只有在这种时候才会说自己老了。

  挂完电话我在想,这或许并不是母亲记忆力的衰退,而是因为行动与语言隔离太久的结果。又或者说是语言缺乏以图像、声音或实践的支撑而不能寄托在大脑内造成的记忆错位。没有经历过的生活,脱离物质支撑的想象,总是不容易长久的。

  其实,细细想来,我和母亲的这种记忆错位已经在我们共同成长的漫长岁月里存在很久了。在我读小学低年级的时候,母亲每天晚上都会检查我和我弟的指甲长短,而上学之前必叮嘱我们将双手洗净,确认完毕之后才让父亲骑着小摩托载着我们去学校。检查手指甲是幼儿园的规矩,每次进校门之前都必须将双手平摊于空中,翻转两下让老师检查,以干净程度分别颁发红、黄、绿小卡片给每个同学。那时候小红花和小红纸片对于我和我弟以及小伙伴们来说是近乎信仰般的存在。一旦错失总会像做错了什么事一样羞耻地哭出来。而小孩子的自律性和记忆力总是"当下的",前一秒说得斩钉截铁、头头是道,后一秒随即抛之九霄云外。意识过来时只能糊里糊涂地憋屈大哭,而不知罪魁祸首是自己。母亲就是在我和我弟的这种哭笑不得的过程中养成了这个习惯,一直延续到了小学。很久之后母亲才知道在小学保持个人卫生并不是最重要的,最重要的是胸前的校徽和脖子上的红领巾。一旦丢失其一,每天站在校门口的那群威风凛凛的少先队员一个个都恨不得把你吞下去。于是母亲又开始教我们系红领巾,把校徽从我们每晚换下来的衣服上取下来,别到第二天要穿的新衣服上,每周末把红领巾洗得干干净净的放在我们书包里。可以说,母亲是完全参与她的两个孩子的幼儿园到小学时期的。

  后来小学毕业了,我到了离家遥远的中学过着独立的寄宿生活。除了每次大考后的家长会与放假,父母亲几乎没有体验过我的校园生活。几次来了也只是在教室与宿舍间短暂停留。以至于我高中毕业后,他们仍搞不清楚我和弟弟在各自的中学里,究竟谁的教室在三楼,谁的在二楼。他们对于中学的具体感受和生活模式大多是从我每隔几天打回去的电话中获知的。他们了解的信息更多的是学校哪间食堂的饭菜更可口,哪个老师上课更有趣,早上几点起床、晚上几点熄灯,诸如此类我频繁向他们说起的。而数学公式怎么列,英语单词怎么拼写,班上哪个同学今天做了什么,体育馆在学校的哪个方位,学校有什么繁冗的规章制度,我是不会向他们说的。所以一次周末回家后准备返回学校的下午,我收拾着东西就见母亲在一旁翻箱倒柜地找着什么,急得团团转。一问才说她洗衣服的时候不知道把我弟的校徽放到哪里去了。我在一边漫不经心地跟她说应该是放在哪忘了吧。到我准备出门去时,见她还在那里找。我惊讶地看着她,让她不用找啦,再买一个就好了。母亲才停下手上的动作,一脸惴惴不安地问我说:"那等一下进不去学校怎么办呢?"当时我就愣了,缓了好久才明白过来,一边笑着喊我弟,一边跟她解释,在戴校徽这件事上小学与中学的不同。听我解释完她才舒了口气,开心地给我们准备要吃的点心去了。那时候我觉得我母亲真可爱,像小孩子一样,又突然觉得有些感伤,尽管我自认为我与母亲不存在所谓的沟通障碍,但若要使我们真正地同步,似乎总在生活的掺和下被迫产生延迟。

在离家后的校园生活里,每隔两天或三天给母亲打电话已经形成习惯。有事没事总讲上几句,有事讲事,没事就瞎扯,小到宿舍的芝麻小事,大到学校的领导巡视,都是我们的话题。不过我们的对话大多是我讲她听,母亲倒不常讲家里的事,我也少问,因为在我的潜意识里,我的家和那个小村庄有着自己的时间轴,无论它们怎么走,我总能在回去时一下子就跟上它们的脚步,所以我不害怕。但是母亲就不同了,我知道她很担忧与我们的生活脱节,一次她在电话里跟我说她去菜市场买菜,遇见了我的一个小学同学的母亲,两人就在菜摊前聊了起来。聊到了我们。母亲说,那时她跟那位母亲说,我几号就能放假回去了,那位同学的母亲却对她孩子的近况一脸茫然。母亲说她那时很高兴,因为她觉得没有跟我们脱离了。那时我从她的讲话里感受到了她浓浓的不安与欣慰,我很心疼,因为那话里有无法言尽的感情。

我与母亲的记忆脱节,并不是我所愿的,而对于这种脱节所带来的对她更大的伤害,我也是不愿看到的。我总在有意无意地补凑这些脱节的零星碎片,纵使那断章、短缺听不得我,但哪怕能补一点,也是好的呀。

外妈的摇篮曲

郭雅冰
福建师范大学文学院研究生 2014 级

每天早晨,我都要坐在厨房后门的石槛上等阿喜担水来。

厨房坐落在房子最后面并列的三间屋子之中,后面是个窄窄的门庭,平常外妈总是在这里洗菜、洗头、洗衣服。从这里往外望,能看到一片的菜园,菜园子不大,但是分属很多家,最靠近屋子栅栏边的那一块是属于外公的,好在老两口吃得不多,这些菜自给是足够的。菜园子旁边是道很陡很陡的石阶梯,每级石阶都很高,而且都是用整块的石头打磨出来的,表面凹凸不平,一到雨天,坑坑洼洼积起了水,走起来需要些功夫。外妈总不放心我一个人走这道石阶梯,总要让人牵着我,其实我虽然腿短,但爬起来并不十分吃力,外妈总爱瞎操心。外妈家所在的地方是块凹地,地势较低,要出入只能靠着这道石阶梯,外妈平常无事是不出门的,因为她年纪很大了,怎么说呢,她四十岁才有了我妈,而我妈二十五岁才生下了我,再加上她以前摔断过腿,所以走起路来很是蹒跚,走远路需要拐杖支撑。好在有阿喜,阿喜每天会从村子的另一头担水来。阿喜在我眼里是很神秘的,他打小是个孤儿,是外妈把他拉扯大的,他应该叫外妈为姨,但我从没听到他叫过外妈外公,对谁他都唤做"诶"。村子里的大人都说阿喜坏了脑子,外妈每次听到都要难过很久,所以我很懂事地不去问她阿喜的秘密,比如说阿喜为什么会坏了脑子,阿喜的妈妈是什么样的,阿喜住在哪里,阿喜为什么年纪很大了还没老婆。其实说阿喜糊涂还是有待商榷的,因为我见过他偷偷藏私房钱,那都是他去打盖房建墓的散工或是去有红白事的人家里打下手赚来的，红红绿绿的，还有硬币，都装在一个红色的塑料袋里，然后包上手帕，放在裤头的夹袋里。外妈也时常要给阿喜钱的，比每次给我买面糊煎饼的还多很多，这我倒不会吃醋，我觉得阿喜着实让人心疼，我见过他捡别人扔在地上的烟头来吸，还不止一两次，阿喜买不起烟。但阿喜总是很坚持地拒绝外妈塞给他的钱，有时候和外妈推搡急了，他整张脸和脖子都像要爆出血似的，红黑红黑，鼻子还喘着粗气，哼哼的样子，有点像生气的牛。

阿喜担水是很有本事的。石阶又长又难走，但对于阿喜来说是很得心应手的。阿喜担着担子，两头各勾着一个大铁桶，走起路来又快又稳，而且还打着节奏左右摇摆，跟大姑娘甩手绢一样好看。桶那么大，阿喜每次担来的水都有九分满，连外公也是要称赞几句的。

每天早晨我都坐在石槛上等阿喜来，远远地看到他，我就会跑到前厅喊外妈"外妈外妈，阿喜阿喜"，这时候外妈多半是在前厅前面的院子喂鸡鸭。外妈是养鸡鸭的好手，村子里很多新媳妇旧媳妇都会来讨教，每回她们看到外妈的鸡鸭，眼睛发亮，虎视眈眈的，好像随时都要扑上去抢回家，害我每次都提心吊胆的，死死地盯着她们，担心她们会有什么出格的举动。相比鸡，我是更疼鸭的，所以平常外妈问我要吃鸭还是鸡时，我都说我想吃鸡，为此救了鸭好几回，我想鸭是要感谢我的，所以我就比平常多闹了鸭几回。我是不敢去闹鸡的。有一回一群鸡在院子啄着地面吃食，我冲了过去吓它们，看到它们受惊吓后咯咯地四处窜逃，屁滚尿流的样子，我就高兴。许是有一只鸡被我追急了，它竟然反过来扑向我要啄我，我着实被吓着了。后来我知道了鸡不仅会飞还不好惹。鸭就不同了，每次我故意在后面追它们，它们就呱呱地左右摇晃，撅着屁股走起来又笨又傻，电视里的企鹅也是这么走的。

外妈听到我唤她，就会踱着她缠裹过的小脚蹒跚而来。外妈的脚很小，她说以前脚大是嫁不出去的，所以小时候她阿爹硬打断她的脚骨然后缠上纱布，硬塞进和脚大小不符的小鞋子里，血肉模糊，我想想都觉得疼。其实就算外妈的脚很大，外公也是会要她的，可是我没机会跟外妈的阿爹说。外妈来到厨房，从橱柜里拿出事先盛好的早饭，这是给阿喜留着的。有一大盆的稀饭，比我和外妈外公加起来吃的还多，然后还有青菜、花生米和红烧肉。花生米是我喜欢吃的，外妈的牙都是假牙，嚼不了。红烧肉是昨天特地留下的，因为外妈说阿喜长得很壮，不吃肉容易饿。外妈的红烧肉方方的、红红的，一口咬下去满嘴的油香，我天天吃都不腻。阿喜是不喜欢坐在椅子上吃饭的，他都是蹲在门前吃，好像这样吃比较香，外妈外公纠正了他也不听，他的脾气是很犟的。

阿喜把水倒进了大水缸里。大水缸是黑陶做的，被油烟熏得黑亮黑亮的，无论是内壁还是外壁都很光滑，夏天的时候我就喜欢抱着水缸玩，很凉很舒服。外妈说水缸用了很久还是很结实，还可以用很久，四狗的手艺就是好。如果你以为四狗是只狗，大家都会笑话你的。因为村子里的人都认识四狗和他家的兄弟们。四狗有四个兄弟，按照排名分别叫做大狗、二狗、三狗，直到五狗。他们兄弟五个干起活来都是顶呱呱的，而且他们都有一技之长，这在村子里很让人艳羡。大狗种的庄稼最好，二狗承包了村子里的鱼池，三狗在外面拉煤车，四狗会做很多手艺活，五狗在外面闯荡。大家都说四狗他爹最有福气，这也不枉费他一个人把这兄弟五人拉扯大。五个兄弟都很孝顺，四狗他爹种了半辈子的田，现在终于可以舒舒服服地躺在床上当大爷，五个兄弟也真是争气，前几年攒足了钱把屋子翻新扩建了一番。四狗他爹的五个儿媳妇也都很乖，洗衣、烧饭、下地样样在行，特别是他的五媳妇，嘴巴忒甜，总是爹啊爹啊叫个不住，"爹啊，我给你打了件毛衣你试试"、"爹啊，你吃点心不"……可惜这五媳妇肚子不争气，嫁过来这么久了只生了个女娃，完全比不过她的四个嫂子，更别说她婆婆了。在这里没有个男乖乖是要让人戳脊梁骨的，我就听到过有人在背后说她，说这五媳妇浓眉大眼的，身子结实，屁股又实，明明是好生养的，怎么就产不下蛋呢？我听了特别不乐意，我就是个女乖乖，我怎么就比不上男乖乖了呢？好在五狗不在意，对女儿一样疼爱，对媳妇也好，而四狗他爹呢，也说他这辈子已经有了五个浑小子了，对女娃娃更加稀罕，这就堵上了好事人的嘴。但我知道五媳妇还是介意的，有一回外妈请人宰了猪，让我送块肉过去，我就瞧见五媳妇在厨房里偷偷抹眼泪。

四狗不仅会烧陶还会烧瓷，他和别人合开了一间小作坊，村子里家家户户的陶瓷，大到水缸小到碗碟瓶瓶罐罐等等，都是出自四狗的作坊，他们还常常接其他村子的活呢。我知道四狗的手艺是极好的，他以前送给我个瓷娃娃，比我的手还大，白白胖胖的，头顶有一撮小毛，穿着件红色的兜肚，见过的人都直呼可爱，可惜后来不知怎么地就摔坏了。四狗以前也做竹椅，外妈家的竹摇椅就是他做给外公的祝寿礼物。摇椅最底下是两根弧形的空心的竹子,这就是椅脚,支撑在地面上,摇起椅子,椅脚就跟着晃起来,一边低一边高。椅脚分别挂着两根较粗的直竹子,不长,共同撑起了椅面。椅面也是竹子做的,是平平的长长的竹片编在一起而成的,椅面四边各镶上较大的圆竹子,两边还细心地安上了扶手。夏天躺在这竹摇椅上是件很幸福的事情,无论晃得多用力,竹摇椅都能稳稳地驮着你。在这里没有风扇,竹摇椅就成了我的避暑胜地和最亲密的玩伴。四狗做人也很好,这点他们兄弟都一样。平常他们无事都会到外妈家来,问问有没有什么事情可以帮忙的,加固桌椅,修修门窗,就算他们来和外公泡泡茶,和外妈唠叨些家常,也都能让老两口高兴。

　　我和四狗比较亲,他时常会抓些竹虫来给我。我们这里的小孩都喜欢吃竹虫,掰掉头和屁股,放在火里面,噼噼啪啪,一下子就烧黑了,然后用棍子挑出来放在嘴里一嚼,那滋味别提有多香。四狗每次回来,我都没少闹他,我会故意很惊讶地冲着院子喊"大黄大黑,你家兄弟来了"。大黄和大黑是外妈养的土狗,它们一听我喊,也跟着兴奋起来,冲着四狗叫。四狗兄弟们的名字都带狗字,所以我总喜欢开四狗玩笑。四狗也不恼,摸摸我的头笑眯眯地说:"面糊煎饼的阿婆都快收摊了,去叫阿德带你去。"仿佛领了圣旨,我欢呼着跑开,大黄大黑也跟在我身后"汪汪"地瞎起哄。外妈在身后喊:"别厚脸皮让阿德掏钱,我早上不是给你钱了吗?"阿德是四狗最小的儿子,年纪比我大上几岁,已经读小学四年级了。他有些崇拜我,因为我是从城里来的孩子,他看着我都觉得新奇。我领了圣旨让他请我吃面糊煎饼他是不敢不从的。外妈平时并不喜欢我吃油炸的东西,但是阿婆家的面糊煎饼除外。因为外妈说阿婆很可怜,无亲无故的,年纪那么大,还要卖煎饼来糊口,所以她时常给我些小钱来买煎饼。阿婆的生意很好,她的煎饼摊每天从早卖到晚,总是有很多人来捧场,无论是小孩还是大人都喜欢她的煎饼。阿婆用一个大大的圆形汤勺从锅里舀上一勺面糊,然后用手抓上一把胡萝卜丝放在里面,再整个汤勺放在油锅了,面糊在油里一下子成了形,再撤掉汤勺,让面糊继续煎成饼。阿婆做得慢,但大家都很有耐心在一旁聊天,从来不催促。面糊煎饼还没起锅就香味扑鼻,吃起来表皮香香脆脆的,内馅软软的、咸咸的,外焦里嫩,我一次能吃四个。其实阿婆也劝阻我来着,她担心我吃多了回家吃不下饭,但我总是歪理一大堆,说什么我正在长身体,能吃很多很多哩。结果回家果然吃不了晚饭了,难免讨上一顿骂。

其实也称不上骂,外妈的声音总是柔柔的,说话也是慢慢的,即使真急起来,声音也是细细的,很难听得出来她生气了。但我实在受不了她碎碎念,所以只有保证下次再也不犯了。于是就有了下次、下下次、下下下次。有时候我淘气过头了,外妈也真会生我的气的,她真生我气就会不理我了。但我总是有妙招的。睡觉的时候,我就只喊热,睡不着,外妈终究是心疼我的,就会拿起扇子帮我扇风。我喜欢趴着睡觉,让外妈把手伸进我衣裳里挠着我的背,这样最舒服。隐隐约约,我听到一曲歌谣:"摇啊摇,摇啊摇,摇到外婆桥……"明天我还要和外妈早起呢,我还要坐在厨房后门的石槛上等阿喜担水来。

哥哥，等等我

徐文娜
福建师范学大学传播学院本科 2014 级

前几天，收到哥哥发的照片，说是给我买的杯子，"五一"的时候给我带回家。看到照片，是个很可爱的杯子，我很喜欢。

想想才发觉我已经有很久没有见过哥哥了。平时也没有怎么联系。是从什么时候起我们的关系变得疏远了呢？曾经我一直追随的哥哥最近还好吗？已经有很久没有关心过哥哥了，连他的近况也不知道了。

还记得小时候我经常跟在哥哥后面，无论他在哪里，我就会在哪里。就像是一个跟屁虫，甩都甩不掉。所以小时候就会有这样一个奇观，总有一个小女孩混在一群男孩子里，所以哥哥以前的玩伴，都是我的好朋友，弄得我有一群男闺蜜，却只有少得可怜的女性朋友。这也许是对我的惩罚吧！

有一段时间，哥哥是很反感我一直跟着他的，好像还恐吓过我。

"再跟着我，别怪我打你啊！"

"你烦不烦啊！别再跟着我了。"

我知道哥哥是在吓我，在开始的时候，还是被哥哥吓住了，怕哥哥打我，怕哥哥不理我，再也不带我玩了。所以很听话，没敢跟。可是连续几次，我也恼了！我都那么听话了，为什么还是不带我出去玩？又开启了厚脸皮模式，死皮赖脸地跟了几回，哥哥也没办法，又恢复以前的模式，他在前走，我在后跟。

后来我也摸索出了规律，哥哥就是个纸老虎，外表凶巴巴的，还爱欺负人。比如说把我的头发弄成鸡窝头，让我给他抄作业什么的。

可是他待我是极好的，这次给我买的杯子，正是我喜欢的样式。他也总是在妈妈的面前说，这个给我小妹留着，那个小妹一定会喜欢的；她那么懒，一定会挑那个最简单的；那个是她最喜欢的蓝色，我觉得她一定会喜欢的……当然这些他可不会对我说，这些都是妈妈零零碎碎地告诉我的。

自从到外地上大学，他和我联系的时候说的最多的就是，不要吃太辣的，容易上火；注意保暖，不要感冒了；不要熬夜，赶紧睡觉。很贴心，可是大多数的时候我就把这种关心，当做理所当然了，哥哥就应该关心我，就应该答应我的一切无理要求，就应该解决我的麻烦。

当别人把明星作为自己的偶像时，哥哥就是我敬仰的"神明"。在我的眼里哥哥就是万能的，他会解我不会的数学题，会做我喜欢的咸汤，会开我可能永远也学不会的大篷车、摩托车。

记得那次他为了不麻烦我开门，直接翻墙进家，可是当时我好像很不领情，向妈妈告状，最后妈妈狠狠地批了他一顿。好像他曾开玩笑地说："我比你高了一届，所有的问题都会先遇到，以后遇到任何问题都可以来找哥哥！"

记忆的闸门一下子被打开了，好像总有一个人走在我的前面，为我解决所有的烦恼，陪我走过童年、少年。

有个在过马路的时候永远不会忘了牵着我的手、走路的时候永远走在外面的大男生，从什么时候没有他的消息了呢？是在自己宁愿在朋友圈里发说说，也不愿和他打一个电话的时候吗？还是在自己宁愿刷微博也不愿意发一条简单的短信给他的时候？是什么时候呢？久得连我也忘了是什么时候！

有人说，当你改变想法时，什么时候也不晚！

那我……

"喂？"

"哥哥，杯子很漂亮，我很喜欢。"

"喜欢就好。"

……

"哥哥，等等我。"

阳光下的大男生回头冲着身后的小女孩笑得很灿烂，就像那阳光一样耀眼。

"快点！"

难中你我

郑雅静
福建师范大学文学院本科 2012 级

情到浓时，自然藏掖不住，到深处，却难免遇上各种的不恰巧，未及时得到表达。不幸遇上，那便是短短一生所不能承受的剧痛。

我活得不算长——二十一年，没有什么阅历，说不出什么深刻的言语。却也不算短，比某些可怜早夭的生命看过更多的日出日落，还早早地被冥冥中的命运摆了一道坎，经历了些超出年岁的成长。二十一，因为落难之后，我不成熟的心智渐丰满。

铁娘子

铁娘子，好似是个同男人相匹敌的词语，充满了清晰的线条气息。但，对我来说，她适用这个词，无关性别，而是发自一种内心的力量。虽然，有时难免强横得有点看似不讲道理，容不得别人说"不"，然而，客观冷静地看，那种要强的性格，或许强硬了点，伤了不少和气，可确实是值得尊敬与佩服的——较高的自我要求与较严的管束态度，对自我的坚持不仅时刻压制住自己，还常常得不到理解，那是种欲登高处而不胜寒的心，一路又苦又累。比如我，抱怨被加在身上的期待太过沉重时，往往不知道那只是她心上的碎屑。

小时候，可能乱七八糟的剧看多了，培养了我童年格外倔强的脾气，加上本来就淘气，偏偏还碰上要强、做事雷厉风行的她，我做什么都容易触雷，战争往往一触即发。

她说我就是横内,外面一副乖样子,里面一浑大爷。撒泼、顶嘴的事情三天两头发生,因此,家中常备教育器械——鸡毛掸子、专用衣架、细竹条子等等。种类丰富,一根根被细心地除去了毛刺,再加上多次派上用场,笔直的杆身滑溜溜、亮晶晶,被喂得精神抖擞。站墙角、罚跪、赶出门的方法对于我尚属低程度的惩罚,遇上了,我也只是一脸不屑,而她骂也骂了,好话也说尽了,我就是死鸭子嘴硬,不认错还是不认错。于是乎,趁硝烟味正浓,面对着我的一脸高傲,她"啪"地抽出身后被手攥紧的工具,麻利地给了我一下。就着电光火石的这么一下,我立马哭叫起来。无可奈何,打到最后,我仍是不承认错。革命的硬气都在我的小时候被上演得淋漓尽致。最后,又是冷战告终。有时过一会儿,有时几天之后,当我渐渐意识到自己理亏时,我便有意讨好起她来。然而,我仍是不认错,只是会收敛地在饭点及时吃饭,主动配合她干家务来缓和。待形势渐好,她就一把抓我到跟前,语重心长地跟我讲道理。而我,乖乖听着,这事便圆满结束了。

所以,自始至终,我仍然不说"我错了",到了现在,也不曾说过"对不起"。

我以为,昨天同今天,今日与明日,都是翻页的复制,结果,昨天与明日,跨过今天,却沧桑巨变,恍若隔世。这几年,便是如此,在不曾细细察觉间,经历太多事情,我变了,她更是变了。

上大学以来,每一次回家,我都感觉几个小时前的福州与我遥不可及,好像只是剪报上的一条广告。可每次返校,又好像我从没离开过学校。那种无波澜的恍如隔世感,我到这个年纪才算懵懵懂懂,她却不这么看。

记得2012年的国庆,是上大学以来的第一个假期。带着一半兴奋激动与满腔的新鲜话回了家。像我这样没走过远方的孩子,尚不知什么是思念与牵挂。一到家,只是兴高采烈地一甩行李。谁想,一转头,一向强势的她竟然边笑着边抹眼泪。那是我不曾料到的。因为,哪怕是当时的大难来临时,她都不曾对我展现过这么脆弱而感性的一面。在缺少感性元素存在的我家,我极少看得起"眼泪下饭"的剧情,可是,她确实变了。在经历了那场大劫之后,我们都变了,变得敏感而多情,变得锋芒收敛而容易感动了。

就算几年之后的今天,虽然不知道是什么样的倔强,让我渐渐地养成一样强硬的臭性格,我们心中所想的或许一拍即合,但表现在行为上的却没那么友善,常硬碰硬后不欢而散。然而与此同时,我也渐渐理解了这背后的不容易,懂了这份性格的苦不堪言。

但是,这不是小说,矛盾与不欢都有善后的机会。尤其在经历了那场生死劫之后,我多庆幸我们都还在。都说失去才知珍贵,那么经历了这一场逼真的吓唬后,我是真的看到了她的老。我也不必再同之前一样,想方设法说服她的老顽固,即使在我不赞同时,转念一想,我也会庆幸,我还有机会改变自己,还有机会多宠爱宠爱她。对于她坚持的要强,无论是对是错,我都愿意屈服,我都统统接受。

现在想想,劫难,碎裂了铁娘子强硬的躯壳,点化了我的冥顽,让我们更照顾彼此,让过去的不快稍显趣味横生。而"对不起",虽然还是别扭,说不出口,却让我认错的心不那么倔强了。

人生一大劫

没有防备地与劫难撞个满怀。那是你人生的大劫,也是我人生的大劫。同时化作我们的幸运。

有多少人没能挨过去?不幸地遇上,又不幸地陷在其中。这样看来,我们虽然也不幸碰上了,能脱身,却是多么受眷顾啊!如果能不去经历,免去肉体与精神上的痛苦折磨,当然最好,但既然不得不经历,哪怕期间有过刻骨铭心的痛苦,现在也算是平安无事了,那么我们仍然感谢这一经历。

也不是没有对这大劫咬牙切齿地恨过,可当雷雨过后,它的手下留情,让劫后余生的我们感到幸运,更留心察觉到身边被忽略的美好,更学会适度收拾起自己锋利的棱角,珍惜彼此。

我们只是芸芸众生中再平凡不过的一家人,听过、看过其他人的幸与不幸,但平凡如我们,始终想过平静简单的生活。曾以为,那些好也罢、坏也罢,再大的几率也与我们无关,哪里想到,不大不小的概率里,就这样刚刚好,魇梦忽至,打了我们个猝不及防。

听着别人的故事时,再投入,你顶多也是掬一把同情泪;再靠近,你也无非"啧啧"惋惜几句。可对于被困在里面的人,一切生的念想都被一一掐灭,外面的人无论如何是不能感同身受的。听多了,看多了,你反倒会觉得厌烦。

我可以理解。因为，这场大难里头，我被好好地保护在了外头。在他们瞒着我承受的时候，我甚至没能比别人更靠近真相。被呵护得对此一知半解，乐观得不太在乎，甚至有点厌倦这低落的气压，完美地达到了他们想要的效果。直到大难的巨浪卷席过后，在他们还原的事实里，我回忆着那个时候，明明在场，却好像平行世界的两个场景，再就着狼藉海滩上的碎片，我这才串起了来龙去脉，解释清楚了我此前的零星疑惑。

最靠近的我，最后知道了一切。不是电视剧，而是真实，让我在了解的一瞬间崩溃了。恨与自责，连同延时的剧痛，充斥了一切。

我气他们瞒我，把我隔离在外，但我更气自己的愚蠢、迟钝。在最需要我的时候，我却在外面笑着闹着，没心没肺，过自己一如既往的平静生活，一点也看不到隐形墙内哭红的一双双眼睛。就算以"我不知情"为借口，做着最正当的事，但一想到当时他们的心情与状况，另一边是我傻不拉几的乐观，我仍然不能原谅自己。

这份自责，在理智的人看起来或许是无须的，不过是我自作多情。从理智的立场来看，瞒着我，无论对我还是他们，都是双赢的选择。然而，从我心里最大胆的情感来说，这种抉择是对彼此最大的伤害！由此，我生"恨"。

行为和心灵的需求总是相矛盾，事后的我，一点也不感激他们的保护，表面上自然不可能否定他们的做法，但在我的内心认知里，反倒恨透了他们"自私"的做法。他们的"以为"，何曾是我的"以为"？这一切的圆满，似是而非，披着善意外衣的保护，杀伤力远远高于行为，才是最杀人于无形的致命伤害。谁都没有错，可实际上谁都受到了巨大的伤害，信赖的断裂是一回事，更重要的是一边是明明心里需要我，却避开我，受着双重的煎熬；一边是愿意陪伴的我，却被拒之门外，想要弥补却永远都回不到那个时刻。这跟"生死一线之时，一人为救一人而牺牲"的剧情倒十分相似，人们在惋惜遗憾"英雄"的时候，有没有人关心一下被保护而活下来的那一个？那个活下来的才是可怜蛋吧，苟活下来，受无尽的内心折磨，比死还难受，这哪里是怕死？若当时能选，你问问他，他真的会选择活下来的那个角色？

因而，对我来说，我有责任分担。这样让我安然无恙地走出风雨，而任你们担着一切，我无异于苟活。所以，我就是永远都释怀不了，愿意永远背负这"没有必要"的自我惩戒,好让我弥补一点点当时欠下的承担。哪怕对当时的他们无济于事,但至少,我的心里面能好过一点点。

经常想,墙里的那双眼睛,该是多么绝望啊,承受着身体与精神的病痛,明明那时多么需要女儿的手,还要拾掇好一切,将最乐观的状况呈现给我。那应该是溺在水里的感觉吧,张大双眼,看不到天,尽力叫着喊着,也只有"咕噜咕噜"冒着的泡泡。最后,水一点点地压到你的肺里,连最后一点空气都溶解掉。又美又残酷——我最爱的人所处的就是这一种情形,而水面外的我,笑靥如花,还冲着里面渐渐溺亡的她挥挥手。如果是这样,我自然逃脱不了自己心的拷问,自然该受这种苦。

至今回想起来,那时候的每一幕都残忍,哪怕瞬间闪过,都能连皮带肉地撕咬着我。无数次假设,如果我能够多留点心察觉一点,那多好!就算什么都察觉不了,但生活过得不那么轻松自在,哪怕一点帮助都做不到,可对我来说,现在也不会陷入无尽的自责中来。当时的我缺席了,而事过之后,我能做的,就是不放过自己,接受这折磨,权当一点慰藉,慰藉他们所受的苦难,慰藉我没能分担苦难的遗憾。

到现在,过去了几年,我还将它背负心上。一日一日,有增无减,虽是你的劫,可你们再怎么推开我,我都不能不在场呀。所以,也是我的劫,我还为缺席而出煎熬,始终认为对事后自己的苟活,再怎么惩罚也不够,就算做不到相互缓解,那我也不能因此置身事外。等到这痛苦能大到平衡墙里那双哭红的眼睛时,或许,我才能接受一点赦免吧。

其实,我也能理解他们那么做的苦心,只是我不赞同,更不能指责。但我仍然不能肯定他们的"自私"想法。不过,再想想,如果那时候,他们坦承了需要我的心,现在的我是好受了,但恐怕他们心里会从此背上亏欠吧,我此刻的自责便由他们担了去。这样看来,这大劫,没有双赢的可能,必定会有一方留下永久的后遗症。既然如此,还是选择我来承受后遗症好了。如此一想,把"自责"作为茶余饭后,我倒也心安了许多,更不"恨"他们了。

郑渊洁有句话说得好:"孩子未成年前,只有父母欠孩子,没有孩子欠父母。"那二十一岁的我呢?亏欠的简直不能更多。

劫难中的你我,都受尽了苦,而我的"恨"与"自责",其实都归咎于我们的爱。劫难的意义，在于提醒我们"爱"的存在。此前，我们都太羞于承认，冷锋凌厉冲着对方，此后，我们有了及时表达的需要，就算羞红了脸，也要勇敢说出来，把亏欠统统还清。

后劫

死亡。感受过它近距离的威胁，便会心生恐惧，便会对它敏感而谨慎。

现在，关于这颇多忌讳的字眼，我终于不必藏着掖着了。虽然沉重，也能平静地讲出来了。

自从那之后，不可否认，患得患失、提心吊胆常从边边角角生出来。一联想到那气息，在深夜，都不由得心里一紧，眼角慌了神地湿润起来。可是，居安思危还是有必要的。

我常常在想，没有了你的日子，我的生活会怎么样？这个小小的放肆念头时时在夜深的时候钻出来。在此之前，它一冒头，我便惊慌失措，面对这样大逆不道的想法，我深深地愧疚与负罪，让我哪怕只有一个人时，哪怕明知道这些只会在心上嗞嗞作响，只要我不说，别人根本无从知晓，但我仍会被自己大胆而荒谬的假设吓得屏住呼吸，不敢动弹，而强行将它停止，强行不敢再进一步去假设。也不是什么良心在盯着我，让我有所束手束脚。这想法从来都存在，今日的不敢想象，将来也势必要直面。不敢，说白了不过是我还没有足够勇气去面对这个问题，还没有足够的能力来解决它罢了，都是我在害怕而已。

但现在，曾如此近地接触到了它之后，害怕到了极点，反生无畏，敢于让它自由生发起来，敢于睁着眼睛去胡思乱想了。

是的，它仍然很可怕，尽管我一再做好准备，可万一有天它迎面来了，不用想象就知道，我仍然没有办法像迎接老朋友一样，友好地对它笑出来。这让我想起史铁生的"死是一件不必急于求成的事，是一个即将到来的节日"。但，给我做再多的心理准备也好，不用假设，那时的我必定会对天崩地裂都无动于衷，一心一意地任悲伤窒息，耳里、心里都将装不进再多的正经事。但，我还是要想象，还是有必要进行这种不孝的假设。

我想，它的意义是教我更能感受到当下手与手相握的温暖，你一言我一语来去对话的真实，教我不要忽视、不忘珍视当下的每一次交集。固然，每一分每一秒的紧紧把握是不现实的,但,这样一来,我们同时存在于这个世间的时间、次数都被设定了隐约的上限,好让我有了危机,更清醒地明白当下什么该做、什么不该做,有了全局视野,更知道现在的如何,导致日后怎么样的收场。

所以,说白了,它还是一种居安思危的准备、一针强心剂。纵然日后起多大效果,我不敢保证,但无疑,它还是有存在的必要。不仅为她,也为我。

生老病死,人生必备的功课;笑着、哭着,都是种合理的接受方式。但在此之前,我完全可以自主提前做出理性的抉择,才不至于到时候手足无措,之后又用后半生来后悔前半生,把一生浸泡在各种不甘心的折磨中。

前半生伴着你活,有过开心也好,有过伤痛也好,都很珍贵,我能做的就是尽量制造出更多的珍贵,珍惜当下彼此的依存。但后半生应该更多地为自己活,甩掉前半生的牵绊,安心地过下去,不带前头的丝丝缕缕,活好后头的日子,好让你放心,也让自己安心。这是这些看似恶毒的字眼给我的友善建议:告诉你我,要珍惜。而我以直面劫难的勇气,在劫难再度来临之前,争取完成好它布置下的作业。

旧时光的记忆

刘丽云
福建师范大学文学院研究生 2014 级

初冬,南方仍见落花!这一地缤纷,委婉却也落寞地留住了人心,却未留住季节。我总说那永恒的美都是瞬时的,即也似那回忆中的片段!

记忆中的七月有蜜糖的味道,而七月的夏夜更是整个糖罐。乡村的夜晚总是给人滋味。我躺在竹床上,闻着栀子花香入眠。那时候我却没想到,若干年后再闻不到这种花香,城市的发展,不仅阻隔了我的乡情,也阻断了我童年的味道。屋后一排都是奶奶亲手种下的花树,它们赶过了我的个头,却也还在陪着我成长。夏夜,凉床,花香,虫鸣,一老一少,我们是如此和谐,相得益彰。

纯净而明亮,我用童话般的眼睛去看这浩瀚的夜空,带着那个年龄该有的幻想,问她所有关于星际的问题。那时候我觉得她就是我的百科全书,就是我所有答案的出处。月光泻在白色的花瓣上,它比白天开得还害羞,奶奶忍不住摘下几朵放在我枕边,她说,那会让我晚上睡得更香。她的言辞里满是关爱与疼惜。我们并头躺在竹床上,因为距离近,加上月光的照射,我清晰地看到她额头的皱纹。可是她的慈祥,让额纹也显得不那么让人忧伤。她摇着蒲扇为我驱蚊,在乡村几乎一切东西都必须自己动手做,那时候我还不知道蚊香是什么,甚至我们还用着煤油灯。世界几乎与我隔离,但因为有她,世界又离我很近。我附和着稻田的蛙声,逗笑了自己,也逗笑了她。

忽然,她问我,如果以后我走了,你会哭吗?那时七岁的我,没听明白,奶奶又把问题说了一遍,只不过这次她把"走"换成"死",说得那么小声、那么不舍。

在我小小的心灵里,还没装过这个词,我不懂这意味着什么。打我记事起,我就知道她一直陪在我身边,我也知道未来她还会一直在我身边,可是未来多远,我没想过。我笑笑回答,当然会哭啦!孩童的话稚嫩,奶奶却好像把它当成心安的诺言,一时间空气凝结了一切。若不是忽然看到她悄悄抹了一下眼睛,我以为那就是我的永远。她一边笑着说"那就好",一边望着无边无际的夜空,那里空洞却也多情。她没有女儿,我却成了她的至宝。闪亮的星空,安谧的夜晚,我香梦在她的怀抱。一切睡得那么安稳,却不如我甜蜜。

慢慢地,我带着心事长大,她却越发蹒跚。我离开了村庄,也离开了她。时光谱写了一个个印迹,我越走越远,苍老的背影不再有夕阳的光影。日落而眠,黎明而醒,久久回望,久久等待。安静的村子,沉默得让人哭泣。

终于,深秋的傍晚,我接到了熟悉却沉痛的电话。那头,只是母亲的声音。还未说话,我就感觉到令人窒息的恐惧。"女儿,说句话吧,好让奶奶安心走。"从未有过的预兆,从未有过的心痛。泪水直接划过嘴唇,我哭得歇斯底里,哭得不能自已。我什么都说不出来,什么都不想说。无法控制的泪水直刺心底,我像溺水的人,拼命想抓什么,却什么都没有。只听话筒那边无尽的沉默,似深渊,可是她的呼吸就好像在我耳边。纵然我有一万个不愿意,最后还是叫了声"奶奶",那么苍白无力,又那么千斤似鼎。我仿佛看到她无力的呻吟,用她的愤怒和游丝的力气抗争死神的无情。病榻旁站满了苍白的人,她却视若无睹。世界是安静的,她却是躁动的。她在等待些什么,同时还满怀欣喜。终于在我那沉重复杂的叫声中,她满意地放下。那边是嘈杂的哭泣,她走了,是真的离我而去了。她曾经问我会不会哭,我却天真地以为那是从来都不会到来的一天。可是她在听到我的声音后,安静地闭上眼睛,和世界告别。我才知道,她真的带着那个让她安心的承诺走了。她给了我开始,也不忘把对我的爱画上句号。原来,她不让我欠下这告别,不让我带着内疚活着,死死扛着等我,才安心离去。

时光不待,我留不住她,却留下了所有旧时光的记忆。

当时只道是寻常

郑娟娟
福建师范大学文学院本科 2012 级

> 谁念西风独自凉,萧萧黄叶闭疏窗。沉思往事立残阳。
> 被酒莫惊春睡重,赌书消得泼茶香。当时只道是寻常。

初次见到纳兰容若的这首词,我的心便为"当时只道是寻常"这简简单单的一句所俘虏,仿佛着了魔般,我奔跑在倒流的时光里……

儿时的我是被爷爷奶奶带大的。爸爸妈妈在我很小的时候便外出打工了,留下了家里懵懂的我。也许是因为我是家里唯一的女孩,又或许我该庆幸爷爷奶奶并没有重男轻女的顽固思想,自小,我便受到了他们特别的疼爱。

记忆中,老家的庭院中伫立着一棵栀子树。夏日,栀子花开了。洁白似雪的花儿点缀着枝丫,伴着微风,沁人心脾的栀子花香弥漫了整个庭院,常惹得行人为之驻足。因为栀子花实在太香了,偶有路人会向我们要那含苞待放的花骨朵回家去养着,这时爷爷总会慷慨地答应他。于是祖孙二人架起梯子,一个在树上摘,一个在底下接,自成一片欢乐世界。

夏日的夜晚,习习微风熏得人欲醉。伴着那袅袅花香,爷爷抱着我,坐在栀子树下,皎洁柔和的月光在我们披了一层薄纱,带着那么一丝朦胧与梦幻,轻轻地,爷爷为我讲起了嫦娥奔月、桃园三结义的故事,讲起了那遥远的过去的事儿。我听得醉了,眼睛一眨不眨地,好奇地问这问那。爷爷慈祥地微笑着,轻轻抚摸着我的头,——为我讲述着那些传奇。小小的庭院充斥着我们爷孙俩的欢声笑语。第一次,有一种叫幸福的感觉从我的心头滑过,泛起了点点醉人的涟漪。

后来,爸爸妈妈回来了,我们也搬离了老家。随着学业负担越来越重,儿时的欢乐也渐行渐远。但是,我总会在一个天气晴朗的周末,习惯性地骑上自行车,回到那装载着我欢乐童年的地方,回到那弥漫着栀子花香的地方,重温昔日那遗失的美好。记忆中,我和爷爷总会拿起跳棋,然后激烈地大战三百回合;记忆中,爷爷总会骑上他那辆老式自行车,伴着车轮"咯吱咯吱"的欢快摩擦声,在充斥着小贩叫卖声的街道中穿行,买菜;记忆中,站在一旁,望着一向温和的爷爷奶奶为了要做什么菜而争执得面红耳赤的情景,我的嘴角总会不知不觉地绽开大大的笑容,心里盛满了幸福。

一直以为自己会这样幸福下去,也一直以为爷爷能够看到我考上大学,却没想到,命运给我开了一个大大的玩笑,大到我无法承受。当我看到灵堂上那个我无比熟悉却变得僵硬的身体,当我看到那用白色绷带紧紧缠着的头,当我看到氧气罩下那苍白的脸,当我看到那嘴角不断溢出的血,我一下子惊呆了。空气仿佛凝固了。沉默,令人窒息的沉默!爷爷,告诉我,那是您吗?那是那个身体一向硬朗的您吗?轻轻抚摸您的手,依稀还有一点温度。不,爷爷,您只是太累了,只是想要好好地睡一觉,对不对?爷爷,您是不是怪我两周都没去看您?对不起,爷爷,我不会了,以后我每周都去看您,好不好?爷爷,您疼吗?当那个狠心的司机开着车撞向您时,当医生用机器把您的头颅硬生生割开,为您做开颅手术时,您是不是很疼?没关系,疼您就喊出来,不要这样不吭声,哪怕是一个痛苦的表情、一声微弱的呻吟,都好啊!爷爷,您醒来吧,不要不理我。以前,就算我再怎么惹您生气,您都不会不理我的。现在,您怎么忍心抛下您一直疼爱的小孙女,抛下一直爱您的家人,独自一人,去了遥远的天国呢?

心早已疼得麻木,泪水终于不可遏制地无声倾泻而下……

也许这世界上最残酷的就是时光,它永远都在以一种我们无法阻挡的姿态不断向前,困住每一个人却从不停留。而今,距离爷爷的离开已经有八个年头了。八年里,一切仿佛没变,然而它又确实变了样。门前那棵爷爷曾经亲手栽种的栀子树在历经十五年的沧桑后,终于在去年年底走到了它生命的尽头。老屋又添了新瓦,翻新了。

又是一年花开时,只是袅袅花香已不再。我站在曾经那棵栀子树伫立了十五年的地方,环顾周围焕然一新的建筑,目光深远。我想我仍在追寻着往事的痕迹。只是,那小小的庭院不再,沁人心脾的栀子花香不再,就连昔日爷爷的身影亦不复眼前了,徒留下如今这寂寞的月色,以及同样寂寞的我。呵,这便是景物依旧、人事全非的感觉吧?陌生,却又那么熟悉。

如今每年的春节家里热闹的氛围依旧,每个除夕夜我们大家都会欢欢乐乐地围绕在奶奶身边看春晚,一家子大团圆,可还是会感觉少了点什么,那就是您。抬头仰望星空,几点零星点缀下的夜空似乎有种清冷的寂寞。爷爷,您在那遥远的天国过得好吗?您可知您的小孙女一直在想您吗?月儿啊,你能否把我的思念带给远方的爷爷呢?

"当时只道是寻常。"当时的日子随风而逝,当时的事却是历历在目。若早知爷爷您会那么早地离去,当时的我一定会更加珍惜那段幸福洋溢的日子。依稀记得夏日的夜晚,您抱着我,慈祥地为我讲起一个又一个动人的故事,记得那个骑着旧式自行车,满大街穿行买菜的沧桑背影,也记得那句"孙女,爷爷希望你能考上一个好的大学"的殷切叮咛……现在想想,那些日子竟是那般不寻常,当时的我竟是那般幸福!我无论如何也不会想到,只是短短两周没见,您就那么仓促地走了。而我竟来不及见您最后一面,来不及听您最后一句叮咛。这永远都是我心中无法愈合的痛,也永远成了我一生中最刻骨铭心的憾事!

"青春是一本仓促的书",席慕容如是说。在仓促中,我用汗水灌溉着梦想,终于凭借着自己的努力如愿考进了大学,成为那个您当初一直希望我成为的大学生。转眼大学已经过半,还有一年我就快毕业了。俯首是春,仰首是秋,一路走来,渐渐地长大,也慢慢地开始明白:有些事情,注定无法重来;有些遗憾,注定无法弥补;有些东西,失去了,便也只能失去,再也回不来了……

但是,我还是想对您说:倘若这个人世间真的有轮回,那么在下一个轮回,我仍旧愿意成为您的小孙女,那个您疼爱至深也爱您至深的小孙女,好吗?

电话

吴煌
福建师范大学传播学院本科 2012 级

"昨天是你妈生日,你怎么没打电话回来?"
"……"
今天一早父亲的电话让我从睡梦中一下清醒了过来,我面对着他略带质问的口气,竟一时哑口无言。
"我不说你是不是都不记得了?"
"我……我不是不记得……我……我这两天事太多就……"
面对进一步的质问,我支支吾吾地为自己找理由开脱,可是越这样,越显得我的解释苍白无力。父亲挂完电话后,我在床上呆坐着,脑海里满是母亲攥着手机盯着屏幕发呆的画面。
母亲一年只休息一天。
这一天,恪守传统的她也是一大早便开始张罗祭拜的供品,赶到庙里为家人上新年头一炷香。回到家里为我们准备新年第一餐,结束后便开始拜年,上午婆家、下午娘家,兜一圈回来天色已经暗了下来。就连唯一一天的假期,也被礼教风俗瓜分得一点不剩,对她来说,最大的宽慰就是这一天可以按正常人的作息吃饭。
剩下的三百六十四天,她的工作一直是单曲循环式地行进着,早上六点出门,晚上六点回家,每天都在为自己经营的门店操劳着。零售、批发、进货、对账,她一个人干着好几个人的工作,长年累月,她的身体每况愈下,而面对我们的劝阻她总是轻描淡写地说:"我知道自己还能操劳几年,等你们出息了,我就收山。"其实对她来说,这三十多平方米的空间不是禁锢她的囹圄,而是她的全部。

父母结婚的时候,爷爷分家,给我们留下三万元的债务,当时的三万块钱可以买三套房。父亲上货轮远洋打拼,母亲就开始琢磨自己到底能做点什么。第一次跟着朋友收购虾仁,从海边一大早挑着担子走了二十多公里到县里,赶下午的集市,一天就挣了八块钱,满心想着原来做生意能挣这么多,全然无视被血水浸泡红了的一双鞋,当时公务员工资才三十块一个月。后来她买了一辆自行车,每天都去海边收干货。有一年淡菜干上市的头天,她天没亮就去供货那家门口等着,人家刚开门,她就一下跳进门厅,要他们赶快装袋。她一手抢起一袋五十斤重的淡菜干扛上肩头,来回两趟,一溜小跑,把口袋固定好就开始疯狂地踩自行车。那时候是夏天,天气热得屁股上长了疮,她就半边悬空骑着车一路到了城里。一百斤淡菜干,没几个小时就卖得见底了。她是整个县城那年第一个卖淡菜的,那天她赚了一百三十九块六毛,她说她一辈子都不会忘记这个数字。

在和我讲述这些经历时,母亲的眼里是闪着光的,我很少在她眼里看到这样的光,偶尔在谈及两个儿子的时候会忽闪一现。

母亲生哥哥的时候难产,那时父亲仍在海上漂泊,外公外婆陪着母亲。医生说没辙了,你就跪一跪吧,说不准还有点用,实在不行你就只能剖宫产了,不然太危险了。母亲坚持不剖宫产,整整跪了两天两夜,喝了二十多壶开水,终于在临上手术台时发现哥哥的头转了向,可以顺产。她从来只字不提自己所忍受的煎熬,阵痛两天两夜坚持下来不说,最后还顺产生下孩子,外婆说那会医院里都传九病床有个女的神了,痛了两天竟然还能把孩子顺产生下来,而这些到了母亲嘴里只剩一句嗔怪,说哥哥在肚子里怎么那么淘气。

这就是母亲,为孩子倾尽所有,而我们的一个微小举动却会让她感动落泪。

记得在我很小的时候,约摸只有七八岁的样子,那年久居澳门的伯父一家回乡过春节,我一直黏着伯母教我说粤语,她便教了我一首粤语歌《念亲恩》。"长夜空虚使我怀旧事,明月朗相对念母亲……"一学完这首歌我就跑到母亲面前学唱给她听,没唱几句她竟哭了,不懂事的我以为自己做错了什么也跟着哭了起来,看到我这副模样,她忍俊不禁。

这首歌到现在我还会唱,想到这,我灵机一动:何不在电话里再唱一次?我按下了电话的拨通键,不求母亲的原谅,只希望日后我能更加用心回报她的恩情。

"喂,妈你在忙吗?我给你唱首歌吧!"

"你唱呗。"

"母亲亲爱心,柔善像碧月,常在心里问何日报……"

老了，时间

吴少昀
福建师范大学文学院本科 2012 级

不知是不是因为看不到你那熟悉的脸庞才会在忙碌的一天结束后还这么有感地写下这篇文章，是情绪让我翻看老照片，还是老照片勾起了我的情绪？记得从未写过我与你的故事，但在这个深夜里，除了你，没有什么话题能让我落墨得如此顺畅。

我从未想过会再次离开你这么远、这么久，从未想过当我看不到你的身影，我会这么的孤单，但在这个初冬里我打了个寒战。

当时年幼，依偎在襁褓中，模糊的记忆之河中却不曾沉淀下你的足迹，有的也不过是随时消散的倒影罢了。在那一声声啼哭中，伸手给我的怀抱仿佛没有你的温度，在我咿呀学语时，叫出的第一个人称仿佛也不是那两个字，我不知道你停留在哪里，或者说不知道什么时候淌进了我的记忆里。

当秋天燕子归去时，会不会撇下不会飞的雏鸟？当大燕子出去觅食时，会不会把雏鸟寄居在他巢？那时的我不敢猜想也不想懂，只想呆呆地看着那些鸟儿筑巢、觅食、哺育……很羡慕、很憎恶……

那时的你忙于生意，我从未有过这个概念。只是怨你不带我回家，怨你早出晚归。同时羡慕着雨天校门口接孩子的爸妈，晴天可以坐在爸妈肩头吹泡泡的孩子。想着什么时候我可以有那么一次，哪怕一次。

记得儿时大人们总是喜欢当着你的面问我一些很无趣的问题，在现在看来是故意刁难，虽然我现在没事也问问我三岁的小妹妹喜欢爸爸还是喜欢妈妈。

可我的记忆中,那时我的回答好像从未出现过你,现在还依稀记得你失落的眼神和故作镇定的笑容。

写到这里,我自己都嫌弃自己不配一个"孝"字,用"你"这个称呼代替了全世界最有爱的那个称谓。"爱",我听过最好的解释是在热播剧《心术》中,"爱的基础是个友,首先要做朋友,才会相爱;爱还要用心,所以友上面是个心字"。而我们的朋友关系是从什么时候建立的呢?而从建立的那天起我相信了"血浓于水",体味到了一种无言、沉默、掺杂着抱歉、自责,这样一份五味俱全的爱。

时间在一个又一个日夜中流淌。

好像长大后就再也没有牵过你厚实的手掌,没有在你温柔的怀里温存过了。每天左手握着的是我的右手,拥抱的是深夜灯下再熟悉不过的黑影。你依旧早出晚归,我依旧形单影只,却懂得了被牵挂的滋味,一个人的碗筷、一个人的家,却透着一丝香甜。

还记得那一年的那一天,你留给我的纸条,你第一次那么亲切地唤我"丫头",接下来的文字我早已看得模糊……只忘不掉那一句"对不起你"。我在无数个夜里尝到的苦涩味道在那一刻变了,我看见了你微笑着的和蔼的脸庞,我看见你挂在眼角的泪痕,我看见你笑起来一层层的皱纹,那一刻我多想在你怀里喊你一声"爸"。我不得不说,从前的我恨透了被你弃之别人家中,虽然两三天会见你一次,却从未给予你作为一个女儿该有的眼神,我无数次想求你带我回家,可我又无数次地压抑着自己,从那时起我便懂得了现实和理想的差距,我便懂得了一个男人该干什么,从那时起我懂得了自立自强是我必备的东西。但就在那句"对不起你"后,我是那么渴望被呵护、被宠爱。我是个被爱着的孩子,却很少有过呵护和宠爱,更别说溺爱了。而当时光老去,我却体味到了只有孩童才能得到的宠溺。现在的你总是开玩笑说要补偿我失去的童年,你这个老男孩呀。

时间是老去了……

翻开那些充满记忆的老照片,那里印刻着你那时青涩帅气的笑容、年轻的活力,但渐渐地黯淡下去,时间是老去了……老去了时间,老去了你的青春年华,也老去了我的稚嫩和天真。

我们勾肩搭背一起走过每一天通往家的街道。我唤你"阿玛",你唤我

"娃"。我们互相调侃,放声地笑着对方。你教我开车,我笑你连自行车都没教我,你说我们直接跳过简单的,现在开最难的。我们争风吃醋,分享着你亲爱的老婆的爱。你和我分享着你追妈妈时的"千辛万苦",你告诉我以后找男朋友就找个肯为你上刀山下油锅的男孩。你假装不经意地说着"我就你这么一个女儿,别跑太远,离我二百公里以内就行……",但我窥探到你眼底的担忧和不舍。每每参加婚礼,你总是嘲笑别人的父母哭得一塌糊涂,转身就默默嘀咕一句"我嫁女儿估计也会哭吧"。

家,在我的脑海里越来越清晰、越来越温情,我们在老去的时间里添补着童年、创造着回忆。

老了时间,你是慈父,我是孝女。却又面临了分别。

离别的机场,我不敢看你,你骂我没出息,我分明看见你红润的眼眶。我触碰到你颤抖的双手,还未离开就想着归期。我多想唱一首《父亲》给你听,却连看你的勇气都没有。不知道在走之前的几个月里轻声唱过的"父亲",你是否能体会到女儿的心?不知道在我们的笑声中你是否看见我不舍的泪眼?是否记得我总是对你说的那句"你牵挂的孩子长大了",是多想让你安心?多想再一次握紧你的手,告诉你女儿是多么爱你。离别那天最不敢看的是你的背影,我想象了无数次的场景,却在泪水中模糊,多想嘱咐你身体不好要注意休息,不要太操心女儿,多想再告诉你"你牵挂的孩子长大了"。

老了父亲,浓郁了那份情。

老了时间,沉淀了那份爱。

愿远方的父母一切安好!

念你

樊静静
福建师范大学文学院本科 2012 级

生命中有些人,注定一别,音容两茫茫,比如祖父,冲破我幼时的视线,消失在天边湛蓝的颜色里。祖父与我的点滴仓促流转,泛着隐隐的悲喜,然而时光的罅隙依然有抹不去的影子。

我努力去倾听祖父的声音,却始终只能轻微感觉到些许片语断句,然而与祖父一起的画面依然清晰。在我不知世事的年纪里,每天大清早就早早地起床,跑到院外与枝叶或虫鸟娱闹。每天清晨,总有一位叔叔骑着一辆满载羊奶的摩托车送来刚刚挤出新鲜羊奶,祖父拿着昨天的空玻璃瓶换来了装满羊奶的另一个玻璃瓶。加热羊奶后,祖父便会朝着门外叫唤我,我总会不情不愿地回屋一咕噜喝下羊奶,然后吐出热乎乎的雾气,带着残留着白白奶水的嘴角跑了。现在每天送羊奶的叔叔不见了,就连装有羊奶的玻璃瓶也不见了,时常寻找一些遗留的痕迹,然而总是发现过往已成尘埃,我多么想再喝到那冒着热气的暖暖的羊奶。

在大人的世界里,祖父是个远近都受人尊敬的长者,德高望重。在幼小的世界,我不懂什么崇敬,但我知道我喜欢祖父慈爱的脸,还有祖父那一手好字,站在椅子上看祖父写字是一种莫名的享受。祖父的笔永远只有一种——毛笔,遗留下来的书都是祖父自己手写的,偶尔,喜欢翻翻祖父遗留的书,暗黄的、被细线装订的牛皮纸有些破旧,从右往左,由上到下,还能明了地看到那一圈圈红色的标记。虽然是手写本,但清晰整洁,似乎还能看到灯光下那支毛笔在纸上挥舞。

史铁生说过："我一个人跑到这世界上来真是玩得太久了。必有一天会被喊回去的。"有一天，祖父被喊了回去，去了一个没有我存在的世界。在祖父即将入棺的时候，我突然跑进屋，看到父亲、伯父他们围着祖父，母亲急忙遮住我的眼睛把我拉出去，在被母亲遮住眼睛前的间隙我瞥见了祖父那一双已经泛黄的双脚，那是祖父留给我的最后一眼的影像。在站满人的院子里，哭声一片，我没有哭没有闹，眼睛眨巴眨巴地看着人们跪下去给祖父送行，只是好想喝那热腾腾的羊奶，可是那天早上却没有了祖父喊我的声音。

许久过后，我在一个小木盒里看到了一张已经泛白、模糊不清的照片，那是祖父抱着一个几个月大的婴儿，祖父那么慈祥。母亲说那个婴儿就是我，是一个远房亲戚给照的，当时亲戚想给祖父留个影带回去给祖父的姐姐看，祖父穿着背心抱起我就乐呵呵地照下。还记得小时候我总会拿着那张照片给姐姐们炫耀，虽然它已经泛白模糊。现在怕它继续泛白模糊，我用相机拍下来想永远放在我的手机里，永远藏在我的心里。

走在路上，常会路过祖父安息的地方。在那坟头上，还有今年清明节我用土块压着的纸钱，搭在上面，随着旁边的枯草一起朽落尘化。明年还会有新的杂草，也还会有新的纸钱。

滇行散记

滇行散记

李晟旻
福建师范大学文学院研究生 2014 级

一

笨重的大型飞机在一股又一股气流的裹挟下，在给人近乎自由落体的失重感下的忽升忽落中，总算安稳着陆。我们三个女生各背一个貌似专业的户外登山包，以貌似专业的远途旅行者那长年在外的老练而超然的姿态，并肩走出机场，即使这仅仅是我们的第一次长途旅行。一出昆明长水机场，扑面而来的是不禁让人联想起椰子、芭蕉和棕榈的热带温热气息，映入眼帘的不是身着少数民族特色服装的普通游客，就是和我们一样背着登山包、穿着登山服的背包族，只是他们那身足以显示长年累月的经历和见识的装备，着实要比我们的专业不少。我们三个心照不宣地莞尔一笑：上路啰。

从昆明机场到市区只需半个小时的车程，这半个小时的路程给我最深刻印象的，便是那满眼满眼的红——云南红土地的红。来之前只知道东川的红土地，那里的土地因富含铁等矿物质而呈赤色，鲜艳的红色梯田和因季节不同而呈现不同颜色的农作物所形成的动感画面，曾一直存在于我的想象之中。由于时间关系，东川并不在我们的行程安排之中，可谁曾想，刚踏上这片土地，便让我有幸一睹它的容貌——虽然沿路山坡上和田野里有限的红土与成片的红色梯田相比，可谓小巫见大巫，但对于对红土地心向往之的我来说，这"小巫"又何尝不是旅途中的一个意外、一个惊喜？窗外那片强烈得没有尽头的红不经意地出现，我的内心一阵窃喜与挂念，仿佛"墙外行人"闻见"佳人笑"般。

一路辗转，我们总算到达了预定的驼峰青年旅社——得名于"二战"中著名的驼峰航线。青年旅社隐蔽在路边一隅，甚至没有夺人眼目的大招牌，只是在同样不夺人眼目的驼峰酒吧的侧面，挂了一个往里走的箭头。我们沿着箭头走，两边的墙上是德才鲜艳的涂鸦和酒吧歌手的海报，两个拐弯之后是一个有点污秽、僻静得像是鲜有人走的废弃大楼的楼梯，我们小心翼翼地拾级而上，对这个颇有些名气的旅社产生了质疑。当我们来到三楼旅社的入口处，看到吧台、台球桌以及舒适的沙发上慵懒地上网、聊天、看书的人们以后，所有的疑惑才烟消云散，取而代之的是现实与预期相符合甚至超越预期的兴奋感和新鲜感。酒、咖啡、音乐、老外、背包客，这是我们对于青年旅社的全部期待，而这里有过之而无不及。

中午在旅社附近饱餐了一顿米线之后，下午我们便翠湖周边去。一直以为昆明是个不太发达的城市，即使是旅社所位于的最热闹繁华的金马坊一带，也没有发现当地人生活富裕的痕迹。但从翠湖到云南大学再到文林街，我们才看到了昆明最生活、最人文的一面。翠湖公园里游客固然多，但更多的是当地的老年人唱歌跳舞的一个个小团体，这个凉亭下是当地民歌配着丰富的吹拉弹唱，那个广场上是穿着民族服饰的阿姨围成一个圈跳着，嘴里还念念有词，说着外地人不懂的语言，湖边垂钓的、空地上甩大绳的、广场上放风筝的，还有附近幼儿园的小朋友在老师的带领下，在绿得发亮的青草地上做着各种游戏，在这个外地人只能拍照留念、匆匆游览的地方，却囊括了昆明人一天的生活。高级酒店、酒吧、咖啡馆甚至独立别墅遍布整个翠湖周围，让人俨然置身于一个充满文化气息的富人区。

昆明傍晚五点的阳光丝毫没有褪去的意思，仍然闪耀在翠湖清澈明亮的湖面上。微风吹拂着湖边的柳树和棕榈，也吹拂着孩童那从小就被晒得黝黑的脸庞上的笑。我们漫步在湖边，也吹着风，也像当地人一样，感受着依旧灼人的紫外线。

从云南大学门外的大上坡一路走到文林街，让我们一路惊叹的竟是连绵而过的高级跑车——阿斯顿马丁、保时捷、法拉利……我们就这么一路目瞪口呆着，谁说昆明人的生活不富裕？在我们三个所生活的不同城市都不曾见过这般景象，而在这个大家都以为经济不太发达的地方，这些代表财富的标志竟很合时宜地出现，与周围的各大中小学都能和谐共处，一点不觉唐突。

文林街更是遍布着酒吧、咖啡店和各种特色小店，店面虽小，内容却丰富多彩，是年轻人时常光顾之地。由于正好是放学时间，我们看见小吃店和烧烤摊旁集中着不少背着书包的学生，又临近天黑，各个酒吧外面也陆陆续续地摆出桌椅，有些小酒馆里甚至已经有不少人在抽着烟、聊着天、喝着酒了。从前我一直看不惯酒吧里扎堆的男男女女，看不惯女性抽烟，但在走过了几个地方之后才发现，原来酒吧聚集、女性抽烟比例高的地方，都是文明高度开放和文化高度自由的地方，所以在不知不觉中也渐渐开始接受那样的环境，以为那代表了一种别样的生活方式，是真正开放与自由的人才能融入得了的。

回到旅社已经是晚上将近十点钟。我们经过驼峰酒吧时才发现，原来早上过来时这里还只是一个小饭店，招牌上用手写体书写着云南特色小吃，而这会儿却着实是一个酒吧了。昏暗的灯光中传出伴着吉他的低沉歌声，门口一个长辫子的白皙姑娘架着腿抽烟，我们没有停留，径直拐进旅社的方向。与早上的略显清静相比，晚上的旅社十分热闹，三五个外国人围着台球桌打球，吧台上也有几个人喝着酒说笑，外边露台的沙发更是座无虚席，屋子天花板上的两个大音箱传出震耳欲聋的英文歌，在酒精、咖啡因、尼古丁和强烈节奏的共同作用下，每个人脸上都是愉悦和享受的表情，让人即使只是路过，也会想要跟着摇摆。

一道不大的玻璃门隔开了旅社的娱乐区和休息区，热烈的旋律戛然而止。休息区的过道不算宽，靠墙的一边是整排的藤制桌椅，喜欢清静的旅客们在这里读书上网，大家很自觉，甚至没有小声聊天的，这里竟也没有了多余的空座。墙上是裱着相框的有关当年驼峰航线的老照片或剪报，足显旅社的历史背景和文化氛围。大家正往房间的方向走着，一个周身只用浴巾包裹着的老外赫然出现在眼前，我心里一惊，后来才反应过来，这是才在公共浴室洗了澡出来的。当晚，我在水房用收费洗衣机洗衣服时，甚至还听见两个正洗澡的外国人聊天，这才理解了青年旅社的含义：旅行者一应俱全、廉价便捷的栖身处。

第一天晚上，我在床上辗转反侧，久久难以入睡，有不习惯的缘故，但更多的原因来自窗外——自入夜后就鼎沸不绝的人声。入住前就了解到旅社附近有酒吧和迪厅，入住后看到房间里也贴着告示，提醒旅客，如果在午夜一点前睡觉最好戴上耳塞。我将从前台领取的免费耳塞搁在床边，固执地认为如果睡意来袭，纵使再大的响动也于我无可奈何。我躺着，试图在窗外寻找着哪怕是一点音乐声，可外面连哪怕一点音乐声也没有，有的只是来往人们的聊天声、小吃店或烧烤摊边客人们的点菜声，甚至生食刚入烫铁那一瞬的"滋啦"声，夹杂着方言含糊不清。从前失眠时总是爱着急，越急越不睡，越不睡越急，可那天我却是安静地躺着的。闭着眼，耳朵感受着这个我初来乍到的城市夜幕降临后的节奏与活力，想象着外面是白天，如果外面是白天，也许就没有了此时此刻的异样感受，那是躺在黑暗中感觉涌动的人潮、嘈杂的人声、刺激的气味的独特体验，时不时地竟还有一些或孜然或辣椒或其他不可名状的气味不经意地窜入鼻孔，让人无奈，却也能和人声一同消受。

也不知道是什么时间，反正肯定已经是第二日了，我在外面传来一阵男声之后酣然入睡，梦中还隐约伴着那个略带方音的呼声："老板，多放点辣椒啊！"

二

睡到自然醒，在露天阳台宽敞舒适的坐椅上慵懒地享受了一杯免费咖啡后，我们便前往昆明客运站，搭乘去大理的汽车。出租车司机在票贩子涌动的客车站门前将我们放下，不忘好心地提醒一句"去里面买票，别在外面买"。语气平淡，却让人生出无限感激。

从昆明到大理有四个小时的车程，路途虽远，可有手中的散文和窗外的美景做伴，长距离交通也可以很惬意。大理比昆明的海拔略高，但也都属于四季如春的山间盆地，也许是初次来到高原地区的缘故，海拔的丝毫变化都能觉出不同，所以越是接近大理就越是觉着天空触手可及了。其实，天气也确是有变化，前半段路程窗外强烈的阳光还晒得人焦灼，不知从哪里开始，光线开始变得柔和，但不是天阴，而是一片慢慢淡开到恰到好处的蔚蓝，衬着柔软得要被吹散而又不散的白云，渐渐凝固成一幅画。

车刚出昆明时，道路两边是成片的梯田，不同颜色的农作物将田野整齐地分割，像小学生美术书上的色板，只是这色板只有绿的色块，而且杂乱无章地排列。田野后面的山上错落着破落的屋舍，有些屋子的外墙上还刷着有中国特色的标语。渐渐地车入大理,田野少了,取而代之的是高耸的山脉,耸入头顶上的那片蔚蓝却又永远不可及,屋舍依旧错落,只是越来越多白族民居,看上去要齐整平稳得多。白族民居的墙体是一律的白色,只是屋顶和门窗处缀着一点蓝,仔细观察会发现,每座房屋侧面都画着一个不尽相同的圆形标志,我以为这标志就像是图腾,不同图案或许代表了不同姓氏或族群吧。标志下通常还有四个字,或"清白传家"或"道德传家",那可能是白族人对于"传家"的其他期望,期望或许不同,但都是生为人或处于一个位置最基本的准则,"清清白白做人",相比较于我们总是把"道德"挂在嘴边,白族人这种对于品质的传承也许更加坚定深刻吧。

还来不及消化这沿路的变化,车子竟兀地到了大理客运站,我们下了车招呼一辆出租车去大理古城。司机也是一个热情好客的当地人,一路上不断向我们介绍着大理近几年的发展变化。"大理的房子都很矮,你们到了古城就会发现,那里的房子都不超过三层,因为要保持当地的特色,而且这几年游客也越来越多,大理也慢慢在发展,所以现在一直在建新的房子。"大理市并不大,车到市中心时我们还惊喜地发现,这里竟然有沃尔玛超市,在我们的印象中,这种世外桃源般的地方是不会有现代商业的痕迹的。司机也自豪道:"大理有两个沃尔玛,开了有几年了,好像在丽江还没有。"我竟也感到一阵莫名的欣喜与骄傲。

在市区也就行驶了十分钟左右,过了市区以后便是满目的田园风光了,近处是油绿油绿的田野,远处是云雾缭绕的苍山,而头顶是愈来愈蓝、愈来愈接近的天,没有一片云,那是真正的晴天。习惯了北方的风沙和雾霾的我们不禁感叹周围的明亮清新。司机为家乡又自豪了一把,说:"我们这里一年有三百天以上天空都是这种颜色的,今天天气还不算太好,天气好的时候更蓝更蓝。"之后司机还主动为我们介绍景点:"你们这几天打算上哪儿玩啊?苍山、洱海、喜洲其实一天足够了,去喜洲吃吃喜洲粑粑,看看严家大院,上苍山可以骑马,去洱海可以坐游船,看看鱼鹰。我这几天一直在带游客的,早上八点出发,晚上差不多五六点钟回来,每个地方停留的时间你们自己定,反正你们去玩我就在外面等着嘛。给你们留张名片,要是有需要就给我打电话。"这番话让我不觉想起从前旅行的经历,似乎每到一个地方旅游总会碰到这样拉客的司机,并且每次总是嘴上答应得轻快,心里却万般厌烦。可这次不同,司机的语言里带着纯朴,不为挣钱,只是单纯地欢迎远道而来的我们,真心希望我们能玩得尽兴,当然也为身为当地人而骄傲。"希望你们玩得开心!"朴实憨厚的司机带着温暖的笑。我心中一惊,原来我们真的能体会到同样言语中的万般区别。

我们住的旅社位于远离古镇中心的东门边上。走进古镇后给人的感觉就是一个冷清,道路两边的店家都不营业,连行人也没见到几个,还好旅社老板的热情周到让我们总算感受到了一些人气。她不仅亲自到古镇门前给我们带路,入住后还不停为我们介绍旅社中可以使用到的各种设备,亲切得像多年的老友。身后的大狗一路摇着尾巴跟随,也像欢迎我们。简单地收拾停当,我们又出发了。

坐了大半天的车,滴水未进,当务之急当然是填饱辘辘饥肠。我们沿着去洋人街的路上搜寻饭馆,人烟稀少的这里连稍微体面点的饭馆也没有,饭馆大多是过了气了的装潢和略显污秽的环境。腹中饥饿的我们也无心继续寻找,随意进了一家稍大的店面。这里的饭店大多不用菜单,顾客在满满的生食前现点,冷藏柜里是菌类肉类,水箱里有各种海鲜,然后便是摆满菜筐的地上叫不出名头的野菜。唯一让我有点印象的,是一种有着妖艳性感名字的野菜"水性杨花",其实有点像黄花菜,只是叶子略厚些罢了。我们一边时不时挥舞手臂驱赶着扰人的苍蝇,一边安静地品尝着还真算可口的菜肴,饱餐后一结账才发现,这个小饭店不仅菜的分量足,就连价格都很公道。于是乎,我们带着一肚子、一脸的满足还有酸木瓜的回味,精力充沛地开始下一段旅程。

照着街边标牌一路兜兜转转,我们越来越偏离洋人街,无意间走进了人民路。凹凸的青石板、低矮的老房子,还有老房子后似乎触手可及的湛蓝天空和云雾中的山头,顿时让我找到了来到大理的理由。老房子里是各色书吧、咖啡馆和或淡雅或色彩斑斓的特色小店,地方虽都不大,但只要一猫腰进去,就会发现一个不一样的天地,即使人多时挤得转不开身,也不忍挪步。

临近傍晚,我们发现路边越来越多拿着各种手工制品摆地摊的年轻人。还记得在旅社大厅的留言板上看到过一句话:"终于在人民路摆上地摊啦!"我不知道在人民路摆地摊如何成为大家来这儿的理由,但看着路边连绵不绝的铺着花布的地摊、摊上让人不禁怀疑这也算卖东西的屈指可数的小物件,以及摊后或读书或谈笑或什么都不干只是看着路人发呆的年轻人们,我突然明白,摆摊这件事，无关卖的什么，无关东西多少，无关是否卖得出去，甚至无关地摊本身，唯一重要的是，有过了这样一种生活的体验，让自己置身于一个与平日不同的环境中，过一把他人生活的瘾。这不也正是我们远行的初衷吗？

街边抱着吉他卖唱的歌手的歌声伴着西斜的夕阳，夕阳下闪闪发亮的金属首饰衬着年轻女孩烂漫的笑颜，在笑颜里荡漾的帅气小伙儿充满活力的炙热目光，千百年来迷失于遥远的大理古国，又亘古不变。

洋人街的街道要比人民路的宽敞许多，多少显示出这里曾经作为一个古国的气势。多彩的街灯映照着夜幕下的古城墙，随处可见当地特产雕梅、烧豆腐、烤乳扇、核桃饼，游客与行人步履缓缓。如今，宗教的意味也许不及从前，但当年妙香佛国的鼎盛似乎还依稀可见。

洋人街里有一段酒吧聚集的街道，称为酒吧街，从没进过酒吧的我们慕名而来，都想在结束学生时代之前体验一把其中的刺激。我们选择了一间还算热闹的酒吧，虽然才刚刚入夜，可里面已座无虚席，为了能看到舞台上歌手的表演，我们便选择在吧台就座。这间酒吧不算大，但很有气氛，有三五成群的好友围着大桌喝酒打闹，有情侣独占一隅私语，甚至有独自一人小酌着思考，与我想象中喧闹混乱的酒吧有很大不同。背对着吧台的一张桌子边坐着五六个年轻女子，只有一个是中国人，她嗓音嘶哑，操一口流利的英文与周围的外国人说笑着，像是每天都会见面的朋友般随意。除了音乐声，她的沙哑嗓音是我唯一听得清楚的声音。吧台里站着两个老外，他们用英文和店里的其他酒保交谈，用流利的中文与顾客交流，他们只是调酒，并不跑堂，并且总是不经意间流露出一种满意的神态，所以，我们猜他们可能是老板。一杯杯色彩艳丽的液体从他们熟练的手法中被送上端盘，再由酒保送往哪个渴望酒精的人手中。

我们仅凭对名称的想象各要了一杯鸡尾酒，便玩起了类似猜拳的游戏，输了的咬一口酸柠檬、喝一口酒，尽量表现出与其他人一样的老练和随意。我们正沉浸在自己还不太上道的姿态里，突然发现那个沙哑的嗓音已经出现在吧台前，这会儿我们才看清了她的样子：随意扎起的马尾长到腰际，戴着一副半框眼镜，嘴角两边对于女孩子来说稍显浓密的胡须隐约可见，穿一件松垮的黑色T恤，上面画着酒吧的标志，并不是酒吧里常见的性感美女的形象。她在吧台里帮忙递酒，我们才知道原来她也是一个酒保。空闲之际，她见吧台上仅有的三个人正玩着游戏，便问我们玩的是什么，我们简单地教给她之后，她说这个没意思，要和我们一起摇骰子。于是，其中一个老外给我们拿来了四副骰子，我们便开玩了。她像是久经沙场的战士般经验丰富，总是稍加思索就能信心满满、理所当然地猜到我们的点数，仿佛一切尽在她掌控之中，每当她喊"开"的时候，眼神里流露出一种"等着瞧吧"的必胜神情。虽然她也有猜错的时候，但大部分还是我们错的多些，每当我们错了要罚喝酒，她又挥舞着手呼喊着让我们快喝快喝，好像为我们的失误喝彩。她一边玩着，一边点起了一根又一根烟，一手执烟一手握杯，饮一口酒吸一口烟，时不时还不忘和着台上自弹自唱的老外高唱一声"let me go home"。这是我唯一听得清的一句歌词，也是她喊的每一句中必有的歌词。我突然明白了她那嘶哑的嗓音是怎么来的了，烟熏酒浇配着那句无尽撕扯的歌词。

酒精真的能给人刺激使人麻醉，在嬉笑说闹中我们也一杯接一杯直到酒酣耳热，知道时间不早了，初次的酒吧体验也够了，于是向吧台里的人道别。最后一杯酒她祝我们玩得开心，我们起身走时她还说了一句"明天我还在这里，再过来玩哦"。这一句注定兑现不了的约定让我倍感温暖，在一个陌生的地方有一个人说等你，即使这可能只是一句客套而已。我竟笑着答应了。

三

丽江，来之前让我们无比向往的地方，在我们踏入古城的第一步，这里的景象便瞬时浇灭了心中的所有渴望。客栈拉客的、酒吧拉客的以及饭店拉客的、拥挤得转不开身的街道——这是我们初到古城的唯一印象。直到第二天早晨，当大多数人还在酣睡中时，我们迎着古城的晨光享受到片刻清静后，才渐渐对这里有所改观。我们花了两天的时间将古城走了个遍，不禁惋惜这里严重的商业化程度，每隔百米就有一家旅行社是最好的证明，随处可见的"某某几日游"的价目牌似乎已经融入了丽江的每一条街巷。于是乎，我们开始怀念相对清静的大理古城，也许正是因为少了这些商业元素，才让大理更具世外桃源般的开阔惬意。

在丽江让我唯一难忘的，是流淌在每一条大街小巷的节奏——非洲鼓的打击配着本地原创歌手的音乐。在手鼓专卖店淘碟正不知不觉成为游客来到丽江必须做的事情之一。古城酒吧的驻唱歌手们的原创歌曲，也渐渐成为丽江的标志性文化。这些音乐飘荡在我们走过的每一个角落，每一家鼓店里总会有一两个鼓手跟着音乐敲打着节奏，从早到晚不厌其烦，我甚至怀疑，他们敲打了一天是否曾停下过。一开始，我们只是觉着有那么一点动听，直到听得多了才渐渐发现，原来在听不见的时候竟也会不自觉地哼唱两句，再后来就离不开了，非得弄明白这曼妙动人、让人心旌荡漾、随风摇摆的旋律来自哪里。

我们走进一家来来回回路过无数遍的鼓店。敲鼓的是一个年轻男子，留着顺直的披肩长发，但他并不像其他留长发、蓄胡子的文艺青年那样给人张扬跋扈的感觉。我总固执地以为，他的那头长发不为艺术，而是因为头发柔顺且稀少的缘故。他还有一张清秀的脸，每次经过门口，我都忍不住朝里望他一眼，他总是昂着头，自在地微笑着，看着外面路过的行人，却又以一种与他无关的姿态继续敲打着，独自沉浸在自己的音乐里。每当这时，我总想形容他为一种"柔美的英俊"。

他为我们一张一张放着碟，推荐的都是他最喜爱的歌手，"这是我最喜欢的一首歌，歌词很好"，"这个歌手很有意思，他唱到兴起时总是大方地请所有人喝酒"，"这首歌特别催情"……他对这里的歌手如数家珍，好像他们都是他熟悉的朋友，他的每一句评价中也都包含了对音乐的独特感悟。我不禁觉着，这些成日敲鼓的鼓手其实不仅仅是敲鼓，也许还有一份对音乐的梦想吧。我问他，这些原创歌手都是本地人吗？他说不是啊，你看我像本地人吗？他明显操一口北方口音。我又问，那你也是歌手咯？他说，我不是，但马上就要唱了。说这句话时，他突然微微撅嘴一笑，像小孩子受到侵犯，淘气地戒备抵抗却不带丝毫恶意。从这抵抗中，我分明看见了他为达到愿望所付出的不容置疑，以及一种蓄势待发的骄傲力量。这让我想起这几日在这古城里，不管是在客栈、饭店还是各种卖小玩意儿的小店，似乎我们听到更多的绝对不是本地人的口音，这才明白，原来这个小小的古城竟也和北京上海等大城市一样，成为一些人寄托梦想的地方。只是每个人的追求和梦想不尽相同罢了，有的人追求功成名就，为尘世中的欲望极尽一生；而有的人却只愿在尘世之外觅宁静一隅，不问物质不闻纷扰，只为内心真正的安逸与幸福。后者也许自我，却也有一种令你我艳羡的超然洒脱。

他一首一首地为我们换着歌，歌里唱的都是关于青春、远行和爱情的一切，歌声里却有几分年华逝去、浪迹天涯的苦涩。我们安静地听着,跟着节奏摇摆,外面的嘈杂与我无关,来往的行人与我无关,时间顿时静止。这段音乐伴着的时光是我在丽江最丰富、最动情的时光。

四

即使离丽江有整整七个小时的漫长车程,泸沽湖也没有理由成为能被割舍的一个名字。当泸沽湖如少女般款款进入我们的眼帘,一路的劳顿瞬间就被抛在了脑后,剩下的所有精力、所有情感都只为她倾倒。

泸沽湖的闻名是因为杨二车娜姆,而这也成为当地人对杨二车娜姆又爱又恨的原因——她将泸沽湖带给世人的同时,也肆意夸大了当地的走婚习俗。走婚是居住在泸沽湖一带的摩梭人的一种婚俗,在仍以母系社会维持的摩梭人中盛行"男不娶,女不嫁"的风俗,确认关系的男女双方互称阿注哥和阿夏妹,阿注哥晚上在阿夏妹家过夜,第二天天亮前再回来自己家,两人的孩子归女方抚养,跟母亲的姓氏。一个家族中地位最高的是老祖母,而大舅便充当了父亲的角色。引起大家误会的是"摩梭人可以多次走婚"这一说法。摩梭人没有婚姻的束缚,于是就可以同时拥有多个男伴或女伴。这也成为众人来到这里的主要原因,并美其名曰:寻找一次邂逅。

从当地导游的言语中我们不难听出他们对外人曲解的抵触,他们一再强调,走婚是以感情和道德为基础的,只有双方感情破裂,才可以重新寻找另一个阿注哥或阿夏妹,这就相当于我们的结婚和离婚,只是少了象征法律的证书而已。我不禁哑然,原来一个传承了千百年的习俗,竟也能因为一个本族人而被曲解到如此地步,就连我们大学里所用的专业教材都沿袭了这一错误说法;我也不禁感叹,一个在我们眼中文明程度远不及城市的偏僻乡村,人们竟能仅凭传统和道德来克服人性中的弱点,而在城市中经常发生的婚外恋或兄弟姐妹间争夺财产的情形,据说在泸沽湖是没有的。有的时候,也许,流传千百年的传统远比不断进步的人类文明有力量吧。

杨二车娜姆也好,走婚也罢,反正泸沽湖这个名字算是世人皆知了。撇开各种流言不谈,泸沽湖有自身独特的自然魅力。在高处俯观下的泸沽湖像是一幅油画,那抹浓得化不开的绿是画面中最浓烈的色彩,让人不禁产生错觉,不知是哪个世外高人一不小心打翻了调色盘,如此大手笔地浸染原本也许苍黄枯槁的大地,任其流淌成如今的模样。湖中央的里格半岛蜻蜓点水般恰如其分地镶嵌其间,如同戒指中的一颗祖母绿。明媚阳光下的湖岸线折射出五彩斑斓。我见过更加辽阔的大海,流淌的蔚蓝在阳光下只是泛起粼粼波光,却从未呈现如此景象。原来,大自然中真的存在如梦般空灵的色彩,只是它需要这湖碧绿来成就幻象。

坐上猪槽船驶进这幅,这才看清她在微风中波动的痕迹。猪槽船是那种最朴素、最简陋的小舟,我以为这是当地人的小小聪明,泸沽湖的美貌只能从最接近她心跳的地方顶礼膜拜,驰骋游轮而过是对她的亵渎。船头船尾两个晒得黝黑的阿哥阿妹摇着桨,船儿慵懒地摇摇摆摆着,走走停停,似动似静,飘摇在无边无际的绿上,头顶是蓝得没有一朵云的天。就这样,我在一片辽阔上,感受另一片辽阔。

晚上在一户摩梭人家吃饭。饭后,本家的老祖母端着酒杯来了。她身材瘦小,肤色黝黑,手上和脸上满是生活劳作堆积的皱纹,但她的眼睛清澈明亮,笑起来时熠熠生辉,像是泸沽湖的湖水,丝毫未经尘世的玷污。老祖母手握酒杯,说了一番欢迎我们的话,便唱起了当地的敬酒歌。彩词从她的口中淡淡地流淌,不紧不慢,让人看到了一种超然物外的安逸。她的歌声也如她的眼睛般干净透明,悠悠地仿佛从远处飘来,而她的眼里已满是温暖慈祥的笑意。我将酒一饮而尽,不觉已饮下她歌声中的那份澄净清明。

夜幕降临后,是善歌善舞的摩梭人的篝火舞会,这是专属于年轻的小阿哥小阿妹的节目,因为他们可以有机会在热闹的人群中寻找属于自己的那个阿注哥或阿夏妹,而勾手心便是他们表达好感和爱意的方式——在意中人的手心轻轻勾三下,对方便能明白心意;而如果对方有意,便会回勾三下。这让我想起城里年轻人的表白,各种费尽心思的浪漫文字、语言甚至仪式,再看看这里的他们,一个手指和手心的触碰便能传递无限情思。我以为纵使语言和文字能传达更多、更准确的信息,但毕竟流于表现,而勾手心这种无言的表达,却在沉默中蕴含了千回百转、言说不尽的情思,全凭两颗萌动的心独自回味揣测,大胆直接中也不失几分羞涩。也许,这样质朴原始的表白,要比那矫饰的千言万语更加能扣动心扉吧。

身着艳丽服饰的阿哥阿妹们早已跳得热火朝天,下面的游客也成群结队地加入他们的队伍。我们也按捺不住激动和好奇,跟随着人流加入舞蹈,互不熟识的人们毫无顾忌地牵起了手,围着篝火跟着节奏,踏着不时蹿起的火星热烈起舞。此时此刻,在这个偏远的小村寨里,一群不同背景的陌生人放下差异与偏见,用发自内心的质朴情感点燃这熊熊篝火。篝火映着人们的笑容,照亮辽阔的夜空。而包容的夜空,久久回荡着人们高亢的欢呼声。

舞会在一片欢声笑语中落幕,大家意犹未尽地离开,脸上都还带着被篝火映烫的余热。我们走在来时的那条山道上,周围漆黑得让人甚至不确定前方的路是否继续延伸,只有空旷的山谷那边零星分布的人家微弱的灯光,和近在眼前的夜空里闪烁得真是触手可及的星星,才让我们微微找到了些方向。导游说山里是没有路灯的,因为每天晚上阿注哥都要在夜幕掩护下悄悄去阿夏妹的家中。我不知道这个中缘由,但总觉着,这无所不包的夜幕,窥视掩藏了多少阿哥热切向往的心啊!

扎堆说笑的游客和不时从身边经过的旅游车不免打搅了这本该静谧的夜,一辆满载着男男女女的轿车从身边急速驶过,车窗里探出一个身影高呼"走婚去"。我一阵无奈,这恼人的误解。

五

知道现在不是去香格里拉的好季节,但我们为了排满行程还是选择了这个地方,殊不知在一个错误的时间里,却意外地找到了可以弥补的理由。

由于原本要同行的一对年轻夫妻取消了行程,上车以后我们才意识到,这将会是两天轻松自在的旅程,我们为这似乎是捡到的便宜一路玩笑不止,还时不时反客为主地逗一把前面开车的扎西。我们先是途经位于玉龙雪山和哈巴雪山之间的虎跳峡——一个我们原本打算花上整整三天全程徒步的地方,却因为天气原因只逗留了一个小时,对探险的所有期待也都化为了泡影。虎跳峡分为三个部分,其中只有上虎跳是修了栈道供游客观光的。即使是这样,游客所能走到的也不过是目所能及的区区之地。虽然心中的冒险冲动被浇灭,但虎跳峡的绝妙风光也让我们一窥沿岸徒步的惊险刺激。

站在栈道这边,几近垂直地仰视着近在眼前的山崖挺拔而上,裸露的黄色岩石冷峻而坚硬,金沙江湍急汹涌的江水顺势而下,跃过庞大的虎跳石奔腾出一簇又一簇巨大的水浪,在或大或小的石头下面溅开一片白色的水雾。金沙江的江水也是碧绿的,却和泸沽湖的那片绿截然不同,一个是静静地流淌着,一个是凶猛地冲刷拍打着;眼前这气势磅礴的景象和前几日在别处看到的也不尽相同,一个是安宁静谧、温婉动人的,一个是惊心动魄、奇特险峻的,这巨大的反差竟在旅途中骤然而至,不能不让人惊叹大自然的鬼斧神工。我们在栈道边站着,不像身边的游客一样争相拍照,而是静静地感受着震耳欲聋的声响,以及眼前似乎触手可及的冷硬奇峻的景致,然后便是不时发出一声感叹:"太壮观啦!"也许在真正的伟大面前,渺小的我们也只能发出这苍白却真实的赞叹吧。

吃过午饭,我们便一路向香格里拉进发。一上午的接触,原本不苟言笑、沉默寡语的扎西也渐渐活泛起来,不仅和我们说话多了,话里还时不时带几分玩笑。扎西的肤色是与高原地区的人们一样的健康的黝黑,他是香格里拉当地的藏民,但我看他大大的眼睛、高高的鼻梁,倒有几分新疆人的样子。他说汉语时,语速里带着一种很奇怪的节奏,像是不太流利,又像是掂量着接下来的话语,而且音量也不大,有一种谦卑的小心翼翼,不像我们想象中的藏人的霸气豪放,只有在他打电话说藏语时,才显出几分自在随意。他介绍自己说是一九八八年生人,我们正惊喜原来也是同龄人的时候,他却说自己已经结婚,儿子也五岁了,我们三个张大了嘴,目瞪口呆:不同生活背景的人生活过得么不一样,即使两年之后我们到了扎西这个年龄,也很难想象我们会结婚生子,并为家庭奔波。年龄的相仿,让我们对他又多了几分信任和亲近。

"你们千万别睡觉啊,困了忍着。"这是扎西一路上反复交代我们的一句话。因为海拔越来越高,他怕我们醒来以后会有不适,我们自认为身体强健没那么容易有高原反应,可他总是认真较劲地坚持让我们醒着,就连我们在他打电话的时候趁机闭眼休息了几分钟,也被他硬生生叫醒,一本正经道"别睡啦别睡啦!",好像怕我们一睡不醒。不睡觉就只能望向窗外,窗外倒是有好景致。海拔高处的山直耸入缭绕的云雾,就连那山尖都要戳破柔软的云直达苍穹,飘忽不定的云彩缠绕着确固不拔的山,不觉多了几分迷蒙空灵。这里的山大多宽阔,像一个大大的胸怀,连绵成一片屏障将我们包围,我们有时身处万丈的悬崖之上,有时又被逼迫于两座深山之间,道路时而开阔时而幽闭,仿佛永远也游走不出这重重山影。我不禁觉着,曾经在各地看过的山都不算山了,唯有眼前的这重峦叠嶂才能独享关于山的所有美誉。

窗外开始下起了零星小雨,云雾也越来越浓,直至方才眼前所见完全被一片浓密的云雾掩盖。这时扎西指着前方说"那就是玉龙雪山",可任凭我们怎么用力瞪大双眼,也难睹她哪怕一点点真容。难怪这些山都被叫做神山,原来不是你想见就能见到的。由此我们想起了梅里雪山,又一个因时间和路程关系不得不被我们抛除的一个地方。扎西说来到香格里拉却不去梅里雪山的确是有些遗憾。他说梅里雪山是真真正正的神山,世界最高峰珠穆朗玛峰八千多米的海拔已经被人类征服,但海拔六千多米的梅里雪山至今没有人登上过,并且已经有十多个人为此丧命。还有,据说所有来到梅里雪山的日本人,没有一个看到过她哪怕是一个小角。我听说能看到梅里雪山全貌的人都被认为是有福气的人,一般情况下只能看见藏在云雾后面的一部分,在天气不佳的时候甚至什么也看不见。但像扎西所说的,我还是第一回听到。或许梅里雪山是真的有灵性,或许也只是人们的讹传,不管是真是假,既然她能成为佛教徒们顶礼膜拜的神山,就自然有理由。无论是宗教赋予她的神秘通灵,还是大自然作用下人们的美好传说,抑或是两者兼而有之,梅里雪山依然以一种与世无争的圣洁姿态矗立,覆盖着终年不化的皑皑白雪,等待着世世代代满怀信仰的人们轮回朝拜。

香格里拉县属于迪庆州,迪庆州是藏族自治州,生活在当地的都是藏民,进入了香格里拉也就是进入藏区了。车入藏区,道路变得开阔起来,只是窗外不知何时飘起了雪,即使坐在封闭的车内也明显感觉到了寒意。原本还近在身前的群山竟不觉退开到了几里之外,退让出一望无际的成片草原。四月的香格里拉还是寒冷的冬季,所以我们来的不是时候,草原见不到一颗绿草,有的只是一片干枯蜡黄的荒芜土地。扎西说七八月是来这里的最好时节,草场上的青草和各种小野花能有齐腰高,很是好看。草木不长,就连草原上的藏族人家也显得孤单落寞,像是长年累月无人进出,不觉少了些许人气。民居外的青稞架也空空荡荡,像是被雨水浸透了要腐朽。只是偶尔出现的成群牦牛在路边慵懒休憩,才让人感到难得的一丝生机。草场上每隔一小段距离就有一座玛尼堆或白塔,用以祈福和迎宾。

当我们快要进入市区的时候,看见一座巨大的石雕白塔,一条环形小道将其围绕。扎西说在藏族，无论做什么事都要遵循顺时针的顺序，转经是这样，转白塔也是这样。于是他开着车，带我们绕着白塔转了一圈，才继续向前。其实我看到，塔外的环形小道并不是往前走的唯一通道，直接从小道外面走更省事，可来往的车辆偏偏都要来绕上这么一圈，没有明文规定却人人遵守，也许这就是信仰的力量吧。城市里也有不少信奉宗教的人，但大多只是在仪式上讲究，烧香拜佛、供奉香火，认为做得越多越虔诚，而藏人却把宗教融入生活中。生活不讲仪式，只讲用心，心中有佛，佛才能无处不在，心中有信仰，生活才能从容安逸。

下午在旅店稍作休息之后，晚上便去到藏民家拜访。政府为了发展当地旅游业，指定了当地二十一户藏族人家为家访点，接待游客参观。一路上扎西对我们说，家访就是看看藏族民居，喝喝青稞酒、酥油茶，吃吃牦牛肉，听听藏人的天籁，和他们一起唱歌跳舞，很是热闹，你们进去不要害怕，藏族人很热情，叫你们上去跳舞你们去就是了，没有关系的。我们问他，为什么我们要害怕？我们才不怕；他说，不怕就好，不怕就好。我不知道他说这话是不是因为我们毕竟还是学生，而且只是孤零零的三个女生，会因为胆小害羞而不能融入藏人的热情，但从他的话中我听出了一种长辈般的关心和照顾，即使他只大我们两岁。临下车的时候他交代我们，一会儿进门会有一位扎西为你们献上哈达，并道一声"扎西德勒"，这是我们藏族人的最高礼节，你们只要双手合十，也道一声"扎西德勒"就好了。话音刚落，我们便到了一家藏民门前，看见一位扎西正给一位游客戴上哈达。我们知道宗教和习俗都是很严肃的事，怕初来乍到的自己会做不好，都有些紧张，我们一直说好紧张好紧张，扎西说不用紧张不用紧张，这么一来一回，我们也就跟着他进去了。客人一个接一个地进来，那位扎西一点都不慌乱，井然有序地一边说"扎西德勒"，一边为每一位客人挂上哈达。我们也摆出一副淡定自如、无比神圣的样子，俯身接过哈达，双手合十道一声"扎西德勒"。这边扎西的手还拖着哈达的下摆，我们刚抬起身，那边便有早已准备好的一架相机"咔嚓"一闪，这才醒悟，原来献哈达的扎西是如此熟练自如、分毫不差地摆着同一个便于拍照的姿势。前边是一位上了年纪的扎西端着青稞酒等候，先是说一番欢迎的话，然后便一饮而尽，我们也有样学样，一本正经地捧着酒杯，豪爽地一饮而尽。在这一系列仪式中，扎西一边站在一旁和其他人聊天，一边目不转睛地看着我们一个一个地顺利完成,好像一位长辈提心吊胆地看着晚辈完成一项艰巨使命,生怕我们出错。

每逢节庆,藏人总是要在家中设宴庆贺,所以藏民家的客厅能容两三百人,我们进去的时候只来了六七十人,全是二三十人一队的大旅游团,一边大碗喝酒大口吃肉,一边和导游说笑打闹。我们被安排在了第二排的最边上坐了下来,扎西进进出出地一会儿和人交代着什么,一会儿又为我们满上酥油茶和青稞酒,让我们不要拘束。我们看看其他团能说会道的扎西和游客们热闹地开着玩笑,而我们三个这儿却安安静静、冷冷清清。由于我们没有交吃饭的钱,所以就只能喝酒喝茶,而别人可以吃青稞面和烤肉,尽管如此,扎西还是尽本分地招待我们,但腼腆地也不和我们多说什么,只是一直让我们玩得开心。他这样老实本分、照顾周全的样子让人觉得温暖心安。

我们就这么坐着看别人说笑,不时还有人抬进来一大盘烤全羊,这是那些大团的游客们自己掏钱买的,他们先围着大铁盘子一通拍照,然后才各自拿刀分了。有一个扎西拿着茶壶到处走动,负责给人们添茶,来到人们面前时总是声音洪亮、气势震天道:"想要茶吗?如果想要的话就端起碗大叫一声'我还要'!"于是,无数只碗端起喊道:"我还要!"他说话时露一口大白牙,眼神里还带着表情,虽然只是斟茶,可他却把这当做头等大事,一副一本正经的样子,只是让人见了也不禁欢乐大笑。

我们正看着大白牙扎西笑着,我们的扎西却端着一盘烤鸡过来了,我们见了一惊,没交钱不是没有肉吃吗?他说这是特意为我们要来的,这是高原鸡,不便宜,叫我们不要浪费了,我们千恩万谢后他便默默走开了。又是长辈,这回是真像长辈了,不知道为什么,我的脑海里会有一个奇怪的比喻,他就像一位默默无闻的长辈,看着其他孩子有肉吃而自己的孩子没有时,便会想尽办法让自己的孩子与其他孩子一样而不至于受冷落。虽然我们只是三个没钱的女生,但他让我们尽可能多地感受来到这里可以感受到、应该感受到的东西,不仅作为一个向导,更作为一个热情好客的当地人,给有心来此陌生人一次难忘的体验。难怪他的大眼睛里殷切之情,让人不忍拒绝。

我们感激地吃着鸡肉,节目也就开始了。表演节目的是这户人家的成员,无论男女老少个个善歌善舞。我不禁想到,被指定为定点家访的这二十几户人家,是不是还得在农闲时为接待游客练习歌舞？或许是,但又或许,这些天籁般的歌声和豪迈的舞步早已融入他们的生活劳作,不必刻意安排,只需信手拈来？现场的气氛很热烈,游客们卖力地喊着口号,配合着主持人的玩笑。主持人是一个年轻的扎西,胳膊上是精瘦精瘦的肌肉,颧骨微高,留着一头好像城市里已经不太流行了的里层长外层短的长发,他扯开嗓子吆喝,满场飞跑,就这样还大气不喘一口,好像有永远用不完的精力。

　　场上歌舞不断,场边也少不了欢乐。乐此不疲地奔来赴去斟茶的大白牙扎西颇有点自娱自乐的精神,他看大家都喜欢他、愿意和他拍照说笑,便一本正经地摆出各种夸张搞笑的姿势。还有一位叔叔,是刚刚在门口给我们敬酒的那位,主持的扎西说,叔叔常年在山上干农活,这几天难得在家。这位叔叔头戴一顶毡帽,穿着一身橙色,是所有扎西里打扮最讲究、衣服颜色最艳丽的一个,他也很瘦,但与其他人比起来要稍显白些。也许是上了年纪,他不比年轻的扎西们说说闹闹,而是内敛地站在一边,姿态里有几分绅士模样,却也少了一些藏族人的粗犷。我想,也许是他作为一家之主的缘故吧。一位姑娘上前要和叔叔拍张照,姑娘都着急地摆好了姿势,可叔叔却彬彬有礼地将手向后一比画,指向他们身后不远的那根房梁柱,也不言语,走到柱子前,左手撑着柱子右手叉腰,斜着身子倚着左手臂,右腿往左腿一勾,帅气的样子惹得姑娘赶紧上前配合。好一位幽默的叔叔啊！虽然不多言语,可举止中却尽显英俊潇洒、风流倜傥的本色,想来叔叔年轻的时候也是一位风花雪月之人吧。

　　临近结束了,一大家的人邀请大家上来一起跳舞,大家也没有扭捏推辞,一个个像早已憋足了一股劲儿似的就上去了,也不管会不会跳舞、跳得什么舞、跳得好不好,反正手忙脚乱跟着节奏一通挥舞。大白牙扎西最会带动气氛,他的搞怪竟能让大家宁愿有损形象也要跟着他一起搞怪。原来夸张放松的肢体动作真的能释放紧张和焦虑,当我们这么跳着的时候,全然没有了在人前的人模人样、装模作样,只是尽情忘我,也只需要尽情忘我,而脸上是仿佛永远也不愿停下来的笑。也不知道在谁的带动下,大家一个一个地搭着肩围成两个圈跳着,挥舞着右手,和从身边经过的人一一击掌。也许大家相互间都不相识,但就在击掌的那一瞬间,手掌间用力拍打时的力量和大家相视时脸上的笑容,顿时消除了人与人之间的所有冷漠和不安。我觉得和我击掌、从我身边匆匆转过的人们竟都成了我的朋友,是我在这个世界上的朋友,是虽只有一手掌缘分却让我有不同体验的朋友。这么想时,心里一股温暖漫过,也就不觉孤单了。原来在离天很近的地方,人们的心也近了。

大家跳着跳着就各自往门口散去,我们三个挽着我们的扎西跳着出了大门。在门口,叔叔依然尽着一家之主的责任,向客人们微笑道别。我们到了面前时,扎西自豪地喊了一句:"叔叔帅不帅?"我们也自豪地异口同声道:"帅!"

第二天,香格里拉的气温骤降,已经下了一夜的雪丝毫没有停止的意思。从昆明一路过来,我们像是经历了春夏秋冬般有一种时空错乱之感。我们将能往身上套的衣服全都套上,各提两罐救命的氧气瓶,前往石卡雪山。

一路上我们经过许多草原,一夜的堆积,草原上已是覆盖着茫茫白雪,成了一片雪原。雪原倒也好看,虽然也见过雪,但这平坦得没有边际的白却是第一次见。或许夏天是来香格里拉的最好季节,但我觉得,飘雪的香格里拉也别有一番滋味。石卡雪山海拔四千六百多米,需要乘坐缆车上去。缆车经过两个站点,第一站是一个牧场,依然是成片成片的白,由于天气实在寒冷,我们也不停留,径直坐下一趟缆车去最高处。在海拔低处时山石上还长满了松树,随着海拔升高,植被慢慢地少了,最后只剩下裸露的石头,一座山的表情一下子从温和变得冷硬。海拔四千多米处,风雪更加猛烈了。站在候车处,外面的世界是一片随风乱飘的水雾,就连近在眼前的雪山都看不见了,除了白色还是白色,看得人像是被悬在半空中触不到底,从下面上来的缆车从水雾后慢慢显现,像幽灵般。

我们上下雪山一共就花了不到两个小时的时间,一路上做的只是吸氧气、吃巧克力和大白兔奶糖。扎西说他不能送我们回丽江了,因为有很重要的事情,他要把我们交给他的一个好兄弟,我们百般不愿意却也不得不接受。中午他问我们要吃什么,我们在市中心好不容易看到了一家汉堡店,觉得总该给委屈了几天的肚子开开荤了,便决定大吃一顿。我们让扎西一起,他只是说了一句"我不吃这个",便去了附近的一家米线店。

我们慢悠悠地吃着,没过多会儿扎西就来了,在我们旁边的吧台坐下。我们也不着急,仍旧细嚼慢咽,还和扎西有一句没一句地聊着。他把我们的玩笑话当真了,我们说是开玩笑的,他说他却是很认真的,眼神里带着不容置疑的真诚。我回忆起这些天在各处接触到的少数民族的人们,他们有时开不上玩笑,把事事都当真,不免让从城市里来的人感到严肃无趣。但我以为,与在现代文明中被浸染得圆滑精明的城市人相比,他们更显单纯。有时严肃不是不解风情,而是一种固执得可爱的固执,对真诚、纯洁、善良这些人性中美好品质的偏见,是偏见,也是执著。扎西在和我们说话时,不时晃动着悬空的腿。这个不经意的动作让我觉得,其实他的骨子里也还有一个孩子的影子,即使他已是一个五岁孩子的父亲,即使他笑起来时眼纹里带着经过世事的痕迹。我突然想起第一天来时在车上他对我们说,他们村里受过教育的人不多,我觉得他应该不算是没受过教育,也不算是受过很好的教育,但和我们的生活经历毕竟有很大差别。突然又转念一想,也许,他们也不一定羡慕我们的生活。

　　扎西把我们送到一个地方交给他的好兄弟,他对我们说的最后一句话竟然是:"回去的路上可以睡觉了。"

　　我们三个挤在车的最后一排,后面就是我们的行李,车子在山道里转弯时,我们在后面七倒八歪。回去的路上雪已经停了,而且出现了久违的阳光。与来时的云雾朦胧不同,阳光下近处和远处的一切都尽收眼底。我望着窗外,望尽来时路上的每一座山,它们依然辽阔无际,依然挺拔入云。只是还有一点惊喜,在这些青山的更高、更远处有一抹白。对了,那是覆盖着茫茫白雪的雪山顶,总算是在将要离开的时候望到了这一眼。先是石卡雪山,然后是玉龙雪山,黑色的山石上洒着点点雪白,在太阳下闪着银白的光,圣洁得让人的内心顿时清明宁静。翠绿的群山后面竟是冬日严寒的堆积,按照自然规律两种本不应共处的景象竟能同时出现并和谐得毫无瑕疵,让我仿佛有一种时空上的错觉。我突然觉得,温暖气候孕育下的青山绿水固然令人陶醉,但在严峻环境下造就的大自然却能让人心生敬畏,而人类在这种种不可思议的万般变化之前,也只能承认,自己其实也只是这万般之一,也只是处于造物者的安排之中罢了。

　　我一路望着窗外的圣境,回想着这两日的香格里拉之旅。我说找到了将遗憾弥补的方法,这不就是吗?

漂洋过海的遇见

林婧
福建师范大学文学院本科 2012 级

  机车是这个城市的破晓,城市新的一天,在机车的奔波忙碌中开始了。

台北飘雨

  独自走在陌生的街上,台北,一眼看上去有些破旧,这里没有太多高楼大厦,街道狭窄,保留着二三十年前的原状,到了这里会让人生出些许时空倒转的错觉。然而,台北的每一幢建筑都有自己的独到之处,在不同的风貌中展示着不同的历史和气质,颇有沧桑感和文化气息,整洁有序绝不输于内地的现代都市。街道店铺林立,沿街的橱窗透着五彩斑斓的光,渲染出街景中碎片尘埃般的雨,照透临街铺子里悠闲享受时光的人们的心,绚烂的光流淌在他们的笑容里。捧着老爷爷刚榨的木瓜牛奶,穿过热情的人群,走过西门町的电视墙,匆匆过往的时尚男女又勾起了"十年修得柯景腾,百年修得李大仁"的台湾偶像剧情节,当年的植树和大仁哥被人惦记至今。台湾偶像剧曾经的风靡,让人不止一次地想象过在这里能和谁擦肩而过,然后故事会像美丽的涟漪那样悄然荡开。而到现在才明白,这些只是一场奢侈的想象。随着如潮的人流徜徉在西门町,真切地感受到台湾年轻人的时尚脉搏。

  挑高的空间结构、无障碍缓坡、错落有致的空间排序、温馨柔和的色调,无处不在的诚品书店受到台北人的青睐;同时,文化默默走进每一个台北人。阅读和文化与台北结下了不解之缘。我们可以明显感受到文化的气息在这个城市里扩散。置身于台北这样一个竞争激烈的城市,丝毫感觉不到生活的节奏是车轮式的盲目前进。因为阅读的雅趣,一切都变得张弛有度,放下原本匆匆的步伐,去驻足观赏生活的美景。

几度夕阳红,台北的故宫博物院显得静谧古朴。伫立在故宫博物院的展厅,淡妆浓抹总相宜。这些经过精挑细选、漂洋过海来到台北的文物,于寂静中阅读着历史,阅读那些曾经发生又淡去的事件。看遍朱颜凋,听遍碧玉碎,玉颜如昔,只是心里,已盈满了十几个世纪的秘密。

夜市的灯光照得附近公园的天空黑得那么不彻底,车子卷着尘埃,飞驰而过,隐没于台北沉沉的夜色中。101大厦的灯光耀眼夺目,在夜色中如同通往天界的绝美阶梯。无论计程车驶往何处,101都像台北的星光一路追随。每一层灯光都是期待中的涟漪,荡开在夜色中,在那些灯光生命的尾端,在高高的101大厦顶,光怪陆离占据了你的视野,让人看到台北的繁华与奢靡尽在夜里。

垦丁天晴

客运汽车在高速路上行驶,路边的广告看板以及零零落落的屋舍,狂风般向后倾倒。几个小时的车程,阳光带来了从北到南的问候。地处台湾最南端的垦丁天气晴朗,大片大片的阳光洋洋洒洒地落了下来。阳光泻进车窗,在我眼前粉碎成无数黄灿灿的颗粒,一无遮拦地斜射在脸颊上。窗外,天是一望无际的蓝,蔚蓝色间点缀着几朵白云,组成了一幅层次鲜明的图画。这久违的雨后的阳光,更让人觉得格外珍贵。浸泡在阳光里,张开双臂拥抱垦丁的阳光是最好的享受。

垦丁对于高雄人来说堪比后花园,充满了神奇的热带海洋风光。垦丁街上随处可见散发着独特的异国风情的民宿和骑着自行车驰骋的游客,奇特的珊瑚礁岩让整个巴士海峡、台湾海峡得如同一块宝石。丰富的海岸森林和植物让人感慨宝岛丰富的景致。

因为是冬天,只能遗憾没有机会享受在海底潜水的激情飞扬。坐在一块凸起在浅滩上的礁石,撩动着手边细腻的波纹,踢腾着翻滚的细浪,任海风肆意吹乱头发,在广博的大洋面前享受自己的渺小,在广博的大洋中找到依靠,在大洋的怀抱里自由放飞自己的心情。那被海水经年累月冲刷的细细白沙,让人心生爱怜。

从垦丁再往南就到了鹅銮鼻。鹅銮鼻公园内最有名的,是建造于公元1882年的鹅銮鼻灯塔。灯塔通体白色,修建在山坡上,在如茵绿草和蓝天白云的衬托下,分外惹眼,充满了故事感和历史感。

夜色来袭,入住高雄。这里有热情的计程车师傅一路侃侃而谈,他告诉我们他的母亲是上海人,当年来台湾时只有十六岁,十六岁那年出门时只和他的外婆说了一声出门玩耍。可谁知连一声"再见"都还未说出口,这一"玩"竟"玩"了四十年。直到20世纪80年代末,他的母亲才带着他回上海探亲。一代人的万里飘零、生离死别,让人产生莫名的情感涌动。放下沉重的话题,师傅开始向我们问起大陆空心菜的品种,虽然不知道该如何回答,但如此健谈、幽默的高雄司机让人感受到台湾浓浓的人情味。这里还有温柔地声称自己绝不是坏人的老婆婆坚持为你带路,一路声讨台湾的工资总也上不去,而她自己却依旧很爱台湾。

台湾,大概是一位清秀俊朗的男子,不失活力,令人亲切。不必为生计而忧虑,也没有鸿鹄壮志,只愿栖居于这一方土地,去续写自己一生的传奇。

飞机在高雄起飞,行程结束,我竟有一种惆怅。想起聂鲁达的一首情诗:

我的心在找她,而她离我远去。

相同的夜漂白着相同的树,我们已不复昔日……

如今我确已不再爱她。但我曾经多么爱她啊。

爱是那么短暂,而遗忘,是那么漫长。

贝壳的流年

何惠婷
福建师范大学文学院研究生 2013 级

  随着讲解员清脆的声音，轻步踏入位于福建闽侯县的昙石山文化博物馆，思绪就这样被虚无缥缈地牵扯着，穿透千年时光。
  远古时期，这里还只是一片汪洋。阳光温柔地轻抚着碧蓝清澈的海面，洒下粼粼波光。水中的生物悠游自得，海藻飘摇，鱼翔浅底，贝壳尽情地吐纳，生命就这样默默地潜沉在淼淼中。悠悠岁月推开波澜壮阔的时间浪潮，退却了海水，分化出岛屿，渐渐形成了陆地，也顺道开启了人类文明的大门。这是一片不同于黄河流域的文明，潮湿的空气中夹带着丝丝咸腥，携风的日头暴晒出黝黑的躯干，满眼的幽蓝和着海潮的节奏载着期盼与丰收、担忧与失落款款而来。一切都是海洋给予先民们的恩赐，理所当然地不完美，却也连缀成平实而又耐久的生活。透过历史的镜头，偶然发现，小小的贝壳，居然见证了海洋文明的进程。
  靠近海岸线的先民们，享有得天独厚的海洋资源。他们品食了蛤蜊、贝、螺之后随手遗弃，也不在乎会阻了道路，脏了街衢，日日年年，竟累积成了厚厚的贝壳层，深埋于地下，形成独特的地质断层，和台湾的贝丘异曲同工，遥相呼应，抑或是一脉相承，烙上了文明的印记。历史真是喜欢恶作剧的顽童，总在不经意间留下些什么，淡淡的、浅浅的。海边的居民似乎承袭了祖先的生活习惯，也常常将取出肉的贝壳累积成丘，堆放在路边。
  目光越过断层，追随着静候于陈展台的贝壳，看那用手摩挲出沧桑，复又生发出久违的亲切。它们是佩戴于身的饰物，尘埃拂染却不减当年风采，反在斑驳岁月中熠熠生辉；它们是捕鱼的刀具，随处可见，信手拈来，自自然然就肩负起了生的使命；它们是吹响的号角，发出江涛海啸的乐声，传递着海的讯息、命运的传奇，抑或是遥远的思慕；它们是珍贵的货币，从众多海洋生物中一跃而起，投身到熙熙攘攘的市集中，见识了姹紫嫣红。它们从远古缓缓而来，与依恋的海水相隔千万年，沉淀成一方海域远年的标志，一群先民精神皈依的彼岸，一段力透纸背的海缘，一抹生生不息的记忆。

亘古以来，生命须臾如蟪蛄，遑论远古时期，其终结与降临同样高贵而神秘，仿佛一切都是天意。于是，厚葬成为生者对逝者冥界生活的美好祝愿。但谁又曾想到，贝壳也悄悄地参与了墓葬的设计，不为器物，不为贝币，只为前夜残梦读成历史，只为风华绝貌不朽于世。原来，那些尸骨得以完好保存，多数是因为在其下方铺就了一层厚厚的贝类，它们与空气中的水分接触，形成碳酸钙，坚强地抵挡住了南方的阴湿，大有"一夫当关，万夫莫开"之势。从呱呱坠地到油尽灯枯，生命的萌动闪电般掠过，汇聚成文明的点点滴滴，守候它的是小小的贝壳，这个海洋中丁点大的角色。

人，长久地置身于车水马龙的繁华都市，浸没在烦嚣喧嚷的工业社会，戚戚然忘却着历史，也望穿了历史，踉踉跄跄地留下斑斑点点的痕迹。迎着海风，伴着潮汐，光着脚丫，感受轻抚肌肤的丝丝凉意，拾掇着被海浪卷上岸的贝壳，随口吟着"面朝大海，春暖花开"，便算是完成了对海洋的文化认同与惊叹。其实心底早已抹去了海陆之间的分野，淡化了膜拜海神的虔诚，退却了面对海风凌厉时的坚定，回归到人类最基本的欲求——对美食的喜爱。海洋总算在凡尘中与世人牵连出一条难舍难分的纽带。如今超市中琳琅满目的贝类，有着和远古时期一样的风貌：花蛤依然披着纹路华丽的灰色外衣，淡菜继续独享至尊黑的色调，丁螺挥舞着顾长的躯干，河蚬也保持着娇小的身形……一切送来味蕾淡淡鲜美的，唤起消逝岁月中沾满尘埃的记忆，悠远绵长又近在咫尺。一个时代的逝去推动着另一个时代的冉冉升起。历史接下来又会和我们开怎样的"玩笑"呢？

爱上室韦

耿艳
福建师范大学文学院本科 2012 级

　　室韦是一片艰难涉足的土地。我从来没想过一个地方竟要花五六个小时的时间才能探寻到它的真面目。这个边陲小镇的魅力在我的心中渐渐转化成旅途中的烦躁，仿佛它不美上十倍就对不起我们这样的长途跋涉。中途的换车事故更是将我的心情又降了一层。

　　新来的大巴车是新车，坐上去确实舒服多了，导游一面抱歉，一面介绍着室韦的基本情况。我印象中从来没有这个小镇，这显然是一个全新的概念。"蓝天、绿草、白桦林、神秘的玛瑙草原，时缓时急的河水养育着亚洲最美的湿地，也养育着这里的勤劳人民。肥沃的河滩上走出了伟大的蒙古民族，温暖的木刻楞房子，现在是华俄后裔的繁衍之地。黄皮肤男人的智慧和蓝眼睛女人的热情造就了室韦，中国多民族和谐共存的范例。"美丽的历史造就了小镇，还是它真的如此美丽？

　　晚上八点多，经过长途跋涉的我们终于与室韦亲密接触了。室韦现在大抵是靠旅游为主要支柱产业的小镇了，于是一路尽是旅店和纪念品店，商业气息浓厚。但景色中蕴含的天然的宁静淡泊竟能将铜臭味降低了好几分，着实让人感叹。想象着依山傍水的映衬下，就算好几家小店在旁边卖力地赚钱，似乎也不算破坏意境，宽容的氛围借着山水在悄悄传递着。

　　我们到的时候正要吃晚餐了，住宿和吃饭是在同一家小店。小店虽小，却是五脏俱全，雕花的木房民族气息浓厚，甚至连墙上点缀的绿叶也成为好多旅客拍照留念的好背景。好客、豪爽的店家绝不阻拦这些远方的客人在店内的各个角落照相，还颇有点鼓励的架势，似乎照的越多，他们的自豪感也就越多。这样大气的性格是我喜欢的。南方的旅店，精致周到，但独独少了这样的大气，斤斤计较让原本的和谐化为泡影，是极不明智的。

导游知道我们都饿了，提前让店家准备了晚餐，一坐下菜肴就陆陆续续地端上来了。菜品还真有俄罗斯的范儿，主食是大块的面包，松软可口，然后有煎土豆饼、薯条这样的典型西方餐品，当然也有中式的菜品，不知道是水土还是什么原因，就连普通的小菜也和福州的不一样，这下是彻底对一方水土养一方人的说法信服了。果然，不出去走走，都不知道就连米饭、青菜这样的食物都有着百种滋味。眼界就是这样一点一点开阔的。

匆匆地吃完一餐后，天色已经全黑了。晚上没有安排，一群人就这样漫步在室韦的几条街道上。室韦街道几乎没有路灯，大概是电力不够的缘故，走路颇要小心几分，幸而路边的烧烤店还能透出点光亮，让路上的行人不那么害怕。

这里的夜路之行不让人感到恐惧，只会有宁静的感受。镇子上原本就没有多少居民，人不多，但温暖。木头建的房子鳞次栉比，不铺张，还有点江南水乡的感觉。只是那尖尖的屋顶又不像江南的秀美，还是那一股子北方的豪放感，像直冲云霄的剑一样，是哥特式的代表，借着朦朦胧胧的月色向我们隐藏着原本的面目。曾经去过乌镇和西塘，美丽的水汽滋养的不只是脸庞，也是心境。那里的姑娘就算吵架也是轻声细语的，像是唱歌一样。走在室韦的小路上，当周围的声响逐渐游离于意识之外的时候，真有种梦回江南的感觉。北方给我的轮廓在几天的时间里都是一种模样，那就是震撼天地的宏伟，突然其中点缀着这样的小镇，有江南的气息，着实让人感到不可思议。

可它毕竟在北方，是成吉思汗带领十万铁骑征服全世界的开端，在短暂的迷离后，热闹的烧烤店又将我拉回了小镇的另一面。这些店都设在路边，明明有店里的座位，可很多人还是愿意嗅着自然的气息，坐在露天的桌椅边上。有几家小店居然将大屏幕的卡拉OK机放在门口供行人随意歌唱。店家也不大吼叫，但一有人过来也是分外热情，好像不买什么东西就对不住这样的笑脸。可你真的什么都不买的时候，他们依然笑着将你送出门去，至少在表面上没有不快的神情，足见这样的善良是透进骨子的。还好在商业化的滚滚浪潮中，还有这样一群室韦商人在坚守着"有朋自远方来,不亦乐乎"的心境。冲这个,他们就比其他地方的商人幸福得多。

夜游之行比我想象中更早结束了,大家都决定早上早点起床,去看看清晨的室韦,是否是另一个神奇的模样。

晚上出乎意料地睡得香甜。万籁俱静的小镇,时不时又传来几声不知什么小虫子唧唧喳喳的声音。"人闲桂花落,夜静春山空。""长安一片月,万户捣衣声。""雨中山果落,灯下草虫鸣。"原来这三句,是形容室韦夜晚的。

清晨的第一缕阳光打破了夜的寂静。我早早地起床,去不远的广场散步。广场不大,装饰也不多。旁边的小店只开了几家,夜晚的气息未曾散去。广场的前面竟然是一条小河,河的对岸是俄罗斯的村庄。我见过韩朝边界,是那样的森严,绑上厚厚的铁丝网,安了不止十个的岗哨,无数的士兵在不停地巡逻,甚至连一厘米的逾越都是致命的,而边界的另一头是同宗同族的朝鲜人民。这样的隔膜太让人痛心,以至于韩国导游对我说三八线这里离朝鲜首都平壤只有两个小时的车程时,一股浓重的悲哀涌上我的心头。

一条浅浅的小河,连接着中国和俄罗斯两个国家,冬天河水结冰的时候,甚至可以直接走到对岸,"出国"成了如此简单的事情,原来不设防也可以做到如此极致。与韩朝边界相比,我无疑更爱室韦的这条边界线,以自然山河为伴,没有士兵,没有纷争,没有冲突,两个国家的边疆人民在一起和谐地生活着,共饮一条溪水,互相贸易往来,比世外桃源的绝对封闭又多了一丝活泼的气息。山河见证着两个国家的情谊,见证着和平的幸福,想着步步惊心的朝韩边界,心中是多么庆幸。

借着清晨的光亮,我庆幸看清了每一栋木房的外貌。木房的木头是圆木,粗大的圆木绑在一起,像木筏一样,硬是叠在一起成了一堵墙面,一栋房子就是靠这样叠起来的墙面支撑起来的,简单,但异常突出的民族风格居然也别有风味,而且越看越耐看,颇有点鲁滨孙王国的意味。童话里的辛德瑞拉在没有遇见王子之前,就是住在这样的房子里默默等待着吧,一天一天,直到那个改变她命运的舞会出现,从此过上了幸福的日子。只有这样的房子,配得起这样纯洁善良的女子,配得上这样的一段传奇。我宁愿相信,在室韦的每个家庭,都有这样的回忆。美好的地方怎能没有美丽的故事?

在北方，马匹是常见的。室韦的清晨已有几个零星的商人在拉客骑马，一圈只要三十块钱，这样的价格在各个景区都算是便宜了。一个黑脸庞的大叔热情地招呼我们这些远方的游客，因为时间，我们都没有过多地表现出兴趣。他也不急，憨厚的笑容像极了农民，而不像什么商人。岁月的痕迹在他的脸上很明显，风刀霜剑毕竟是平常人需要面对的折磨，不是每一个人都有林志颖的不老容颜。一道皱纹是一个故事，显然，他是一个很有故事的中年男子。想象在室韦世代生活的他，年轻时应该也有走出去的梦想，打工或是求学，然后在外地漂泊了很多年后，没有混出什么名堂，只有孑然一身；也许有爱过的姑娘，终究是水中浮萍，擦肩而过，海上钢琴师的音乐是面向大海的，而他的心，或许就在故乡。于是一身伤的他回到了室韦，在这里娶妻生子，中年的他依旧要为生活奔波，却多了一份宁静自在，现在他终于收获了人生真正的安宁，这是比金子更宝贵的财富。他一定有孩子了，我相信他也一定愿意让孩子走出去，而他依旧守在这个小镇上，等待着，相信着，他的孩子像他一样回到这里。

我和室韦的邂逅是那样匆忙。吃完早餐后我们一行人就要离开了。山河、木房、街道、人、宁静。这样的小镇，值得五六个小时的车程，值得我们的喜欢。爱上室韦，爱上幸福。琴瑟在御，岁月静好。

解结

何雪丹
福建师范大学文学院本科 2012 级

"小小的村庄躺在环绕着的山中,清静、安全、享受。山上的枣树上挂着令人垂涎欲滴的大枣,家家户户煮茶时袅袅的香气沁人心脾,扎着两个小辫子的小女孩和光着脚丫子的小男孩在田间追着蜻蜓,一望无际的水稻田用稻香向人们宣告它的茁壮成长,每一条黄泥巴的小巷都散发出泥土的气息,蚯蚓偷偷地钻出泥土来看小野花,纯朴的人们踏晨曦、踩薄暮,日出而作,日落而息……"对于一个住在海边的人来说,我只能这样幻想着山里人的生活,幻想这次"十一黄金周"的旅程目的地景观。

"你们可别想得太好,我家呢,就住在田中央,从我家的窗户还可以看到山上的几座坟墓。"舍长的轻描淡写足以毁掉我想象中百分之五十的美景,打掉我百分之五十的兴趣。但没关系,旅游并非我的目的。

我喜欢放空自己,让自己头脑的齿轮暂时停歇,没有时间的概念,也没有空间的束缚,然后慢慢地把自己的心打开,看看它为何过得这么痛苦,听听它的沙哑的声音,然后拭去它的眼泪,重新轻轻地关上,避免碰触它的伤口,再打一个漂亮的结,放在别人看不到的地方。再次调整好大脑运作的齿轮,回到这个令我无语的世界,过着单调的生活。这一次的出行,与其说是一次说走就走的旅行,还不如说是找一个地方释放一下这颗脆弱的心,静静安顿几天,没有打扰。

夜,寂静无声,该走的都走了,趁着这么好的一个假期。打包装箱,三个人,一个箱子,似乎省事,却不知箱子承受之重,谁能体会?好比心中石块之重,他人岂能衡量？让衣服紧紧贴在行李箱里，没有缝隙，没有一点剩余的空间，就像心中那个漂亮的结，让呼吸变得困难，就连用嘴喘气都是那么不尽如人意。为了让呼吸变得顺畅些，我选择了逃亡，逃到山中，去向大山倾吐我心中的难过。一直觉得自己是一个不合格的倾诉者，尽管好友们总是在我苦闷的时候让我向她们说说，可是我总是自以为是地感觉她们不懂这样的感受，让她们放弃为我做心灵鸡汤的准备。然而自己一个人独享这份难受，难免压抑却又手足无措，所以这一次，我决定把我的心事说出来，而我的倾诉对象就是还未曾谋面的大山。彻夜无眠，想着如何向大山倾吐内心的声音，在田野上释放压抑已久的心情……

10月2日，一大早起床收拾，搭上K1，踏上前往南平建阳的旅程。福州北站的检票处真的是不敢恭维，人山人海。也难怪，多好的一个假期！晕车成了一个没有热情的开始，舍友们在火车上兴高采烈地聊天时，我只能带着一张苦逼的脸，观摩这有生以来坐的第一趟火车，与动车并没有多大的差别，只是速度慢了一点。就像人生这条路，有的人走得快一些，有的人走得慢一些，但终点都是一样的，只不过慢一些的人可以更好地欣赏路边的风景。山间、田野、小道、虫鸣，让我感到了些许放松，也许困顿已久的心，真的需要一场放飞和流浪吧！

一个月了，我带着这颗打着漂亮的结的心从家里到学校，再从学校到南平。我当了一个月的不孝女儿，没有电话，没有短信，就算是家人拨过来的电话也是三言两语直接挂掉，忽然发现自己很适合生活在语言简练的电报时期。习惯了逃避，习惯了冷漠，虽然想念，却没有勇气。固执的我把冷战的硝烟从暑假延续到现在，而这场所谓的"冷战"好像一直是我一个人在战斗，似乎没有对手，准确地说，是所谓的"敌人"还不知道他们已然陷入了一场战争中——临往福州，坐在姑父的车子上，堂弟跟窗外的伯父伯母挥手告别，而我，在跟空气告别，仅有的不到三十米的距离，没有他们送别女儿的身影，车子开过几步之遥的我的家，里面正面对着电视的背影刺痛了我的心，我不知道原来自己已经让他们这么放心，不用嘱咐和告别，我只知道那一刻，我的内心像针扎般疼痛难忍。就这样，那颗本就打着结的心再加上伤痛的同时发起了这场一个人的"冷战"。

经过五个小时的火车旅途，终于到达南平火车站，舍长的家是在山里，没有公交车，只能麻烦她的父母开摩托车来接我们。一路上，没有摩肩接踵的人流，没有此起彼伏的鸣笛声，更没有鳞次栉比的高楼大厦形成的灰色四方形的天空，只有一条独一无二的通往隐秘的小村庄的水泥路。坐在摩托车上，盛情的带着大山气息的风让我不得不眯着眼观赏道路两边广袤、开阔的水稻田，一片片绿油油的方块格子迅速地向我们身后移动。我感谢这美妙的风暂时帮我吹散了笼罩在心头的雾霾，让我的旅途有一个心旷神怡的开端。

目之所及，不外乎大山、田野、小溪、黄泥路，果然一切都在我的"掌控"之中，四周大大小小的山一座接一座，山上云雾缭绕，绿里镶嵌着白，白又包裹着绿，那数不清的苍老的大树站在各个山头上包围着这个小山村，看着他们一代一代地成长。出乎我意料的是，两三排拔地而起的小楼房映入眼帘，虽然没有富丽堂皇的装饰，但也并非想象中的土坯房。不过想想也对，现在还有谁住土坯房，也就只有我这种笨拙的想象力才会想到土坯房这个玩意儿。大大小小的房子，构成了这座小村庄。我们在舍长家门口下了车，周围的邻居们都投来了好奇的目光。显然，在这个小小的聚集地，每家每户的面孔都是熟悉再熟悉，来了两个"新鲜物"难免要"观察观察"了。

一顿丰盛的晚餐过后，山里的"夜生活"开始了，路灯下的"灰黄相接"与宁静祥和代替了城市里的灯红酒绿和歌舞升平。据舍长描述，这个村庄叫山尾村，只有一百多户人口，村里的人都到外面的工厂去打工，只有农忙的时候才请假回来务农，那条三公里的水泥公路是这里唯一的一条"非山路"。多么神圣的一条路！在人们踏晨曦、踩昏霞的忙碌工作中，它默默地陪伴着，清晨用微曦送出，夜幕用昏霞迎来。跳着广场舞的舍长妈妈和哼着《小苹果》的舍长爸爸，让我惊讶于这个远离城市的小山村正借着那条村里唯一的水泥路努力地抓住了时代潮流的尾巴，跟上信息时代发展的步伐。

夏转秋的季节，风有点凉了，或许是在山里的缘故，吹得手脚都有些冰凉了。坐在门口望着天上的星星，草丛里蟋蟀的声音真的是此起彼伏。奇怪的是这里的房子都黑糊糊的不亮灯，应该是主人劳作了一天太过疲惫，已经休息了吧。在这里，手机信号基本为零，似乎有些庆幸，为自己的"失踪"找了个极佳的借口。

舍长和她爸妈有说有笑，言语之间无不透露质朴的关切和疼爱。温馨的画面像犀利的雨点敲打在玻璃窗上，一点一点地敲击在我的心上，只感到一阵一阵的难以抑制的疼。我喜欢这样温馨的场面，正如我喜欢我幻想中的这样温馨的我的家。八年来,我面对的是一个无法真正感受到温馨的家,我无法理解自己为什么不能把那份思念和爱交给那颗叫做"父亲"的星星?为什么不能把这份爱移到他的身上?为什么总是在有意无意间提醒自己血缘这回事儿?尽管我知道可怜的妈妈一直在努力地调解我和他的关系,可是这么多年来,改变的是什么呢?我和他之间的对话总是那么空洞、那么客套,仿佛陌生人一般,从不夹杂任何情感。我很庆幸自己没有遇到一个恶毒的继父,我也安慰自己,可能他就像其他不会表达情感的父亲一样不会把自己的关切表达出来,可是我没有感受到那样的亲切感,反而是拒之千里的冷漠。三言两语的学习话题基本了事,我多么希望他能够问问我与朋友们相处得怎么样,或者是生活中遇到什么棘手的难题了,或者是选择困难症发作的时候可以给我提个意见,或者……真想知道怎样才能逃离这样的生活,什么时候我的家才会有这般温馨的画面?

抬着的头,仰望的心,疑问抛给了天空那颗最亮的星,而它,却只对我眨了眨恍惚的眼睛。不知不觉,夜已渐深,人们已经在大山精心呵护的摇篮中,听着蟋蟀乐队的摇篮曲,沉沉地进入梦乡。在福州吹着空调的我们在这里却盖起了棉被,山里的温差令我咂舌。

几天下来,我们已经把这个芝麻大的村庄转了又转,我们追着惶恐的鸡鸭,在淙淙的小溪里洗干净沾满泥土的手,在空无一人的水泥路上奔跑呐喊,在菜地里研究各种叫不出名字的菜然后给它们起一个个乱七八糟的名字,在荒废的田地里烤着奇形怪状的地瓜,从这座山头跑到那座山头抱怨山路怎么这么难走……而我,总会在舍友不注意的时候,独自在那群山间徘徊,而后自己寻得一块宝地,开始发呆,开始放空,开始和已然熟悉了的大山进行心灵的沟通,接受大山给我的心灵的洗礼。我把内心那股憋着难受的气肆无忌惮地吼出来,我告诉大山我的困惑,我把自己那颗脆弱的心掏给它看,我甚至惊讶于自己能打这么漂亮的一个结,而且藏得这般好。我告诉它,我总会想象我们在餐桌前谈天说地,欢声笑语;想象我们一起坐在电视机前谈笑风生,讨论剧中人物;想象我们一家人一起去旅行,一起留下美好的瞬间。我呼唤着大山,让它给我想个法子,怎样才能让我有机会出现在那个温馨的画面里,让我的愿望不再是虚无的想象和迷幻的梦。

大山给我的答复——一片安静。

放空的心思没有阻止慵懒的脚步,静谧的山林深处,红砖堆砌好似朱漆脱落的暗红,没有粉饰的红砖灰瓦躲藏在这绿叶之间,好有格调。透过高高的门槛和生锈的木门上的银环,我贪婪地窥视着里面的动静:一个十来岁的小姑娘正在帮老妇人洗头,从一个装着冷水的桶里舀几勺放进装着热水的盆里,用手试试水温,温柔地往身边低着的头倒下去,然后用一种奇妙的方言询问着。我似乎看到了那个低着头的老妇人脸上暖暖的笑意,多么美好的画面!忽然间感觉,孝顺是一种多么崇高的行为艺术,不管是怎样的孝的行为,似乎呈现出的艺术之美都是无以言表的。想想自己似乎总在抱怨命运的不公,在我最需要父爱的时候夺走了我的父亲,总在抱怨家人的不理解、不关心,让我无法感受温暖,可是自己又何曾真正地让他们感受到我的爱了呢?或许因为我的无知,让母亲伤心难过;或许因为我的冷淡,让他的爱望而却步……与其一直这样冷战着,为何不去改变呢?梦终究是梦,会有梦醒的一刻,为了不让梦醒时的我失落,为了那个温馨的画面成真,我要去改变……

大山笑了,飒飒的树叶声证明了它欢乐的抖动,只因我领会到了它给我的答复。

时间就像雨后春笋"吱溜"一下冒出来般就这样"吱溜"地就过去了,美好的日子总是那么短暂,我舍不得这个让我酣畅淋漓倾诉的地方,舍不得那座教我如何编织温馨画面的大山,舍不得那个灰瓦红墙洋溢出来的充实着孝的爱。不得不感激我的忠诚的聆听者愿意听着迷茫人儿的满腹牢骚,感激于清爽的山风吹醒蹚入迷津的意志,让其不再沉迷在阴霾中无法自拔,忘记了一个月以来的纠结和疼痛,也明白家里温馨的爱需要共同付出。但是离开,是必须的。就像人一样,每个人都不可能一辈子陪在自己身边,总有一天会离开,或早或晚而已。就像我的爸爸,他只是先去天堂帮他的女儿找个栖息的住所。对于父亲的思念总会无来由地浮上心头,但是我也知道我的那个温馨的梦需要我自己去实现,改变与继父之间的关系,改变以往餐桌上的严肃、看电视时的冷清,还有三言两语就结束了的对话。

在那个群山环抱的地方,我打开了那个漂亮的结,而且没有再为它系上。再漂亮的结放在身体里面也会像疙瘩那样硌得慌,与其这样,还不如让那个曾经痛过的伤口慢慢结疤,等到结的疤好了以后,就又是一次新的蜕变。在回福州的火车上,我拨通了他的手机:"喂,爸……"

寻美福州

李鑫
福建师范大学美术学院本科 2013 级

泛船浦天主教堂

清晨是一天中最值得留恋的时光。

三月十四,每个清晨都是令人欣喜的邀请,而我像希腊人一样虔诚地崇拜着曙光女神。

很少有游客选择在周六的早晨来教堂游玩,教堂的外头有些冷清,只有三三两两晨练的老人。

哥特式风格和罗马风格的混合是教堂的特色。高耸的建筑直入云霄,惊心动魄。颂歌和着琴音从彩绘的玻璃窗中传出来:紫色、红色、蓝色、黄色。细看之下,玻璃上还有耶稣画像喷砂。踮脚张望,企图窥看这座民国建成、平移、旋转过的天主教堂里的秘密。

进入教堂,二十几根罗马柱支撑着淡蓝色的穹顶,穹顶缀以星辰。几盏素白色的吊灯从天顶垂下来。

穿过一排排红木椅子,路过刻着耶稣故事的木版画。玫瑰圣母抱着圣子站在祭坛上,神色和蔼,熠熠闪光。她就站在那里,静静地看着我。我也看着她,心底没有一丝波澜。

教堂的后面,一片园子豁然开朗。铜铸的耶稣被钉在金色雕花的十字架上。苍幽的老柏树直立在十字架后面,背景是教堂暖灰色的墙面。天主是爱,而我是受他吸引的众人之一。

鸟儿欢叫着来到,畅快的春天。寒冬里的郁闷和雾霾一起散去,一切生命都开始舒展。

南江滨公园

午后一点,阳光有着琉璃般透明的质感。空气中带着小小的暑气,四周是花香,是蜂鸣,春风拂面。清明节,时万物皆结齐而清明,时当气清景明,故名。

今天,踏青寻美。

澄澈的天,冷红的年轻的木棉树。试着用清明的心境去观天空和花树的对话。

来自世界各国的雕塑,静静地坐在公园茂盛的草地上、树下、小路边、竹林旁。应该有一首简单、平稳的曲子来搭配它们,悠闲的不为人知的风情。这样忙碌的城市里,有一个这样的去处,像是上帝的苦心安排。

几十座大大小小的雕塑,形态各异,虽然时间风化了一些亮点,但是掩盖不了它们固有的光芒。名为"启程"的雕塑,是来自塞浦路斯艺术家克利斯·安东尼奥的作品——他骑着自行车,前倾的整个身体就是方向盘;脚不踩踏板,作品却是前进的朝向。心之所向,身之所向。一见就令人兴奋和刺激。与恬静悠远、和悦近人的中国画风格迥异,西洋的艺术家的作品里常常驻着光、热和生命,象征着人类不朽的青春精神。

修竹边坐着一个俄国童话里的灵魂,是阿根廷艺术家刀下的杰作《安纳斯塔西亚》。

日日春花丛中安放着日本宫田亮平的作品——《勇往直前》。三只柔美活泼的海豚,在直立锋利、因高低不同而形成波浪起伏的不锈钢柱涛中勇往直前。我在这个作品里看到了日本的美学——文学美和极大悲哀的混合体。

四月的明亮里,闭上眼就能感受到四处流动的光芒。落叶真多,纷纷扬扬。落叶有种魔力,好像在无数的动能中让所有的喧嚣都停下来,让世界安静,让人回忆,让人遥远,让美靠近。

走在回校的路上,新生的娇嫩的树叶在阳光中熠熠闪光。我歌且谣。

美在身边,也在心里。

晚风

赵传
福建师范大学人民武装学院本科 2013 级

也不知道哪里来的勇气和力量,就傻呆呆地骑着自行车跑到海边露营。我既不向往海边的壮丽美景,也不祈求在路上能遇到什么美好的际遇,只是一提到"大海"这个词就想起海子的那首诗——《面朝大海,春暖花开》。

不用过多地考虑旅途的奔波和辛酸,劳累是难免的。当自己面向大海的那一刻,就已经知道自己是不是来对了地方。男人是大海,女人就是沙滩。在海边可以看见彼此。

这里不是什么风景名胜,没有什么游客如织,哪怕是看见一辆偶尔经过的汽车都要仔细地欣赏一下。谁会来到这样的地方?海滩像一张刚铺起来的画布等着我用脚步作画,听不见海浪波涛,大概是大海和我一样累,漫步在黄昏的世界里逐渐昏昏欲睡。不知道大海该在哪里驻足安宿,好让海岸不再孤单。

夜里的海滩应该可以用一个字来形容,那就是"夜"。你在这里才能感受到什么叫做真正的"夜"。隔岸望去,黑夜中一条彩色交织的围裙从两边铺开,好似有两三个亮点衬托的珠宝,闪闪发光。对岸的世界一定是动的,灯光闪烁,就像是跳动的火花一样,不断在黑夜中挣脱出条线来,仿佛流星般绚烂唯美。天空中群星闪耀,只有此时此地才能感受到。你可以毫不费力地找到守卫中庭的猎户座,和北方的北斗七星遥遥相对。这里没有什么光,有的话,是海对岸的灯火、天空的星光和海上的船舶透出的光线。当月亮终于从海平面上爬出来的时候,仔细想想,那才是世界上最美丽的"灯"。

其实大海总是在偷偷地打盹儿,留心海岸线外随呼吸律动的波浪,那是大海的呼吸。尽情撒开脚丫,在沙滩上随便走走,吹着海风,相信自己发现了鲁滨孙的宝藏。海岸上的沙子十分细腻,流在脚上十分惬意。也许世界上该有神奇,当脚触在海泥上的时候,突然有一片绿光散开,好像大地就是故意在用光来挑逗你的小脚。

也许是夜幕降临带来的黑暗引来了一阵阵的海风,站在海边的礁石上,静静地欣赏难得一见的海上落日也是不错的,留意天空中支离破碎的云,正好和太阳的方向相对。等到夜幕拉下来,黄昏时的平静就注定要被打破了。海浪在海风的助威之下,开始对海岸发起疯狂的追求,沙滩被一遍遍地冲刷,脚印被淹没在大海的热情当中,丝毫不会在意人类的存在。在大自然面前,人其实是最没有存在感的生物,只有试图融合才能彼此存在。海风也是这样,它会无情地将沙子吹到你的脸上,将安家的帐篷吹翻,甚至还要在鞋子里面偷偷地藏上两只小螃蟹。因为这是大海,是它们的世界。

我知道我只是个过客,匆匆的欣赏只是大略。

你的旧迹,谁在重游

王廷法
福建师范大学文学院研究生 2014 级

  草草落落,别过一潭凄清,沉悼几分圆月,更添许多寂寞。
  离落的青春匆匆收尾,卷起漫不经心的画轴,斜迹在窗台,映入红帘,摇动寂寞的眼神,恍然梦醒,牵动几丝新愁又旧伤。
  烛影的攒动流落几番孤单,幻灭的阴晴是伫立窗口凝思的火苗,燃尽灯枯的忧伤滴满红泪,一盏烛光,化身离愁,在窗口,幻想你的存在,摇曳清冷孤寂的残影。
  曳动的烛光翻动着剥离的岁月。
  寻那重游的旧迹,斑驳的时光回到从前,而今没有了你的陪伴,独自清冷别样感叹,洒落满池塘的忧伤带别离。辗转池塘明月,今朝月盈却胜似寂寞锁深思。身后圆月繁华,独享这一番剥离的寂寞。半夜残声增凄冷,唤起的清醒陪伴深夜的烛火,难苛责谁的风月伴缠绵。
  一壶薄酒浪迹沉浮,转身离去的天涯思念泣成雨,青霭的晨雾遮住情丝的泪天,哽咽的浊酒阻塞断肠喉,醇烈的辛薄化在舌尖难入愁肠,风雨的迷离堕落烟硝,直见春水向东流,酒后的暖意瘦了思念,凋尽花开。
  花开就一次我却错过。任由岁月剥落离别。
  烛火的纸窗攒动心灵的火苗,灯芯下宁静的守候诗化情深的凝眸。深夜的黄晕,你我邂逅在窗前。倾心如水的夜晚,一场红楼里的梦,剪影双双飞的蝴蝶。

雨落晴出的山水田园,明丽再现彩虹,蔚蓝如寂静的天空,悬挂褪色的风,轻轻扣响虹桥,梦里落在蝴蝶杯中,摇曳一对情思夜凉如水。

相思成泪心如雨,一醉最让人倾心。美在花间,爱匆匆飞过,点缀天空的流星,一瞥爱情深,划过的美丽融化心间,独线成丝缠如茧。杯中略影,看透我的心声,忘记所谓何,蜷缩杯影世界,轻握手指,慢慢清淡如水,相思离去,泪水成叠,洒落的泪痕醉等,浮动世俗的归期。

醉等深秋,离恨雪纷飞,跌落的梧桐叶雨,一片愁心白雪。覆雪深冬,找不回梧桐的翠绿,忧郁了粗糙的年轮,留在时空里的惦念,还记得曾经拥有月色的琥珀,滴落的泪霜冷冰寒,陈旧的岁月霜化作脑海的珊瑚礁。

你却总思念古道边悠悠情丝。落败的景致深化内心,熔铸一炉煎熬,浇灭昨天的韵迹。迷恋镜花水月,辗转反侧,多情地打扰,难忘却破晓前犯下的错。

山水褪色,灯火缠绵,多情地攒动打扰清寂的山水,惊动苍山魂,波动碧水痕。转身翻望,彻夜无眠,非我要等的守候。

坠入尘俗,一曲琵琶伴唱东风破,明朗的悠悠又深沉,一丝带雨、秋风泛黄的回忆,滴下几番古韵飘向街头,流落了月圆翻旧唱。犹记年幼,涩动琵琶不知几番青丝几番愁。而如今悠悠琴声变了音调,辞过岁月,你的耳畔再不曾扬起,隐隐痛楚风化迷离的琵琶又回忆。悠悠琵琶,孤迹一人赏,零落的沉痛再掀起昨日旧韵。

风乱的红叶夹杂秋的思念,寥落的秋凉来来又去去,摇曳的枫叶荻花瑟瑟燃起,一曲漫红,江晚碧秋,天净愁凉,冷落了寂寞梧桐,思锁清秋。

染色的结局剥落,枫叶的沉沦带我看透。

漫天红,沉静的思,走过古道,缄默又牵肠。随你走过低深的篱笆,留下两行印迹斑驳。旧落的沉默回荡着荒烟蔓草,我却没说一句离别走出了西风古道。

普陀山散记

李朝霞
福建师范大学文学院本科 2012 级

一

万石莲寺的住持法源大师说过，俗世里的人，每念一声佛，就有一朵莲花在西方极乐世界为你化生而开。

莲，是禅宗里一个特殊的存在。佛陀释迦牟尼出生后，脚下所行之处，步步生莲；大慈大悲的观世音菩萨，低眉含笑，跏趺于莲花座下。在普陀山，无论是壁画、石雕，还是供品，处处都有莲花的影子。

荷花，佛家称为莲花，是圣洁、清净的象征。《大正藏》经典说，莲花有四德，一香、二净、三柔软、四可爱。但莲花之美不仅在于此。佛家称极乐世界为"莲邦"，彼土众生以莲花为居所，认为众生皆有"佛性"，只是由于被生死烦恼所困扰，没有显发出自己的佛性，因而陷入世俗的泥沼之中不能自拔。莲花"出淤泥而不染，濯清涟而不妖"，清丽脱俗于凡世，故以莲花来喻"佛性"。而观世音菩萨则被称为普度众生往生"莲邦"的"莲花部主"。

《洁净之莲》中说，莲的萌生和绽放给人一种茅塞顿开的菩提之悟。莲的存在，不仅是禅宗的诞生与化身，更是佛家弟子的顿悟与信仰。那在不管如何污浊的泥污中都能傲然独立、不染一丝凡尘的莲，怎敢让凡夫俗子亵渎呢？

镜花水月的世界，一切如花，花如一切。所以佛祖拈花而迦叶微笑，这一笑，就是整个世界。

二

青烟袅袅,钟声阵阵,双手合十,匍匐在地。

在普陀山上,这样的跪拜随处可见。更有甚者,一跪三拜,一路拜上佛顶山、落迦山。

每个来朝拜的香客,无不带着一份虔诚与坚定,雷打不动,风雨无阻。

宏伟的寺庙,庄严的佛像,让人有种不得不臣服的神圣。

恍惚间,好像听到了几百年前僧人仓央嘉措低沉的喃喃:

> 那一天,我闭目在经殿的香雾中,
> 蓦然听见,你诵经的真言。
> 那一月,我摇动所有的经筒,
> 不为超度,只为触摸你的指尖。
> 那一年,我磕长头在山路,
> 不为觐见,只为贴着你的温暖。
> 那一世,我转山转水转佛塔,
> 不为轮回,只为途中与你相见。
> ……

三

凌晨四点的钟声敲响了。

普陀山第一大寺的普济寺的师父们在进行每日一次的早课。

浑厚沉郁的诵经声中,仿佛一切的烦恼都离你而去。

林清玄在《佛鼓》中讲到他去做早课的一件趣事。他发现在佛鼓敲响的时候,寺院里的燕子会倾巢而出,在一片庄严的诵经中,有一两句是燕子的呢喃。同时,寺里的师父还告诉他,除了燕子以外,不知哪里跑来的狗也会蹲踞在殿前,湖里的鱼儿,据说听到经声也会浮出水面。众生如此,人何能不时时警醒呢?

"咚——咚——"一声声顿挫有力的钟声,似乎敲开了人们混沌的内心,驱散了人们浮躁的心灵,洗涤了人们不安的灵魂。

四

昏暗的天,雨似乎要落下来了。从普陀山远望落迦山,海面上有一种风雨欲来之势。而沉睡中的落迦山,如海中卧佛,酣然自恃,我自岿然不动,看尽世间悲欢离合。

佛家有习俗,香客、弟子布施寺庙,尽自己所能捐赠心意,为子孙后代积福添德。然而今时今日,这种心意渐渐变味了。

佛说,世上最难的是求不得。在这个浮华的世界里,人心变得越来越贪婪,有太多的东西求而不得,所以依靠神明,所以寻求侥幸。以为多捐一分钱,就能多得到神明的庇佑;以为多添一炷香,就能多一分实现的可能。

古代四大恶兽之一的饕餮,胃似无底洞,吃尽世上所有之物仍不满足。而人的欲望也如饕餮般永无止境。虔诚的外衣依然掩盖不住虚伪的本质。

昔日寒山问拾得曰:"世间有人谤我、欺我、侮我、笑我、轻我、贱我、恶我、骗我,如何处治乎?"拾得曰:"只是忍他、让他、由他、避他、耐他、敬他、不要理他,再待几年你且看他。"

屈原曰,吾不忍变心而从俗兮,固将愁苦而终穷。

不苛求,不变心,才能坚守内心一方净土。

对于世人的贪心,佛笑而不语。

抬眼望去的,是那风雨不动的世上人家。

热气寻踪

胡莉闽

福建师范大学文学院研究生 2014 级

怀揣古都情怀，我一路北上，前往西北重镇——西安，想一次饱览庄严而厚重的历史文化。感受最深的却是当地人纯朴的生活态度。他们过的就是普通人实实在在的日子。没有追逐、奔跑，没有焦急、不安，没有暴怒、嘶吼。踏实、知足、古朴，就是这个城市的性格。

在西安古城墙上骑自行车环游的时候，我沐浴着阳光，眺望古老而雄浑的西安古城。气势浩大，不怒而威，有不可撼动的庄严。我第一次见一座城市可以被古城包裹得这样完整。城内是低矮的房屋、齐整的街巷和赶集的车队人马，龙爪槐光秃秃的，掩映着人和房屋，市民穿梭在长长的车队之间，选购日常生活用品。四处热气升腾，白烟直冒。

我站在城墙上俯瞰他们，顿时眼前有了盛唐时期的景象，不禁遥想当年的辉煌气象。如今游客直往著名景点去，但相对于大雁塔、小雁塔、兵马俑这类游人如织的名胜，我更青睐兴庆公园这个贴近民众的地方。

早上是市民晨练的绝佳时机，七点多天才蒙蒙亮。人们呵着寒气，全身包裹得严严实实地出门晨练去。做什么的都有，有许多老大爷手持长鞭把陀螺舞得"啪啪"响，有打太极拳、舞剑、练拳的，有跳广场舞的，有玩太极球的……还有多位老者，挥舞着粗壮的、足有扫把大小的毛笔蘸着水在地上写书法，字迹刚劲有力，真是老当益壮。我称赞老大爷的《兰亭集序》写得好，大爷回头乐呵呵地说："孩子，希望你们热爱书法！"瞧这份对生活的激情！

在这雾气朦胧、晨光熹微之际，人们忙碌在自己的运动中。直到十点多，太阳还不是很强烈，人们此时才从市场买蔬菜、鸡蛋和面，和老面孔打招呼再回家去。我笑呵呵心想，北方人冬天大概是要晨练一个早上暖身子的吧。

兴庆公园北门外还有一段说长不长、短也不短的早市。观察一段早市，了解当地人的生活方式，是妙趣横生的一件乐事。而走进当地的市场和小巷，便是触摸城市脉搏和深入其血液的最好方式。

一大早我赶着来这，手捏一个清真牛肉饼，就着搅团，拌上油泼辣子，热乎乎的一碗下肚，而后开始游走在各摊贩之间。早市卖什么的都有，新鲜蔬菜瓜果、干货、水晶糕、蓼花糖、各路早餐面食小吃，叫法很多，名字更是奇特，托托馍、甑糕、鱼团……一掀锅，哗啦啦的热气直往外冒。西北女人和汉子一样高声叫喊着："xx元齐拿！"早市的东西越卖越贱价，在我买完梨子转身的时候，他们就能明目张胆地大声降价，我心里倒不生气，反而觉得实在而可爱极了！

不知道为什么，从来对这股子"热气"就有迷恋。尤其是在寒冷的冬日里，一团热腾腾的蒸气总能给我安稳、心定的感觉。

记得往年读中学的时候，每天的早餐便是爸爸亲自研磨的豆浆，配两个馒头包子。逢着冬天实在太冷，我起迟了，只能在起床的时候向厨房大喊："爸，帮我装好豆浆！"这时候爸爸总会一边应着，一边拿出保温杯，"咕隆咕隆"地将热腾腾的豆浆装进杯子里，套上套子，递到我手里。直到教室坐定后，我才安心地把杯子打开，首先便看到一股浓浓的白气冒出，然后闻见今天豆浆的口味，原来是红枣和核桃加进去一起磨的。不得不说，那团白气让我温暖了好久，仿佛一上午的学习都有了动力。

怀念的是什么呢？应该还有那时的清晨，要很早起床，顶着寒气，一步一步走在上学路上。天气好的日子里，我们也穿得跟熊似的，两手紧紧插在口袋里，嘴里呵着白气，和同伴打闹着上学，一吞一吐，看着白气来来往往就觉得很有意思了，简单的快乐如此缔造。

临近年尾，人们却在这冰冷的一天天的清晨收获着温暖。沿途的风景让我眼见着，交错了多少人情和温暖。学校门口的早点摊位，有小笼包、烧卖、蛋饼、茶叶蛋、肠粉、春卷、蒸饺……充斥着顾客和老板的身影和声音，处处都飘溢着热腾腾的蒸气。裹着围巾的阿姨，身旁就是胡子拉碴的丈夫，还有饱经风霜的老奶奶,和几个身强力壮的年轻人,更多的是要养家糊口的中年妇女,他们在这一天天的清晨,用热乎乎的食物让人果腹,以开启人们精力充沛的一天。若是哪天我见不到这样的热气腾腾,我就要怀疑那天是否有温度。

我崇拜这"热气",它是我对冬日的眷恋,是我对温暖的人情的怀念和渴望。于寒日坐在教室里,手捧热白开水,呵着白气,和同桌相视一笑;坐在小店里,客人迎来送往的,每当有人推门而入,呵着白气说一声:好冷。此时,你却端着一碗热乎乎的汤面;有时也盯着爸爸制作豆浆,在机器掀盖的瞬间,看蒸气直往上蹿;妈妈在除夕夜,煮着客秋包,它们在锅里沸腾开时,冒出的白气,把妈妈还有端着碗筷围在锅边的姐弟们的脸笼罩住……这热气,是我想家的温度,团聚的快乐和温暖,早在我心底化为暖流。

追溯自己喜爱冬天的原因,也正是因为"热气"吧。越是寒冷,越是渴望热气给人温暖的气息。其实,能够带给人窝心的感觉的又何止是"热气"一种呢?只是它的白、它的暖,于冬日里特别衬搭,给人向往。

所以,我常常想,人长大后还会于某一瞬间被撩拨心弦,觉得眼前经历的骤然和过去某个场景发生牵连。这种特殊记忆,是因为在自己的成长环境中,你不知不觉间记忆下了你所喜欢的嗅觉、视觉、味觉、听觉。它们都悄悄在你大脑中落地生根了,你以为自己把它们忘记了吗?不,它们只是暂时隐藏,在你不提防的时候就偷偷溜出来了。

就像今天,你看见了异乡的一团热气和白雾吗?对,在里面,你看见了自己的回忆,闻见了家乡的气味,眼前自然流动着温情了。家人和故乡,就是这样子,用微不足道的早餐和日常,把我的思念紧紧拴在了记忆中,永不磨灭。

渼陂邂逅

尹杰
福建师范大学文学院研究生 2014 级

在庐陵古地,有个叫渼陂的村子,正如它的名字,陂的意思是河岸,是个坐落在河岸边的村子。"小桥流水人家"是对这"庐陵第一古村"最平淡的形容。

春雨蒙蒙的一天我们来到了渼陂。毛毛细雨一直伴随着我们的行程,我们是潇洒的青年,不愿意打伞,而行人们却撑起了一把把雨伞,在漫天雨雾中行走,为古村增加了亮丽的色彩,当然也为这人文古村增加了一点点现代的气息:漫天的细雨、花花绿绿的雨伞和庄重的古建筑。嗯,我不说了,你自己可以想象一下这有多美!

渼陂村始建于南宋初年,当时村民是为了逃避战乱从陕西户县渼陂湖附近迁徙过来的。现存建筑多为明清民居和商业店铺。渼陂曾是远近闻名的商业集散地,有"小南京"之称,从现存的店铺我们依旧可以看到渼陂村昔日的繁华。渼陂村给我们的视觉色彩是青灰色的,在这些建筑群中,大部分是用青灰色的砖块做成的。青砖、黑瓦是这些建筑最重要的元素,也可以说是庐陵建筑的重要元素。除了庄严的青灰色,令我们耳目一新的还有渼陂的一抹红色。虽然已经是芳菲四月,但是从大红灯笼和大红对联上我们还可以找回春节的感觉,就和回到了家乡是一样的,没想到渼陂古村还给了农村出身的我家的感觉。

村子里很安静,安静到小溪流水的声音你都能听到。从翰林第梁氏宗祠前的池塘流出的小溪,一直流往每家每户,这方便了村民的洗涮饮用。古时候是没有自来水的,村民就靠小溪水和井水来维持日常使用,每家每户都有流水经过,也会自挖水井,所以形成了"人人井边忙浣洗,家家门前流清泉"的画面,可能这儿还出了不少美貌的浣女呢!

村子里的房屋分布得很紧凑,相互都挨得很近,这样就形成了不少的巷子,用北方话可以叫胡同。巷子很窄,一般就能容纳两个人同时前进,要是小巷子就凑合着一个人穿过去。你走在里面可能会迷失方向,因为房子排列得太紧凑了,像羊肠一样的小巷数也数不清,纵横交错地分布在各个转角处。抬头望蓝天,就像从一丝缝隙里看到的,恰似一线天。这样宽度的巷子通风性很好,夏天一定会很凉爽,是吉安地区的一大避暑胜地。

轻轻地踩在青石板上,没有喧哗,因为我们不想打扰她的宁静,就这样沿着这条石板路一直走到尽头,到了转角换个方向继续往前走。经过春雨的冲刷,很多地方已经长出了不少青苔,这青苔绿得发油,视觉感触直达心窝;有的土墙经过风雨的冲刷,已经部分坍塌了,但有野草顽强地生长在危墙之上,它们傲然于墙头,虽然看到它们在风雨之中不停地摇晃,我却依然可以从它们瘦小的身躯上看到那股韧劲。

出了小巷回到了梁氏宗祠门前。梁氏宗祠是渼陂古村的代表性建筑,又叫"永慕堂",是梁氏子孙敬仰梁家璋而修建的。现在的永慕堂是经过整修的。古人家族观念浓厚,尊祖崇宗,各个家族都要修建祠堂供奉祖先。祠堂的气氛通常都是庄严肃穆的,因为它是家族权力的象征,神圣不可侵犯。梁氏宗祠里有三面大鼓,直径可达一点五米,鼓架也很高,有三四米高。鼓的旁边还有口铜钟,钟虽然没有鼓那么大,但是也有一米多高。据说这些大鼓大钟不能随便敲,只有重大事件时才会启动。进了祠堂里间,看到了很多小木门,木门里面是通往楼上的楼梯,门都是上了锁的,上不去。最引人注目的是天井屋檐下的官帽式建筑,上面每个小洞里都刻了字,有的是"诗书门第",因为庐陵古郡书院文化浓厚,书香门第较多;有的是"斗门阀官",代表了人们热切考取功名、升官发财、扬眉吐气的愿望。

"渼陂符号"除了祠堂、羊肠小巷、小桥流水,还有牌坊、马头墙、戏台……从这些景观散发出的人文气息经久回味,值得我们关注;渼陂村民身上散发出的那种古朴气息也吸引着我们向他们靠拢,他们会告诉我们要回到原始的那种纯朴与博厚。渼陂古村是梁氏家族智慧的结晶,也是梁氏家族团结的象征。

今天,春雨蒙蒙;今天,邂逅美丽……

回忆红桥巷

HUI YI HONG QIAO XIANG

回忆红桥巷

张梦楠
福建师范大学文学院本科 2012 级

　　和奶奶回到幼时居住的红桥巷看望故人，虽说是故人，但我其实已经无法将眼前的一张张面孔与记忆中一个个熟悉的人对应起来了，我好像留在了一个停滞的时空里，而他们却在另一个时空前行。但他们又将我记得清晰，时不时能从他们口中听到许多我自己都遗忘掉的年幼时的事情，好像十几年时光荏苒，站在他们面前的依旧是那个小小的口齿不清、爱哭鼻子的"唉哩啊"。

　　"唉哩啊"其实是我幼年口齿不清将福州话中的"叽呀"，即"自己"或"自己的"读成了"唉哩啊"，或许是自我意识刚刚萌芽，我那时说话总爱带着一个词，"这是我'唉哩啊'"、"我'唉哩啊'来"、"我'唉哩啊'屋有"等等。红桥巷里认识的我总爱用这个逗我，故意抢我手上奶奶给的小点心、爷爷买的小玩具，逗我说"'唉哩啊'给不给啊"、"'唉哩啊'分不分我啊"、"'唉哩啊'我拿走了你不要哭啊"。不过，这个外号之所以经久不衰地流传还是拜对门的依国所赐。好像是"六一"儿童节的后一两天，我背着三姑姑送的书包到处摆姿势炫耀，依国突然一把把我抱起，将我抢进了他的店里，虚掩上门，夺了我的书包，威吓我说："你个小不点，天天不好好上学，背书包干什么，书包拿来！给于芳姐姐上学！"年纪小小但占有欲很强的我自然是老大不乐意，撅了半天高的嘴，不肯。依国便在我脚下用粉笔画了一个圈，说不准走出去，否则书包就不还我了。然后他被婶婶叫去卖东西了。画圈监禁着我也是大人们常逗我的法子，但小孩子好动，通常我待不了多久就要赖皮，他们逗我两下就会放过我了。大概那天生意很好，觉着过了好长好长的时间了，他都不回来。至今我仍记得那时无助、气愤、委屈又害怕的感觉，好像被所有人都抛下了。身旁只有一堆堆叠放的线香、纸钱，似乎除了桌上摆着的叠了一半的元宝，这个狭小的地方便没有其他人存在的痕迹。明明是很熟稔的小木屋子，但那时的我就是觉得阴暗又陌生：忽而觉得屋顶很高，高得我心慌；忽而觉得地方很小，小得没法喘气。书包被夺走的我开始掉眼泪了，开始是小声呜咽，接着就号啕大哭。据奶奶回忆，等大人们记起的时候，我已经哭得迷瞪了，只是嘴里还是不停嚷嚷"咦哩啊"、"咦哩啊"，直到累得睡着，我嘴里都不停地念着这个词，从此我的昵称就从"囡囡"变为"咦哩啊"。那个书包早就被我不知忘到哪里去了，可是这个外号却跟随我到现在，每每一回红桥巷，长辈们依旧爱用它来称呼我，再回忆一些我做的糗事，总羞得我无地自容，恨不能倒转时光堵了幼年自己的嘴。

依国家里是卖香油、纸钱、元宝一类的，在红桥巷，这样的店或者摊子到处都是，因为这巷子过个桥便是照天宫了。这或许是红桥巷与其他巷子最不一样的地方了。说到巷子，总会觉得是古朴静谧的地方，诸如雨巷什么的，两边高墙，长着青苔，被磨得光滑的青石板铺底。但红桥巷不是，它一面靠着一条叫不出名字的内河，用石栏杆围着，还种了一排树，我叫不出树名来，但其中似乎有几棵柳树。另一边才是人家，而巷子先是直的，而后拐了个弯，走过菜姐和依国的家，有个岔路，岔路中的一条是座桥，桥很短，大概只要走几步就到了桥的另一边——照天宫，那是"迷信"的老福州不可不知的地方，一年到头烟雾缭绕。在我的记忆里，红桥巷和照天宫是一个地方，窄得只容一辆人力三轮车经过的红桥巷和红墙绿瓦、庙宇密集的照天宫，它们好像就是一个不可分的整体。前来的香客总是从红桥巷经过，在大大小小售卖上香所用物品的摊子和店面中挑选，然后带去照天宫上供。短短的一弯小桥，此时回想，颇似传说中的奈何桥，桥头往往也摆着一些小摊，倒有点孟婆施汤的感觉。那座桥在我印象里并不太"吉利"。红桥巷每逢初一、十五这样的"大"日子，总是人多得连脚都没地方放。不记得是哪个"众生朝拜"的日子里，桥上人流过大，有一个信徒被挤下桥，淹死了。不知道他是否在最后见到了他一定能诚心敬仰的神。自那个事故后，奶奶就禁止我在类似这样的"朝拜圣日"里出门了。即使不出家门，我也不会闷着，我可以逗着爷爷算鸟卦的麻雀玩或听听爷爷给信客算命。

红桥巷里除了卖香油、纸钱的，最多的大概就是算命的了，没走几步就会有一家算命馆或算命摊。小的时候，常在店门口学着爷爷拉客人，大声嚷嚷"看相、算命、鸟卦、合婚、择日、定时……"长长的一串不带喘气的。这许多名目里除去总以"你这个人年带什么关、月带什么煞"一类套话开头的算八字，我都爱看。比如卜卦，就是让客人用手一拨八卦盘上的木棍，看它停下后指在哪里；或是解签，客人拿着签筒哗啦啦一阵摇，直到掉下一根签来；还有问神，爷爷常常叽里咕噜念上一段，然后把荞子一掷，直到掷到荞子一正一反才可以。这些对我而言都是很有意思的。我在平时也会偷偷拨八卦玩，但摇签和掷荞是没机会了，爷爷总看得严。

这里面我最喜欢算鸟卦了，爷爷对着装在四方小笼子里的麻雀嘀咕一阵，然后将密集地排放着签纸的长方盒子放到鸟笼前，打开笼门，麻雀有时会灵巧地跳出来，在签上迈几步，卖力地从中啄出一张，然后乖巧地歪头向爷爷讨赏，爷爷总会在雀儿成功后赏一些谷子。但常常进行得不那么顺利，有时鸟儿缩着不肯出笼，有时要不就是出来后"不务正业"不肯啄签，要不就是太过勤快一连叼了好几张签。每每遇上这样的情况，爷爷会温言安抚或是轻声制止，再撒几粒谷子。但遇上实在"冥顽不灵"的，客人走后雀儿就会被爷爷严厉斥责以及训练。有的雀儿表现得好，常常"一步到位"，有的雀儿总是出状况被爷爷嫌弃说笨。同样总被爷爷嫌弃的我就想，那些总是出错的鸟儿才聪明呢，这样才可以在笼子外多待一会儿，还能多得些谷子呢。我在没客人的时候也总喜欢逗鸟玩，手紧捏着谷粒引它们在笼里上蹿下跳。不能放出来，即使剪了翅膀上的羽毛也怕会飞走了，也不能轻易把谷子给它们，总要等鸟儿将谷子啄得死紧，拔也拔不出的时候才松手，怕喂饱了就不听话了。有的时候，看鸟卦的人多，前面得的谷子多，鸟儿饱了，后头也懒得出来了，这总让爷爷很愁。在不到巴掌大的正方笼子里为了一粒谷子而挣扎的麻雀，其实活得很辛苦。在它们艰难求生存时还以折腾它们为乐的我是很顽劣的。笼子里的麻雀终究活不长久，爷爷每隔一段时间都要训练新的麻雀。

平日里除了在爷爷那儿捣蛋外，我偶尔也去依国的店铺里折折纸钱玩，那会儿我不会折些飞机、裤子、衣服什么的，但是如论将纸钱叠成元宝什么的，敢说同龄人没有一个比我更巧手的啦。或者去菜姐那里摘豆芽，福州人吃豆芽很讲究，要将豆芽顶部的小叶摘掉，还要把下面的须摘掉，这样豆芽就变成了白白胖胖的"如意菜"了。菜姐一家的生意是在巷里很具特色的——蔬菜供应，就是将批发来的蔬菜加工后供给饭店酒楼，这是少数不靠照天宫吃饭的。菜姐夫妻是"传奇的人物"，按康伯（也是算命的）的说法，菜姐的面相一看就是能干大事的。菜姐长得不像南方的姑娘娇小玲珑，身材与她丈夫一样高大，马脸、高颧骨，肤色绛红，鼻子又红又大，像是西红柿。她为人爽利，嗓门也大，一开口巷头巷尾都听得见。她与丈夫二人目不识丁，但是硬靠着一股拼劲，从小摊到车，再到后来为各大酒楼饭馆供应蔬菜，盖起了气派的三层高的大砖房子。他们家的账单连巷里最有学问的"老鼠伯"也看不懂，因为上面除了数字都是一堆圈叉点和三角之类的符号。但这样硬脾气的菜姐却在她的小女儿被送回来的那天红了眼。芬姐姐和"桑塔纳"是菜姐夫妇的孩子，姐弟俩差了近二十岁。小芳被送回来的那天我才知道，为了躲计划生育再生一个男孩，在芬姐姐之后的几个女孩都被菜姐送去给别人或是寄养在亲戚家里。小芳刚从乡下亲戚家被接回来的那天，菜姐做了一桌海鲜，但小芳连虾和蟹都不懂吃。菜姐看着在满桌子菜前手足无措的女儿，终是忍不住捶胸大恸……

菜姐家的加工是露天进行的，就在仓库前，临河的一棵树下，那里是块空地。大家爱在那里聊天，嘴巴不停，手里也不闲着，大家会帮菜姐择菜、剥蒜皮、刮姜等等，多是家中煮饭的妇人，做起来很麻溜。但有些叔叔伯伯做得也不差，一手拿姜，一手握着小刀，用大拇指轻按刀背顺着姜不规则的外表刮，不一会儿姜的褐色外皮就被脱去，露出黄嫩的颜色。而我呢，最拿手的要算摘豆芽，最喜欢的就是削马蹄。大家是随手帮忙并不计较钱，但如果做完后有中意的菜是可以随手拿些回去的。削马蹄的时候如果口渴，就可以随时吃了解渴，我虽不会，但阿姨、奶奶们经常会随手给我些解馋。其实如果按卫生标准来说，那一定是不合格的，总能闻到一股各种菜交杂的味道，但小时候的我却无法不喜欢。

除了上述几项娱乐活动，我还喜欢看戏，照天宫隔三差五总有人请戏班子，木偶戏、闽剧、评话样样皆有，其中我最喜欢看闽剧了。如果有戏看，大家都会互相告知。戏是在露天的空地演，想看的人要早些搬椅子去占戏台前面的座儿。各家的椅子款式不一，却也有序地摆成不规则的方阵，后来的依着摆好的放，不会随意换位子，也不会随意坐别家的凳子。去晚了就没有好位子了，我是不愁的，即使不搬我心爱的小凳，只要去第一排瞅瞅，疼爱我的依姆就会抱我坐在膝盖上或是给我腾张椅子。依姆早已离世，但我依旧记得她抱着我的那双枯瘦、皮肤松弛褶皱却带着微微暖度的手。据家里人回忆，我小时候看戏看得多了，回家还会自唱自演，每本戏只看开头就可以讲出下文。现在的我已经不会唱了，更不记得什么戏了，却把最讨厌的财神送福记得很牢。因为是人家出钱请的戏班，一般要先有财神出来送元宝给主人，戏才会正式开演。每次财神都按着一样的套路送财，摇摇摆摆地出场，将衣振袖一番才会抱出个大大的金元宝，做出要给主人的样子，但给得不干脆，装作把元宝送出，却摇摇头收回，紧抱在怀里，再送出去，摆摆手又收回，反复多次才会结束，这样小气的财神总看得我不耐烦。

　　上面提到的"老鼠伯"其实是"唠书伯"，福州话里两个音很近，我小时候一直理解错了。这个称呼其实是因为他学识很渊博。他退休前教书，退休后开了家杂货店，成了巷里的"棋室"，每天来这下棋、观棋的叔叔伯伯比客人还多。热时，一屋子满是咬着冰棍、光着膀子下棋的；天气冷时，又是一屋烟雾缭绕。"老鼠伯"有时会亲自上场杀几局，有时又眯着眼睛看别人斗法，手里总端着杯茶，偶尔喝几口，茶的热气就会雾了他的眼镜。小时候我虽不懂，却很喜欢来这里凑热闹，棋艺启蒙大概也自这里开始。"老鼠伯"还是巷里唯一愿意让乞丐在自家附近落脚的。乞丐大概是巷里除了香客以外最多的外人了。他们往往是乞丐公乞丐婆带着乞丐子一家人，穿着黑糊糊的辨不清本来颜色的衣服。如果是平时，他们会凑近每个进来的香客，抖着杯子或是捧着手向香客讨；但如果人多了他们就在路边蹲着，把杯子往身前一放，随人家给。冬天他们还会特意找块晒得到太阳的地，一家人凑在一起抓抓虱子、挠挠痒。有时也会捡些烂菜叶什么的，拿些碎砖头搭个巴掌大的灶，再放个破杯子、破碗煮菜。他们以天为盖，以地为庐，夏天还好过些，冬天就难熬了。他们在冬日里总爱挨着背风的墙，但在照天宫会被庙公赶，平常人家也觉得会带来晦气，都不愿让他们靠着自家墙避风，"老鼠伯"并不忌讳这个。但奇怪的是，家里若有多余的饭菜大家还是乐意喊他们去家里盛的，像是招呼朋友去家里吃饭一样。现在想想，巷里的居民对这些特殊的住客有一种微妙的情感，不厌恶却也不爱亲近，还有一些轻视，常用"做乞儿"的话来教训孩子。我就时常被"不好好读书，就去做乞儿"这样的话吓唬。因为那时我不喜欢上幼儿园，每天上课任爷爷奶奶威逼利诱依然大哭大闹，有时甚至和爷爷奶奶玩捉迷藏，不过总被认识的人出卖，终是被爷爷抓着去上课，经常还抓破爷爷的脸。我不爱上学，老师也不喜欢我，总是挨骂。有一次，爷爷将我交给老师时，叮嘱了一句："囡囡越夸越乖，老师你夸夸她。"我将那句话记得清晰，不记得老师有没有照做，当时也不十分明白。现在回想，却感到很心酸，不知我曾经不小心辜负了多少次爷爷这样的理解，这不同于买衣服、买玩具、买零食的疼爱，弥足珍贵。

彼时的我以为日子会永远这样过下去，照天宫庙前柱子般大的香点完一炷补一炷，香炉里旧香未燃尽便添新香，但家里人却坚持将我送回永泰念书。当我再回到巷里时，照天宫被拆了，小桥的另一边被政府用一堵苍白的墙围了起来。巷里人在墙上挖了个洞，在废墟上摆上神像和香炉。虽然照天宫被迁走了，但有些香客觉得这里是神灵之地，仍愿在此进香。不知是大家的举动惹恼了城管还是要反对迷信，香油纸钱不让卖了，算命也不让了。爷爷只好将算命的店关了，将一应"设备"搬入家里，只在门口放了一个写着"算命"大字的牌子。本来因为庙被迁走而客流量骤减，现在就更没客人上门了。巷里许多依靠算命谋生的叔叔伯伯都陆续离开了，爷爷不愿走，每天守着牌子，巴望着香客经过，却又草木皆兵，怕城管上门砸东西。有一天，爷爷拿着一张报纸的复印件回来，舒展开皱了许久的眉头，原来是北京那边对算命之类的活动解禁了，他将复印件小心翼翼地压在玻璃下，不住用手指点着，说我们这也很快就可以重新开张啦，连北京都解禁了呢。这样的复印件一天之内传遍了巷里，大家聊天也都是北京都解了，我们也要解禁之类的话。有的算命同行还和爷爷计划着要去哪里弄几只听话的雀儿来重新算鸟卦，而奶奶和邻居的阿姨、依姆则开始回忆当初巷里热闹的过去，唱戏、评话、祭祀，谁家会不会又搬回来之类的。

一切的想法都在某个清晨戛然而止，城管来砸巷里自己立的神座和一些摊子，巷里的人和城管起了冲突，动起手脚，好像还有人被送进了医院。那一天我被关在家里听着外边似远似近的声音，砸东西的、大家争论的、男人的吼骂、女人的哭喊……第二天我就被送回永泰了。再后来连红桥巷也要拆了，奶奶将"老鼠伯"送我的光碟交给我的时候，我才知道消息的，那时"老鼠伯"家已经搬走了，因为他的儿子是机关里的，单位要他起到表率作用否则就要停职。听奶奶说，"老鼠伯"给每家每户都送了碟子，还特地给了我一份，里面录的是从前照天宫日日放的诵经声……

红桥巷拆了许多年,在废墟中仍然有许多"钉子户"。有一次遇上"老鼠伯"时,他还自得地说自己家的带头作用不够有效果。但已搬走的人家被拆得面目全非,菜姐家气派的三层小楼拆了一半放着,抬头还能看见她家被拆了外墙的二楼卫生间,瓷砖在阳光的照射下闪着洁白的光。红桥巷苟延残喘着,照天宫已然变成了儿童医院,都是救人的地方。

麻将人生

林荻

福建师范大学文学院研究生 2014 级

　　这是一座位于东南沿海的小镇。冬季的时候,窸窸窣窣的小雪粒打落在玻璃窗上,住在五层高楼上的兰阿婆,望着远处灰蒙蒙的高速路上,驶过米粒般大小的车辆,来来往往,川流不息。一阵婴孩的啼哭,把怔住的阿婆拉回到屋子里,只剩下方才她吐出的热气空空地凝在玻璃上。阿婆皱起眉头,边拍手边安抚正在摇篮中哭闹的曾孙。一阵忙碌过后,小家伙总算耷拉着长长的睫毛睡着了,阿婆抹着额头上一层密密的汗,坐在木头椅上,不禁苦笑自己这把贱骨头,竟受不了"窝陷"的待遇。四面发着冷光的镜子墙,把寒气不留余地地反射,阿婆坐在偌大的房间里,不知如何打发时光。姑且就这么一直耗下去吧,现在想想,孩子哭闹倒是好的,清静下来了,反而觉得手痒痒。自从来到新家,阿婆便同以前的朋友接触少了,更别提聚在一起搓搓麻将。如果是在以前,冬雨萧疏的时候,捧着盛放炭火的暖炉,戴着老花镜,搓搓麻将,扯扯家常,这样的日子倒是挺好。

　　兰阿婆爱打麻将,是人尽皆知的。她出生在一个细雨纷飞的春季,在这个湿漉漉、万物呈现墨绿色的季节里,在阿婆还在襁褓里嗷嗷大哭时,便被奶奶抱在牌桌上摸爬滚打。年纪尚幼的阿婆,瞪着个小眼睛,饶有兴致地瞧着,时不时还要手舞足蹈一番。春天一到,虽说万物复苏,可是潮湿的环境未免让人心生不快。阿婆就这么被抱着,在黑黑的泥地板和沾满污渍的小屋子里,在人气鼎盛能暂时忘却艰苦的闲适之中,沉浸在骨牌带来的快活里。

十八岁结婚嫁人,二十二岁生子当妈。兰阿婆当了别人的媳妇,一心照顾公婆,抚养子女,有时还得身扛重物补贴家用。小时候看奶奶摸骨牌,长大成家,却被生活的重担压得抬不起头。随着子女的长大,生活条件一天天地变好,在小院里常常能看到有人围着桌子打麻将,阿婆的儿子当时十五六岁,书读得差,但对麻将瘾却很大。在一群大人的玩笑声中,他就在一旁看着。吃饭的时候,他便对阿婆说,看别人打麻将毕竟不如看自己家人打来得过瘾,他恳求阿婆也试试,他在一旁帮着指导。阿婆拗不过儿子,在晚饭过后背着婆婆偷偷在麻将桌旁观看。时间久了,阿婆想要实践实践,找来儿子壮胆。于是乎,阿婆的麻将人生由此正式开始了。

在儿子结婚生子的时候,步入中年的兰阿婆才算得上自由自在。作为一个全职家庭主妇,阿婆多得打发不掉的就是时间。形形色色的女人、男人,阿婆在麻将桌上全都见过。虽说阿婆还没出过什么远门,但是二十多年从麻将桌上学到的东西可真不少。她称得上是一个好麻友,无论输赢总是不吭声,他们说和阿婆打麻将沉闷。其实阿婆在初始阶段时,因为紧张,话语确实不多,中途熟练掌握了,并且只是无关痛痒的小打小闹的时候,阿婆是最幽默风趣的,桌上的笑话、荤段子全由阿婆一人包揽了。而中年时期,阿婆的丈夫因为经商赚了一些票子,而她也不再满足于小数额的游戏,于是阿婆和那些同样闲适又有点小钱的人,成天聚集打麻将。

儿子阿康乐观天真,作为一个孩子都快读小学的成人,他依旧游手好闲,最大的乐趣便是坐在兰阿婆身旁看她打麻将。他发现母亲打麻将时话很少,输了钱在人前不说,在人后却心痛不已。阿康神情高度紧张,尤其是在阿婆听牌后,他便会在心中默默祈祷,主啊、菩萨啊,保佑要胡!当时间快到饭点的时候,阿婆还是输钱,阿康便会祈祷多来些天胡,好一下子回本。当阿婆在麻将开始时便赢了一摞的钱票,阿康便又祈求时间快快过去,稳住胜局才好。阿婆在打麻将的时候,神色严肃,很难琢磨透她在想些什么,于是周围人便都只看着阿康:他若是专注,说明阿婆手中是好牌;反之,则是没有看头的。阿康会因为阿婆赢了钱而欣喜,而阿婆似乎对此看得很淡,她觉得输赢都是一时段的运气问题,赢的钱进了右口袋,最终会从左口袋跑出来。通过打麻将发家致富的,她还没听说过呢!

兰阿婆打麻将时万分专注，输钱的失落感也是在打完麻将后才有，而且阿婆输钱的情况很少见。这可能与她的态度和心境有关。这个小镇的麻将有别于著名的四川麻将，它只垒一层，有花有金，花能翻番金是万能。阿婆打麻将有一套自我安慰的方法。当遇上无用牌时，阿婆就觉得这张牌可能在下盘就有个华丽的变身，可能成为金，或是牌中不可缺少的一分子。她秉持着爱惜每张牌的想法，打的过程中并未像他人一般对无用之牌嗤之以鼻，而后又因为需要该牌而懊悔不已。她对麻将法则十分迷信，觉得每张牌、每盘局都是冥冥之中自有它存在的道理，因此逼着自己不愠不怒。与兰阿婆打麻将的人都说阿婆的打法暗藏玄机，所以阿婆常常和牌。其实看了阿婆打牌的人都明白，阿婆和牌的原因不外乎就是少贪。在人人都追逐杠上开花的时候，阿婆只求化繁为简；他们都在贪心台数利益的时候，阿婆只是摸自己的牌，不去谩骂，不去纠结。当然，阿婆这种只要胡了就万事大吉的想法，有时失去了不少大胡的机会，但是质朴的打法，还是为她避免了追悔莫及的损失。

兰阿婆在麻将桌上接触过的人可真不少，一些成为好友，而一些仅是牌桌上的过客。麻将桌是一个金钱利益纷争的场地，有人为此恶语相向、争斗得面红耳赤。往往被认为是好麻友的，便是少争吵、少计较，像阿婆一样的人。雪大婶带着一双红肿的眼睛来了，定是昨晚与人争吵，受气流泪才弄成今天这副鬼样子，而她却是一个天生的表演家，很好地拾掇了自己的情绪，表现出一派沉浸在麻将氛围与人谈笑的模样。红姨是一个三十出头的年轻女子，风骚漂亮又时髦，男人们常常会乘着码牌的机会，碰碰这双丰满年轻的手，一会儿当着红姨的面说她生活自在，一会儿又在议论她得闲是由于与某人勾搭上了。财大叔是一个腰缠万贯的商人，富有程度亦非他人能及，而他几乎是没有输过的。他穿着一件宝蓝色的运动衣，若非是价格摆在那儿，倒是像极了对面工地的打工仔。他在桌上悠然自得，抽烟、讲电话、摸牌，对于这种，丝毫不在乎输赢、打麻将只为了消遣和兴趣的，麻将是给了他充分的眷顾。阿康的老师也是阿婆的麻友，表面正经文弱，却在打牌过程中因输赢而情绪变得起伏不定，又是俏皮话儿，又是污秽语，与课堂上的授道者完全两样。桌上的牌，墨绿色朝上一致摆好，而桌上的人，放于麻将上的手却是季季不同。

七十岁时，兰阿婆过得并不如意。阿康的儿子，阿婆的孙子，亦是爱打麻将的,并且越玩越大,赌债高筑。孙子的媳妇小小年纪便开了个麻将馆,里头杂乱不堪。各式各样的人儿聚集在一起吞云吐雾,把房屋弄得乌烟瘴气、白雾缭绕。孙媳妇挺着个大肚子,赔着笑脸穿梭其中,时刻小心谨慎,深怕一个不小心得罪了因玩牌输了而心情不爽的赌客。阿婆见了只是惋惜自责,三代人在麻将桌上长大,终是抵不过把麻将的娱乐性质变为一夜发家致富的赌博。阿婆明白,儿孙好赌,自己难辞其咎。不知不觉中,不知是人性中的贪婪和欲望,让自己不再满足于纯娱乐性质的活动,而为了追求刺激,试图走上歧途,试图想要不劳而获,达到一本万利。阿婆怀念以前还没有足够的金钱买麻将,而只能在抹骨牌中找寻快乐的年代。如今,有钱的人视钱财如粪土,尽情挥霍;没钱的人懒惰散漫,不再愿意坚持老一辈的勤劳勇敢,侥幸地在麻将桌上探寻赚钱之道。阿婆打了几十年的麻将,到了如今儿孙都会玩上两把的时候,却未能全家聚在一起、围坐一桌,伴着笑声和话语,共享天伦之乐。

　　兰阿婆把最后的希望寄托在还未出世的曾孙身上,她希望能借助小孩儿的单纯和稚气,重新将各自忙碌、相互埋怨的家庭凝聚在一起。兰阿婆老了,她再也受不了高强度的脑力劳动,中年时一天坐上十个小时打麻将的经历几乎弄坏了她的腰骨和脊椎。老年时,阿婆的麻友只有寥寥几个,她们一般年纪,手脚不麻利,家里有老老小小需要操心,所以舍不得把钱投入其中。她们搓搓麻将,话话家常,抱着暖炉焐热苍白柴瘦的双手。她们这把年纪,身上发散着薄荷油的清凉味道,眼膜里满含着慈祥和善意。她们在大夏天的阴凉处搓着麻将,四周是蝉儿在大树上发出的鸣叫,时不时有淘气的孩童,在打有井眼的泉水上望着鲤鱼上下游动。兰阿婆和麻友们精神头儿十足,边看着牌,边叫孩童别把脸也往井里送。如今身处钢筋水泥状的房屋内,兰阿婆怀念的就是把麻将用来搓的日子。

HUAI NIAN YU LAO JING ▶

怀念与老井

故土，你在雨中等我

周雅琼
福建师范大学文学院本科 2013 级

"就凭一把伞，躲过一阵潇潇的冷雨，也躲不过整个雨季。"

每每品茗细读，余光中笔下的那场冷雨，便渐渐沥沥地在字里行间下起来，淋淋漓漓地透过纸背，湿漉漉地渗透到心里去了。细雨飘飘洒洒，下到哪里，哪里便掀开水墨画的一角，一路像泼墨似的绵延铺展，视线与这冷雨时时纠缠，缠绵悱恻，口齿生香。

他的故土，亦是我的故土。

他的乡愁，亦是我的乡愁。

也是在这么一个春寒料峭的时节，打伞经过了余光中文学馆。细雨绵绵中的现代派建筑巍然屹立在这一方穷乡僻壤，高大的玻璃门反射着冰冷的天光，绚烂生姿的红花绿草，最朴实惹眼的颜色在风中涂彩。馆前的那条桃溪水，倒映着故乡的山山水水。沾染着花香的春雨落到河面，成千上万的涟漪打着转儿。

余光中说过，他是广义的厦门人、广义的常州人、广义的金陵人。他也是广义的江南人、川娃儿，他是杏花柳巷、烟雨氤氲的江南走来的五陵少年，是赏遍柳絮飘飞的江南三月的羁旅游子，可是他没有提过他也是永春人，他也是广义的永春人。他的祖籍在这里，根在这里。祖籍是什么？不是百度百科上的一句简短说明，而是一个家族的起源，是最原始的血统追溯处，是提醒我们不忘来处的圣土。

他当然不会忘了这里。几年前,他牵着老伴的手回到这里谒祖。电视上、报纸上、荧屏冷幕上,老人的身影在我脑海里挥之不去。"只要是桃溪水流过的地方,就是我的故乡,我一定不会忘记。"他如是说。

近年来,家乡政府越来越重视本地民俗资源和文化名人资源的挖掘利用。余光中文学馆也是近两年才落成,但尚未对外开放。其实,何必要红砖绿瓦?何必要恢弘气派?不必太多华丽的辞藻,也不必多余的诠释,仅凭"余光中"三个字,便足以让人陷入一种雨霏霏的情愫中。

乡愁,是冷雨汇集在瓦屋上剪不断的珠帘。沾染了丝丝冷雨的两鬓霜染,乡愁牵引出多少敲骨吸髓的疼痛让青丝成雪?诗人呐,在你青苔成灰的记忆里,可还怀念你回眸一瞥过的祖籍故土?

细雨依旧殷勤,撑着伞从余光中文学馆走出来,一池山水在眉目间流连。曾经,我一度想要逃离这个小地方,我错认为她小得窒息,她封闭,她不开化!她太小,可是我的梦想太大!

"美丽乡村"的春风吹绿了这里,故土的许多地方都焕然一新。她依旧敞开宽厚温柔的怀抱,接纳我这个曾对她百般嫌弃的游子的归来。纵然你饮尽霜雪,苍颜白头,岁月的风尘吹不到故土这里;无论你是遍体鳞伤地回,还是风光霁月地归,她仍山明水绿为你驻留。

人工湖旁铺着木板栈道,它将在这烟雨岸迎接多少匆匆的步伐?太山的莲花池,在这雨意声声的时节,红莲一枝独秀的诗情画意固然令人沉醉,"留得残荷听雨声"也未必不是一种美。衰败的枯荷在零落的池水中祭奠消逝的芳华,只是雨声依旧,残荷不再。白莲花在一片绿荷叶中昂扬素雅高洁的面容,聆听雨最原始的声音。"滴答、滴答……"花心与细雨的耳鬓厮磨,细吟一段段只属于江南的爱情故事,红粉佳人、翩翩才子,像演皮影戏一样惊鸿绝舞,江南最不缺的就是爱情,只可惜前尘如海,往事如烟。

去丰山的时候,依旧是这么个雨季。那是永春偏安一隅的一个小镇。看见十几辆婚车一字排开在窄窄的路边,新郎是个帅小伙子,娇妻羞答答地攀着他的脖子,他稳稳地抱起她进婚车,鞭炮的声响震耳欲聋,他在这种浓烈的祝福中完成了人生的一种圆满。且不论什么"山无陵,天地合,乃敢与君绝"的轰轰烈烈,有"执子之手,与子偕老"的长长久久已足矣。原来,古老的爱情从未结束在

怀念与老井

老人们苍凉的尾音里,它以一种更富生命力的方式存在,在雨的印记里,在故土最深沉的记忆里,一代一代,因为这爱情繁衍不息,故土便被不断地赋予新的使命、新的记忆、新的脚印。

沿着一条石子小路,深入到竹林深处,大山腹部。雨还在下,鼻息间有潮湿的土腥味,似有似无的花草香,一条石子路将多少户人家紧密相连?有老人坐在闽南特有的古厝前剁猪草,用软糯古老的闽南语热情地招呼我进屋喝茶,盛情难却。山里人喝茶用大碗,碗底刷得干干净净,边上有一圈淡淡的青花纹路。茶是装在圆筒似的壶里的,壶嘴一倾,茶香四溢。山里人不喝酒,只喝茶。酒到深处,只剩饮不尽的心痛、叹不尽的世事艰辛;茶到兴头,品的是前尘俱矣的失之淡然、处之泰然。"静待香意袅袅起,闲来把盏轻轻呷"的诗情画意,山里人最能懂。他们自己种茶,曾经茶花一开,便是一片白色的香雪海。永春红芽佛手茶、绿芽佛手茶的传承和培植是这香雪海里凝结出的人类佳作。哪朝在他乡,拈着一小撮茶叶儿,泡在青瓷杯里,看着香芽儿在杯底打转儿,一腔透明的乡愁便尽数入腹。

再回首,已经身在通往异乡的高速公路上,视线在窗外流连,异乡的山是冷峻的刀刻画,全是硬邦邦的线条。穿过黑黝黝的隧道后,窗外下起了雨。窗玻璃上划过一道道雨痕,割裂了一张忧愁的游子面孔。

故土大概也是雨丝绵绵,我知道她仍带着一腔温情,在层层雨雾中守候我的回归。太山莲花的开落,像极了她等候在季节里的容颜。茶花香了又白,是她明媚的笑容。故土青山和缓圆润,像母亲的双乳般滋养一方水土、哺育一方人。

"等你,在雨中,在造虹的雨中,蝉声沉落,蛙声升起,一池的红莲如火焰,在雨中……"余光中的诗又在脑海中浮现。故土,你在雨中等我,等我千千万万次的行色匆匆,等在红尘乱世里纳我入怀。

从"状元"到"一秀"的企盼

陈水源
福建师范大学文学院本科 2013 级

这些天,耳闻"红月亮将来"①的消息之后,那些赏月的风情就从陈年的箱底被捣鼓了出来,摊开在自己的眼前。

十二楼的阳台上,斑驳的板凳上有着些许温度——曾经,或许黄宽②在这片天空下抬过头,坐过这张板凳,在启程前往英国的晚上,最后看一眼这蒙纱的圆月。如今,是我这个外籍的游子,任微风贴着脸颊吹过,坐上这张板凳,不断重合着过往的脚印,一如南宋崖山兵败③之后的皇室后代,坐上这张板凳的时候,对自己家乡的那轮明月有着别样的眷恋。古人说"今夜月明人尽望,不知秋思落谁家"④,大概就是这样吧。远处,灯光从树叶的间隙透了上来,一点一点,伴着微风透成了一片灯海。天上有一层淡淡的云,透着月亮破碎的脸。

月亮的身上背着几千年的中华文明,太沉,太沉,并且直至今天都还沉甸甸

---

① 2014 年 10 月 8 日前后将出现红色月亮的天文现象,本文在 2014 年 10 月 8 日前写于广东珠海。

② 黄宽(1828—1878),名杰臣,号绰卿,广东珠海人,是中国最早毕业于英国大学并获硕士学位的留学生。

③ 宋朝末年,宋朝与蒙古汗国的一次战役,这场战役是南宋的汉族政权对蒙古军队的最后一次有组织的抵抗,战役的失败,标志着作为非汉族政权的蒙古汗国,第一次在地域上全面征服了以往数千年的汉族中原政权。南京皇室后代迁到黄杨山一带。

④ 唐代王建《十五夜望月寄杜郎中》:"中庭地白树栖鸦,冷露无声湿桂花。今夜月明人尽望,不知秋思落谁家?"

怀念与老井

地勒得生疼,佝偻的身躯总是在一个月的大半时间里,显露在人们的视线里。望尽万片黝黑的树魂深处,透着思乡的点点红光,点儿小小的,却耀眼得睁不开眼,以至于不敢再看,团圆是深藏其中的灯眼,透过眼睛,灼伤内心。而中秋是中国"思乡和团圆文化"的跳板,跳过两千多年⑤的悲欢离合,跳到文化结晶的高度,植根于"中华民族"灵魂的黄土。

小时候,最爱不过春节、中秋和元宵,也似乎唯有在这三个节日里,团圆才显得合情合理。闽南人似乎对中秋有种特殊的情怀,未藏于言语,却藏于行动。在厦门,小孩子们还学不会赏月,因而中秋之夜的博饼是孩子们对中秋最大的热忱。"博饼文化"就像是一种烙印,烙了三百五十几个春秋⑥,烙在将士和闽南人的心里,烙到了那些远洋和南渡的华侨心里,越烙越深。顺理成章地,中秋在闽南人的心里浓烈得像一杯烈酒,一喝就醉,一喝就迷,后劲远比春节来得足、来得浓厚,就像绍兴的女儿红⑦一样,情迷之际,也是一种"人寿安康,合家团圆,家运昌盛"的寄望,更是那些远渡人对家乡的企盼。

幼时,总天真地以为全中国的人们都会博饼,时过境迁,才懂得博饼是闽南特有的中秋文化。临近中秋,行走于大街小巷,时不时能传来"哐当哐当……"的声音,那是骰子与瓷碗碰撞产生的既清脆又明亮的声音,与之相称的是惊叹声与惋惜声,声音此起彼伏,连绵不断。我想,那和声想必便是这个夜晚的主题。

每年,状元都如期在人们的欢呼中诞生,从未食言。在闽南,博饼即意为博一个好彩头,所以大多数人都愿意相信,博中状元的人,一年中的运气总会很好。也正是因为这样,闽南人对中秋节的重视程度不亚于春节,甚至有"小春

---

⑤ 《礼记》上记载:"天子春朝日,秋夕月。"夕月就是祭月亮,说明早在春秋时代,帝王就已开始祭月、拜月了。

⑥ 1660年前后,郑成功据厦抗清,其士兵多来自福建、广东等地,中秋前后愈发思亲怀乡。为宽释士兵愁绪和鼓舞士气,克取台湾,郑的部将洪旭与兵部衙堂的属员经过一番推敲,巧妙研究设计出中秋博饼,让全体将士在凉爽的中秋夜晚欢快一博。

⑦ "汲取门前鉴湖水,酿得绍酒万里香。"早在公元304年,晋代上虞人嵇含所著的《南方草木状》中就有女酒、女儿红酒为旧时富家生女嫁女必备之物的记载。按照绍兴老规矩,从坛中舀出的头三碗酒,要分别呈献给女儿婆家的公公、亲生父亲以及自己的丈夫,寓意祈盼人寿安康,家运昌盛。月亮属阴,又有女子拜月的习俗,故称"女儿节"。

143

节,大中秋"的说法。

儿时,听爸妈述说他们那个年代的博饼,简陋的屋子里,挤满了全家老少,偶尔也会有街坊邻居来掺和。文化常常衬着经济的影子,上层建筑里的动脉,往往被经济所挟持。在那些年代,月饼一直是博饼奖品里的独角,寂寞却又清高地唱着唐代的余韵⑧,俨然不会像如今琳琅满目的商品与红包那般"搔首弄姿",更没有那般"风情万种"。闽南人与中秋、与月饼、与博饼的夙缘,绵延了几十代人。而今是我结其善缘,纵使只若人生初见,却道是寻常⑨,贯穿了闽南人几千年的血脉,如今流淌在自己身躯里,前世今生,历历在目,栩栩如生。一块触碰了几十代人味蕾的月饼,仍旧在这个时代飘着那个年代的松仁香与核桃仁香⑩。

而今,上了大学,借旅行远在泊百岛香山⑪。月圆之际,光影交错,欢呼声以及骰子与碗碰撞的声音依旧在耳边作响,虚幻的人影,晃动着父母的手影,眼泪的防线随着骰子声瞬间崩塌,溃不成军。

深夜又见那句"唯愿无事常相见",心中有如乌云压过一般。翻云覆雨,映照着孩童身影,那是当年被从日本领回的孩童曼殊⑫,与母亲自横滨一别,相见成为奢望,以至成为绝望。异乡中秋,往往故知相聚,"一个人不可能两次踏入同一条河流"⑬,即使有相似的活动,也似乎找不到一样的圆月,找不回那心境。只是因为身边缺少应有的人,缺少闽南文化血脉里同性相吸的认同感,异乡终

---

⑧ 月饼起源于唐朝,隋大业十三年,唐军将领裴寂以圆月作为构思,成功发明月饼,广发军中作为粮饷,成功解决因大量吸收反隋义军而衍生的军粮问题。在《洛中见闻》就曾经记载过"中秋新科进士曲江宴时,唐僖宗令人送月饼赏赐进士"。

⑨ 语出纳兰性德《木兰花令·拟古决绝词》:"人生若只如初见,何事秋风悲画扇。"纳兰性德《浣溪沙》:"赌书消得泼茶香,当时只道是寻常。"

⑩ 清人袁枚《随园食单》:"酥皮月饼,以松仁、核桃仁、瓜子仁和冰糖、猪油作馅,食之不觉甜而香松柔腻,迥异寻常。"

⑪ 珠海,别称"百岛之市"、"浪漫之城",早期有"香山"之称。

⑫ 苏曼殊(1884-1981),近代作家、诗人、翻译家,广东香山人(今广东珠海)人。光绪十年生于日本横滨,父亲是广东茶商,母亲是日本人。三四岁时被领回广东,与母亲一别,终生不复一见。

⑬ 哲学家赫拉克利特在阐述变的哲学时所提到的。

究是异乡,人再对,地方终究还是错了。"博饼"这个词也渐渐地被自己埋藏在了心底,不敢触碰,唯有中秋到来之际,它才会偷偷萌芽,中秋过后,渐趋枯萎,不曾茁壮,又化成了来年的种子。

异乡的"状元",远不及故乡的"一秀"。

愿陪伴,全家老少相聚于桌前,共同见证骰子定住的一瞬间,从"状元"到"一秀",一掷掷往永历十四年,掷往将士的故乡,掷满整个屋子里的欢声笑语。现而今,无论走到哪儿,异乡的博饼,始终是"游子"的囚牢,始终不能使自己释然。红月亮一点一点地被吞噬了,传统也渐趋现代化,真正的光芒被商业的铜臭所锈蚀,在通讯的交杂线里,骰子被紧紧捆绑,掷不出汩汩乡愁,听不出阵阵乡音,而我的对故乡的情愫却愈发浓烈。

博饼不是一种游戏,是一种信仰。博饼不是博饼,是一种纽带,系紧了家庭每个成员的双手,让相聚成为可能。所以,无论到何处、什么活动都无法和家乡的博饼相媲美,就好像小时候吃的麦芽糖一样,现在提起总会有一股忘不了的味道,甜而不腻。

看见自己

二见钟情枫亭糕

叶杨莉
福建师范大学文学院本科 2012 级

我一直觉得,味蕾深处能制造一个天堂,最是那一咬而下的惊艳,能化作无数翩飞的翅膀,引人直飞入伊甸园。

走街串巷,路边偶遇一个糕点铺,总是会忍不住上前看一看,柜上摆放的一个个糕点都像精心装扮好的美人,等待挑选。每一种糕点都是岁月和手艺共同交织的宝物,绿豆饼这样的大众情人几乎遍布全国,然而口味却是千差万别,承载着不同人的美味记忆。而有的糕点却是只有一地才有,交织着一地的风土民俗,离开了这一地,它的形连着它的魂再也寻不见了。

枫亭糕,就是这样的宝物,名字里就已经深深镶嵌上地名,和这个地方相偎相依。枫亭是莆田仙游县下的一个古老的镇,是我的半个家乡,漫步在镇上的狭窄的小街道上,闻着空气中若隐若现的香甜气息,很容易就寻到制作这种糕点的家庭作坊。作坊通常都不大,现做现包装之后现卖,用纯糯米粉为原料,拌上白砂糖粉末,再配上花生仁、芝麻、蜜枣等原料,干蒸熟之后,切成四方块,用薄塑料纸包装好,印着"枫亭糕"字样。它深受莆仙人的喜爱,逢年过节更是供不应求,人们用来供佛祭鬼或招待亲友,小小糕饼,承载着别样的民俗风味。

对于在异地长大的我来说,和这个糕点的邂逅则显得迟到了些。吃惯了外形精美的西式糕点,第一次看到它朴素甚至有点"土气"的包装,丝毫没有动心,再看到中间的那层类似被人们调侃坏了的"伍仁月饼"的馅,更是对它的味道没有了期待,以至于舅公赠送的一大袋枫亭糕在家里一直放到了过期。事实证明,对于任何事物,你没有去亲身体会,就不能下任何定论。

直到某年中秋翻山越岭回到小镇上过节,外公买了一个枫亭糕给我解饥,刚刚蒸好的糕点还带着温热的触感,卸下外面的塑料包装,一口咬下,一瞬间,只感觉一种幸福感兀自升腾起来。上面一层洁白的米糕还带着糯米的温润清香,中间的馅就将花生、蜜枣交织的香甜赠予了味蕾,唇齿合启间是一种饱满的韧劲。只有用最实在的原料才能制作出这样有弹性的馅,而不是软塌塌、细散散的粗制滥造。一口接一口,都能感受到制作者手工上的用心,远不是工厂里流水线上制作的食物可以比拟。甜味不淡不腻,恰到好处,正好给人一种精神的愉悦,如果能配上一杯清茶,或是一个交谈的老友,一轮徐徐落下的残阳,就让人感觉恍如身处天堂了。

从此与枫亭糕二见钟情。枫亭这个故乡和枫亭糕捆绑在一起,寄托了另一种相思。后来才发现不只是我一人,品尝过它的外地人、在外地的甚至在大洋彼岸的莆田人都常常思念着它的味道,驰名海外的历史可以追溯到上个世纪。上个月有一天,外公到福州修养半个月,来看我时就提上几斤重的枫亭糕,原来他一直记着我第一次品尝它时赞不绝口的样子,于是临行前跑到他认为味道最佳的那家手工作坊购买。

可是那一天正值农历十五,正是枫亭人需要备上糕点过节用的日子,于是七十多岁的他排着长长的队伍,为了买给我的小小糕点,等候了一个多小时。当然这些都是我从他的只言片语中才得知,一时觉得手中的糕点更增重了几分,再咬一口,原来点点美味,尽是切切的亲情。

出了枫亭,纵有千金也难购买到这种糕点,纵用同样的食材恐怕也难做出类似的味道,因为掌心的这小小糕点,加入了莆田人最看重的亲情调料。

怀念与老井

曾圣伟
福建师范大学文学院本科 2012 级

一

　　从模仿老舍先生《趵突泉》之篇名，坐在老家后山方井边上写了篇《趵突井》开始，十余年光景遥遥已逝。我仍记得清楚，那日晌午左右，我抱着本作文薄拿支笔，兴冲冲地跑到方井边坐下，盯着距井底有一米高的泉眼，等水位没过泉眼时，水咕噜咕噜地从泉眼里冒出来，我便描绘着咕噜咕噜的泉水，只是不明白咕噜咕噜该如何概括，便引"趵突"为用，作了人生的第一篇小文章，九岁上下的自己，喜悦莫名。可以说，老井打开了我的写作之门，它让一个孩童体会到写作之初类似初恋般的美好与满足。又过了十余年，它出现在我的笔下，历史和时间于我心里和它一同积淀，我开始认识过去的它，透过过去的它认识过去的我自己。一切如同上天安排的行程，那些消失的、遗忘的、透明的生活和感受从我的心里一一复苏。

　　老井现在也许被填了，因为它早失去了为人们供水的效用，我离开老家时，它已默默地干涸了。我犹如那口老井，生来便在人世的地底下，被注入一些水供养一些人。当我干涸时，我怀念水的颜色与味道，有时和着泥土的浊黄与芬芳，有时不夹杂物的清冽和甘甜，有时带着动物尸体的浑浊与腐臭；当我被填了后，我仅能退而求其次，怀念我是一口井，曾经被注入一些水供养一些人的生活越走越远。

我还能怀念什么？我无数次问自己。

当我真真切切地走过来的生命历程被无情地抛进记忆中，恍惚间，我仿佛失去了与现实世界对话的能力，如同一个初生的婴儿，空有发声的器官，却与哑巴无异，张口说不出话来。我明白我活过，我也知道我已经活了二十几年，早已消逝的岁月变化成无形的气泡将我包裹，把我窒息。痛苦、纠结、欢乐、眼泪、梦想、理想、艰难、苦难、美好……我每时每刻的情感在无时不刻地逝去，被抛进记忆里，再被记忆抛进它的记忆里，那地方叫做永久的遗忘。我的情感正在被我遗忘，它比世界末日的恐吓更令我恐惧。我在杞人忧天：假如愈来愈多的泥土淹没我这口老井，泥土的压力是否能让我再次怀念起水的颜色与味道？届时，我面对更多的泥土，我必须用石头做的身体支起生存的空间，也许，我便回到做石头的日子，连我是口井也终将遗忘。

我必须为未来的日子做些什么。无比迫切地希望着。

我还是那口老井，填满泥土，失去被注入一些水供养一些人的效用后，感到异常的无聊与寂寞。又眼看那些泥土无休止地落下，将我埋去。

于是，我想怀念我自己。

怀念我自己有意识起，自己是口石头砌成的老井，四四方方的，光溜溜的，一切面向蔚蓝的天空，让阳光照耀。

怀念我自己的那段时光，井中水波荡漾，时而浑浊，偶尔腐臭，但总有不断绝的水向我而来，把我的身躯滋润。

怀念我自己意识到了，很多很多很多的生活总将愈走愈远，不管我是石头，还是老井，抑或泥土把我掩埋，终将被时光带走。

我不悲观，只是无力。

或许有些荒诞，十几年后，二十出头的我，像个八十岁老人一样怀念它。从前的老井很好看，至少我这样觉得，在它长满青苔的石头上。

二

十几年前的一个傍晚，父亲和乡亲们为老井换水，大雨滂沱过后，黄泥沙粒铺满井底，家里的水龙头一打开，黄色的水质告诉我们该为老井清理一遍了。

父亲和乡亲们提着水桶，我跟在后面，见他们爬到井下，先堵住泉眼，然后把井中水一桶一桶地往外泼。他们很熟练,老井的水供养他们的岁月比供养我的久远。水泼得差不多,便开始清理的过程,不止黄泥沙粒还有青苔草木,全要清理。刷一遍扫一遍,打开泉眼,把水泼出去;刷一遍扫一遍,打开泉眼,再把水泼出去。一遍一遍地清理老井中的污垢。他们用锄头在临近的田里挖一条小沟,泼出去的水顺着小沟流到菜园的沟中储存起来。我喜欢赤脚踩进小沟里,沿着小水沟往前走。老井的水不仅滋润我的五脏六腑,同样滋润我的小脚丫子。

我走着走着,见到沟里有一条黄色的鲤鱼,附近没有鱼塘,小水沟里的水是老井的,我抓住它,鲤鱼不怎么挣扎,我兴高采烈地往家里跑。鲤鱼最后的命运是被我们一家人吃了,它的身上带着老井一样滋养人的功效。

我久久无法忘怀这条鲤鱼,没有人能解释它为什么会出现在小水沟里,难道老井有神奇的魔力,把它从远方带来吗?老井在我心中变得神秘,石头砌的身体中,蕴含了我无法猜透的秘密。后来,每次清理老井,我都会在井边看着大人们的动作,再跑到小水沟里看看有没有鲤鱼在等我。

从这条鲤鱼开始,我对老井怀有强烈的探索心绪。

我渴望到井里去一探究竟,可井里的水位足够将幼小的我轻易淹没。十几年过去了,我始终没有爬到井底下,要是当时我勇敢点多好,爬下去看看老井,找找我所期待的无法猜透的秘密。

清理过的老井离天空很近,泉水重新涌出,很清澈,低头就能见到天空在里面,井底在天空上。

三

有一天,老井的水源枯竭了,再冒不出甘洌的泉水。老井的生命败了,我曾在夕阳下去看它,它的生命败了,青苔草木却在生长,从老井的石头缝隙里延伸出,长在美丽的蓝天下。

老人们说,老井败了,他们也快了。事实如此,老井不供给泉水后,有几位老人离世,小小的我围观他们的葬礼,悲乐哀鸣,亲友送行。老井呢?它败了后就萧条,枯枝落叶杂草横生,人们似乎有意把它遗忘,建造起一口新井,替代老井的功用。在一群不懂情怀的乡亲们眼里,老井失去水源,倒是与一处深坑无异。

　　新砌的井，封住了井面，留一道口让泉水缓缓流出，顺着沟渠灌溉田野。新砌的井水很清澈，我在老井中见不到；新砌的井水很甘甜，我在老井中尝不到；新砌的井水很凉爽，我在老井中感觉不到。新砌的井没有太多故事，只知它的水源从深山来，比老井的水源还要远，只知家里用它一吨水还要付出两毛钱；新砌的井没有太多的风景，我多次试想井中的色彩，除了水和幽暗，都不敢想象它光亮的样子；新砌的井让乡亲们重新焕发出笑颜，新砌的井滋润与灌溉着比老井更多的生命。

　　新砌的井啊！十余年过去，你也老旧了吧，泉水仍甘甜否？原来，时间已经走到这种地步，你也将老去了。

　　老去了的老井，走在你前头，步入一个即将被遗忘的年代。

　　老井啊老井，水润鲜活的你已然消逝了。我多么想，再次抱着本子拿支笔，坐在你身边写你的样子；我多么想，记忆里的你能够重新焕发生命力，给予甘洌的泉水；我多么想，有一天我能接手父亲的工作，爬到井下，帮你清理污垢；我多么多么想，我的身边独有你一口井。

　　可我已知道不能了。

　　老井啊老井。

品味古刹禅意深
——记福州开元寺

王风范

福建师范大学文学院本科 2012 级

"清晨入古寺,初日照高林。"曾经无数次在梦中浮现此番意境,或许是冥冥中注定的因缘,置身于福州这座繁华热闹的城市,竟然也有一天能够邂逅看似遥不可及的禅意。

东起井大路,西至尚宾路,南达三牧坊,北跨龙山与芝山,福州开元寺虽处喧嚣市井,人来人往,车水马龙,然而她不避红尘,自有高格。始建于梁太清三年,她是福州市区现存最古老的寺院,历经千年沧桑变幻,遭遇数度火灾甚至轰炸侵占,而她依然静静安坐,看庭前花开花落,望天上云卷云舒。她曾经是北宋皇家寺院、宗庙,现为福建省与福州市两级重点文物保护单位。她又曾以"铁佛藏经双瑰宝,芝山古刹溯萧梁"而闻名华夏,为八闽佛教历史增添了众多绚丽篇章。

走近寺庙,远远便可见寺额"开元寺"三字,笔力险劲,结体紧密,原来出自唐朝大书法家欧阳询之手。穿过大门,移步换景,密竹垂挂,绿意满眼,曲径通幽处,便是禅房花木深。不经意间发现彩蝶翩翩,飞往不远处,它会否自由蹁跹,巧遇禅师妙悟禅机?回望历史,福州开元寺曾是日本真言宗祖师空海大师、日本天台宗祖师圆珍大师、印度密宗高僧般若怛罗大师于唐代入华修学之地,也是南无消灾延寿药师佛的著名道场,厚重的历史积淀和浓浓的文化气息成就她独特的魅力,尽管如此,她始终如慈母一般亲切温和、平易近人,笑迎四面八方之远客,接纳凡尘俗世之信众。

正因如此,开元寺香火鼎盛,香客纷至沓来,络绎不绝。善男信女们怀着虔诚的敬意,点燃三炷香,默念祈语,跪在佛前郑重叩头,然后发愿,朴素而又神圣。香火升起,袅袅轻烟缭绕,氤氲着浓浓古韵,在空中蜿蜒盘旋,攀爬上寺庙古朴的椽梁,丝丝缕缕穿过岁月,在墙上印上一道道熏香的黄,将多少人的悲欢离合、多少次月圆月缺从容记录。

铁佛殿内有一尊铁佛,称"阿弥陀佛",是福建省最大的铁佛。铁佛是以蜡铸法浇铸,这在古时十分不易。铁佛殿前柱子两侧刻有明末举人曾异所撰楹联:"古佛由来皆铁汉,凡夫但说是金身。"铁佛叠掌跏趺坐于莲花台上,外披泥贴,法相庄严。开元寺几度兴废,唯有寺中铁佛岿然不动,毫发未损,分明是镇寺之宝,庇佑一方水土、一方百姓。铁佛以悲天悯人的情怀,倾听每一位前来发愿的俗子,在这大千世界、滚滚红尘,多少的喜怒哀乐、悲欢离合,尽收铁佛眼底,佛静默不语,唯愿普度众生。

在内山门顶上,刻着四个大字"莫向外求",抬头一看,竟发觉禅机显露。所谓"灵山莫远求,灵山只在汝心头",佛性在自身、慈悲在自身、智慧在自身、超越解脱也在自身,要得安心自在,就要内求。"菩提在心悟,宁心在此处。本来自性观,何处寻此物。"有时候在不知不觉中,于一盏清茶、一枝莲花中就能收获一份禅意。禅意不语,自在风间,放下执念,万般自流。

禅院晚钟敲起,宛如庄严郑重的佛门皈依。但愿更多有心人走进这座千年古刹,寻找心中的净土,品味禅意,也许在不经意之间,邂逅佛缘。

古城·寻踪

余煌
福建师范大学文学院本科 2012 级

　　建筑,是凝固的艺术;老建筑,不仅是凝固的艺术,更是凝固的历史,是能够触得到的历史。它带着一座城的记忆,像城市的守护神一般,默默地看着它成长。它那渐渐老去的身影,不但没有衰败的气息,反而更增添了一份繁华过后的静谧之美。穿行于充满古建筑的老城区,你不仅能够感受到历史的气息,还会被它那独特的美深深吸引。

　　福州仓山的烟台山便是以众多的老建筑而闻名,这里曾经是外国使馆的聚集地,著名的实业家、文人的故居之所在,更是当年外国殖民者的聚居地。因而,这里的老建筑充满了异域的风采,富有那个时代的特色,同时也承载了那一段令人难忘的历史。

　　一行人穿过繁华的大街,前面的路越来越窄,就像蛇形的小道一般向上延伸。突然一个转弯,到达了另一条马路,抬眼便见到了我们今天探访的第一座古建筑——西林小筑。这座建于 1920 年的安妮女王式的西洋式建筑坐落在公园路四号,最早是北洋政府时期福建总督兼省长李厚基的官邸。它是对称的结构,正门那两根大圆柱,欧式的玻璃窗,虽掩盖于现代化建筑之间,却仍然掩饰不了它当年的气魄。还未走近,你便被它震慑住。迈上门前的阶梯,往门内一望,惊讶地发现正门内竟生长着一棵小树。在室内,终年见不到阳光的地方,何时竟悄悄孕育起了生命?走进门厅,你似乎能够看见当年李厚基省长在这里接待客人、共谈局势的场景,那时的西林小筑该是多么年轻、富有活力,就像它的主人一样,意气风发。只可惜物是人非。现在的西林小筑由几位富有人文追求的人士承包下来做成了一个综合工作室,有咖啡馆、画室、陶艺、舞蹈室等等,在老城形成了一道美丽的风景。

告别了西林小筑,往前走了一会儿,便在绿树间隐隐约约地望见了福泰和钱庄的身影。这座清朝末年作为福州兑汇庄的福泰和钱庄,是新加坡华侨周学振先生创办的。当年,在清光绪以前,福州侨汇业务经外国人之手,一般由英国汇丰银行承包,或由英国设立的邮电局代办。闽侯、长乐、福清、闽清一带侨属,都要远道来福州到英国银行或邮局领取汇款,十分不便。因而,光绪末年,首先由新加坡侨商"福泰和杂货店"开始经办福州侨汇,也便有了这座钱庄。由于政府的保护限制,我们很遗憾未能进入钱庄的内部。在钱庄的外围修建了一堵厚厚的围墙,风吹雨打,围墙已长满了厚厚的青苔,却仍像忠诚的仆人一般紧紧围绕守护着福泰和钱庄。略带着遗憾,我们离开了这座老钱庄,这座方便了许许多多华侨的老钱庄。

这座小小的烟台山上,法国、英国、美国、西班牙等国家先后在这里建立自己的领事馆,风格不同的异域建筑,为烟台山增添了异域风采。我们最先看到的是位于公园路三十九号的俄国领事馆。这座建于清同治五年(1866年)的领事馆,是典型的西洋古典式建筑,带有朴素的东欧风格。它总占地面积二百八十九平方米,全部采用钻木结构,楼内一向设门、二向开窗,窗上部为拱形,木框玻璃并安铁栅,入口有木制俄式门廊,制作精良。但由于几经后人的改造,虽然保存得相对完整,但原来完好的木制俄式门廊被拆毁,改造成英式混凝土门廊。这不禁使我们深感惋惜。我们见到的第二座领事馆是英国领事馆。不同于俄国领事馆的东欧风格,它是典型的西洋复古风,像英国女王般庄重典雅。这座建筑为三层,院落长宽各三十米,院内古樟树三株高达十多米,是曾经的英国领事公馆,内部设有舞厅、餐厅、主卧、客房、地下室等,功能齐全。此外,它还有一段颇为传奇的经历。辛亥革命后,上海一商人从英国人手中购得此楼。20世纪40年代,中国著名的影星胡蝶在此住过;戴笠来福州处理江秀清期间,也曾居于此地。20世纪50年代,这座充满传奇的楼为福清籍华侨张珠治先生购得。一座建筑就像人的一生一样,会遇见无数的人,最终却都是人去楼空,只有它百年不变地默默伫立着。

我们最大的收获是看到了石厝教堂。这座教堂是清咸丰十年（1860年），由英国基督教圣公会在福州创建的圣约翰教堂，也被称为国际教堂，俗称石厝教堂。教堂位于今乐群路九号，与当时的万国俱乐部及英、美等国驻榕领事馆邻近。教堂的西北面是鹤龄英华中学，西南面是传教士住宅，东南面是天主教女修道院。绿树掩映的教堂，体现了典型的英国乡村小教堂的风格，是当时福州仓前山外国侨民、领事馆和洋行聚集区内的一座著名的建筑，也是帝国主义侵略中国的见证。它是一座石砌木构的哥特式建筑，占地面积一千多平方米，教堂仅一层，建筑面积近三百二十平方米。教堂外形高耸，房顶左右由单塔与双塔相连，单塔顶部砌有钟阁，内置有铜钟。石壁上有六扇窗户，顶端呈弧形尖突的几何图案。窗户镶嵌花式窗棂及五彩玻璃。堂门朝南，教堂内有可容纳百人的座位。外大门正中有一座纪念坊，纪念第一次世界大战由福州前往欧洲参战的阵亡英侨。堂内还有两座铜质纪念碑。教堂院内东西两边分立着两株樟树和银杏树，百余年来与教堂共同经历着风霜。去的时候正是银杏落叶的时节，满地金黄的三角形叶片，映衬着那古老却典雅肃穆的石厝教堂，似乎教堂披上了一层金黄色的外衣，给人以视觉上的极大冲击和享受，让人深深地陶醉在这和谐宁静的光景中。

　　古城，总是这样地令人陶醉，虽不如现代都市般璀璨，却留下了另一种美，一种低调的、需要人们用心去体验、去感受的美。这里的每一块砖、每一道墙、每一块铺在路上的青石板，都有它自己的故事、自己的沧桑。古城的每一寸肌肤，都是城市繁华的象征，也都是历史的象征，更为城市增添了一份历史的厚重感。

路

王姝琪

福建师范大学文学院本科 2012 级

世上的路这么多，你永远也不会知道你会被命运推动着走上哪一条路。这句话运用在我姨妈那令人唏嘘的命运中是再合适不过的了。

大约妈四五岁那年，随着解放战争的胜利，国民党仓皇逃至台湾，身为林祖密将军后代的姨妈也拿到了第二天将要载着她离开大陆的船票。第二天，灰蒙蒙的天似乎预示着什么，果然由于不识字的外婆的疏忽，直至听到街坊邻居从外头回来说要开船了，才慌忙拉着还梳着小辫、不知道发生了什么事的姨妈，紧紧攥着她的人告诉她，赶快拿着那张很重要的船票赶到码头去。此时的码头早已人头攒动，船上为数不多的空间处处充斥着因为拥挤而惹恼了小孩的哭闹声、大人的咒骂声，以及人们因挤压而扭曲变形的脸。慌张无措的外婆看着如此拥挤而嘈杂的甲板，一次又一次地拉着姨妈试图向前挤去，可每次一迈出步子，就立刻被潮水一般的人群给逼回原地。正当姨妈瞪着好奇的眼睛观望这一切时，她的已经由他人领上了船的兄长看到了她，于是他大喊着妹妹的名字，在人群中伸长了胳膊，在空气中挥舞着手臂，期望能拉妹妹一把，但每当哥哥已经抓紧妹妹的手就要将她从船的另一侧拉上来时，拥挤的人潮总不让哥哥如愿。汽笛声终究还是不可避免地呜呜响起，随着船的铁闸门沉重地合上，顿时尖叫声、哨声、呼喊声搅成一团，最后哥哥还是无奈地缩回了手。这一松手，使得原本走在一条路上的他们朝着不一样的方向越走越远。

船缓缓起航载着那些熟悉的人们渐渐驶向望不到尽头的远方，纵使有再多的不舍与不甘,紧紧扯着栏杆的人们也只好无奈地放弃挣扎,含泪望着甲板上缓缓离去的亲人们。有人低声呜咽,有人大哭,有人不知所措,有人歇斯底里,夹杂着各种嘈杂而又悲戚的声音。年幼的姨妈还不懂什么叫永诀,看着那渐渐消失的黑点出神,殊不知,今后他们从此淡出各自熟悉的生活。就这样,她们再也没有上船的机会,她们就这样被留在了这里,开始了没有家族庇佑的生活。就在这么短短的时间里,姨妈与她的兄长从此走上了的两条路。后来的后来,再次得知她兄长的消息时,却因为种种原因没能见面。听闻姨妈的兄长在那里接受了良好的教育,如今将事业经营得风生水起;而我的姨妈,或许因为那次错失的机会,命途坎坷,大字不识几个,早早嫁人,却因丈夫的早逝而不得不一个人挑起一家的生活重担。

命运似乎是一种玄乎其玄的东西,人永远斗不过命运。

两个人,本是一条路。

河的故事

余静
福建师范大学文学院研究生 2014 级

　　我生在农村。在豫南的一个环山绕水的小村庄里，远处的青黛四周围出一片地方，中间三五成群地撒点砖瓦房子，近处银白的河水从中流过，这便是生养我的那片土地。

　　小时候小伙伴们没有什么别的娱乐方式，都是聚着一起疯闹，春天玩游戏、夏秋天玩水、冬天玩雪。其中夏天的河是我们最理想的乐园，实在是宽袤、有趣而且还没有大人的训导。

　　村子前有两条河，我们统一沿袭着大河湾、小河湾的称谓。一到能够下水的季节，无论男孩还是女孩，都成了水的孩子。吃过午饭，以家庭为单位，不顾大人身后的威胁，不顾大太阳的眷顾，各自提着家伙，一溜烟地跟上了大家的队伍。其实装备也很简单，一两盘自家制的细网、一个提手方便的小水桶，爱美的小姑娘会戴上个小花帽。村子里的小伙伴很多，不多时，路上已经有一小队童子兵了，年纪大点的自然充当领导者，指挥身后一群人，今天扫荡哪一片水域。其实无论大河湾还是小河湾，我们都已经相当熟悉了，而且小河湾的尽头就是大河湾，所以每次我们都是从大家一致同意的地点，一路折腾到大河湾。

　　小河湾最迷人的是那片石坝，石坝缝隙里总是藏着一些大鱼，当然是相对我们桶里那些刚足一指的小鱼花花而言。胆子大的男孩子这时候总是身先士卒地跳到水里，一手紧紧顶着对着洞口的渔网，身子放低，一手使劲伸向洞口，来回摸索着，时而还扒拉点水声，想把洞里的鱼吓出来。这个活动，一般女孩子是不做的,一来女孩子胆小,实在怕洞里的可能是蛇;二来男孩子这时刻都在比赛,实在是不愿意看到姐姐或妹妹端着网,把自己晾在一边。所以女孩子都在水边紧张地看着自己的弟弟或者哥哥趴在石边,奋力地扑水或是摸索。至于收获,实在是难以保证的,最开始摸索,总是有意想中的收获。男孩子把混着泥沙与水草的一网兜杂物开心地抛到干燥的沙滩上,姐姐或者妹妹赶紧提着装了小半桶水的桶,不顾杂乱地仔细翻检着,把尚鲜活的泥鳅、鲫鱼或者是小鲶鱼、小青鱼装进桶里。翻检完毕,再逐一比较刚刚这一网,谁的鱼多、谁的鱼大。然后新一轮的抛物又来了。实在无物可捞的时候,我们就换个战场继续扫荡。时间久了不知道是鱼挪窝了还是鱼少了,总之是没什么成果了。大了点再想,只是当时的我们太单纯了,每次都是去上次收获最大的地方,期待还有如上次的收获。上次的傻鱼已经被抓走了,幸存的它的亲戚估计也不愿意回旧房子住了。

每年的夏秋天,小河湾从入村的开头,到最终注入大河湾,这蜿蜒至多两里地,被我们的脚丫每周至少扫荡两遍。最后天凉了,再也不能下水的时候,估计那些幸存的聪明的鱼都在想,这些倒霉孩子,终于不来了,我们可以好好冬眠了。所幸那个时候每年都有聪明的鱼逃跑也有新鱼出生,不然,被我们这群虽有人走但不时有新人加入的庞大队伍如此叨扰,小河湾真的应该是处处河清、处处涤衣。

我们不光使劲抓能抓到的鱼,对于我们还抓不到的鱼,我们的措施便是使劲吓。所以,我们这群人在河里(按第二天给我们洗衣服的妈妈或奶奶的话来说,就是逢山过山、逢水过水)跋扈地不知天高地厚,有石头就去踹一踹,有水草就一定去踩一踩,碰到水深的堰池,也一定会丢点石头,可能时间久了,水还能因为石头多了,而浅了呢,天知道我们垂涎深水里的石洞多久了。这样一路踢踏下来,身上、衣服上,水渍、泥渍、草渍大混合,整个人都要五颜六色了,回家挨批实在是家常便饭。

一路伴随着呼喊和欢笑,我们就到大河湾了。大河湾相较小河湾,从名字上我们就知道,大河湾大得多了。大河湾原名白露河,是淮河的支流,当然这是上中学后我才知道的。小河湾的两面追堵战术在大河湾根本行不通,雨季水宽可达数十米,平日也就十米左右,但因处平地,水浅沙多,我们多数是直接掏石坝,或者翻水草。收获远不如小河湾那么集中,但是大河湾的好处在于鱼的品种多。记得最喜欢的就是趴在水边的沙锥(音译,字典里没能查到),这是一种脑袋大、身子滚圆的鱼,喜阳,时常栖息在水很浅的沙滩上。没有网的我们,最欢乐的事就是一人分一片区域,悄悄地走过去,用手把傻沙锥连同它栖息的一小堆细沙捧起来。有时候实在心仪的大沙锥,一个人捧不到,也会有另一双小手一起来捧,捧到了算发现了它的那个幸运儿的,当然也有偶尔实在是舍不得,闹点口舌的,最后以合伙再捧一个大的给另一个人作罢。那时候,沙锥很多,大的小的都有,我们人也很多,大的小的都有。除了能捧到的沙锥,还有必须用网才能逮到的一种扁扁身子、身上五色斑斓的鱼,很像现在的观赏鱼。可是它几乎没肉,扁扁的,逮回去的除了大点的,被奶奶烘干了,炒成我们爱吃的韭菜小鱼仔。小的她都直接喂我们家胖胖猫了,所以胖胖猫才长成那副讨喜的模样,才会那么爱我们回来。

大河湾的鱼,都不是我们逮的,因为我们逮不到。我们只有偶尔跟在用电瓶打鱼的大叔后面捞点他漏掉的小鱼的份儿。每当那个时候,大叔身边总是围了一圈的小伙伴,一边看在水中仓皇出逃的大鲫鱼、大鲶鱼还有胖黄鳝,一一被大叔捞进网里;另一边眼睛不住地搜索大叔打过的地方,期待有他遗漏的成果。有大叔的时候,我们基本就是跟大叔走的,大叔只去几个深水区,走完了,他就撤了。我们的鱼瘾也过得差不多了,玩心大快。

大河湾还有两处绝对美妙的地方,其中一处是细沙滩。整个河床并不都是大家想象中微软微湿、温润如玉的细沙,相反,大都是粗糙而颗粒感大的沙砾,刚开始踩上去,会有强烈的硌感。除了不怕疼的男孩子,很多人都是穿着凉鞋走的,但是到了河洲那片细沙滩,那再穿鞋可就是煞风景了。大家都脱了鞋,先撒开脚丫地闹一圈,然后累了就跪在细沙上,细细地抠那些沙上的小孔,那里可是会有意外收获的呢,小贝类都藏着那里,洞口是用来呼吸的,也是被找到、被发现的线索。被挖到的贝类,被我们宝贝似的收回家里自己珍藏的小匣子里,过一个夏天,准备打开再把玩的时候,却只收获一股腐败的臭味和一匣子四绽的壳,痛哭一场之后才知道,离了水离了家的生活,贝类只能死亡呢。从此以后再喜欢的壳,也是只把玩,再也不收起来。

大河湾另一处圣地,是专属于我们孩子的,也只有我们才能体会到它给我们的欢乐。大河湾更上游,河水是不走中间河道的,它依着右边河岸,每天不住地冲刷。河岸边的树仗着河水的宠幸,长得遮天蔽日。这对于盛夏时节,折腾了一下午的我们而言是良好的休憩之地。更美妙的是,有藤本植物沿着旁枝逸出的树枝顺从地长下来,快挨着河面的时候,再竭力地挣扎着长回去,几个来回,几番冬夏,便成了一丛天然的秋千绳。最开始是胆大的孩子,攀上去踩出纹路,再后来是大家的一致眼馋,终于商定好方案,轮流地谁推、谁站秋千。盛夏的下午,阳光打在金灿灿、明晃晃的河面上,你站在碧绿的秋千上,从水边荡到水边,差一点就碰到了河面,身边还有人等着你,任谁都是不那么情愿下来的吧。欢乐的笑声和焦急的催促声,还有已经满足过了的安慰声、仲裁声,回荡在身后已经见青烟的村庄里。荷锄的大人,已经在起身回去了,呼唤自己孩子的声音,愈见明晰,大家伙急急地收拾下脸面,找下抛在下游的鞋子,乐哈哈地踩着田埂,迈着脚丫撒欢回家,路上还不忘争论下轮到谁提水桶了,谁今天抓的鱼大,吹吹牛皮,昨天自己抓得多,以及商量下,明天谁还来,从哪儿开始,在谁家等……

提着收获回家,一路上都是检验的目光,认识的邻居,都会低头瞅瞅伙伴们的桶,有鱼的时候,就是夸奖,没鱼的时候,也不打击,就是笑笑地揭秘说,哪儿的鱼会比较多。如果说我们路上是羞涩的,回到家,面对奶奶要来看看今儿有几个小眼睛的招呼,眼睛多的时候,当然是毋庸置疑的骄傲,大声地在进门时候就开始宣告;眼睛少,也同样面红耳赤地争辩,是谁把我的大鱼弄跑了,或者直接转移话题,谁逮了好大一条鲫鱼、谁抓了个黄鳝之类的,绝口不提自己今天的失败。如果有鱼死了,直接丢给胖胖猫吃,还有几只活的,但是奶奶不要,也有方法,直接丢门口池塘养着吧。想着过年的时候,一起捞起来。

最快的不过时间,最短的不过欢乐。小河湾,在洪水过后改了道,再也没有不间断蜿蜒的两里地了。大河湾,上中学后,我眼睛近视,总是捧不到沙锥后,就不怎么去了。再后来还是会很想去,所以会带新朋友去转转。只是再去的时候,只有河只有我,没有沙锥也没有小伙伴了。

河的故事,就是我们的故事,就是我的村庄的故事。河边的人换了一茬又一茬,河道改了又改,河上的大桥也没了,倒是多了几个挖沙的机器。细沙洲埋在挖沙后的深堰里,沙锥埋在我们的记忆里。这几天没事,又去河边走了走,所幸河水还是那么清呢。

城市，零落一身秋

韦姗姗
福建师范大学文学院研究生 2014 级

> 你肩负着多年的重载，
> 歇下来吧，在芦苇的水边；
> 远方是一片灰白的雾霭，
> 静静掩盖着路程的终点。
>
> 出生在太阳建立的大厦，
> 连你的忧烦也是他的作品，
> 歇下来吧，傍近他闲谈，
> 如今他已是和煦的老人。
>
> ——穆旦

行走，你寄宿在这座城市的初秋。

观看是一种置身于世界外的行为。由始至终，你想用一些文字告诉别人。思考则是与世界保持距离的手段，融入与疏远，若即再若离。诗人潇洒地说，受气有本性，不为外物迁。这种境界，何等的高尚。平凡如你的人，望尘莫及，只能做个拙劣的模仿者。

当你的直觉选择用欲望来表达，此后，便是一长串耐不住的寂寞。陷得愈深，平静与自由愈消逝得不着痕迹。殊不知，城市的表面与你仰望的人一般，永远是光鲜和奢华的。背后鲜为人知的故事，恰到好处地解释了存在与理想的差距。世界似乎总奖励人性的矛盾，以保证生活的丰富，增添文艺的题材。

当然，在每一座城市，都没有谁准备为谁做出点牺牲，没有悲喜剧。人人擦肩而过之后，仍然继续陌生。城市之光，如果照于你身而没有光热，请不必难过，金属与水泥组成的东西，本来就是机械而冷酷的。也无需将事情想得过于讽刺，或是站在尴尬对立的位置，理解为荒谬，更不用把城市的每一个表情刻画得太清楚。如果不愿热情被辜负，那就避免用如炬的目光与这座城市中的冷漠四目相接。

若是搭公车，你喜欢坐于车尾最后一排，欣赏人事与风景。宽大的玻璃窗，展示着走马灯一般不断变换的街景。汽车颠簸，匆匆驶过每一个车站。窗外，流红荡绿，光移媚转。先是红绿交接的警示器，霓虹灯在四周的空气中潮湿，接着是人们的目光。人们徜徉在尘世起伏的波浪中。岁月中流淌而过的青春正如同窗外的街景，应接不暇，转瞬即逝。阔大的车厢里频繁地更换乘客，演出一幕幕情节紧凑、更迭不息的情景剧。

你很想拉伸一个镜头，拼接一个个城市生活的场景。美丑对立，善恶相抵，然后你开始理解雨果。一个作家最终的目的，就是使人向美向善。你在想，城市的责任呢？

你看着坐在车门边的一位中年妇女抱着婴孩，神态疲惫。你以为她光阴虚度，只知钻进世俗的柴米油盐酱醋茶；你以为她两手空空，没有诗歌没有梦想；你以为她情薄如纸，不曾拥抱爱情的轰轰烈烈，不懂得欲罢不能的椎心之痛，不懂得转身出离的苦涩之味。之后有一刻，你惊慌失措地发现，你错了。她曾刻骨铭心地爱过，也曾歇斯底里地恨过。你拥有的，她已告别；你失去的，她已释怀；而她正在经历的，你也将要前往。这是城市里每一个人的轨迹，你们都排着同一列队伍乘着同一辆公共汽车。

在街边一个清闲的小摊，你遇到一位年至耄耋的老人。午休的时光，她主动招呼你坐下，你微笑应许。她给你倒茶，诉说她岁月的绵长。老人在建国后随着当兵的情人来到这座城市，挽起发髻，成了妻子。如今最年长的儿子如你一般在外地上学，老人骄傲地说着，眉目上扬。你知道，老人曾美丽、曾傲气，也曾与你一样对这座城市有期许、有迷惑。茶注了几次水后，淡了，就如老人与你告别时的语气。年轻人,岁月不催,你慢慢看。

你习惯一个人走夜路,坐在开阔而无人的角落,任风吹起你飘忽的心情。校道上的银杏被晚风轻抚得温柔,有一片叶子飘落在你脚边,你相信她的前世是一只金黄的蝴蝶,回来寻找金黄的过往。世间的故事总是温情而无情,躲在叶脉后悄然苍老。

在瘦小的雨花路,九重葛的唇上,你披着最好的月光。那是站在你左边的一片鹅黄色,像身边人的耳垂。你望着望着,上面贴满了你想要伸手去触摸后留下的指纹。

手铺开,上面有另一张纯净的面容,嘴角隐约带着矜持的笑。于是,你多想永远住在这个寂寞而美好的秋天,让另一个人的一举一动永远闪烁在风中。只是,你最初对这座城市最深刻的向往,下一个秋天,就要离开。

夜色下,有灯光幽幽暗暗,似凄凄的心声。你想起江南女子的菱歌泛舟,桨声灯影里的明月晃晃然,渡不到二十四桥。有人播起了老唱片,忧伤地唱着:

阁楼里炊烟,缥缈了屋檐,在窗口等你的时间。
是谁的相片,还在橱窗前,痴痴守着那一年。
回不到回忆,难免会走散,在异乡望天边,月色依然。
借一弯新月,寻你的无邪,还未道离别。
纸上的思念,寄不出岁月,雁飞的悲切,遗忘了季节。
天涯两端,故人何处。
……

若是晴天,住在这座城市上空的画家手上拥有挥霍不尽的蓝色颜料,由深至浅从不缺乏。湛蓝的天,无边无际,开出大朵大朵白色的棉花。天很近,你躺在草地上伸出手来,能触到云朵那臃肿而绵软的奶油层,仿佛捏一下就能挤出甜腻的糖浆来。阳光的细屑从指间渗下,成群的鸟儿飞过高高的树尖,钟楼传出的铃声悠长缓慢,似乎声音从远古走来,需要很长的时间。

白日梦里的幸福,永远是流云般不确定。若懂得流云的飘浮,谁都不该假设有人会离开,因为如果真的离开,一切就无返回了,与时间一般。

看见自己

　　站在窗边,把祝福埋在秋雨潇潇的芭蕉叶下,一种类似青草气息的东西在闭紧的眼里长出了如渊默的杨柳。顿时,你流下了泪。这个城市的秋天,总是零落的。

回不去的地方叫故乡

李树艳

福建师范大学文学院研究生 2014 级

　　故乡于我,是奔走于阡陌间的卖猪肉大叔的声声吆喝,是轧过布满青苔的花岗岩石板路的哒哒车轮;是曾经热闹非凡而今却无人问津的渡口,是年年正月初一上山烧的头炷香;是初夏同雨水一起袭来的阳光,是深秋的满山红叶,是冬日暖人的炊烟。

　　故乡于我,便是童年。

　　同所有恋旧且脆弱的人们一样,我渴望所有的事情都一成不变。同样的食物,同样的老师、朋友;不变的田地和作物,不变的住处和亲人。我渴望一个与梦境中的影像完全重合的原封不动的故乡。

　　在那个魂牵梦绕的故乡里,我仍在邻居家的院子里偷抓小鸡,毛茸茸的小家伙攥在手心里,任谁说也不放手。接着被恼羞成怒的鸡的主人绑在树桩上,最后还得爷爷来把我领走;我还是每天早晨都去家附近的集市上买来草莓味儿的袋装牛奶,回家撕开包装,倒进一口小铝锅里,听它在炉上咕咕作响。在那个故乡里,我最喜欢往来于河面上的看似笨重实则灵活的渡船,我喜欢那个憨厚慈祥的老船夫,也喜欢我总是提不动的船桨;在那个故乡里,我常常站在村口等着载着妈妈回家的自行车,也常常跟在奶奶后头拾老母鸡刚下的温热的鸡蛋;在那个故乡里,长满嫩芽的树在落了一地的鹅黄色的薄膜之后长出新鲜叶子;在那个故乡里,路边翻晒着的晚稻散发出甜蜜的香气,田里时常竖着几株突兀的高粱,一畦畦生姜长势总是很好,树梢上挂着零星几颗干透了的板栗。

然而日子如白驹过隙，白云苍狗。大山是岿然不动的，但是它又确实失去了某些东西。当我再次踏上故乡的土地，村里已经修建了桥梁，于是渡船腐朽，半浮半沉，终日与拴船的柱子为伴。尽管河滩上的淤泥里还隐约可见当年人们因下河摸贝而陷于泥中的拖鞋，摸贝壳的人们却早已不知去向。本该繁华一片的田里任荒草蔓延，漫山果树无人照看——大家纷纷走出大山，各奔东西，寻找更好的生活。韶华易逝，物是人非，我不禁唏嘘不已。

也许，故乡自诞生之初，就在酝酿着一场悄无声息的逃亡：当我第一次有了故乡这个概念，故乡就开始慢慢地消逝……在新盖房子的地基里，填埋了它的第一声叹息；在新修马路的缝隙里，灌注了它的第一声低泣；接着它同春季的雨水一同落下，再随着秋风呼啸着远去。我甚至开始怀疑我所见到的并不是我的故乡，而只是另一个与我故乡同名的陌生的地方。

也许，人不能两次踏进同一个故乡，故乡只存在于人们的久远模糊的记忆里。每个人的故乡都那么相似相依又那么遥不可及，每个人的故乡总在想象中清晰，却在现实中疏离。而我们注定要成为失去故乡的人。

"回不去的地方叫故乡，到不了的地方叫远方，多少人像这样，一直在路上。"

江南的雨

邱小菲

福建师范大学文学院本科 2012 级

啊,下雨了,淅淅沥沥如细丝一般,远处的风景都被笼在烟里,另有一重韵致。生在江南,就不能不说说江南的雨。自儿时起,江南的雨便伴随着我的成长,不知是不是沾惹了古代文人骚客的那点江南春雨情结,我对雨总是有着一份惊喜和新奇。

江南的雨,她总是给人一种朦朦胧胧、淅淅沥沥、断断续续、若有若无、飘飘忽忽、连绵不绝,或让人浮想联翩或让人缠绵悱恻欲断魂之感。江南的天气,总不是很冷,春天淅淅沥沥的小雨不紧不慢地从空中飘落下来,柔和的风夹带着潮湿的新鲜,扑面而过含着一缕缕的花香。整个世界就笼罩在雾水朦胧中。刚刚泛起一层绿色的柏树、垂柳,还有那几株高大的榆树上,轻轻地轻轻地沐浴着春雨的洗礼,又仿佛裹了一层薄薄的轻纱,远远地望去,豁然开朗,青青的、翠翠的、葱葱的,满目绿意、层林尽染,煞是好看。春雨也最为文人墨客所喜爱。"好雨知时节,当春乃发生"、"天街小雨润如酥"、"杏花春雨江南"等名句,便是对春雨的赞颂。

江南不仅是美的,雨更是为她增添了一份多情、一份哀怨。说到江南,说到雨,第一个人物便是柳永了。"多情自古伤离别。更那堪冷落清秋节。今宵酒醒何处,杨柳岸晓风残月。此去经年,应是良辰好景虚设。便纵有千种风情,更与何人说。""对潇潇暮雨洒江天,一番洗清秋。""望处雨收云断,凭阑悄悄,目送秋光。晚景萧疏,堪动宋玉悲凉。"……柳三变先生是一位对宋词进行全面革新的词人,对后世词人的影响巨大,他的词多是江南之景,更是江南之情,他梦寄青楼,情依烟花,从来都是轻声细语,轻歌曼舞,数人纤纤碎步,长袖摇摇微飘,唤醒的是有情男女,惊起的是水中鸳鸯,就此定下了江南柔媚哀婉的气质。

自古到今,多少人心醉于江南柔情,又有多少人描绘过江南水墨之景,唐代诗人张籍、李白、黄滔,宋朝王安石、陆游、王琪、梅尧臣、王之道,还有元明清以及近代的文人墨客们,那光辉灿烂的一字一句不仅是文人墨客的衷心爱恋,更提升着江南本身的魅力与韵味。江南的雨啊,雨中的江南,教人如何不对你眷恋、爱慕?没到过江南的人,想象中江南应该是风帘翠幕、绿柳成荫,应该是白居易笔下"日出江花红胜火,春来江水绿如蓝"的富有活力的景象应该是一位娉婷的浣纱少女,或如"斜风细雨不须归"的诗意的画卷。是啊,千百年来,江南总是以那婉约的风姿、妩媚的笑意、多情的眼神印刻在人们的脑海里。

我爱江南的雨,而且我始终认为,雨中的江南之所以美,那是泱泱的、博大的历史文化底蕴所洇染而成的。

江南似乎注定不能没有雨的,因为雨,才有了西施与范蠡亘古的爱情;因为雨,才有了耐人寻味的吴侬软语;因为雨,江南才之所以被称为江南。黄昏或是清晨,你若透过雨帘,眼前的一切都是那么安宁,只有那昏黄的路灯,如同刚睡醒的人的眼,幽幽地注视着万物。雨中的江南又是另一番味道,蒙蒙细雨之中,青砖绿瓦、亭台楼阁都静默着。"多少楼台烟雨中"或许就是这样的一种情形吧。这是诗情画意的镜头,又是万般风情的画卷,就是我这样出生于江南之人也为之倾情、为之神醉。

那远方的乡土

谢华平
福建师范大学文学院研究生 2014 级

当我们待在一个地方很久的时候，便会固执地想出去走走。而"去南方吧"，似乎总有着说不出的魔力。于是，便存了去南方的那份心。时间久了，就会变成愿望。能够让人当成是愿望的事情，必然在许愿的人看来是十分美好的。本来只是愿望，但愿望实现的那天必然伴随着失望。当如愿以偿地去了离家很远的南方的时候，才发现这是一片和愿望里完全不同的土地。那些真正来自北方的人都说他们是怀着看烟雨江南的心愿来到了这里。可等到四面八方的人汇集到这里的时候，我们惊恐地发现，这里不是江南，没有小桥流水，没有柳岸画桥。这里只有难忍的酷夏，天气热得难以忍受，即使是现在已经到了十月份，夜里也还打开风扇。中午的太阳仍浓烈得让人睁不开眼。

初来乍到的我们，必然对这边的生活极度的失望，这就使得我们无法抑制地去想念那片我们曾习以为常，却也总想着逃离的故土。曾经那里的一切在我们看来是如此的平凡，但现在却让人那么想念。这种心情就像很多人对于自己母校的心情，就是自己可以说母校千般不好，却不能容忍别人有丝毫的语出不敬。我们总是这么矛盾，非要等到自己真正地远离了那片熟悉的故土的时候，才恍然醒悟，原来它是那么好。

记得在初中的课文《乡土情结》里曾写道："每个人的心里，都有一方魂牵梦萦的土地。得意时想到它，失意时想到它。逢年逢节，触景生情，随时随地想到它。海天茫茫，风尘碌碌，酒阑灯灺人散后，良辰美景奈何天，洛阳秋风，巴山夜雨，都会情不自禁地惦念它。离得远了久了，使人愁肠百结：'客舍并州已十霜，归心日夜忆咸阳。无端又渡桑乾水，却望并州是故乡。'好不容易能回家了，偏又忐忑不安：'岭外音书绝，经冬复历春。近乡情更怯，不敢问来人。'异乡人这三个字，听起来音色苍凉；'他乡遇故知'，则是人生一快。一个怯生生的船家女，偶尔在江上听到乡音，就不觉喜上眉梢，顾不得娇羞，和隔船的陌生男子搭讪：'君家何处住？妾住在横塘。停船暂借问，或恐是同乡。'辽阔的空间，悠邈的时间，都不会使这种感情褪色：这就是乡土情结。"家乡，在我们每个人心中都有不可低估的分量，或许曾经热切地逃离，只是让我们看清这份重量是否是远在他乡的我们能够承受的。

在我的家乡流传着这样一句话："金窝银窝，不如家里的草窝。"但我们年轻的心必然是不安分的，我们想去闯荡，我们想在外面的世界有一片属于自己的蓝天，似乎只有这样，我们才能够证明自己是优秀的。我们总是期待着自己有一天能够衣锦还乡。我们期待自己能够给家乡带去一份荣耀，我们太渴望荣归故里了。年少的我们离开家的理由是那么的简单，可以因为一首歌，就像电影《心花路放》里的女主角，仅仅因为一首《去大理》，就可以毫不犹豫地背上行囊去大理。也可以因为别人一句子虚乌有的话"那里四季如春"，甚至还可以因为自己的想象，觉得那里很美。可事实总是让我们清醒，那些美好的东西其实并不存在，歌词里的洱海只是虚幻，现实则一塌糊涂。远方也没有四季如春，只有难熬的酷暑。那些美好的想象更是不堪一击。于是，我们开始失望，我们对于这片陌生的土地只想着尽快逃离。当无法摆脱这片土地的时候，我们便开始了无尽的思念，思念家乡的那片故土，突然开始原谅它所有的不好。人们有时候固执得可怕，就像当初想离开故土时的那份执念；有时候，又健忘得可怕，故土的一切不堪都可以忘记，都可以释怀。

年轻的我们，或许还不能真正地理解故乡的含义。对我们而言，我们惧怕的是外乡的陌生，是人与人找不到共同话题的恐惧，是鸡同鸭讲的乡音。所以，在这陌生的氛围里，我们太想改变自己，我们了解当地的文化，接受当地的饮食，甚至改变自己一些根深蒂固的思想，我们尽一切努力来适应这里。终于有一天，我们能够坦然地面对这里的一切的时候，偶然间来自乡音的一个音符，都会让我们之前所有的努力灰飞烟灭。

怀念与老井

　　于是,我们费尽一切心思又再次回到了故土,我们对自己说,这次回来就永远留下了。反正哪里都没有家乡好。我们满满的都是期待,甚至窃喜,我们终于回到了这片魂牵梦萦的土地。我们对自己充满信心,觉得这次回来就再也不走了,总觉得我们能够包容故乡的一切。可渐渐地我们又会发现,我们又在计划着下一次的远行。或许我们知道,那将会是再一次的煎熬,但我们仍然义无反顾。于是,又开始重复思念故土。或许会在很多年后,我们会最终体会到"安土重迁"的含义。"安土重迁是中华民族的传统,我们祖先有个根深蒂固的观念,以为一切有生之伦,都有返本归元的倾向:鸟恋旧林,鱼思故渊,胡马依北风,狐死必首丘,树高千丈,落叶归根。有一种聊以自慰的迷信,还以为人在百年之后,阴间有个望乡台,好让死者的幽灵在月明之夜,登台望一望阳世的亲人。"

DAN XING DAO ▶
单行道

单行道

崔静雯
福建师范大学文学院本科 2012 级

生与死彼此深爱着对方，它们的距离难以用言语表达。生送给死许许多多小礼物，死永远保存它们。

一、单向通行

八岁以前我和妈妈住在一个小镇上，以镇冠名那个小地方我都觉得有些许夸张，那真是个很小的地方，不需要凭借任何一种交通工具，全凭一双脚，不出上午便能从镇头走到镇尾。当然这是我长大后的论断，在我还小的时候，我满心以为这个小镇便是全世界，我走不出，也压根不需要走出这个世界。

初次对这个想法有所怀疑源自一个夏日的黄昏，我家那时还有着全家人饭后散步的习惯，每天沿着马路一直往前走，直到到达一个橘子园。橘子园的中心有一个供路人休憩的小亭，我们总会在那个亭子里坐上一会儿，然后返程回家。来的次数多了我便发现，出了橘子园后还有一条小路通向前方，一眼望不见尽头。

我曾问过妈妈，为什么不继续走下去，如果一直不停地走下去的话，我们会到达何处呢？妈妈只是笑着说："天黑了，你要早睡，不能再继续走了。一直走下去的话，大概就是城市了吧。"这事就这样停止了，对于一个毫无"城市"概念的七岁小孩而言，相比于吃与玩，远方根本毫无吸引力。

直到有次我和爸爸闹别扭，我气鼓鼓地背着自己的小书包冲出家门。为了不被父母发现，同学家是肯定不能去的了。这时，被我置于记忆角落的橘子园的那条长长的道路重新向无家可归的我展现出神秘的诱惑。我决定沿着那条道路往前去,到城市去!我心里暗暗地把这次冒险以当时从电视上学会的时髦词汇"离家出走"命名,并对自己能够走到城市满怀信心。

我走啊走,平常与父母很轻易就能走到的小亭子在此时却变得艰难起来,似乎走了整整一个漫长的午后,我终于走到了熟悉的小亭。正是中秋,满园橘子挂在枝头。我嘴馋,在地上捡了好些个橘子,坐在亭子里慢慢吃,往着橘子园外的前方,第一次对着那条一眼看不到头的陌生小道心怀恐惧。这时候天已经开始黑了,平常妈妈给我讲的狼叼走小孩、妖怪晚上吃人这类的故事此时一口气涌上我的脑海,我既不敢往前走,也害怕回头。好在我多少有些"骨气",虽然害怕但终究没有哭,甚至还在逞强安慰自己:"我只是累了,想在亭子休息一会儿,我一定会走到城市的!"

最后结局是什么我已经不记得了,结局是什么也并不重要,只记得那天爸爸找到我的时候似乎是很生气地说了一句:"你这个笨蛋!那种没有目的地的路应该尽早放弃,往回走才是对的。"随后牵着我的手回家去。

不知道是不是对童年的这次经验多少抱有遗憾,毕竟最终我一步也没有踏出去,虽然再也没有"离家出走"过,但类似的行为在我成长的过程中曾经反复发生。每隔一段时间我就会随意坐上一辆公交车,随意在一个地方下车,在一个完全陌生的环境游玩一个下午,然后搭上返程的公交车回家。

上了大学,我迷上了夜行的火车。凌晨三点一刻奔驰前行的火车有着特殊的魅力。陌生人的磨牙、小呼噜和梦话可比他们清醒时说的话有意思多了。更重要的是,夜行的火车能够模糊人的时空概念,好像这列火车永远不会停,好像它不是按照预定的路线承载着我到达目的地,而是把我带到一个完全陌生的地域,远离过去的一切。我常常在这种时空模糊、半梦半醒的状态插上耳机,听和我同样喜欢火车、愿意将自己全部的版权换铁道线的德沃夏克先生的音乐,幻想着明早一醒我就到达了音乐中描述的新大陆。

自然,第二天早上我只能到达火车票上的目的地,但我心满意足,一次一次反复幻想着,乐此不疲。渐渐地,我开始明白自己为什么如此执著于一个陌生的远方。与其说我想要到达某个未知的地域,不如说我享受的是搭返程的公交车回家、在预定的目的地下车这个过程。

无论我在多陌生的地方下车,一个下午过去,我总能按照预想回到温暖的家中。火车总会停的,而且不管前行的途中绕了多少弯,还是换轨、后退都没有关系,它总是能够到达预想的终点。

而我,早在七岁的那个午后的更早以前就走在那条陌生的、未知的、充满诱惑的小道上。只是在这条道路上只能前行不能后退,永远不知道未来有什么,永远不能后悔重来,永远不可能有人牵着我的手带我回头,并对我说:"你这个笨蛋!那种没有目的地的路应该尽早放弃,往回走才是对的。"

二、一人行

我和妈妈一边吃饭一边看电视,这是我家一天中最为放松的时刻。新闻正报道二胎政策。妈妈突然很开心地说道:"这下好了,将来你就算没有怀上双胞胎,也能有两个孩子了。你小时候一直嚷着要个姐妹呢。"我装傻说:"有这么一回事吗?我不记得了。"

确实是有这事的,小学一年级的时候班上有一对双胞胎姐妹,她们相像极了。除了样貌和着装一模一样以外,连行为举止都像是镜子中的两面同时出现在眼前一样。她们爱玩身份互换游戏,几乎没有人能够识破。我那时还极内向,被老师评价为"角落里孤僻的小孩",害羞得不敢和同学说话,一学期下来都没有交到能够一起玩、一起结伴回家的朋友,所以极羡慕她们有一个和自己一模一样的玩伴。大概是觉得,若是有这样一个人在的话,即使妈妈晚上加班也再不会害怕睡不着,在学校也有人一起玩、下课时结伴回家,就再也不会感觉孤单了。

在向妈妈"讨要"一个姐妹未果后,我决定自己创造一个伙伴出来。最初的时候我剪了一朵小红花,将小红花戴在胸前时是我创造出来的伙伴,摘下小红花是我自己。在我一个人待着的时候,我常常让我和我创造出来的玩伴对话,由我一人饰演两个人的角色。

到后来我的伙伴开始逐渐成形,她不再只存在于我的体内,而更像是隐形地待在我的身边。不再需要我的呼唤,不再需要小红花,她随时就在我的旁边,有什么有趣的事情只要在心里想想就能传达给她,她也总能理解我的想法。我不再羡慕那些有如影随形的朋友的人们,我有着全世界最棒的好伙伴,只是你们看不见而已。

　　二年级时我由小镇转到城市与爸爸一起住,爸爸那时候还很尽职,每周带我参加各种活动,费尽心思想让我变得开朗起来,我也确实交到了许多朋友。这些朋友和我那隐形的伙伴不一样,她们知道许许多多我所不知道的新鲜事,能够作出我意料之外的反应,和她们在一起我很快乐。但这并不意味着海德——我根据史蒂文森的小说《化身博士》给她起的名字——就消失了,她依然在我的左右,只是我不再那样频繁地想到她与她对话。

　　随着年岁的逐渐增长,海德开始变得不一样。我依然还是那个乖孩子,按照父母的希望努力读书以取得好成绩,温和地对待同学,听从老师的话。而小时候性格和我一模一样的海德却变得不那么顺从,她质疑着考取高分到底能换取什么,她拼命嘲笑一味遵从老师和父母的自己。在初三为了中考放弃学习钢琴的那天,我趴在钢琴上哭了整整一晚,而海德毫无同情心,斥责我的没用,骂我是轻易就半途而废的窝囊废;同班同学患了重病进了医院,没有深交的我并没有感到有多难过,海德嘲讽我表面上要装出难过样子的虚伪。我开始害怕起她来,我拼命把注意力集中于学习和生活中,我一有空就和亲人朋友待在一起,我希望在我的置之不理下,海德能够像当初我创造她以前一样回归于虚无。然而没有用,每当夜深人静只剩下我一个人的时候,海德就会出现,以她惯有的刻薄把最近的我批评一通。不仅如此,她还对我即将要做的事情指手画脚,基本都是些叛逆的、激进的建议。

　　海德的特质在我身上逐渐显露出来。进入青春期的我不知为何胸口总怀着一团火,我开始厌学,我开始对父母甚至是朋友大吼大叫,我急躁,对事情不上心。自一次与相识已久的朋友争吵之后,对方很失望地对我说:"你怎么变成这样了呢?"我突然难过起来,我质问近在眼前的海德:"你怎么能够把我变成这样呢?"

　　"不过也好呢,如果能有两个孩子,就能一起成长,有人陪伴了呢,多好。"妈妈打断了回忆。"那也不一定啊。"人类从子宫开始就注定了只能走只可容纳一人行的路,能够于旁人永远相伴而行,多多少少是人因为孤单而编造出的谎言。你说对不?我在心里暗暗补充了一句,对海德,对我自己这样说道。

　　那时候海德什么也没有回答我,也毫无回答的必要,我从一开始就知道海德只不过是我因为孤独凭空造出来的幻象,她说的所有话、动的所有念头都是我个人意识觉醒后自己萌发的意识,只不过这些自省的想法通过脑海里捏造的人说出来显得更有说服力,这些破坏性的念头由她说出口后我更没有什么罪恶感罢了。

直到现在我也掌握了不少与海德相处的方法,她的批评要听取,她的不满要小心化解,她的激进要引起警惕,她狠下心的刻薄难能可贵。她值得被我好好对待,因为只有她是这条只能容纳一人通行的道路中永远在我身边的伙伴,唯一的伙伴。

三、道路的尽头

奶奶去世的消息来得突然。

那时我读大一,那天是妈妈的生日,我惯例打个电话问候,妈妈在电话那头小声地说:"待会儿我回电话给你,正给奶奶做法事呢。"

放下电话的我没有太大的情感波动,奶奶在我脑海中的印象如同隔着厚厚的一层黑纱看到的形象,朦朦胧胧地看不真切。因为从小和奶奶分居两地,不常见面,我对奶奶基本没什么感情。每次都是在拜年的时候见几面,因为语言不通的关系也没能说上话,只是每次在要走的时候恭恭敬敬地说了声:"奶奶,我走了,您保重身体。"老人家颤颤巍巍地塞给我几个橘子,嘟嘟囔囔说几句听不懂的话,我和她之间的情谊仅此而已。

然而我突然变得极难过,像是喝了后劲很强的酒,难过的心情隔了很久突然瞬间汹涌而来,我有些承受不住,蹲下身靠在宿舍的墙角。

我难过的是,不过是隔了一代的我已然完全不了解这个老人。舍友们此时说说笑笑,谈着今天发生的趣事,对于无关者的她们更是不知道有个老人曾经在这个世界上活过。我又开始思考那个我曾经反复考虑的问题,如果路的终点是绝对的,那么摸爬滚打的一生,尤其是毫无身后名的一生,究竟有什么意义呢?

几天后我与爸爸通话,爸爸的淡然出乎我的意料:"为奶奶高兴吧,她过完了一生,现在到了应当道别的时候,这是很有意义的一件事,要为她开心才是。"

有意义?我不明白。毫无意义的死亡应该是全天下最大的悲剧,我无法明白爸爸为什么能那么超脱淡然。

但这疑惑转眼就被我搁置,生的日子每天都很充实,哪能每天都思考死啊活的问题呢？

然而最近我又开始把一直想不透的生死观捡回头，起因是席扬老师的死。

我与席扬老师的缘分只有一堂课，尽管只有短短的一个半小时，席扬老师也给我留下了深刻的印象。何等有自信，何等有个性，一直心心念念想再听他上课，然而不过一个月的时间便传来了他的死讯。起初我不以为然，大概哪里来的无聊人的伪传，网络时代多的是这样的恶作剧。后来经证实是真的后还没缓过劲来，怎么可能？上个月不是还精力充沛地和我们调侃他大学时的老师，怎么说没就真没了？

直到遗体告别式那天才真的有了真实感，坐在文科楼听课，附近传来的声音声声入耳，心里堵得慌，注意力早不在课本上了。

同样是没有深交的人，同样是毫无预兆地去世，同样感到心痛，而两年后的我明白了自己心痛的理由。

死亡已经开始侵蚀我交际圈的最外层，而它势必会如蚕食一般往核心推进，我从他们的死亡中看到了我自己的死亡。而我无比害怕自己突然间离世，毫无痕迹就走到尽头，如蒸气般倏忽间便消失不见。

但是究竟什么是留下痕迹呢？如果留下痕迹的话，就不会为死者难过，就不会对死亡恐惧吗？我实在想不通透。

我想到爸爸那时的话，大概死亡的无意义正是意义。传说中拉伯雷在临终前颤动着嘴唇，轻轻地说道："拉下帷幕吧，喜剧已经结束了。"在只能不断往前地追逐、只能一个人在看不见前方的窄道上拼命前行，靠着偶尔收获的星光和掌声坚持前行。在最后的最后，心安理得地从这个众生喧嚣的尘世中归于沉寂就是成功了吧。这么一想，死亡便是造物主最大的温柔呢。这样想着的我，在许久后对已化为虚无的奶奶露出释怀的微笑。

下次清明为奶奶扫墓的时候，我想为奶奶读一首我一直喜欢的诗。她是个文盲，普通话也糟得不行，在她生前我甚至无法与她对话，但死后的她能听懂也说不定。

"山谷中的骑士沉着地疾行，

'啊，我应该迈向情人的怀抱，还是走入漆黑的坟墓？'

两旁的山谷里传来了声音：
'你应该走向黑暗的坟墓。'
骑士继续着他的旅行，
同时发出愁苦的叹息：
'还如此年轻，我便要步入坟墓——好吧，在坟墓里有安宁。'
回声便也如此应和：'只有在坟墓里才有安宁'。"

那么远，那么近
——2月5日探J君

黄倩倩
福建师范大学文学院本科 2012 级

整五个月，我终于第一次想要和你对话。

可笑的是，你离开后，我才想要和你说话。记得以前，我总不敢主动上前和你攀谈，因为你是那么优秀，而高中时内敛压抑的我是那么自卑，你离我可以说是遥远的。

而今的我，太久太久没有握笔诚实地写下自己的心迹，不带功利的、没有目的的文字。所以写起来有些生疏，有些混乱，有些词不达意。但我想，不要紧，我是写给你的，写给冥冥之中的生命的，不需要过多的解释和修饰，是一种记录、一种回忆，是一种幽幽的感觉，如同那天早上去看望你时从山和海吹来的微风。

那天二十多个老同学重聚，大家发自内心地开心。天气还不错，正好扫除了连日而来的阴霾。你爸爸说得很对，你知道我们要来看你，所以展开了笑颜。

刚下车，海的咸腥味扑面而来，这是一个靠海的地方，却看不见海。三三两两地聊着天，聊着自己的近况，感叹一些人事。二十出头的年纪，聊起天来仿佛在学着成熟却依旧带着明显的孩子气。

沿着环绕而上的螺旋公路徒步登山。二月的空气干燥而寒冷，脚下是干净得发亮的水泥地，一侧头就可以望见遥远辽阔的远山，青茫的、层层叠叠的，仿佛每座山互相隔着很远,又仿佛很近。我正待细看,却被那环绕在山周围的云雾吸引了目光,烟似的,恍然间,化作一圈圈白色的丝带,看上去韧性倒是十足,足以将座座青山紧紧连牵。于是微微觉得有些欣慰,转头继续这一遭难得的登山运动。日头正大,阳光是和煦的样子,走得背上闷出潮汗,不知为何,仍时不时感觉有些阴冷,许是山风的缘故。

终于望见用白色的大理石铸成的城门状建筑,两边的石柱上贴着大副的红色对联,写的似乎是关于庆祝冬至节令的内容,我只记得一个菊字。这大红对联却影响不了这白色的门给人的巍峨、正直与冰冷的感觉,因为正是它,阻隔了人世与阴间。

我看见了你的爸爸,我们的历史老师,也是我们的副校长,在门后等着我们。

真的很久不见了,去年寒假的班级聚会,你们匆匆来去,简直像昙花一现。那是我最近一次见到你和老师了。今天的老师瘦了,将军肚都不见了,只有上课时如洪钟一般的声音没有改变。笑容也没变,依旧是面对学生时那平静慈爱的样子,只是依稀渗着些悲伤。他向我们介绍这座陵园,和每一个他的孩子寒暄。

然后领着我们走进这座陵园。

这是一片新开发的陵园,未完成的样子,像彼时的你,也像此时的我。极目四望,可能因为四处散落着建筑的材料,有些荒凉的味道,我觉得给我的更多的是陌生的感觉……我不解而惶惑:你怎么会在这里呢?五个月以来,我始终不能接受,人怎么可以、怎么能够如此迅速而轻易地改变自己存在的方式?

一路走去,有几处高高的黄土地整齐地堆叠成山的形状,锥形的山从下到上被分成了好几级阶梯,像梯田,只不过每一阶不是种着植被,而是安着许多人的最终的归宿。

大家都看着地面走,生怕一个大声响会惊动安眠着的人们。

不远处飘起一缕缕青烟,师母和一部分同学已经到了。一座很大的四方安稳的黄土山,最中间的位置,我看到了你的新家。

站在你的家门前举目四望,可以看见左边的远方是一大片滩涂,连接着深灰色的海;右边是触目可以隐约看见一棵棵树木的青山以及背后遥邈恍如梦境的远山,组合成一幅场景开阔的画面。我深吸一口气,被这风景荡涤了内心。

师母鼻子红得要命,她的衰老令我们不忍。四周的安静逼得人心疼。于是老师便带头聊起天来,他微微动容,却始终保持笑容,被我们围在中间。

"J走得很好,走之前始终保持着平静。当时的卫生状况还算不错,他走得很有尊严。"

"他真是一个好孩子,从没见过像他这样如此理性、冷静地面对的。我从没想到他会是一个如此坚强的孩子,坚强得太令人惊讶;从没见过如此理性的孩子,理性得令人恐惧。"

"他治疗以来,从来不喊痛。"

"他很开心有几个在北京的同学能在最后的日子里能来看他。他知道大家都想来看他,但他说同学们都忙,不愿意麻烦大家。"

"就是太突然了,实在太突然了,没有丝毫缓冲……这是一种极其罕见的癌症,就算用目前全世界最顶尖的技术也来不及了。所以我们不怨……这都是命。"

"上次寒假,他忍着胃疼来见你们最后一面,他知道这很有可能就是最后一次能和大家聚在一起了。那时,大家可能还都不知道他的病情吧。那时候差不多刚做完一个非常大的手术,回家休养,我顾念他的身体状况,不让他去,他说爸爸,让我去吧,去了我才没有遗憾。他中间先离开了,你们可能不知道,我们把车开到人民影院那里的时候,他说爸爸,我要下车,他当时下车就吐得天昏地暗……"

"可能是天意吧。虽然是迷信的说法,但我真的相信。北京协和医院那个主任曾经对我说,世界上的未解之谜那么多,完全可能存在了另一个世界,而这个世界可能需要他过去添砖加瓦,需要他去贡献一份自己的力量,所以他就去了,他在另外一个世界依然是一个人才。另外一个世界比我们这里更需要他。"

"他说,爸爸,你一定要坚强!我不允许你软弱,不允许你在挫折面前倒下去!你一定要站起来,活下去!"

"……所以他重病的时候叫我去评特级教师,他说一定要看到我拿到这个荣誉,他才安心。J真的是一个很懂事的孩子。"

"他最后的时光是温暖的,特别感谢北京大学在他最后的时光带给他的温暖和关心。"

"他最后的一句话,说的是'希望大家都好好的'！每个同学都好好的！希望每一个关心他的人都一直好好的。"

"……如果说他的死能够换来所有关心和挂念他的人都平安健康,那么我想,他的死可以说是值得的！"

……

我看着他,一个爸爸,一个男人,平静的样子,薄了头发,瘦了身躯,微微红了眼眶,悄悄流下涕泪,偶然会哑了声音,我不禁想,又有几人能阅读他内心最深重的痛苦。

我从不知！原来一个人看似眼眸无波,内心却可能有着常人无法想象的惊涛骇浪。一个人的背影看似坚挺,却濒临倒下去的边缘。一个人有着完整的肉体,内里唯一的灵魂却已经逝去。

也许连他自己也不敢去触及。

只是,能做的只有安慰自己,顺便安慰他人。

太过年轻的我们,除了悲伤什么都不知道。有一股温热柔软脆弱蕴在心里,却隔着一层膜,恍惚中似能触摸到,实际上并未有什么实感。有时候,太过纯粹的,没有混入任何其他成分的悲伤,其实是一种虚弱的漠然。

是啊,亲爱的J,即便我与你当初同窗三年,我和你并不熟是不是？可悲的是,可笑的是,偏偏是死亡,令你我拉近了距离。

我们,从未如此近,近到我亲手献了一枝白菊给你,而你微笑着收下；从未如此远,远到纵然几千几万个字也无法写你一丝一毫,根本毫无意义……

在那么远、那么近的地方,最终的最终,无为在歧路,儿女共沾巾。

这条歧路,你向左,我向右。你离我越来越远,越来越远……若生命是一条数轴线,我带着可有可无的、习以为常的正号向正方向走；而你却被强制标志上不可抹去的、扎得眼疼的负号,向负无限延伸、延伸——

然而我还是不能免俗地"沾巾"了。

泪光模糊中,我看见你,那么近。

我看见,我们的三年如同一场正在快进着的电影,簌簌掠过。

那是我们的班级,高一(13)班,到高二(11)班,到高三(11)班,始终是我们的班长的你，一个高高的、瘦削的、总是憨憨笑着的男孩。

你坐在从教室前门往右数的第三组第五排靠左的位置上，一只手撑着头，黑色的半框眼镜滑到鼻头，另一只手把玩着手机。那手机被你不小心摔过，屏幕裂出了蛛网一样的纹路。

你从座位站起走到讲台，或许你要去通知事情。高高的身影走在狭窄的课桌之中，有种颤巍巍的倾倒感。你走路的姿势有点像企鹅，有一种奇特的韵律感，左踮一下，再右摆一下，像极了老师。为此我们暗地里笑了许久。然而你总双手捧着几本书在胸前，弓着腰匆匆走过，还没有老师那肚挺千军、步若金石的气势。我想，若上天再给你多些时日，再多些时日，你也能从单薄的少年成长为稳重而昂扬的男人。

你在后座，和身旁的一个同学一起埋头讨论。彼时的你已经保送北大却仍时常与我们一起上课，课后还抽出时间和我们一起探讨难解的问题，教给我们你的学习经验和方法。

你在聚会上，脸上沾满了蛋糕的奶油，满脸狼狈的放肆和无奈的羞怯，还有令人动容的，那一抹无忧无虑的笑意。

你……

梨花的葬礼

刘常娟
福建师范大学文学院本科 2012 级

  一场晴雨过后,朦胧的树光里隐出淡客似的素白的梨花,带着刚从雨中采撷的晶莹在那片土地上闪着光,有时溅起些许泥土的芳香,竟也和梨花残后的遗香融洽起来。一般时候梨花都是自落或是由着风撷着立于土上,经过再几日,竟也抵不过风雨的欺凌,梨花爬上了几条同土一般颜色的纹路,梨花本身也变得不那么坚挺,再坚持了几日,虽是不服输似的将残了的花瓣舒展着,最终也没入黄土之中,只隐约地嗅着那股残花髓入雨水中的气味。远山的松树林也变得安静了许多,有时不安静的四月间的雨水打得发出些声响,平素的那条通往老屋的松子路渐渐地也少了脚踏上去的动响,静静地,捎一阵雨水又带着清风入了梨花的葬礼。

  梨花向来是不惜闹的动静,只悄悄地待在梨树枝头,或许是静的罢了,越发显得它的纯白,素得只叫人看得心里像是要抽出些什么。如果是静静地看得久了,似乎能从梨花间隐约出一种人生的滋味,一如它的淡客之名,人生匆匆,便也没能从生死之时带着些什么,只平淡地带着清白静于世罢了。梨花只几日的光景却也能素得愈发有迫人之气,只叫你不得不想起些道理,梨者又似乎影射着离别,它也不过是在从枝头绽放的那一刻开始展现死时的素白纯净的姿态,一如人生,从一开始就注定着别离,但却又不是一种悲哀,细细从梨花的匆景中便也能觉出些完成与终结的欢喜。

  到了没入黄土的那一刻,梨花似乎不再,却还是能从枝头的遗蕊隐现出昨日依旧的暗香,淡淡的,混着泥土的气味。梨树虽是木讷惯了,却也在起风时抽动几下,竟也算得梨花的一生宽慰。于离时人也能有几声啜泣,其中虽有些走过场,但终究抵不过人情。梨花似乎也在生时被赋予了情感,只是被隐于俗世罢了。梨花一身素白,偶带着几丝墨绿色,虽是静静地久置于枝头,却能于世舞动些厚实的姿态,不是一种壮丽,但也可说是在纯白至静中的美丽。但最美却是它落时的美的极致,自树飘零而下,一如一位舞者用生命在做最后的舞动,有时凑巧些赶上风的到来,倒是演绎出一种晴雪的姿态。难怪古人将雪比做梨花,漫天飞舞,却也像雪花一般展现四季终结的极致之美。梨花在死时恰是将其淡的精魂体现,一如雨一般,花谢花飞将"雨水"的淡白渗入泥土之中,也在离别之前将那种隐藏的情感赋予那片土地。一如一辈子的庄稼人在离开之前,总是先将自己的那颗热心交给自己劳作了一辈子的土地。于世凄婉,梨花的葬礼也不过是一种万物的终结和完成之态的展示,该有的虽不缺自然的或是情感的触动,却也不免静静地体味起梨花于死于生的姿态,生时至纯,死时至静。

有时人会觉得谈人生太过空荡,便从一开始就要混,试图从土里吸收不到营养了,便自长于空中,浮夸地盛了,光芒也只在一时。而那些显得是世间过客的人,一如梨花一般,光景不过几十日,恰如自然之淡客,先时至纯至静,不张扬,后来也不过是将自己给了那片土地,至少来说也是一种营养,或是一种万物的心性。在四五月间,梨花只是借此光阴酬谢那份自然,葬礼却也文雅,少不了四五月闹腾地出静的阴雨,更有各树为伴,也不孤寂,相比起离世之人来,也算是极致简单的,或说是一种铭记。

梨花的葬礼,葬的是梨花,更是一种离别离世的悲哀的惯性,人也许有时候感时伤怀惯了,竟不免忘了欢喜之感;或是麻木得久了,就连在面对葬礼也只是虚张起来。梨花的葬礼却是多了真情,少了浮世的燥热迫人,清风随着雨水打进土里,嗅着松香,又混着些泥土里没入的残花的余香,有时后山的竹林的清新也会掠过屋顶给葬礼添了素雅。人连着自然如果说纯如梨花一般,却又不时地傲起来,到了离世之时才不免难看。梨花的葬礼也罢,人的离世葬礼也罢,除了真情的几声动静,该是时候学着欢喜,却不是叫人傻笑,只是一种心里对于离别的交代和植入思念的心想。

老屋前,阴雨时,梨花正静。

时间的曝光

徐振江

福建师范大学文学院研究生 2014 级

"……走了……"邻居老汉凄凄悠悠的一声喊，飘荡在黄土坡的村子里。这是对他老伴喊的，他的老母亲去世了。这是我记得的最早的关于死亡的声音，当然那个时候我并不知道死亡为何物，只是知道这个人从此不会再出现而已。那时候我应该只有五六岁。记忆里，死亡就是大摆筵席，宴请四方来宾，现在想来，似乎一半对一半错。

常常听人说起，祖母是一个十分和蔼谦逊的人，对每个人都是知疼知热的心肝宝贝的称呼。家乡的方言"苦崽、妹子"等好似祖母的口头禅，是从来不离口的，似乎每个人都是祖母的子孙。祖母是出家人，五十几岁就因病离世，那个时候我还没出生，因为父亲还没成家呢。祖母没有留下照片，对于我来说，她只是一个乡里乡亲口中的传说，而我从来只是偶尔想象一下祖母的模样。

母亲说，祖母出家以后，祖父也跟着出家，你们一大家子几乎都是出家人，舅公舅婆他们都是吃斋的。我问为什么，母亲说，你家这边有这传统。现在想来，说得母亲就像不是我家的一样。不过母亲也不是信口胡说的，祖母去世之后，祖父就常住庵里，抛下还未成家的父亲。母亲说，那个时候祖父还很年轻，落后孤苦的年代，一个农家少年白手起家，想不出父亲有多艰难。父亲常说他年轻的时候经常在六月的月亮下割稻子，在十六岁的时候。这也成为我偷懒时父亲训我的理由，小时候当然听不进去，只知道得听大人的话，要勤快，不负父望，加上母亲的严厉，从小到大整个村子里我都是公认的最勤快的小孩。现在想来，除了勤快，还有心酸。

　　祖父去世前在床上瘫痪了几个月，我和哥哥时常去陪伴他。端屎端尿，甚是难受，但是也会硬着头皮忍着，那个时候我十二岁。祖父说还好孙子们孝顺，回想起来我至今感觉惭愧。母亲说，你们多去陪陪祖父，她去的话大伯父会疑神疑鬼的，我似懂非懂地照做，哥哥就不干。有一天学校上课，表姐说祖父去世了，那个时候我觉得似乎应该回去看看。回到家，父亲说没我什么事，不用回来，好好读书就是，人老了归去是应该的，没有什么。当时我隐隐约约地在心里表示赞同，在祖父的寺庙里度过了欢乐的一段时光。现在想来，人老善终，的确不错。父亲毕竟是比我多吃了许多饭、多走了许多桥。小时候常常和祖父在一起，现在还记得祖父生气的神态，还记得和祖父闹别扭，还记得和祖父一起去树林子里捡拾干柴，还记得祖父喜欢听各种咿咿呀呀的戏剧录音带，只是祖父常常有时住家里，有时住庵里。祖父偶尔回家小住的时候，母亲总会给祖父做他爱吃的炒粉，看上去很好吃，我常常望得很馋。祖父离世，留下了照片。

　　大三的时候外婆中风在床，我下定决心回家一趟看望外婆。外婆依稀记得我，只是问我考上大学了没，我只得说考上了。小时候外婆带过我一段时间，外婆做的饭很可口。我早上放牛的时候总是赖在外婆家周围，然后外婆就会喊我吃饭。外婆是吵架的厉害人物，小时候舅舅被流氓欺负，外婆拿起皮靴就把流氓砸跑了。外婆总是腰酸背痛，她是舅舅家的功臣，为舅舅出了很多力，舅妈不用做饭，不用洗衣服，起床就可以下地干活，节省了很多时间。外婆生气的时候是不理人的，比如舅舅被别人欺负的时候，外婆不但不理人，还要骂人的。小时候外婆老喜欢带着我和表哥去走亲戚，我和表哥在一起经常会打架。读初中的时候，外婆总说我比较聪明，比较狡猾，要多让让表哥。

　　父亲和母亲每每吵架的时候，总会叫我去喊外婆来做和事佬，外婆总是训诫母亲的不是。外婆回去之后，母亲总会说，等外婆不在了，看你找谁来。外婆卧病在床，吃东西颤抖，显得张牙舞爪，面目恐怖，我再也不敢去外婆房间，进去也不知道说什么。乡下农村人家，外婆卧床半年，难得洗一次澡，长满床斑。帮外婆洗完澡，母亲就会头昏脑涨。母亲本来身体不好，又出过车祸，一经外婆身上的毒气熏扰，定会难受。这让我想到，好死不如赖活是不人道的。从寒假到暑假，中风卧床的外婆与世长辞了。现在父亲母亲吵嘴，再也没有谁来劝和了。

时间就像一次次的曝光,一念之间就定格,定在叫做现在的东西上。时间就是一张张火车票,用过之后就是一张纸,只能留作纪念,或者扔进垃圾桶。

大学四年一闪而过,由于准备读研究生,不用找工作,我和往常一样,回家奋斗在泥土里。烈日炎炎,摸爬滚打,永不褪色的黝黑皮肤下盖着结实的肌肉,一顿顿劳累之后回到家享受完母亲做的饭,写几首歪诗,日子也过得有理有据。忽然一日,同学传来消息,班上一个同学患上了百年一遇的癌症,一阵慌乱之中,大家纷纷祈福,组织捐助。开学之后,国庆节的时候,才知道,这个同学时日不多了。我和几个同学约好一起去见她最后一面。年轻的生命,昔日朝夕相处,突然就要永别,想起不禁难过,死亡到了这里,我才感到切身的害怕。病床上的她全身都是管子,已经多日不能吃喝、不能安睡,不成人形,形容枯瘦,眼神木然,气喘吁吁。她成了一根长了嘴巴的枯木枝,让我感到一丝害怕。我和她握手,本不善言的我憋了几句让我都感到失望至极的话,她只是望着我。当听到她写希望来年今日还可以看到远在国外的同学之时,我已经忍不住哽咽,这使我好受一些。我走出房间一个人在阳台上看着楼外,秋天似乎要来了,记得她很喜欢秋天,福州的秋天短暂而又清爽,就像午后的一阵凉风。病发前她发微博说,希望秋天快点来,她想变白。如今,秋天早已过去,寒冬已久。

她走了,送的时候,我多看了几眼她生前的照片。阿姨说,还是找同学要的,不敢新拍照片。照片上的她,眼睛微微地笑,看着我,看着这个世界。

思无邪
SI WU XIE

思无邪

周明花
福建师范大学文学院本科 2012 级

<blockquote>
孔子有云："诗三百，一言以蔽之，曰'思无邪'。"
——题记
</blockquote>

缠绵在千年的声音

《诗经》如同彼岸花，即使因为时间的久远无法摘取，也一直存活于心。

一日与友闲谈，朋友说道，自魏晋以来无人再能懂得《诗经》。我笑，其实好多事情都是自己想懂或不想懂所决定的。《诗经》好难，你是怎么懂得的？这是许多人对我说的。文字是人最好的朋友，它永远没有背叛，永远那么耐心，期待着你将它懂得。其实，人不正像文字一样吗？每个人都在苦苦地寻找着自己的知己，所以才有那么多诗句：千金易得，知己难求；欲将心事付瑶琴，知音少，弦断有谁听。当人真正地找到一个懂他怜他的人时，他会将一切放开，再没有面具、再没有虚伪、再没有伪装，文字也是一样的。它能感受得到你的想法，感受得到，你想懂它，它才会向你展露心扉。在那一刻你会发现，《诗经》也不过是千年前的民歌，静静地展示着千年前人们的喜怒哀乐，有缠绵悱恻的爱情，也有弃妇伤感的面容；有气势恢弘的战争，也有征夫思乡的愁苦；有歌颂当权者的欢乐诗谣，也有困苦百姓最后的呐喊；一幕幕、一场场，让我们的距离渐渐拉近，似乎他们就在面前，微微抬头你就能感觉到他们的喜怒哀乐。

关关雎鸠,在河之洲

"关关雎鸠,在河之洲。窈窕淑女,君子好逑。"似乎好小好小的时候耳畔就有着这样的声音。《关雎》一直是中国古代爱情诗歌里最有名气的一首。

《毛诗序》有云:"关雎,后妃之德也。"但我想到了今天谁也不会再去相信这种话了。一首明显的男女爱情的诗歌被说成歌颂后妃之作,是那么可笑。雎鸠是最接近爱情的鸟,在它"关关"的叫声中小伙子追求着自己心爱的姑娘,他引出窈窕淑女君子好逑,而淑女与君子,又表示了中国人的爱情品味。河洲,雎鸠,更表示了我们浪漫而又朦胧美的天性,情感是这样的,东方人的行为也是如此。荇菜在水中静静摇曳,小伙子,拿着琴儿去亲近佳人吧,她会用瑟与你相和,娓娓奏出那天长地久,那琴瑟相合。"当当……"是哪里的编钟声,那么厚重,那么死板?来,我心爱的姑娘,用我们的心、我们的情谱出一首轻盈灵动的爱之乐章,和着乐谣,我们舞出这世上最翩然的舞,如空中那缠绵的蝶……

《关雎》既承认男女之爱是自然而正常的感情,又要求对这种感情加以克制,使其符合于社会的美德。后世之人往往各取所需的一端,加以引申发挥。就像前文我说的,每一个人心中都有一首属于自己的《关雎》。

执子之手,与子偕老

我在我所在的社团中曾做过一次交流,其中我曾说过一段话:一个女生是喜欢她的爱人,对她说简单的三个字"我爱你",还是一句深情的"死生契阔,与子成说;执子之手,与子偕老"?一个女子是喜欢一句简单的"你很漂亮",还是一句富有文采的"桃之夭夭,灼灼其华"或"巧笑倩兮,美目盼兮"?一个女子是喜欢一句简单的"我们好有缘啊",还是一句真情的"最是凝目无限意,似是相逢在前生"?

其中除最后一句外其他几句都出自《诗经》,而那句"死生契阔,与子成说;执子之手,与子偕老"更是我的最爱。这句诗又感动了多少人,又有多少恋人曾对自己的另一半许下这样的承诺?宋时朱熹写那些道德文章,但凡沾染爱情的诗篇都被斥为"淫",将自己的意志强加到一本本生性活泼的书上,而《邶风·击鼓》是诗经中唯一一篇没有受到荼毒的文章,它被毫无异议地定位为一首反战、反映戍卒思归不得的文章,我想朱夫子也是人吧,在戍卒一句引人泪下的叹息中也会感动吧。

"击鼓其镗,踊跃用兵。"多么浩大的场面!可,我为什么脑中只有田园中的画面,鼓声是那么震耳?可我为什么只听到鸡犬的叫声,血液的腥气是多么的刺鼻?可我为什么只闻到了艾草的香气,只闻到家乡菜的气味……

"从孙子仲,平陈与宋。"多么豪情、多么雄壮的兵力啊!我的马蹄下踏平一寸寸土地,马刀杀死一个个战士,哦,不对,是斩破一个个家庭。呵!不知什么时候我也会倒下吧!可她,可她怎么办?我曾给过她誓言,要陪她一直到老,我恐怕再也做不到了。还记得上一个被我杀死的战士,死前他眼中的不舍,是为什么?是为了家人,为了她……我亲手埋掉的老宋,我的同乡,死后布满血丝的眼睛还是睁开的。我知道,他的女儿今年就要出嫁了,可他,看不到了……我呢,还能再见她吗?……

"君子于役,不知归期!"

在这个动乱的年代,我改变不了什么,甚至,我不知道我是否能完成那一个简单的承诺:执子之手,与子偕老……

式微,式微,胡不归

《式微》诗凡二章,都是以"式微,胡不归?"起头,造成疑问:天黑了,为什么不回家?而后面的"微君之故",交代了原因:沉重的赋税让在田间工作的人不得回家,为了君主那所谓高贵的躯体,站在田间的我必须得在露水和泥浆中奔波劳作。田间的农夫悲愤地唱着:"微君之故,胡为乎中露……"不知道他们心中是否有着推翻当权者的想法,应该没有吧,他们只希望当权者能慈悲些,慈悲些就好,呵,多么可笑,慈悲……中国历史上唯一一位女皇武则天曾说过,百姓才不会管谁是皇帝,他们只想吃饱穿暖就好。这句话可以说是中国人民内心的写照了,中华的百姓是最懂得知足的百姓了,他们要的只是一口可以果腹的吃食而已,仅此而已!但凡有一条活路他们都会是最安定的良民,但统治者是最贪得无厌的,贪得无厌的人总要付出代价。终于有一位曾经唱着"微君之故"的人喝道:"王侯将相宁有种乎!"事实证明,平民的呐喊有时真的强于很多外强中干的统治者……

我是一个很浪漫主义的人,本不想让这章如此沉重,但一字字如同血泪的控诉让我不得不沉重对待,不过,农夫在唱,和妇人在唱又是不一样的情怀,嗯……

式微,式微,胡不归……

第一次看到这句话时,脑中浮现出一幅画面:一位少妇在门外手扶着门柱焦急地望着自家田地方向,天已微黑,眼前还是没有那熟悉的身影……让故事进行下去吧:一个浑身泥土的男子缓缓地进入视线,扛在肩上的农具已用来支着地面,女子眸中终于放出光芒,像是见到生命中最宝贵的东西,不顾一切地跑到男子面前,轻轻为他擦拭额上的汗水,喃喃地轻唤。男子疲惫的神情瞬间一松,黝黑的脸上展出了笑容。有人终其一生也只是为了等待一个人,一声唤,若在天黑归程时,得你一声唤,唤我回家吃饭,那么,无论这双脚是行在露水中,还是在泥水中,如何满心疲惫都可以卸下,对你,展颜一笑……

知我者谓我心忧,不知我者谓我何求

初读这首《黍离》让人感到一种人非物非的悲哀。这首诗的作者是周朝大夫,时逢周朝迁都,东周建立后,他偶然回到当年西周的首都镐京,发现早已物非人非,当年繁华的首都竟破败如此。昔日肥沃的土地上长满了黍苗,某一个夏日,一位大夫站在这一切面前,静静的,天空中还会传来几声鸦鸣,打断了他的思绪,太阳开始偏西,不断拉长了他的背影,显得越来越单薄。身在夏日,心若寒冬,心中瞬间浮现了四个字"末世疮痍"。这一切瞬间击垮了他的心,对着那满目疮痍,不禁涕泗横流……

在每段诗的开始都介绍一幅画面,一共三幅:第一幅是满眼是稷的整齐,满眼是黍的青葱;第二幅是满眼是稷的抽穗,满眼是黍的扬花;第三幅是满眼是稷的成熟,满眼是黍的炫耀……其实,三幅画面讲的都是当年都城的破败,我记得《红楼梦》中有一句话:"衰草枯杨,曾为歌舞场。"强烈的对比使他无法接受,心情激荡,一切景语皆情语!再看不到繁华的城市,再看不到富庶的乡村,再看不到忙碌的人们,蔓延的只有荒草,只有荒草,"黍离之悲"!

"黍离之悲"就此传下去了。"黍离之悲"是一种发自心底的真诚,是一种失落的悲哀,是一种兴亡之痛,是一种荣枯之感,是一种国家残破、今不如昔的深切哀叹,是一种凝聚了家恨国仇的悲怆情绪,是一种遗民沉郁不屈的情志,是一种天下苍生血泪斑斑控诉的情结……

多年后,曹植吟道:"游者叹黍离,处者歌式微。"文及翁叹道:"回首洛阳花石尽,烟渺黍离之地,更不复、新亭堕泪。"张炎和道:"孤游万竹山中,闲门落叶,愁思黯然,因动黍离之感。"

看到物换星移,人们心中就会产生"黍离之悲";看到物是人非,人们心中就会产生"黍离之悲";看到今不如昔,人们心中就会产生"黍离之悲";看到昔盛今衰,人们心中就会产生"黍离之悲";看到国家残破,人们心中就会产生"黍离之悲"……

"日暮乡关何处是?"

"雕栏玉砌应犹在,只是朱颜改……"

"相顾无言,唯有泪千行……"

才子们在吟唱着,一句句啼血的诗词,一声声伤情的呐喊,谁懂,谁知?"知我者谓我心忧,不知我者谓我何求"!哈,我有何求?只求今日明月似昨日圆!众人皆醉我独醒,是需要勇气的,清醒者往往是最寂寞的,清醒者往往也是最痛苦的。国破家亡,商女犹唱后庭花,站在江头,一玄衣男子孤独地唱着:"长太息以掩涕兮,哀民生之多艰……"

他以为自己什么都不会留下,但,他不知道的是,他早已凝成汨罗江畔一缕不散的英魂……

既见君子,云胡不喜

第一次见到这句诗时,还没有开始真正地去读《诗经》。当时看《神雕侠侣》,程英救了受伤的杨过,却轻纱蒙面,只是在纸上不断地写着这句"既见君子,云胡不喜"。比起活泼的陆无双,我更喜欢人淡似菊心似水的程英,欲语还休,淡淡地出现,淡淡地离开,连表达情意都是这样,含蓄却又丰满,似乎透过文字,我也能看到伊人红着脸颊、眼波流转的模样。

这首诗的主角很可能是一位女子。在一个风雨交加的晚上,静静地等待他的到来,心中虽然焦急,却坚信他一定会来。风雨如晦,屋内唯一一盏油灯微微发亮,女子不断望着屋外,终于敲门声响起。开门望去,一青衫男子,踏雨而来,青衫不湿,向她温雅一笑,似乎透出一缕光,冲破,那,风雨如晦……

难道一定是女子在等中意的郎君?江州司马曾有诗:"晚来天欲雪,能饮一杯无?"恶劣的天气,更容易想到自己的朋友,天欲雪,心情很糟,若此时能有一位朋友敲开自家的门,主人问道,能饮一杯无?那是多么难以拒绝的邀请,是不是受邀者也可以笑道:"既见君子,云胡不喜。"

其实,这个君子可以是自己中意的郎君,可以是知交好友,甚至可以是一个完全陌生的人,只是自己心中是欢喜的,那就是"云胡不喜"的君子了。

有匪君子,终不可谖兮

君不见他外貌清明如翠竹,君不见他装饰温润如美玉,君不见他风流倜傥如星辰,君不见他身材挺拔又孔武,君不见他登车凭倚气凌云,君不听他谈笑幽默又风趣……

看到这首诗的第一反应就是,这姑娘完了,把他心仪的君子写成这样,那得陷进去多深啊……

而第二反应却又是仔细地品一下这位男子,他优点的确很多,但到底是什么使姑娘如此痴迷?

本诗中形容了男子的外在美,但古时女子看心仪的男子,似乎不一定要仪表出众、相貌堂堂。这样不过是潘安、宋玉一样的男子,没什么稀奇。身份也不一定要十分高贵,所谓高处不胜寒,站在高处太容易成为别人口诛笔伐的对象。君子之美、君子之文采、君子之风流不仅表现为外在美,而且表现在后天修为的内质之美,这种美是品德修养之美,这种美是文采横溢之美,这种美是如翠竹般的虚心直节之美。这种美是我国千秋的传统之精神,是我国千秋儒学的文化。

国人眼中最吸引人的男子,是气度沉稳、处事得体,所谓"腹有诗书气自华",如果学识出众,而又谦虚谨慎,那就更加完美了。

而这样的男子,却是会坏人心水的,女子遇到了他,会不禁心摇神曳。而男子却宛如大海一般深沉,即使会被女子溅出点点水花,却也会很快平静,回复自己那副宁静的模样。正所谓,竹叶坏水色,郎亦坏人心……

有一段话,送给大家:

在对的时间,遇见对的人,是一种幸福。

在对的时间,遇见错的人,是一种悲伤。

在错的时间,遇见对的人,是一声叹息。

在错的时间,遇见错的人,是一种无奈。

有时候,遇见君子,也不见得就是快乐的事情……

巧笑倩兮,美目盼兮

好吧,我承认平时形容女子美貌的句子基本都出自这了,是不是十分耳熟啊?的确,中华民族是一个传统守旧的民族,这首诗是中国诗史上第一首为一位女子写的诗,而本诗的主人公庄姜就是第一个正式走入诗歌中的绝代美女。为什么要说正式呢?因为在同时期虽然也有许多的爱情诗,其中不乏主人公是女子的,比如家喻户晓的《关雎》《蒹葭》,但这些女子真的宛如诗中描摹一样,遥不可及,似乎被一团雾气包围,虽诗意朦胧,却令人怅然若失。只有庄姜,被人绘以浓墨重彩永驻于诗篇中。姚际恒曾说:"千古颂美人者,无出其右,是为绝唱!"方玉润也曾说道:"千古颂美人者,无出'美目盼兮,巧笑倩兮'二句。"我认为就连后世著名的《洛神赋》《神女赋》都有很多出自于此。《洛神赋》中描写洛神美貌的句子有"肩若削成,腰如约素。延颈秀项,皓质呈露。芳泽无加,铅华弗御。云髻峨峨,修眉联娟。丹唇外朗,皓齿内鲜,明眸善睐",仔细地看是不是有一种似曾相识的味道?谢灵运曾说:"天下才有一石,曹子建独得八斗,我得一斗,天下共分一斗。"这么一个敢与天下并提的人却对曹植如此恭维,足见了建先生之才,而曹植在作文时却依旧无法避开这首《硕人》,足见此诗影响之深,也足见庄姜当年风光。不过,人生若只如初见,何事秋风悲画扇?很多事情猜到了开头却猜不到结局,谁能想到,多年之后她与夫君的渐行渐远,红颜仍在宠爱却已失。

总喜欢拿这首诗和《长恨歌》对比,似乎都是一样美丽的开始,一样凄然的结局。不过似乎杨玉环要比庄姜幸运得多,虽"宛转蛾眉马前死",但仍能让那个男人悔恨一生。而庄姜虽未死,却夫妻失和,独守空房至黯然而亡。曾想,庄姜在那凄然的岁月里是否会因为曾回首当年风光的出嫁,而流下两行清泪?宫殿中再无一人可与自己互诉衷肠,只剩一些已泛黄的植物与自己一起衰老。红颜易老,转瞬皆空,自古红颜多薄命,似乎这是美丽女子最终的宿命。合上诗集,看看窗外,世界似乎也没有想象中的那么坚强。正如一句诗所说:"红颜弹指老,天下若微尘!"

但愿魂梦与君同

　　把文章写得浪漫是我一贯的作风。有人说浪漫其实是一种浮华,我笑,浪漫不是浮华。现在的社会才是真的有着太多的浮华,快节奏的生活像是一个漩涡把人渐渐拉入深渊。我真心希望在这个充斥着太多虚伪、太多尔虞我诈的社会中人们都能片刻抽身,静静地品一壶好茶、聆一首古曲、看一部好书,静一下浮躁的心。浪漫就像是一件美丽的外衣,而《诗经》是一位穿着丑衣的美丽姑娘,太多人因为丑陋的衣服望而却步,甚至没来得及看见她美丽的面容就离开了。我做的无非是为《诗经》换了一身衣裳,让人们有胆量去发现她精致的面容。一千个读者眼里有一千个哈姆雷特,每一个人都有不同的身份、不同的角度,就像《红楼梦》一书,鲁迅曾说过:"经学家看《易》,道学家看淫,才子看缠绵,革命家看排满,流言家看宫闱秘事。"我不求把自己的思想强加于人,如果有人能在看过我这篇文章后捧起《诗经》哪怕只看出一点点令自己心动的地方,我已无憾!

南山以南

沈淑婷

福建师范大学文学院本科 2013 级

《南山南》是独立音乐人马頔的原创民谣作品，和一部分民谣作品类似，它有一种清淡的烟火气，不同的是，它的坦诚令你恐惧。但合着音乐去读、去吟诵《南山南》的字句，总让人不胜唏嘘，却无法停止更加想要去爱、去拥抱的勇气。

坦诚或许着实是一种强大的武器，它将人的悲切或欢愉毫不客气地如实放映。在这个人人习惯戴上面具而好意渐趋稀薄的年代，我很好奇究竟要有多大的勇气才敢于示弱，呈现柔软而无保留的本我。歌曲中，因为爱人的离散，他做回自己原先的那座孤岛，荒芜而冷清，曾经许诺的种种意象现在只能化为一场并不美好的想象，每次描摹都像一个只对自己说谎的哑巴。分离的岁月里，诗人想起曾经，还是能说出"你任何为人称道的美丽，不及他第一次遇见你"，这样钟情、这样浓烈如酒的句子，他甚至能走上一生让土地相连只为拥抱他的爱人。"你在南方的艳阳里大雪纷飞，我在北方的寒夜里四季如春"，诗人和爱人在各自的时空里拥有的却是对方的景致，但这些都是回不去的曾经了。如果天黑之前来得及，我要忘了你的眼睛，这是最无力、最逞强的谎言，因为用尽大把岁月都无法忘却的人事怎么可能在一天之内来得及呢？即使一场相爱的欢愉如梦般荒唐，也无法剥夺诗人遗忘和梦醒的权利。我们都知道，这是一首在彻头彻尾的分离之后写下来的诗，内心的潮涌再澎湃，也只能镌刻在墓碑上，留以缅怀，留以供养。

马頔自己曾经说过，我们曾经都幻想过很多种爱情，那是那个年纪里最丰盛的晚宴，每个人都在自己绘出的布景里以梦的方式欢笑着，推杯换盏着，继续奢望着谁都不曾离去，也不会离去。可笑的是，没有人教会过我们如何面对分别，梦醒的时候我们已是酩酊大醉，甚至不曾挤出一个微笑，还来不及告别，就这么长大了。我们终于学会了道别，却不再说情话，只说谎。

爱情作假，却会触动每个人最迫切的渴望。至于我，每当听着歌看到这段独白，我总是忍不住想起北岛的《波兰来客》："那时我们有梦，关于文学，关于爱情，关于穿越世界的旅行。如今我们深夜饮酒，杯子碰到一起，都是梦破碎的声音。"多少人的梦想终其一生都只能是梦想本身，可幻构，可怅惘，可缅怀，就是不可实现。帕慕克曾在他的回忆录里说，当他和妈妈谈及自己不想上大学并按部就班成为建筑师，他真正的梦想是当个文学家。妈妈的回答是，做个正常人、普通人，就像其他人一样。帕慕克的妈妈真像我们每个人的妈妈。不同则是，倔强的帕慕克成为一个值得铭记的名字，而我们多数人必然成为历史长河中的某某。我们常处在这样荒唐的现实中而不自知，它将正常与普通的定义与梦想的实现对立起来，多么扭曲和可笑。

我曾无数次为诗人马烨的过往湿了眼眶，以为他的大学和过往才是我真正想要的人生。他是一个多么抽离的人，高声地在俗人前多次吟诵过诗句乃至把它作为公司招聘的要求，像一个没穿新衣却那么有底气的皇帝，既认真而热烈地践行过自己支教的梦想，也对着融化的冰雪深沉地朗诵韦应物。他的活法像他的热爱那么真实。诗人舒婷说过，我钉在，我的诗歌的十字架上，为了完成一篇寓言，为了服从一个理想，天空、河流和山峦选择了我，要我承担，我所不能胜任的牺牲。我们仿佛能看到诗人在时空的那头幸福地苦笑，充满无惧的豪情，悲悯地看着自己眼前的大山大水。所以他们身在此岸，却从不曾忘记远方。远方有深沉的河流，看不真切的梦想和尚在苦难中的人民。而我所钦羡的正是，多余的热水总能从他的梦境上方流过，合着烂菜叶子以及冗杂的其他，他的不合时宜让人那么心向往之。

而我害怕的也正是合了时宜而循规蹈矩的我们，只剩下在深夜推杯换盏的勇气，文学、爱情和梦想只能在微醺的时候被提起和苦笑。

所以我最害怕马顿之流的"流氓"，他们有思想、有阅历也还保留有热爱的赤子之心，他们不合时宜地一次次逼我们正视自己的梦想，他们是有文化、爱歌唱的"流氓"，嬉皮笑脸面对人生的难，一旦拿起吉他就让人陷进他们的故事、他们的情结中深深动容，而后又有蔓草般蓬勃滋长的狂放勇气。我渴望我到三十岁、四十岁还能拥有那样的赤子之心，那样的书生意气。当我们的梦想和爱情被世界逐渐伤害腐蚀的时候，还能对着世界说，你干杯，我随意。因为我们都知道，被伤害、被嘲讽、被打败都不足为奇，珍贵的是在种种生命给予的苦痛之后，仍然有再爱、再战、再付出的勇气与温暖的包容。

上学期的诗歌课开始不久，老师给我们读脑瘫患者余秀华的《我爱你》，里面有一句诗让我久久动容："所以我一次次按住内心的雪，它们过于洁白过于接近春天。"生命赋予了她看见雪的权利，生命却没有给她去触摸世界各地雪景缤纷与洁白的能力，所以她只能按捺住内心汹涌澎湃的蠢动，但我们不难发现，她从没停止过追逐洁白的渴望，她和生命之间的爱情如此艰难然而如此美好。生命给予每个人的考验不尽相同，马頔选择用力疼痛后用力去爱，而余秀华选择感恩并永不言弃。方式迥异，但那颗赤子之心一样让人饱含热泪。

诗歌也好，民谣也罢，它们清洁着、悲悯着多少在路上伤痕累累的赤子，当他们一个人摇摇晃晃地在摇摇晃晃的人间走动的时候，它是一根有力而倔强的拐杖，拄起所有的热爱与渴望。它们是最有力的武器，对抗时间，阻碍衰老。

尼采曾经说过，对待生命，我们不妨大胆一点，因为我们始终要失去它。尽管知道世事一场大梦，人间几度秋凉，还是要用力去幻想，用力去爱，用力去告别。毕竟不是每个告别的人都能说，我真正爱过、梦过、活过。

马頔《南山南》原文以及余秀华诗歌《我爱你》

《南山南》
他不再和谁谈论相逢的孤岛，因为心里早已荒无人烟
他的心里再装不下一个家，做一个只对自己说谎的哑巴，他说
你任何为人称道的美丽，不及他第一次遇见你
时光苟延残喘，无可奈何
如果所有土地连在一起，走上一生只为去拥抱你
喝醉了他的梦，晚安

看见自己

有天他听见有人唱着古老的歌，唱着今天还在远方发生的
像在她眼睛里看到的孤岛，没有悲伤但也没有花朵
你在南方的艳阳里大雪纷飞，我在北方的寒夜里四季如春
如果天黑之前来得及，我要忘了你的眼睛
穷极一生做不完一场梦
大梦初醒荒唐了这一生

南山南，北秋悲
南山有谷堆
南风喃，北海北
北海有墓碑

《我爱你》
巴巴地活着，每天打水，煮饭，按时吃药
阳光好的时候就把自己放进去，像放一块陈皮
茶叶轮换着喝：菊花，茉莉，玫瑰，柠檬
这些美好的事物仿佛把我往春天的路上带
所以我一次次按住内心的雪
它们过于洁白过于接近春天
在干净的院子里读你的诗歌。这人间情事
恍惚如突然飞过的麻雀儿
而光阴皎洁。我不适宜肝肠寸断
如果给你寄一本书，我不会寄给你诗歌
我要给你一本关于植物，关于庄稼的
告诉你稻子和稗子的区别
告诉你一棵稗子提心吊胆的
春天

发表于《诗刊》2014年第九期下半月刊"双子星座"栏目

魂兮梦兮思项羽

李美玲
福建师范大学文学院本科 2012 级

少年任侠,敢剑指嬴秦

在两千多年前的下相,你诞生了。

鸿鹄之志,从你少时屡发的惊人之语便能略窥一二。初,养育你的叔父项梁对你的学书学剑一无所成很是恼火,岂料小小的你斗胆回了一句:"书,足以记名姓而已;剑,一人敌,不足学;学万人敌。"项梁竟然被你说服了,转而授你兵法,你略知其意后竟又不学。年少的你,眼高于顶,只怕是万般于你皆是下品吧。

后来,你同杀人犯事的叔父项梁避祸吴中会稽郡。一次,逢始皇巡游渡钱塘江,你同叔父前去观看。只见始皇气度之华贵,仪仗之豪华,你不顾人群,张口道:"彼可取而代也。"少年无忌,不知天高地厚,一句引石破天惊。一旁的项梁闻后不禁骇然失色,忙以手掩住你的口,诫曰:"毋妄言,族矣!"那时的项梁又怎会料到这句他斥为妄言的话一语成谶,眼前这大放厥词的少年以后真取代了泱泱大秦的社稷。不过对你已是另眼相看,秦二世元年七月继陈涉等揭竿而起于大泽乡,你同叔父先发制人斩杀了会稽郡守发兵起义,以裨将的身份步入那个竞逐秦鹿的舞台,并迅速显示出你卓越的军事才能。

我甚至可以夸耀之后的时代是属于你的时代,异常短暂又辉煌的时代。

真正让你攀上权力顶峰的,是至今仍被后人津津乐道的著名战役——巨鹿之战。虽然在你杀了懦弱无为的卿子冠军宋义之后，已然威震楚国，名闻诸侯。但这其中畏占几分、敬占几分恐怕你自己也心知肚明。你急需一场胜利让大家知道项羽你并非只会暴虎冯河。而此时迫在眉睫的巨鹿之困，正是前所未有的绝佳时机。于是你引兵渡河、沉船、破釜、焚庐、限粮，以示诸将士必死之心。背水一战，你置之死地而后生，大破秦军。从此，你是真正的诸侯莫敢仰视的上将军。

随着大将章邯的投降，曾横扫四合的虎狼秦军终于失去最后的一道王牌，自此，你已无人能挡。那一日，夕阳饮血，意气风发的你登上昔日辖属于秦地的城头，四遭镶有楚字的旗帜在晚风中猎猎作响，楼下士兵的欢拥声如雷如潮，喧嚣声中，你轻拭吴钩，举剑西指。

戏水西畔，骊山之下，刘邦一骑仓皇逃出生天。

而之后，咸阳宛如涸泽之鱼，被你收至囊中。快马踏躏旧都，一夕间秦降王子婴被诛，江山就此易主，遥想当时，那么狷且狂的你啊，终于端坐到雄伟的秦殿中央。诸侯群臣鱼贯而列，俯首齐声称贺你西楚霸王。

八千子弟可定邦，缘何只安一霸王。

六载横刀跨马，奈何赢得逞勇匹夫名

上天眷你生于将门之后，又加于你国仇家恨。

项氏世世代代在楚国为将，声名煊赫，却也因此在秦灭六国时招致诛戮。你的祖父楚之名将项燕被秦将王翦所杀，你的国土子民为秦人所蹂躏，我不知你少时亡国记忆几何，也不知以后你带兵攻入咸阳后的大肆屠杀烧掠带着多少泄愤之意。

唯一我敢肯定的是你对亡国的热爱，以至于定都之时放弃了肥饶天险的关中之地，执意衣锦归乡。

你该是天生的武将，嗜血好战。烹、斩、坑……无所不用其极地杀着人，你当世人都惧你畏你，却不知暗地里嗤笑你是一个只知斗力不会斗智的莽夫，你身边只有亚父范增一人可用，而你却终究没有依他而行。也许，你本来就是这般的不羁，你一个人孤勇地在血泊里前行，那么飞扬跋扈，却又是那样孤独。

后来反戈相向于你的韩信曾这样评价你："请言项王之为人也。项王喑恶

叱咤,千人皆废;然不能任属贤将,此特匹夫之勇耳。项王见人恭敬慈爱,言语呕呕,人有疾病,涕泣分食饮;至使人有功,当封爵者,印刓敝,忍不能予,此所谓妇人之仁也。"种种矛盾一时都指向那么锋芒毕露的你,日后,竟变成一把把正对着你的利刃。

香魂化为原上草,年年向君王生

是夜,星河低垂,营帐灯暗,呜呜楚歌自四面而起。被它惊起的你脸色铁青,穿上盔甲,取下长矛,你警惕地探向魑魅夜色的帐外。突然,身后人轻轻为你披衣的动作骇你一跳,你转身,是她怕你感染风寒。

她也不言语,只是定定站在你面前,你放下兵器瞧向她,在隐隐光里,更显得她本就柔弱的身子袅若秋风,只剩下盈盈一握。你突然觉得你项羽什么也不害怕了,唯独怕失去她。你不禁充满无限爱怜地抚摸了她姣若春花的脸,心里暗暗起誓,纵使此战凶险,你拼却了性命也定当护她周全。

风越趋急乱,就连在帐中也感到那股寒气直钻人身。你不容她推脱地将袍子解下帮她系上,拿起酒囊,饮尽掷地,操起一把剑奋力而舞,慷慨诗曰:

"力拔山兮气盖世,时不利兮骓不逝。骓不逝兮奈若何,虞兮虞兮奈若何!"

你唱几阕,她遂和几阕,曲曲尽是柔肠碎。

曾几何时,你也与她"舞低杨柳楼心月,歌尽桃花扇底风"。你依稀还记得,上一个暮春时节,没有冗杂的军务缠身。你便独设了一席饮酒作乐,她就着一身绛色的长裙起舞为你助兴,正值柳絮飞城,远远地,人面与花便旋转。你本要送盏到嘴边的手不觉愣住,那一刻你觉得你远离厮杀、远离血腥。你觉得你只不过是一个幸福的平常男子,沉溺于她给你的一晌安定。

那时的时光像是悠然委地的一片轻羽,静穆安好。

可是,你是注定要当个赳赳武夫的,你的世界总是兵荒马乱,只有当你战胜归来,那个翘首倚望你的女子满脸担忧的神色才松懈下来。从前,你笑她杞人忧天,你是谁,你是任谁也胜不了你的项羽。你以为你可以一直不负她所望的,不再让她为你提心吊胆,然而这次,也许你真的是没有把握了。

舞许久,直至你筋疲力尽,才肯停下,傍剑而立,密集的汗珠滚滚而下。她拿着手帕过来细心为你擦拭,动作温柔到好像要抚平你现在所承受所有的疮痍。

"妾身请借此剑为大王献舞一曲。"你木然点头,她的手如同一只蝴蝶翩然飞进又迅速逃离你的掌心。

你从来就不能抗拒她的任何舞。

那把铁铸的剑不知她是怎么挥舞得如此自如,你只知女子体态之纤柔,却不知她也有这样刚强的一面。她舞得很快,像是千万只蝴蝶在急旋,要舞尽春风。恍惚中,她的脸仿佛也蜕成了一只美丽的蝴蝶,你猛地想起曾经的一幕,她不小心在你怀中睡着了,你就趁机偷偷地凝望她的脸,你不由感叹她真是出奇的美啊,恰巧有一只扑翅的蝴蝶休憩于她的肩上,你生怕惊扰走了蝴蝶,也生怕惊醒了她,就这样一动也不敢动地抱着她。

方等到她醒了,你才说了一句:"虞姬,你这么美,我怕有天连我也保护不好你,怎么办?"

当时你本是句俏皮话,她却正色答你:"大王,妾身的美只属于你。"你不禁喜不自胜得像个孩子,得意的神色不输当年挥兵咸阳之时,你紧紧拥住她,半是宠溺半是庄重地许诺道:"傻瓜,没有人能把你从我身边夺走。"

太平的时光,你又怎料到今日的飞来横祸,你以为可以呈给她一世欢颜,却让她卷进这样残酷的刀光剑影里。不知为何,此刻你心中一阵颤怵。你喝令她不许再跳了,但她的舞却更加如急风暴雨般热烈,你眼看根本遏阻不了,便心急如焚地上去想要抢夺剑柄,她好似早有预料的一样,你毕竟还是迟了一步,就差了一步,一步啊,你就眼睁睁地失去了她。

她终于停了下来,长剑轰然一声坠地,你发了狂似的接住旋然欲倒的她,幻景中的每一只蝴蝶都被泅染成鲜艳的血色然后慢慢消失,你唯听见她闭上眼睛的最后一句:

"大王,妾身的美只属于你。"

我第一次看到了那么骄傲的你眼泪恣肆,我宁愿相信,它无关天下,只关乎一个名叫虞姬的女子。

后来虞美人开满山坡,浓艳华美,在你葬她的地方。

生亦人杰死亦鬼雄,为君始不信成王败寇

乌江浦口,前隔寒水,后临追兵。

情势千钧一发,似乎你已穷途末路。

在这危乱之时,乌江亭长认出了你,连忙驾船而来。绝处逢生的转机来了,一开始,你的心里不由欢喜,即使勇若如你,也有一如常人的求生本能。何况,你怎肯甘心?

你怎肯甘心那从强秦帝国光复来的楚之山河任他人践踏?你怎肯甘心应了那日亚父撞破玉斗道天下必为刘邦所夺的预言?你怎肯甘心堂堂霸王之名折于一个混迹市井的地痞流氓?你怎肯甘心空让你心爱的女人一抹香魂陨于剑下?

不消片刻,船已靠岸。那乌江亭长催你上船,只听他说:"江东虽小,地方千里,众数十万人,亦足王也。愿大王急渡。今独臣有船,汉军至,无以渡。"听罢此言,你心中竟是从未有过的哀恸。昔日,你率八千江东子弟渡江而西,那是何等的踌躇满志?而今日唯你一人生还。纵侥幸活命,又存何颜?

手执楚戟的你,极目江水,身披的乌金铠甲殷红一片,虎皮战袍在风中鼓鼓作响。你心中明白,你最后的二十六名战士都在你身后注视着你,注视着这个他们的曾经战无不胜、攻无不克的王。但他们无言,早已疲劳不堪的乌骓亦默然,因为他们了解他们的王只听凭自己的决断。

穷追汉军的哒哒马蹄声正急急迫近,近了,再近了……

你忽然仰天大笑,天,你为何亡我又给我指一条胯下之路?难道你当我项羽是此等贪生怕死之徒?

何渡为?何渡为?

你最后一次抚摸了乌骓的头耳,你此生所爱无非一美人、一骏马、一楚天,而最后能保的仅是此马,模糊里,你看到有一只彩衣蝴蝶依依绕你盘旋……

预约丁香

蔡文彬
福建师范大学文学院本科 2014 级

你踏着春天的暮色和一地飞花,娉娉婷婷地从雨巷中走来,发髻一抹绿色,衣带飘零素雅,声未闻香先醉我。

你的身上,摇曳着清清寂寂的气息:三分采撷杜甫的江畔涛声,三分揉进王维的林下琴韵,其余呢,沾着纳兰的婉约柔和。这情这味依稀相识——当左马头对源氏公子品评画稿:"世间常见的高山流水,眼前的寻常巷陌,平淡的远山近景,林木葱茏,峰峦叠嶂,林木中还搭配着篱落花卉,异常神妙。"当川端康成的信描绘聆听山音的情境:"没有风,月光晶莹,近乎满月,在夜间潮湿的冷空气笼罩下,山丘土树林子的轮廓变得模糊。"泰戈尔说:"我攀登上高峰,发现在荣誉的荒芜的不毛之地,简直找不到一个遮身之地。"在这个物欲横流的世界,恐怕只有长安山菩提树下净瓶水洗涤过的清寂,才能拯救灵魂的沉沦,是吗?丁香!

旧雨新知,你仿佛是我五百年前驾车过舞雾台不小心落在春风里的帽缨幻化成的莲子,约定今生,终要为我开花一次。

就像梵高的向日葵放肆着金黄,普罗旺斯的薰衣草喷薄着烫眼的蓝,你洋洋洒洒地飘逸着优雅——来自《阳春白雪》的冷傲与婉约,烟雨秦淮,柳花如梦,邂逅你,也减了几分雅气。孟郊诗里咏叹的璞底宝玉山间松柏,说的就是你的风韵吧。恍惚间,我眼前叠印出顾恺之《洛神赋图》,缠绵悱恻的秋水衬着六龙云车上清丽的人,云髻斜挑,衣带被风带起。以前我读瞿永明评论吕德安《纽约今夜有暴风雪》的话:"诗一如他的风格,是淡淡的雪片飞舞,又仿佛整个纽约都被他诗的雪片覆盖了。"那感觉似灯下美人月下花,今日终于清晰化了。丁香,你是怎样的一种奇妙,你用优雅的气息和氛围将困扰我的许久的混乱思绪和膨胀欲念还原成一个简朴洁净的符号。当"醉了"盛行,各种流行语充斥着我的视听,你带给我的惊艳是多么的沉重!

你是我五百年前的莲子,如约翩临于渐失在文化荒漠的我的身边,为我带来天国的花韵独奏。

款款地向我走来,你发梢的雨滑落地面,撞击出忧伤与惆怅的音符抚慰着历史文化深处的痛。轻狂问丁香:你是莫扎特 C 小调进行曲中通灵走失的音符?还是那个削发入庵的小尼,在一个蔷薇的黎明不慎坠入俗人的视线?丁香不语。

她只是姗姗地、款款地、娉娉婷婷地走,戴着汨罗江畔野花编织的环,听着魏晋瑶琴的悠然与叹息,穿越姜夔的扬州麦地,披一袭顿河边霍尔高利身后的硝烟与夕阳,徘徊于富士山下十里樱花的软红。

你是我五百年前的莲子噢,丁香!

四年光阴易逝,让我与你再次盟约:五百年后,我做莲叶,一生守候你的清寂、优雅与惆怅!

丕公子的黄初八年

胡敏宽
福建师范大学文学院本科 2012 级

一

从长春到南宁，从济南到武汉，从北京到西安，我曾到过全国这么多的省市，见到过故宫的恢弘、兵马俑的雄壮、孔庙的庄严，却独独不曾去过河南，不曾去过千年古都洛阳。不过，若时间合宜，带着满怀紧张激动，我会去那里。并不是为了瞻仰龙门石窟，也不是为了艳绝天下的牡丹，仅仅是因为丕公子，因为这里曾是曹魏的都城——请允许我这样称呼他，只是觉得直呼其名过于不敬而称魏文帝又显疏远，总不能称陛下指代不明，便随《新三国》里喊一声丕公子。作为一个粉丝的小小冒昧，公子有知应该不会怪罪。

近日在微博上作家马伯庸进行了一次"文化不苦旅"重走诸葛亮北伐路的活动，秉承着一颗对诸葛丞相的仰慕，开开心心地走一次他走过的路。"站在秦岭之中，想象着诸葛丞相和蜀军在千年之前，就在我身立之处默默开过，朝着长安的方向坚定地前进。我们同样闻着山林的味道，感受着陇西吹来的风，这是何等让人激动的体验。"在围观马伯庸北伐路上发生的趣事、欣赏作家幽默的文字的同时，我竟暗暗有些羡慕了，因为他仰慕的人物在历史上留下了那么多可供后人凭吊怀想的遗迹，而丕公子早年是随父亲南征北战，自己称帝后倒是也曾多次亲率魏军攻打东吴，但那些历史过于琐碎而曹丕本人作为传统故事里的反面人物民间也不会在意，即使有遗迹也早就化作一抔黄土被风沙掩埋了。更令人扼腕叹息的是,他年寿不永,正值四十之龄功业未竟溘然长逝,他的儿子明帝曹叡,竟也在三十五岁时病逝。何大魏之不幸哉!魏文帝在位之时轻徭薄赋恢复生产,与民修养;明帝刚毅明察,改革汉法轻刑罚,薄赋省役以悦民心。这样的两位可称明主的帝王,任何一个若是能稍微活得长一点,民心所向天命所归,天下将不至于三分归晋,后世也不会有这么多的偏见、非议和鄙薄。只可惜啊,天不佑我大魏!时无英雄,使竖子成名!不过值得庆幸的是,作为一个文学家,曹丕留下了许多诗文,令人感受到坊间故事演义话本中他狠绝毒辣、薄情寡义的面具下那颗温暖真挚的内心,而这些将超越所有传奇和演义的偏见,足以使他不朽。"盖文章,经国之大业,不朽之盛事。年寿有时而尽,荣乐止乎其身,二者必至之常期,未若文章之无穷。"《典论·论文》里的这份文气依旧令人感动。

二

我私心里觉得,自己跟三国还是颇有几分缘分的。我出生在鄂州,三分天下的吴王孙权,在鄂州先后待了八年时间。因他到鄂县后不久,即接受魏文帝曹丕赐予的"吴王"的封号,所以此城名曰"吴王城"。又因定都鄂县后,取"以武而昌"之义改鄂县名为武昌。而我也曾在与鄂州一江之隔的黄州读书六年,以至于讲方言一股黄冈味,被亲戚们笑为"黄不黄,鄂不鄂"。"坐见黄州再闰,儿童尽、楚语吴歌。"苏东坡都感慨在黄州待久了,孩子都会当地方言和歌谣了。东坡先生的一生跟黄州紧紧联系在了一起,黄州这个普通的小城也处处留下了先生的足迹。他在黄州江岸边那块赤色巨石下进行的那次怀古,也使得我每次去赤壁公园,总会联想起两千多年以前的那场旷世火光。"大江东去,浪淘尽,千古风流人物。故垒西边,人道是,三国周郎赤壁。"

小时候,我老是缠着妈妈给我讲三国故事,"周郎妙计安天下,赔了夫人又折兵"、"万事俱备,只欠东风"、"空城计"、"死诸葛走生仲达",诸葛亮的无所不能在我幼小的心灵留下了不可磨灭的印象。也不知道是不是物极必反,现在的我倒是成了彻头彻尾的曹魏粉,想想也有可能是受易中天的影响。我上初中的时候,中央十套的《百家讲坛》节目正火,易中天品三国我几乎一集不落地看完。记得那段日子,每天中午吃饭的时候老是爱往客厅张望,一到十二点四十五分立马夹两筷子菜到碗里端着碗跟我爸一起去看品三国了。有一次周末出去旅游，本以为错过一期节目有点沮丧，结果正巧中午吃饭的餐馆里有台小电视，我立刻央求老板能否给我看一下，然后特别激动地换到了科教频道，《百家讲坛》正好开讲。但那些民间故事给我印象太深，那时的我依旧觉得曹操是反面人物——直到我完整地、不带偏见地了解了那段战火纷飞、英雄辈出的历史。

忽然就非常憧憬那样一个时代，那个少有威名、以苍生为己任的奇男子，那个温润端庄、被誉为王佐之才的儒生，那个腹隐刀兵、风流奇绝的鬼才谋士，那些排兵布阵、智勇双全的良将，还有那些同样具有天下之志的英雄豪杰。这个时代聚集了太多太多的英雄，也许把他们放在其他的任何一个时代都有可能成就一番大事，不幸而又幸运的是，他们聚集到了一起，碰撞出了万丈光芒，如乱石穿空一般，将这个时代渲染得无比精彩。

三

可是我要说这么一个人：作为家里二子老是受委屈，他经常带着弟弟饮酒作乐，偷跑出去打猎被老师抓包还罚写了检讨；他怕苦怕累还怕死，两次带兵打仗都无功而返；他喜欢吃葡萄，还曾经亲手种过甘蔗感悟了一番人生哲理；他谈起自己剑法好的语气里带着骄傲，还自夸赌博掷骰子的手段高超；他高兴时得意洋洋，不高兴时写信给朋友发牢骚；他也曾做错过很多事，杀过很多人，临了还嘱托说怕被盗墓惊扰不要厚葬。

他就是曹丕，拨开历史层层的迷雾，卸下帝王的华丽外衣，他就是一个普通人，跟同时代那些雄才伟略的英雄豪杰不一样的普通人。跟所有人一样，他的身上有着各种坏毛病，还作为史官教育后人的反面例子被写到了史书里。听说自己被立为世子，他激动地抱着辛敞的脖子说道："辛君知我喜否？"淡定点，注意形象啊公子。在受禅称帝之后，他感慨道："尧舜之事，吾知之矣。"喂喂，心里明白就好，那么实诚说出来干吗。夏侯惇将军去世，他任性地跑到城门口哭，后来被史官批评说毫无皇帝威仪，难怪魏国国祚不长。建安十一年曹操出征邺城曹丕留守，可他抽空骑着骏马去打猎了，老师崔琰忧心忡忡地严厉批评了他，他非常诚恳地回信表示接受老师教诲，但依旧如故任性不改，动不动就跑去打猎。好友王粲去世，他又任性了一次，带着一大帮文人雅士去祭奠他，在他坟前学驴叫。第一次听说这个故事我几乎掩面扶额，在对他的任性无奈的同时，也深深体会到了朋友一词在他心中的重量。

这个人，没有英雄的雄才大略，没有英雄的视死如归，没有英雄的胸襟气度，他身上有着浓重的普通人的气味，让人觉得亲近得很。在三国这样一个恢弘壮阔的时代，作为一个普通人，本来是要如同泥沙一般沉入历史的洪流之中。可恰巧，他又有一个特别英雄的爹，这个父亲挟天子以令诸侯，打拼了一辈子给他开创了一片天下，于是他就顺理成章地受禅称帝了，然后依然坚持做他自己，不拘礼法随性而为，区别于皇帝泥塑木雕的刻板印象，在史书上写下了自己最为真实的一笔。

四

谈到魏晋，人们往往会想到阮籍、嵇康，想到"竹林七贤"和他们的不拘礼法、率性自然。但在他们之前有一群文人，有着相同的澄清天下的志向和对乱世生灵涂炭的悲歌。他们聚集在一起，开创了一个能冠以"风骨"之名的时代——建安。他们被称为"建安七子"，却很少有人能叫出他们其中某个人的名字。而"三曹"就是把他们聚集起来的人，其中最有分量的便是曹丕。"今之文人：鲁国孔融文举、广陵陈琳孔璋、山阳王粲仲宣、北海徐干伟长、陈留阮瑀元瑜、汝南应玚德琏、东平刘桢公干，斯七子者，于学无所遗，于辞无所假，咸自以骋骥䮫于千里，仰齐足而并驰。"他在《典论·论文》中的评述便是"建安七子"说法的来历。

我想象着那个时候，曹魏统一着北方中原之地，政通人和、百废俱兴。不打仗的时候，丕公子就在家搞个文学宴会，喝喝酒、写写诗，跟朋友们讨论一下葡萄和荔枝哪个好吃，顺便聊聊人生。曹植也常来蹭酒喝，不免要写诗讨好一下兄长，"公子敬爱客，终宴不知疲"。那些日子有多么潇洒快意，就有多么令人流连不舍。建安十年，岁在乙酉，暮春之初，会于太行山阴之邺下，修禊事也。群贤毕至，少长咸集。那些友谊是不会变的，不管他是世子，还是魏帝。而提到曹植，不免又会有诸多是非辩驳。其实，刘勰的一句话已经一针见血："文帝以位尊减才，思王以势窘益价。"理虽如此，却为丕公子感到委屈。坊间八卦小说还因曹植的《洛神赋》和曹丕对甄姬的薄情脑补了一出叔嫂之恋，直接给公子戴上了一顶莫须有的绿帽子，真的是令人哭笑不得。是啊，曹丕，你都已经做了皇帝，得到了天下，文才和女人，你怎么还好意思跟被你迫害的弟弟争？但传说中被他残酷杀害的两个人曹植和汉献帝都活得比他长，只能说无比讽刺。除了在坟前学驴叫，给朋友写一大堆信，整天带着朋友吃喝玩乐，朋友阮瑀亡故后丕公子也经常去看望他留下的孤儿寡母，还写过《寡妇赋》表示同情。那个孩子就是阮籍。不知道他长大以后是否会回忆起父亲过世后那个常常来看望他们母子的气度不凡、爱熏香、爱写诗的青年，不知道他是否看到了他克制有礼的外表下那颗率性而为的心。但是魏晋不重礼法却重情的风流，却大概真有一点滥觞于曹丕这里。

公子给很多人写过信，有朋友，有兄弟，有臣子，有将领。但我翻遍《魏文帝集》却没找到一封是写给那个人的，那个对他非常重要的人，那个或许改变了天下结局的人，他的老师司马懿。我不知道是作为机密阅后即焚了，还是真的不曾提笔，但有下给他的诏书这么简洁明了地写道："吾东，抚军当总西事；吾西，抚军当总东事。"这种以后方交托的信任，令我几乎动容，那个鹰视狼顾的司马仲达，他值得这样的信任吗？我不敢轻易否定，但对于曹丕来说，司马懿作为谋臣、作为朋友，他相信他，尽管以天下为赌注。永远忘不了《新三国》里的那一幕，丕公子嘴角带着咳出的血迹，紧紧地攥住司马懿的衣襟，狠狠地盯着他的眼睛似乎确认着什么："吾儿曹叡……好生……辅佐……嗯？"得到肯定的回答后，他无比疲惫地闭上了眼睛，眼角似有一行泪流下，带着他一生的不甘、遗憾和深沉的无奈，他倒下了，永远沉睡在了黄初七年的那个夏日。

五

关于死亡，我想我们每个人都曾经思考过，并且对冰冷的死亡有着最深的恐惧。我记得小时候做过最恐怖的一个梦就是学校被土匪攻占了，我没来得及逃走被杀死并大卸八块了，灵魂飘在空中，奇怪地看着自己的尸体，看到过后同学们又回来了拼命叫我的名字，然后是我的父母绝望地悲泣，而我已经是灵魂飘在旁边急切地回答但他们就是听不见。然后我惊醒了，浑身冰凉、冷汗直流，直到感觉到自己心脏狂跳，我才渐渐平静下来，一摸脸上、枕头上全是泪。

丕公子就曾经直面过这样的生死。在他的《典论·自叙》中有这样一段话：

"余时年五岁。上以四方扰乱,教余学射,六岁而知射。又教余骑马,八岁而知骑射矣。以时之多难,故每征,余常从。建安初,上南征荆州,至宛,张绣降,旬日而反。亡兄孝廉子修、从兄安民遇害。时余年十岁,乘马得脱。"轻描淡写的四个字"乘马得脱"让人深深为他庆幸,又根本无法想象出一个十岁的孩子是怎么样在厮杀的乱军之中躲过敌人的视线弄到马,又是怎样的惊恐和仓皇却强迫着自己冷静下来运用八岁时学会的骑御技能逃脱了死神的魔爪。而他好不容易逃脱,找到父亲的残军,却又得知可能早上还陪着他玩耍打闹的大哥曹昂和堂哥曹安民都遇害了。死亡是什么?父母常常对我们解释说,死亡就是那个人永远地离开我们去了另外一个世界。不知道曹丕是否曾这样发问,但这一次近距离地接触死亡,让他清楚地看到了死亡就是敌人刀剑上的寒光,就是满地鲜血的腥臭,就是像大哥那样倒在冰冷的战场上再也无法陪他玩耍,对他微笑了。因此,在他的诗赋和与友人的书信里,我感受到了他对于死亡不可言说的恐惧和焦虑。他如此害怕死亡,却又正视着死亡,从来不曾有过追求长生不老这样的幻想,还无比坦白在终制里写下"自古及今,未有不亡之国,亦无不掘之墓也"。不知道究竟是悲观还是豁达。

　　说起来,曹丕有一项特别的爱好,就是爱种东西,从迷迭香到柳树到甘蔗,他看着自己种的植物经历繁茂最后枯萎,感受到时间和生命毫不止息地奔腾而去,无可奈何。那是建安十三年,曹操征荆州牧刘表,随后,三国历史上最精彩的、改写了曹魏历史的赤壁之战爆发。而这个时候,我们的丕公子跑回了老家谯县,种甘蔗。他看着自己春天种下的甘蔗历经了整个夏天的成长然后就这么成熟了。他拎着砍刀去收甘蔗,蹲在田垄上望着丰收的成果,感觉到一丝冷冽的秋风吹过。他想,很快它们就要枯萎了。繁华就像云烟过眼,等待着的是无可避免的衰败。"丧乱以来,天下城郭丘墟。"时间是无比残酷的,就比如这天下,曾经的大汉多么繁荣昌盛,终究逃不过衰败的命运。"涉炎夏而既盛,迄凛秋而将衰。岂在斯之独然,信人物其有之。"他看这甘蔗,看这天下,最终还是看到人生。他站在自家破败的院子里,万物萧索,他以一种历经世事的老人般的通透说着人生无可避免的结局。这一年,他只有二十一岁,他的人生却已经走完了一半。那个无法抗拒的结局正在时光的尽头默然等待着他。

朱建平，沛国人也，善相术。文帝问己年寿，建平曰："君当寿八十，至四十时当有小厄，愿谨护之。"文帝黄初七年，年四十，病困，谓左右曰："所言八十，谓昼夜也，吾其决矣。"顷之，果崩……他病重之时想到算命先生的话，会不会产生一种被命运嘲弄的荒谬感？虽然对死亡有着无比的恐惧，但真正面对之时我几乎能感觉到他内心的平静，"吾其决矣"，就这样潇潇洒洒地离开了这个人世，葬首阳陵。自殡及葬，皆以终制从事。二十五年后，司马懿去世，根据他的遗命，"于首阳山为土藏，不坟不树；作顾命三篇，敛以时服，不设明器，后终者不得合葬。"司马懿或许自始至终并未背弃辜负先帝之托，为他守着这大魏江山。但是有一句俗语这样说："司马昭之心，路人皆知。"特意葬在首阳，他要如何面对曹丕呢？解释，还是谢罪？毕竟在汗青史册之上，他是文帝，而他，是司马宣王。

丕公子的一生或许信错过人，亏待过应好好对待的人，但还好，他对兄弟的感情没有错付。曹植在他去世后悲痛欲绝，写了一篇《文帝诔》。作为前前后后写过不下十篇诔文、才高八斗的曹子建，他不会不知道诔文的基本格式，可是唯有这一篇写得太长，长得似乎蕴含着说不尽的哀痛悲伤。他还写过一篇不太有名的赋名曰《慰情赋》："黄初八年正月雨，而北风飘寒，园果堕冰，枝干摧折。"曹丕死于黄初七年，第二年已然是太和元年了，并不存在什么黄初八年，要知道新皇登基后沿用先皇年号是大不敬的死罪，可曹植还是固执地写着"黄初八年正月雨"。那个新年的正月，曹植怀念着已经逝去的兄长，大约心情也是"北风飘寒"的吧，他是那样执拗地不愿接受他去世的事实，固执地用着黄初八年这个年号，就仿佛他还活着没有离开。

黄初八年正月雨。

公子，姓曹名丕，字子桓。

迷路的诗

翁田瑶
福建师范大学文学院本科 2012 级

很惭愧,我想不出这么有诗意的命题,窃用了杨照老师《迷路的诗》一书书名。杨照老师在《迷路的诗》中表达的是,诗是少年人反抗成人世界及其法则的诗意武器,陪伴少年战斗在青春岁月的每一道关卡处。"曾经有过的迷离、困惑、冲动、伤怀、荒芜的白日与不寐的夜晚",都因诗的记录而得以永存,在已届不惑之年时翻开,少年时光如此立体呈现眼前,曾经写诗的少年,得以永恒。

诗何以迷路?我想北岛有段话可以诠释个中缘由——"那时我们有梦,关于文学,关于爱情,关于穿越世界的旅行。如今我们深夜饮酒,杯子碰到一起,都是梦破碎的声音。"身穿白衬衣白球鞋的天真少年,终究也迷失在漫长的时光中,被时间的刀锋一点一点磨砺成半染苍头的中年人。尽管温润如玉的面容下若隐若现曾有过的锋芒棱角,青春的愤怒还是渐归秋水,笔尖再无法长篇累牍流泻、浩浩荡荡抒写爱恋的抒情诗歌,再无法一气呵成写出力透纸背檄文般的战斗诗篇。

所谓走马观花花已老,倥偬人事又年年,年纪渐长,诗思亦不可避免跨入暮年。

可是我引用此题,并非要表达与杨照老师相同之意,这只是我为父亲这近一年来写下的诗的一篇浅薄序言。当然,关于诗,不论是古体诗,还是现代诗,我是个门外汉,父亲亦如是,只是业余爱好,仅当消遣之用。我借此大发议论,大言不惭为之作序,亦是文字爱好者一点愚见而已,挂羊头卖狗肉之嫌必逃脱不了，但若能够分享一些我心中的感受，便也知足。

少年人写诗，对心上人爱而不得的哀伤，对世界怒而不应的愤懑，构成最主要基调，读着读着，为柔情缱绻的爱恋黯然泪下，为叛逆无畏的勇气大声叫好，总而言之是直抒情意的酣畅淋漓。那么中年人写诗呢？应该写些什么？浅析父亲诗的题材，大致分为两类：一是追忆逝水年华，二是咀嚼人生百态。

父亲年过半百，这半辈子无甚丰功伟绩，既不官居宰辅，亦无侠骨赤胆，只是一介布衣，却与大多数在这世上打拼的中年人一样，跨过人生风浪，看遍蝇营狗苟，尝尽世态炎凉，是很感激生活馈赠的一切，但默默地平静的表面之下，似乎不只有我约略曾经窥见的他背影里的落寞和不甘。年少时的雄心壮志是否已实现，还是早已遗忘？曾经在同一片天空下挨挨挤挤并肩同行的同侪们还好吗？是在各自一方领域内小有成就，抑或是过得落魄潦倒不知何方？跨过不惑之年，总不自觉沉浸在往事的泥淖中无法自拔。

所以写诗，大概也是他排遣百般滋味的方式之一。这一点兴致，可能也来源于他青年时期培养起的爱好。曾翻阅父亲未处理掉的旧书，《普希金诗选》赫然入眼，若干文学大家小家的书目也夹杂其中，方知他年轻时也曾是今日所说"文艺青年"。文学之于热爱她的人而言，绝不仅仅是"精神食粮"可以概括。杨照说："之于我，诗是耽溺，小说是报复，散文则是无望的报复。"夜深人静时，伴着一盏台灯，漫游在文学的世界里，本来你对自己一无所知，可文学让你看清了自己的孤独，看透了自己的自私，看穿了自己的渺小，认识到在亘古不变的永恒里你占据着怎样微不足道的一个位置，然后学会独处，学会敬畏，学会宽容。私以为，一个曾热爱文学的青年，在他老了的时候，不论过着怎样的生活，心中都还会保留着一片诗意的乐园，那是给文学、给自身的精神领地，支撑他穿越茫茫荒漠中的黄沙弥漫，趟过皑皑雪山里的艰辛苦难，就算灰头土脸，也足够站成一段惊心动魄的诗句。

他的诗里面，我最为欣赏的是抒杂感一类的小诗，从日常生活里提炼出来的酸甜苦辣，夹杂着岁月霜雪留下的痕迹，虽可窥见对时间悄然流逝的怅惘，仍不乏发现生活小确幸的情趣，好似夫子一面吟咏着"逝者如斯夫，不舍昼夜"，一面乐呵呵捋着胡须"在齐闻韶"以至于"三月不知肉味"这般可爱。旧友来访回首往事的唏嘘，遥望壮美景色心下顿生的赞叹，一碗面、一场雨、一个人，琐碎细微的小事,电光石火的瞬间,谁说只有少年人的心敏感细腻?人们总爱嘲笑少年人的情感,廉价的眼泪,造作的情绪,那么中年人略带诗意的慨叹,是否来得货真价实一些?至少经过岁月的积淀与检验,至少可以与虚无缥缈划开界限。

迷路的诗,是诗迷路,还是写诗的我们迷了路?

拨开青春的浓雾,意气风发的少年看见世界的裸露与荒凉,可是因为有诗,在心头塑起一座记忆的城堡。回望来时的路,霜鬓丛芜的中年人看见活着的幸福与无奈,也是因为有诗,镌刻下一路走来的脚印与轨迹。

路途漫长,背负沉重行囊的我们经常迷路,十字路口徘徊迷惘,种种选择面前寸步难行,重重诱惑勾人心魄,多少人迷失世间贪嗔痴恨的欲望沟壑里,丢了自己,忘了起点,找不到归处。诗人会不会?诗人也会,只是诗人还是个清醒的记录者,与尘世那个自己拉开距离,站在高处俯瞰自己,解剖自己,他所记录的,就是你我迷路的过程。

那么怎么能够不感谢诗?诗不会迷路,百行千句,百转千回,千万种情愁于其间缠绕,字里行间都是真切的呼唤,那也许是前世的前世,我们曾共同唱过的歌谣。

不负相思意
——从韩凭夫妇看古人的爱情

陶清清
福建师范大学文学院本科 2012 级

前世五百年的回眸,换来今生的擦肩而过。前世几千次的诚心祷告,才会换来今世与你的相遇。

她是倾国倾城的绝世佳人,他是文武双全的逸群之才。他们的相遇,注定是命运绚烂的一笔、悠扬的一章。他是宋康王门下的一名侍卫,能文能武,风流倜傥;她是远近闻名的倾国佳人,才貌双全,韩凭与何氏,一场注定的相逢。

然而好景不长,何氏的美貌被宋康王觊觎。爱情终归敌不过强权,何氏被强行夺走,韩凭被罚去做苦工。何氏偷偷给韩凭传信:"其雨淫淫,河大水深,日出当心。"久雨不止,河大水深,太阳照见我的心。对你的思念让我愁苦,与你同呼吸在这世上却不能相见,我只有一死。不久韩凭自杀,何氏知道后肝肠寸断,既然此生不能做夫妻,阴曹地府我必随你而去。何氏便腐蚀了衣服,在跟宋康王去高台时趁机跳下高台。因为衣服已经腐蚀,宋康王身边的随从想抓住她却拉不上手,衣袖化作一只只蝴蝶飞走,她终于还是死去了。她留下遗书:"王利其生,妾利其死,愿以尸骨,赐凭合葬!"我死以后,请把我的尸体与韩凭合葬在一起。

宋康王大怒,故意把他们分开埋葬,两个坟堆遥遥相望。并说:"尔夫妇相爱不已,若能使冢合,则吾弗阻也。"你们既然相亲相爱,若能使两个坟堆自动合拢，我便不再阻止。爱是伟大的，它可以让这个世界发生不可思议的变化。就在宋康王说完这话的第一夜，两个坟堆之间便长出了一棵大树，不久后，两棵树的树干又弯曲地凑在一起，一条一条的树根在地下互相缠绕，数不尽的树枝在空中交错纠缠。枝头上，一对美丽的鸳鸯日夜不离地栖息在一起，不停地悲鸣，闻者伤心。人们便把这树叫做相思树，并说这对鸳鸯就是韩凭夫妇的化身。

李白形容韩凭夫妇是"古来得意不相负，只今惟见青陵台"；李商隐说是"青陵粉蝶休离恨，长定相逢二月中"；王安石说"若信庄周尚非梦，岂能投死为韩凭"。在古人的想象中，他们最后终于可以相守了。

何氏死后，流传着一首感人的歌谣："乌鹊双飞，不乐凤凰。妾是庶人，不乐宋王。"何氏的忠贞和不慕富贵，是非常难能可贵的，值得后世传颂。历史上很多女人都想攀龙附凤，想尽办法靠近帝王，飞上枝头。看了何氏的故事，我们是不是该从中读出一些我们早已忘记的东西呢？现在很多女孩抱着一种消极的心态，说什么书读得好不如嫁得好、工作好不如嫁得好，婚姻在她们眼中不再是爱情的同义词。看看古人眼中的爱情，何氏就是一个忠于爱情的不可复制的榜样。

神话是远古人民表现对自然及文化现象的理解与想象的故事。它是人类早期的不自觉的艺术创作。神话并非现实生活的科学反映，而是以他们的生活经验为基础，借助想象和幻想把自然力和客观世界拟人化的结果。韩凭夫妇的故事，是人们的美好想象。他们没能够在现实中相守到白头，却在人们的心中永垂不朽。人们把对美好感情的寄寓托付在想象之中，让这感情在另一个空间变成永恒。

爱情，是古今人们久谈不衰的永恒话题，多数人觉得现在的人爱得疯狂、爱得昏天黑地、爱得无所顾忌、爱得死去活来，充分张扬着个性，享受着自由，毫不掩饰、大胆地表达。古人却受到种种封建礼教的约束，只能忍受和压抑，殊不知越是压抑的东西越有生命力。人类的历史，在某种意义上可以说是压抑的历史。我忘了是谁说的这句话了——越是压抑也越有爆发力，就像气球，里面的气压越大，爆破的可能越大，爆破时的力量声音也越大。只要有爱情就会有表达。

爱是不能忘记的。爱情之所以美丽，就是因为爱的本身和过程都是美的。即使在封建制度压制下的古代，爱也是在美的基础上产生的。古人对于爱情，有"执子之手,与子偕老"的向往;有"我欲与君相知,长命无绝衰。山无陵,江水为竭,冬雷震震,夏雨雪,天地合,乃敢与君绝"的忠贞;有"此情可待成追忆,只是当时已惘然"的惆怅。古人对于爱情的看法有无数种,但有一点共同的,便是忠贞不渝、不负相思意。爱得如此深切,都是生前真诚相爱,死后爱情不渝。

爱情在中国人的眼里,常常逃不脱忧虑、悲伤和惆怅。民间故事的模型里,凡是爱情的悲剧,因为种种现实人生的阻隔不能圆满的,末了每有化草木而交柯、化鸳鸯而交颈的想象。将其视为精诚凝结所致,以证明至情是天地不能违、生死不能间、鬼神不能问的。例如《太平广记》卷三八九尚有比肩人、共枕、树这样类似的化树传闻。还有《搜神记》中韩凭夫妇"在天愿为比翼鸟,在地愿为连理枝"的结局。以上种种意象的共同之处是成双成对,彼此之间紧密相连、密不可分的。宋代之后,随着梁祝化蝶的渐传渐广,鸳鸯、蝴蝶、连理枝、比目鱼等等都成了古人用来描写爱情的意象。

真正的爱可以越过一切阻碍,何氏和韩凭,生前无缘,死后终于可以相伴。梁山伯与祝英台,冲破生死,化作一双蝴蝶,从此双宿双飞,再没有谁能让他们分开。

真正的爱的最高境界是经得起平淡的流年。即使有轰轰烈烈的爱情,大浪淘沙后,爱情也会变成亲情,激情也会归于平静。司马相如抚琴一曲换得卓文君抛弃名誉、亲人,只身相许,当街沽酒。若不是真爱,有几个女子会这么做?尤其在古代三从四德束缚女性人权的封建时代。

古人的爱情,真切、深刻、无私,承受了我们无法想象的折磨、悲伤。中国历史悠悠数千年之久,封建社会压抑沉重的枷锁,网住人的躯体,却不能遮住人的眼睛。压制、限制人们自由恋爱,阻止人们婚姻自由。但是爱情依旧存在于人们的心中,因为爱情本身就存在,爱是不能忘记的,制度只是制约了人们的表达方式。

总之,来自自由灵魂的爱情是美丽的,任何时代、任何国度的人,对爱情的渴望是一致的。爱情来了,要以最诚挚纯净的心灵去接受,忠贞不渝的爱情是永远不会变的。

卓文君说:"愿得一心人,白头不相离。"卢照邻说:"得成比目何辞死,愿作鸳鸯不羡仙。"白居易说:"在天愿作比翼鸟,在地愿为连理枝。天长地久有时尽,此恨绵绵无绝期!"元稹说:"曾经沧海难为水,除却巫山不是云。取次花丛懒回顾,半缘修道半缘君。"杜牧说:"蜡烛有心还惜别,替人垂泪到天明。"

古人对于爱情,保持着纯净的看法,从一而终,至死不渝。我们今天的生活,处处充满了诱惑,社会变得物质,人心变得复杂。在我们社会不断进步发展的同时,我们是否要偶尔停下脚步,看看古人的爱情,从而唤醒我们心中一些早已忘记的东西呢?

若是与卿许,不负相思意!

爱恨交织，绝望成伤

夏林溪
福建师范大学文学院本科 2012 级

"虽忠不烈，视死如归"，是很多忠义之士的铭心箴言。

李家世代为将，李陵更是其中敢于单身鏖战的武人。他因一战成名，亦因一战而名灭。他自认忠良之后，却做了降将；他一心想要光耀门楣，却害得家人被灭族；他虽然在异族过着优裕的生活，却始终难消其胸中块垒。李陵寂寞地生活在"胡天玄冰"之中，他一直都处于爱恨交织之中，最初的绝望便奠定了他悲剧的一生。

贰师将军李广利领兵讨伐匈奴，另派李陵随从李广利押运辎重。但李陵不愿如此，他向汉武帝公开提出，愿意带他的五千步兵单独出征，汉武帝获准。结果在与匈奴对战中，匈奴以八万骑兵包围李陵，经过八昼夜的战斗，李陵斩杀了一万多匈奴骑兵。但由于得不到主力部队的后援，结果弹尽粮绝，在无奈中投降匈奴。

一

我李陵乃堂堂七尺男儿，既敢请缨深入敌营，便岂是那等贪生怕死之辈！悲乎！想我李家世代为将，战功赫赫，却也敌不过外戚的挤兑！我主动请战杀敌，本欲立功，报效汉庭，重振家风，奈何却身陷败彼，落得声名狼藉，一家灭门之境地。那匈奴一役，只消复得数十矢，足以脱矣。然人不助我，天不怜我！

兵不利，战不善。突围不成，我自知已无面目报陛下！不降且能如何？我已是败兵之将，纵使我誓死不降，一刀斩死于匈奴，又能落得什么？又能为汉挣得什么？我李陵乃陛下臣子，未能报国效君而死，怎对得起陛下信任，又以何面目面对列祖列宗！我此一死，只能让陛下身边少一人矣，于国于家没有任何益处。我不甘心，我怎能甘心！况，不言国事言家事，我上有老母未及报答，下有妻儿未及爱护，就此一死，我岂能安心瞑目！悲乎哀哉！天可知，我欲有所为也？

吾为汉将步卒五千人横行匈奴，以亡救而败，何负于汉而诛吾家？陵虽驽怯，令汉且贳陵罪，全其老母，使得奋大辱之积志，庶几乎曹柯之盟，此陵宿昔之所不忘也。收族陵家，为世大戮，陵尚复何顾乎？

"投降"便是"叛变"吗？倘若皇上能够对我宽容一些，我必不负皇上期望，戴罪立功。可是没有。相反，我穷极心血都想对抗的匈奴，那"贼人头领"单于却对我百般礼遇，想也可笑，我在汉数载，竟也从未感受过这般的温暖。

"投降"便是"叛变"吗？竟是我错了吗？多少个惊醒的夜晚，痛至深处竟不禁长叹。不！陵何负汉！叹！我虽降于匈奴，但心如明镜，只可惜无人照见。我投降匈奴便不可再回汉吗？他人降后又逃回汉，皇上可以接受并为人封侯，为何单单对我李陵如此刻薄！一时一刻也等我不得，一丝一毫也宽容不得。究竟是陵叛汉，还是汉叛陵？陵何负汉？那是我生长的地方，那里有我的家人，我的祖先，我一生的理想和抱负。只是陛下您太过绝情啊！……刀落的那一瞬，我此一生亦断然终结，再无回头之路。

二

汉武帝对功臣虽要求严苛，然而他对喜爱的功臣也百般宠爱。于李陵，汉武帝显然是不够十分喜爱的。在汉武帝看来，李陵似乎身负原罪，这原罪的根源就在于他的祖父李广。但他确实是百分百信任李氏家族的忠诚的，李家世代为汉效忠，作为李家后人，汉武帝不仅信任李陵的才干，更信任他的家教与他的气节。

在汉武帝眼中，李陵是汉朝大将，是武帝一直以来视为人才的人，胜利本才应该是武帝所期许的结果，纵使不胜，失败而逃或者誓死不降匈奴，身受皮肉痛苦最终等待汉朝救援也是汉武帝所能接受或者预想到的结果，或许失败还正合武帝心意,他本就想挫一挫李陵的锐气。但是他绝对想象不到李陵战败的选择居然是投降!

这一降,便将汉武帝所有的信任狠狠践踏揉碎。李家世代为将,忠心为汉,从未出过"汉奸",更何况李陵主动带兵出击,信心满满。纵使汉武帝没有出兵援救而能料想到李陵的失败,但至少还相信他也会有如苏武一般的英雄气节,他的投降,无异于在汉武帝脸上狠狠扇了两个耳光,一向骄傲自负的汉武帝怎能接受这般大辱!于是他错愕、他痛惜,这些都在羞耻感中尽数转化为愤怒。

皇帝对李陵是严苛的,在极度悲愤与痛恨中,不给李陵任何辩解的机会,听信旁人一面之词就致李陵家人于死地。按司马迁于《史记》中的说法,这种残暴就是汉武帝的本性,因为汉武帝本就好杀多疑。但汉武帝当真比之始皇而无不及吗?为何汉朝人才济济,文人武将辈出?何故苏武闻上崩而南乡号哭,呕血,旦夕临数月?汉武帝的确有其凶残的一面,但是汉武帝此举却并非仅仅因为他嗜杀,是出于愤怒与恐惧,一种被人背叛的愤怒,一种决策失误的愤恨。但是,终究,汉武帝对李陵的信任是帝王对臣子的信任,并非友人般的信任。在得知李陵投降之后,他就在愤怒焦急中相信了,并且急于给予惩罚,这警告一是为了平息大臣与自己的愤怒,或达到杀鸡儆猴的效果;二是为了急于安抚自己,为了驱走自己那种被人背叛的羞耻,为了驱走自己已经察觉的决策失误与没有及时出兵援助的悔。而他是皇上,皇上是孤独的,他除了至高无上的皇权什么都没有,他只能用权力、用杀戮来掩饰自己,安抚自己,留住别人。

过了很久,汉武帝后悔没有及时救援李陵。他悔在李陵出塞时,没有让强弩都尉去迎接。在朝廷下诏,才让老将路博德心生奸诈,使李陵军覆没。于是派使者慰劳赏赐李陵军中逃回的士兵。过了很久,皇帝对于李陵的事情都依然没有放下,在平息了最初的愤怒之后,留下的就只有无尽的痛惜、懊悔。或许自己当初派兵援助了李陵,他便不至于战败而站在对立的那一边。或许自己当初没有那么急于处决李陵家人,他现在已经回来重新披甲上前线了……他慰劳李陵的士兵,无非是一种寄托,寄士兵以慰劳那个让自己怒、恨、痛、悔的汉朝李陵。

盖茨比之死

张潇
福建师范大学文学院本科 2012 级

  T. S. 艾略特曾评价《了不起的盖茨比》是美国小说自亨利·詹姆斯以来迈出的第一步。《了不起的盖茨比》这部小说是美国作家菲茨杰拉德的代表作,作者从第三者尼克的视角出发向我们描绘了一个"三角恋爱"模式的爱情故事:出生农户家庭的青年军官盖茨比复员归国后突发横财,为了夺回已经成为他人妻子的旧爱,在初恋黛西豪宅的对面买下别墅,宴请宾客来吸引黛西的注意。终于在尼克的牵线搭桥之下两人相见,黛西被他的热情所打动。不料两人的隐情被黛西丈夫汤姆发现,他当众揭露盖茨比卖私酒暴富的秘密,盖茨比也坦陈与黛西的爱情。可黛西却在关键时刻拒绝离开丈夫,心绪不宁之下开车撞死了丈夫的情妇威尔逊太太,盖茨比为黛西顶罪,威尔逊在汤姆的谎言和怂恿之下杀死了盖茨比。这个看似简单的爱情故事却蕴含着深刻的内涵,作者是用一个青年的努力追求梦想到梦想的幻灭来象征"爵士时代"的"美国梦"从辉煌到破碎的悲哀。盖茨比梦想的开始、努力和破灭是美国梦崛起、兴盛和衰落的象征。作者通过盖茨比奇迹般的富有和梦想的幻灭,黛西无情和拜金表现,"迷惘的一代"的道德危机,揭露浮华奢侈背后的沧桑和无奈。可以说,《了不起的盖茨比》是"爵士时代"的一曲挽歌。因此人们往往称菲茨杰拉德为"爵士时代"的"编年史家"和"桂冠诗人"。小说的最后,盖茨比死在了威尔逊先生的仇恨之枪下,但深究背后的根源,又是谁杀死了盖茨比呢?

  黛西无疑是凶手之一。盖茨比在南方驻守时和大家闺秀黛西一见钟情,但黛西却在盖茨比出征欧洲期间嫁给了汤姆·布坎农。可以说，盖茨比之后的贩卖私酒赚取暴利、买下豪宅夜夜笙歌、顶替罪名惨遭横祸都是因为对黛西的念念不忘，他希望通过自己的财富来和初恋重温旧梦。作者巧妙地运用了象征手法来使原本平凡的儿女情长上升到时代悲剧的高度。盖茨比象征着千千万万的美国有志青年，特别是中产阶级青年，而黛西则是他们"美国梦"的化身，汤姆则是"爵士时代"的代表人物。这里先谈谈"美国梦"狭义上的说法："人们通过自己的勤奋、勇气、创意和决心迈向繁荣，而非依赖于特定社会阶级和他人的援助。"盖茨比对黛西的坚持影射着美国青年对这一愿望的深信不疑和执著。"爵士时代"是指"一战"结束、经济大萧条还没有到来这一时期，美国经济空前繁荣，享乐主义大行其道，汤姆是其中的代表。黛西在盖茨比与汤姆的选择中毅然决然地选择了后者，这正是美国梦的变质，物质追求以压倒性的胜利打败精神追求，梦在时代的浪潮中异化，失去了它成功实现的可能性。盖茨比出征欧洲不久，黛西就选择了实实在在的东西，嫁给了纨绔子弟汤姆，这代表着梦幻时代的结束，女性在这一时期迷失了自我和本性，纸醉金迷的时代正在瓦解人们的精神道德，人们梦想和追求开始改变，金钱和地位比精神和道德显得更为重要。新婚前夕，黛西表现反常。她像猴子一样喝得烂醉，一手拿着一瓶白葡萄酒，一手捏着一封信。"她在拿到床上的废纸篓里乱摸了一会，掏出了那串珍珠，'把这个拿下楼去，是谁的东西就还给谁。告诉大家，黛西改变主意了。就说'黛西改变主意了！'"洗冷水澡时也死死捏着信不放是黛西的挣扎和对过去美好爱情的不舍，盖茨比充满爱意的信件和汤姆那条价值三十五万美元的珍珠项链，是美国梦在理想化和物质化之间苦苦徘徊的最好象征，最终的结果是信纸成了白色的碎片，黛西的拜金让她选择了财富，美国梦屈服在金钱之下了。黛西在痛苦的婚姻生活中妥协，在遇到盖茨比后她一方面为盖茨比的财富和热情打动，呈现出希望重归于好的天使面孔；另一方面她又无法抛弃丈夫汤姆给她带来的地位和金钱，在撞死威尔逊太太后摆出事不关己的恶魔嘴脸。双重的性格特点也让盖茨比吃尽苦头，让他活在甜蜜的谎言和想象中无法自拔。在黛西拒绝盖茨比的那一刻，其实他的梦已经离他而去了。黛西的华而不实、自私虚伪象征着梦的虚无和脆弱，而追梦者盖茨比则呈现莽撞、单纯的弱点，其实他一直心心念念的黛西早已不存在，有的只是虚伪自私、拜金庸俗的美丽躯壳，可他却为这样的梦想而努力,结局注定是失败的、悲剧的。美国梦的虚幻和不现实是造成追梦者悲剧性失败的重要原因之一,在经济繁荣、金钱至上的年代,这样的缥缈之梦是注定要被淘汰的,这也预示着盖茨比悲惨的结局。正如威尔逊太太说的:"这年头无论谁都想欺骗你,他们的脑子里想的只有钱。"

汤姆的恶毒诬陷和威尔逊的鲁莽也是造成盖茨比惨死的众多因素之一。汤姆当众揭露盖茨比的秘密来报"夺妻之仇"后仍难消心头之恨,还把情妇的死嫁祸给他,威尔逊的冲动鲁莽也加快了悲剧的发生。盖茨比本人也是凶手之一,他是一个浪漫主义者,一直单纯地以为只要在物质上达到黛西的要求就能和她重温旧梦,甚至为她执著到顶替罪名也毫不退缩,并没有真正地意识到其实黛西的拒绝远远不只是因为他贫穷那么简单。

"汤姆曾经是纽黑文有史以来最伟大的橄榄球运动员之一——也可以说是个全国闻名的人物……他家里非常有钱——还在大学时他那样任意花钱已经遭人非议……在我这一辈人中竟然还有人阔到能够干这种事,实在令人难以置信。"汤姆给人的是永远盛气凌人、性情暴戾的印象,粗野、蛮横的怅惘神气。"这是一具力大无比的身躯,一具残忍的身躯。他说起话来还带着一种长辈教训人的口吻,即使对他喜欢的人也一样。"而盖茨比是:"从他那悠闲的动作和他那两脚稳踏在草坪上的姿态可以看出他就是盖茨比先生本人……于是我看着的不过是一个风度翩翩的年轻汉子,三十一二岁的年纪,说起话来文质彬彬……"在形象和气质上,汤姆都是无法和盖茨比相提并论的,而且在品性上盖茨比也更胜一筹。汤姆在纽约有个女人,女儿出世不到一个钟头,他就不知所终,黛西从麻醉中醒来有一种孤苦伶仃的感觉。盖茨比则是完全钟情于黛西,连朋友的太太都不愿意多看一眼。两者相比,似乎无论从哪个角度,盖茨比都是更加合适的丈夫人选,但即使是这样,黛西也不愿离开汤姆的原因便是阶级观念在作祟。汤姆是从小就出生在富裕家庭的,是全国闻名的运动员,是真正意义上的上流社会,是东卵传统贵族;而盖茨比的父母是碌碌无为的庄稼人,他的财产是身份不明的科迪的遗赠,并且是通过非法的贩卖私酒获得财富,是名副其实的暴发户,在东卵人眼中不能算是上层阶级中的一员。从小说中的很多地方可以看出周围人对他的歧视和不满,他们虽然在盖茨比家享受宴会的狂欢,却在私底下怀疑他杀过人,质疑他牛津大学的学历。黛西追求的不仅仅是财富上的虚荣和满足,更是阶级地位上的提高和稳定。黛西也曾被盖茨比的财富打动过,"'这些衬衫这么美',她呜咽地说,声音在厚厚的衣堆里闷哑了,'我看了很伤心,因为我从来没见过这么——这么美的衬衫。'"但盖茨比和汤姆相比,他唯一缺少的也是必不可少的便是牢固的上流阶级地位,这样的"光荣"对于黛西来说远比爱情来得重要得多。盖茨比是来自西卵的杰姆斯·盖兹。"黛西十分厌恶西卵……厌恶它那不安于陈旧和委婉辞令的粗狂活力,厌恶那种驱使它的居民沿着一条捷径从零跑到零的过分突兀的命运。"这是新兴百万富翁与传统贵族之间不可逾越的鸿沟。作为东卵人的黛西,自认为高贵、风雅,是永远也不会接受来自西卵突发横财的新兴贵族盖茨比的,她必须要找寻一个与自己趣味相投的东卵贵族,也就是汤姆,他继承了来自父辈的财富和社会地位,过着空虚奢靡的生活,自私冷漠,活在自己的金钱社会里。盖茨比最终为黛西顶替罪名而冤死,不仅没有一个人为他感到惋惜,甚至连当事人黛西也无动于衷,他们只会在遇到挫折时退回到自己的金钱堆里。这里就要提到"美国梦"广义上的说法,那就是美国的平等、自由、民主。但实际上,这样的美国梦就像盖茨比追求黛西一样无法实现,汤姆等人对盖茨比的不屑一顾表现出传统贵族对新兴富翁的排斥。小说中汤姆问尼克在做什么买卖,在哪家公司"尼克告诉了汤姆。"从来没听说过。"汤姆断然地说。这使尼克感到不痛快。茉特尔抱怨借他人礼服的丈夫:"我嫁给了他,是因为我以为他是个上等人。"她最后说:"我以为他还有点教养,不料他连舔我的鞋都不配。"体现上流贵族对其他阶级的不屑。不仅是社会上的人们阶级观念深重,就连种族之间也存在不平等。"文明正在崩溃,"汤姆气势汹汹地大声说,"我近来成了个对世界非常悲观的人。你看过戈达德这个人写的《有色帝国的兴起》吗?……如果我们不担心,白色人种就会——就会完全被淹没了……我们是占统治地位的人种,我们有责任提高警惕,不然的话,其他人种就会掌握一切了……这年头人们开始对家庭生活和家庭制度嗤之以鼻,再下一步他们就该抛弃一切,搞黑人和白人通婚了。"这是对"美国梦"的讽刺和悲怆,这是盖茨比一个人永远努力也无法达到的高度,他和黛西之间的隔阂不仅仅是金钱那么简单,而是阶级之间的相互排斥和精神境界上的天差地别。

黛西追求的纸醉金迷的上流社会的生活,而盖茨比对理想的执著、追求早已超越了爱恨情仇,他所追求的"美国梦"是早已变质的,是空虚的,是无法实现的,他的悲哀就在于他从来都没有意识到他的梦是幻灭的,他的道德标准早已无法适应这空虚迷惘的黑暗。"一股空虚此刻好像从那些窗户和巨大的门里流出来,使主人的形象处于完全的孤独之中,他这时站在阳台上,举起一只手做出正式的告别姿势。"盖茨比永远也追不到黛西家码头尽头的那一盏通宵不灭的绿灯,他是被这个"爵士时代"抛弃的"追梦人",他是必须死的。这不仅是个人的悲哀,也是时代的悲哀。

毛信德说:"在其作品中,他归纳了这一时期美国青年尤其是生活在中产阶级社会的青年精神上的不满和苦闷,描绘出旧世界的堕落;他对穷人和富人以及社会阶级间的矛盾和对立有清醒的认识和深刻的分析。"菲茨杰拉德也认为"爵士时代"是"一个奇迹的时代,一个艺术的时代,一个嘲讽的时代,一个放纵的时代",在这样的时代里,盖茨比追求的不现实的美国梦必将幻灭,作为追梦人的他也必须幻灭。

"老头儿"汪曾祺的高邮梦
——读《我的高邮》有感

曹乐
福建师范大学文学院本科 2012 级

汪曾祺在他的《我的高邮》中有这样一页,只有一句话:"活着多好呀。我写这些文章的目的也就是使人觉得:活着多好呀!"活着,对于汪曾祺来说,是十分美好的事,他希望别人也能感受到他说的这一句"多好呀!"并不只是说说而已。

"老头儿",汪曾祺的儿子们还有孙子们是这样叫他的,并非是不尊重的说法,而是汪曾祺主张人之间的平等。他在《多年父子成兄弟》里面就有谈到过:"我觉得一个现代化的、充满人情味的家庭,首先必须做到'没大没小'。父母叫人敬畏,儿女'笔管条直'最没有意思。"比起"著名作家"汪曾祺,"老头儿"汪曾祺,倒是让人觉得真实。要看看真实的汪曾祺,就要看看汪老的家乡——高邮。虽说他的母亲早逝,汪曾祺十几岁就离开了家乡外出求学,但是汪曾祺对于家乡是极爱的。汪曾祺的儿子们为他写的一本书《老头儿汪曾祺》里面的一文《高邮汪曾祺》就有这样一段说道:"我记得有一次看一篇繁体字的文章,问爸'邮'字怎么读,他眼睛一亮:'邮局的邮,我的家乡高邮的邮呀!'他找来地图,眯着已经开始发花的眼睛,指出高邮给我看。"汪曾祺对于家乡高邮的感情可见一斑。

十几岁的少年长大了,离了故乡。家乡,变成了一个触及不了的梦。又是几十年过去,童年还依稀如昨天一般,是因为太遥远,记忆才会如此的清晰。对于汪曾祺来说,童年的记忆,是给予读者心灵滋润的东西,是好的,是快乐和幸福的。这是他希望通过文字传递给我们的。

对于安妮·居里安女士觉得他文字里有水的感觉的问题,汪曾祺是这样回答的:"这是很自然的。我的家乡是一个水乡,我是在水边长大的,耳目之所接,无非是水。水影响了我的性格,也影响了我的作品的风格。"汪曾祺把这份"水汽"解释为"理所当然"。他非常爱高邮。汪曾祺有一个非常美好的童年生活,《我的高邮》整本书,汪曾祺都是以童年的视角来写的,偶尔发表一些成年的议论。汪写到湖西的景色的时候,描述了黄昏的时候,湖上蓝天的颜色变幻,而湖面上是停泊在湖边的人家正在烧饭,一个女人在呼唤自己的孩子回家吃饭。下面就是一句话:"像我的老师沈从文常爱说的那样,这一切真是一个圣境。"对于汪曾祺来说,美丽的故乡,加上一个普通的家庭之乐,就是"圣境"了。我们能从这段话里面看出的不光是自然风光的美丽,而是一种人与自然的和谐。美景震撼了汪曾祺,但是真正让汪曾祺觉得这是圣境的,是那一户人家在这样的景色中的和谐之感。

汪曾祺爱他的父亲,母亲早逝,父亲后来又娶过一个继母。汪父是一名运动员,玩乐器,画画,刻章。汪曾祺这么形容他的父亲:"我父亲的手很巧,而且总是活得很有兴致。"用西洋红染风筝,用胡琴的弦来放风筝,父亲会做很多小孩子喜欢的小玩意。"父亲,捣鼓半天,就为让孩子高兴一晚上,我的童年是很美的。"汪因为有这样一个总是活得很"有兴致"的父亲,童年该是被十分呵护的。汪说:"我很想念我的父亲,现在还常常做梦梦见他。我的那些梦本和他不相干,我梦里的那些事,他不可能在场,不知道怎么会掺和进来了。"父亲是汪曾祺梦里不可少的一个人。

"对于一个文学家、艺术家的生长发育来说,早期经验更具有重大意义,它可以持久地影响到文学艺术家的审美兴趣、审美情致、审美理想。如此重要的早期经验正是从一个文学艺术家童年时代所处的'生境'中获致的。童年时代来自环境中的许多刺激,哪怕是生活中的一些细枝末节,都会在儿童相对宁静、洁净的心灵中留下不可磨灭的印痕。进而化作一个文学艺术家的形象记忆、情绪记忆,成为他日后从事文学创作的宝贵财富。"而汪曾祺自幼生活的高邮乡村就是给予汪曾祺无限灵感的一个地方。那里的人和景,给当年的少年的心中留下的印痕是相当深刻的。高邮的人们、高邮的风光,都是汪曾祺记忆中最为深刻的部分。那些时光，留在他心里的是一种平和的生活态度，一种"有兴致"的活法。高邮告诉了汪曾祺什么是美、什么是爱。他能从童年的记忆中找到人们对他的爱，就像父亲、继母、大莲姐姐那样，他们都有一种传统的美德在。在都市里面找不到的，在这个小小的家乡都能找到。

本书是一本记事的散文集子，字里行间满满是作者对于高邮的感情。在这样一个人情美的世界中成长，结结实实是作者本人的人生体验，也与汪曾祺后来的散文小说风格有很大的联系。汪注重人情美的抒写，希望通过对一个美好世界的描写呼唤起国民内在的民族品德的觉醒。《我的高邮》中作者以清新恬淡的风格记述了他的童年生活，正面描写了很多人性的美好和纯净的人情，其中语言十分多样，取材也是比较随意散漫。像是有一篇文章专门写了夏天的昆虫，还有一篇是专门讲了踢毽子。读起来不会觉得索然无味，反而是共鸣的地方有很多。

汪曾祺的老师沈从文就是追求文学的审美独立。那时的个体意识被历史洪流所湮没，文学的纯粹性和审美性得不到人们的关注，于是沈从文的"独特"受到批判，笔下流露出无尽忧愁和无奈。汪曾祺此时却把笔触伸向社会边缘，写写老人熟悉的过去生活，写平凡人的命运，写各地的风俗民情，汪说"我对风俗有兴趣，是因为我觉得它很美"。这种独特的视角为汪曾祺打开了一片新的天地，并没有像沈从文那样困在审美的独特上，而是发掘了生活的大众化的美感、过去的美好。他从日常的生活中提炼出了平和、散淡和欢乐，强调了人与自然的和谐，关注人性的美好。这使得汪曾祺一直处于一种主流文学之外的状态，呈现出一种边缘的状态。"边缘是一种姿态，是一种自我放逐和心灵流亡，选择边缘就是选择了自己的'他者'形象并准备为这份'孤独'付出选择的代价。边缘话语是在'生命不可承受之轻'中去测量挑战和独立所承受之重。"

汪曾祺带着他的梦、他的画、他的诗超脱于一切的主流之外。不说"之上"，是因为不一定这样的就是好的，但一定是独特的。他为自己找到了一席之地，在历史的洪流中为自己建造了一块容身之所，并且以细小而微妙的情感感染着、呼唤着。有人说这是一种"田园牧歌"式的写作，是"闲适写作"。但是这并不是独立在生活之外、没有根的，而是与现实生活和民间文化根源之间有着深刻的关联，对生命进行了思考和反思。他对于生命中的善和美进行了想象和升华,肯定了原始人性中的美好品格,对于悲哀的部分有了质的超越。

　　这样的边缘选择,给予了汪曾祺不一样的文学品格,形成了他的独特的文学姿态,虽褒贬不一,但开心就好。

人生何处不相逢

郭郁婷

福建师范大学化学与化工学院本科 2014 级

我将于茫茫人海中访我唯一灵魂之伴侣，得之，我幸；不得，我命。

——徐志摩

只想讲讲从林徽因笔下了解到的徐志摩。徐志摩是在 1931 年 11 月 19 日遇险而死的。林徽因曾在《北平晨报》上发表过一篇哀悼志摩的文章。

他的朋友们对于他的死，谁也没有话说，哀恸在心里，哽咽着拭泪。或许是如此，"这难堪的永远静寂和消沉便是死的最残酷处"。我们从此失掉了一个诗人，一个富有诗意且可爱的朋友。

在文中也提到了徐志摩的富有诗意。为他"完全诗意的信仰"，他在英伦的瓢泼大雨中立在桥上等雨后的虹，"硬要借航空和飞机来拥抱云彩"，达到他"想飞"的夙愿。他说："飞机是很稳当的。"一个诗人这般狂热地信仰着诗意，信仰着生命中一切无定数的命运。如今，反观他的生活历程，他究竟访到了他生命之中的灵魂伴侣没有？我们也不能轻下定论。和林徽因一样，我们面对着生命的转瞬即逝和世事的种种偶然，总还是会感到悲伤的，总还是会感叹的。是啊，"除非我也有你那完全诗意的信仰"！

"志摩是个很古怪的人，浪漫固然，但他人格里最精华的却是他对人的同情，和蔼和优容。"他新式的诗文，他的性格，总有人赞许，总有人讽刺，但他从不为此动怒和在意,反倒流露出一种怜悯和理解的同情。"人不知而不愠,不亦君子乎?"徐志摩的宽容,或许也正因明白他人对自己的不了解,便对此不苛求。我们常人若有了徐志摩的温和、宽量,人世间哪还会有争吵和怒色?我想这便是他最令人敬佩的特点之一。做不到深谙人事,退一步从自身找找过失,不失为一种大度之气和君子所为。也正是这样一位温润诗意的诗人,带给我们多少美的心灵盛宴。

林徽因评他并不是怪,只是"纯"、"痴",比常人天真热忱。不因理想的艰难而退让,不因现实的残酷抛却对生活信仰的纯粹。永远守住对情感最真切的酝酿和最动人的诗意的信仰,并忠实于"生"。

"在康河的柔波里",草绿色的生命在水中招摇。他将漫长而又短暂的生命热血注入新一代人的文化血液中,望能承载他的诗意一路美丽地信仰着。悲着徐志摩的离开,感念着他所留下的,能像不息的河流一样,注入我们的生命。

"日子一天一天向前转,昨日和昨日堆垒起来混成一片不可避脱的背景,做成我们周遭的墙壁和气氛,那么结实又那么缥缈,使我们每一个人站在每一天的每一个时候里都是那么重要,又是那么渺小无能为!"

看见自己

道不远人
——我对中国传统"天人之道"的理解

陈逸鸣

福建师范大学文学院本科 2012 级

  20 世纪 70 年代,英国大历史学家汤恩比博士在著作《展望 21 世纪》中说道:"拯救 21 世纪人类社会的只有中国的儒家思想和大乘佛法,所以 21 世纪是中国的世纪。"也就是说,汤恩比博士预言 21 世纪是中国传统文化的世纪。如今,这一预言似乎正在得到"应验":近十几年,"国学复兴"的热潮引发国内外的广泛关注;开口必言"古人"、道"传统",反倒成了许多中国人眼里的"时尚"。但是要真正了解我们的祖先,把握传统文化的命脉,就必须对中国古人的宇宙观、人生观有所认识。只有认识清楚我们祖先的宇宙观、人生观,我们才知道中国人为何是中国人,才知道继承传统为何如此重要。中国古人往往是"天人并举"的,我们不妨将其宇宙观、人生观合称为"天人之道"。那么,"天人之道"从何说起呢?《中庸》开篇第一句话说道:"天命之谓性,率性之谓道,修道之谓教。"这短短的一句话,涵摄了中国传统文化中"天命"、"人性"、"道"(或"道德")、"教育"(即"教化")等诸多关键词,可谓尽得中国传统"天人之道"之精髓。以下我将围绕着《中庸》的这句话,谈谈对中国传统"天人之道"的理解。

天命之谓性:我与天地同体同德

  中国人讲"天命之谓性",意即"天命"和"人性"乃是统一的。我将从两大层面谈谈自己的理解：一层是"天人合一"观念，一层是"天人合德"思想。

人类历史，首先是人与天地交互作用的历史。一个民族的文明，首先表现在对天地及人与天地之间的关系的认识上。中国人以"天人合一"的观念，奠定了五千年辉煌文明的基石。

"天人合一"观念，认为天、地、人是统一的整体，是和谐共生的。从宇宙万物的起源看，中国人认为"无极生太极，太极生两仪，两仪生四象"（"太极生两仪，两仪生四象"出自于《易经》，"无极生太极"为后人添加）。这个"生"字，用得十分巧妙。西方人是不太讲"生"的，而是讲"分"（即"分别"）：西方学术文化特别重分门别类，在文化上形成各种类别的文化领域、主义和派别，在社会上阶级之分立、职业之对峙历来明显。中国人讲的"生"有"共生"之意：此"生"彼，则彼此本是一体。"无极生太极"，宇宙万物都是从无中生有的。这个"无"不是死"无"，而是充满活力，"动而愈出"（语出《老子》），能生出宇宙万物的"无"。因此"无极"和"太极"是一不是二。"太极生两仪"，"两仪"就是阴阳，中国人所谓阴阳不是互相独立的阴阳，而是作为一个整体的阴阳。所谓"阴阳合德，而刚柔有体"（语出《易经》）。因此，"太极"和"两仪"是一不是二。"两仪生四象"，阴阳合德，相生相济，生出宇宙万象。因此"两仪"和"四象"是一不是二。再者，《易经》又有"四象生八卦，八卦归太极"的说法。宇宙万物同根同源，既出于根源，而又归于根源。可见，中国人的整体观念是高度的，是极致的，宇宙万物本是不可分割的"一"。

既然宇宙万物本是不可分割的"一"，那么人与天地也是一体的。《三五历纪》中有盘古之神话，谓太初"天地如鸡子，盘古生其中"。后天地开辟，"天日高一丈，地日厚一丈，盘古日长一丈"。中国人把天、地、人并称为"三才"。盘古之为人，与天地并生，与天地同大。宇宙诞生于何时？正在于你我诞生的同时！你我又诞生于何时？正在于宇宙诞生的同时！天地运行不息，则我亦不曾逝去。天人如此契合，实不可分。无怪乎庄子说："天地与我并生，而万物与我为一。"（《庄子·齐物论》）

春秋末年，孔夫子在当时已有的"天人合一"观念的基础上，创立"天人合德"思想。孔子以前，唯有天子可上承天心、法天之德而行事。孔子出道后，著《春秋》而评论一切，教弟子而涵育万民，无异于身为平民而行天子之事。孔子之道立,则万民皆可直接效法天之德以立身处世。如唐君毅先生指出:"孔子立而后中国之人道乃立,孔子之立人道,亦即立一人人皆以'天子之仁心'存心之人道。天子之仁心,即承天心而来。故孔子之立人道,亦即承天道。"(唐君毅《中国文化之精神价值》)

感谢孔子,人从此便有了和天一样的仁德,天地的价值与真实,需要在我当下的生命中实现。因此"天命"与"人性"也就合而为一。孟子继承孔子"天人合德"的思想,提出了影响深远的"性善论"。孟子认为人皆有恻隐、羞恶、辞让、是非之心。"恻隐之心,仁之端也;羞恶之心,义之端也;辞让之心,礼之端也;是非之心,智之端也。"孟子主张通过后天的自身的努力,扩充、发扬恻隐、羞恶、辞让、是非之心,使之成为仁、义、礼、智这四种品行。如此,则"人皆可为尧舜"。

后世佛教传入中国,为国人的"天人之道"丰富了内涵。佛教认为,对于事物的认识有二谛。就世俗谛来看,宇宙万物,无量差别,种种大小、多少、是非、得失、生灭等现象,历历分明而有;从胜义谛来说,"三界唯心,万法唯识",天地万象莫不是真如法性所生,乃是一体而无差别的。再者,"一切众生皆有如来智慧德相"(《华严经》),如此则"心佛及众生,是三无差别"(《净宗法要》)。佛与众生的不同,仅仅在于自心的悟与迷的差别——"不悟,即佛是众生;一念悟时,众生是佛。"(《六祖坛经》)佛教之"人人皆可成佛",实与儒家"人皆可为尧舜"并无二致。

"人皆可为尧舜"、"人人皆可成佛",此论非同小可!她赋予了芸芸众生平等之尊严,维护了悠悠历史长久之温情,激活了茫茫宇宙沉寂之灵魂。因为她,众生有了尊严,人人生而平等,皆可顶天立地,成就自身"充实而有光辉"的生命;因为她,历史有了温情,人与人可以携手并肩,共创未来,猜忌、怨恨只是一时,互信、相爱才是人类历史之永恒;因为她,宇宙有了灵魂,万物同呼吸、共命运,为人心而生,为人心而动,含情脉脉,生机勃勃。如此,中国人在思想境界上,不仅实现了天与人的和谐,而且实现了人与人的和谐。

中唐以后,儒、道、释三教日渐合流。在吸纳佛道两家思想后,儒家发展成为宋明的理学,更加重视天人之和谐、心性之修养。宋儒程颐说:"在天为命,在义为理,在人为性,主于身为心,其实一也。"天命、人性、身心合而为一。张载更是提出:"为天地立心,为生民立民,为往圣继绝学,为万世开太平。"可见理学主张把对自己身心的小我之爱,推广为对人类、对社会、对文化、对历史,乃至对宇宙万物的大我之爱。这是何等宽广的胸怀,何等崇高的境界,何等光辉的生命!宋明理学培育了自宋以下,如岳飞、文天祥、戚继光、郑成功、史可法等一大批英雄豪杰,他们身躯虽殒,然浩气长存。他们用自己的生命,为"天命之谓性"添加了极佳的注脚。

"天命之谓性"思想,体现了中国人高度的整体性思维及追求天人和谐的理念;"天命之谓性"思想,将天之大、地之厚融入国人的内心,让国人可以顶天立地,昂首阔步向前,担负起自身的社会责任与历史使命;"天命之谓性"思想,造就了我中华数千年充盈天地的民族气节,塑造了我中华数千年充实光辉的民族生命。

率性之谓道:道就在我心中

中国人由"天命之谓性"推导出"率性之谓道"。因此阐释"率性之谓道",也是对"天命之谓性"的延伸解读。"率性之谓道",意即人只要顺着本性而行,就不违背"道"。我也将从两大层面谈谈自己的理解:一层是"道"与本性及自然的关系,一层是中华文化的内倾性。

首先,来说说"道"。中国人常讲"道",但是"道"究竟是什么,却是道不明的。因为"道"似乎无处不在、无所不包。在道家,"道"被认为是宇宙的本体,又被理解为万物运行的总规律。在儒家,"道"经常是某种文化理想或道德标准。中国人在翻译《圣经》时,也用"道"作为上帝的别名:"太初有道,道与神同在,道就是神。"我们在生活中更是常说,"做人要讲道理"、"你这人怎么不讲道理"等等。可见每个学派都有自己的"道",每个人都有自己的"道"。

但无论是何派、何人的"道",都有一定的"形而上性",正如《易经》说的,"形而上者谓之道"。因此,"道"是形而上的,是某种"崇高"。再者,这种"崇高"不可能是变化无常、无章可循的。实际上,世间的一切宗教、哲学,包括儒、道、释、基督教,无一不是努力在"无常"的世间万象的背后,找到那个"常",即"绝对真理"。所以我们不妨把"道"理解为形而上的、崇高的"绝对真理"。

中国人看来,"道"虽然是形而上的、崇高的,但同时也是可亲近的。甚至只要我们顺着自己的本性行事,就符合"道"。而顺着自己的本性行事,便是我们常说的"顺其自然"。在这里必须说清楚"自然"这个词。在我们现代汉语中说的"自然"其实是西方人的一个观念,对应英文 nature,即通常指"自然界"。但是"自然"一词本不是外来语,而是汉语古已有之的。中国人讲的"自然",是不带上"界"字的——有"界"的就不是"自然"。故本文以"天地"代称"自然界"意义上的"自然",以免混淆。那么中国人讲的"自然"是什么意思呢?

《大佛顶首楞严经》如此解释"自然":"无生灭者名为自然,犹如诸相杂和成一体者,名和合性。非和合者称本然性。"因此"自然"意即"自己如此",也就是万物的本性。《老子》说:"人法地,地法天,天法道,道法自然。"可见,道、天、地、人,无不源于自然。"道"是形而上的,不是诸相缘聚和合而成的,因此"道"就是自然的。"道法自然"意思就是:"道"效法它本身。天地效法"道",则天地亦是自然。再者"天命之谓性",天地的本性和人的本性是一不是二。人顺着自己的本性行事,就是顺着天地的本性行事,则同样处处、时时是自然,如此便不悖于"道"。

西方传统的自然价值观与中国传统迥异。西方人认为:一方面,认识和改造自然界乃是人的"自然"(human nature),这是好的。另一方面,被认识、被改造了的那个自然界已经不能称为"自然"了,而是"不自然",即所谓"文明",而这对人来说仍然是好的;反之,"不文明"的"野蛮"的,才是不好的。可见,在西方的传统中,人的"自然"是建立在自然界的"不自然"之上。因而,人与自然界是二元对立的。

而在中国传统思想中,并没有"改造自然"的理念。中国人认为只有"自然"是最美的,人若"不自然"则是反人性,物若"不自然"则是反物性。人应顺乎自然,守护万物的本性,而非反之。庄子认为,伯乐"善治马",实则违背了"马之真性"。"故马之知而态至盗者,伯乐之罪也。"(《庄子·马蹄》)再者,人与自然界的本性乃是"一理"。《中庸》说:"能尽人之性,则能尽物之性;能尽物之性,则可以赞天地之化育;可以赞天地之化育,则可以与天地参矣。"所以,只要人顺着自己的本性而行,就能与天地同性同德,与天地融为一体;如此,也就和"道"融为一体,与"自然"融为一体。这也正是"率性之谓道"的涵义。

中国人认为"道不远人",道就在人的心中,就在人本性中。罗俊义先生说:"道得之于心,道就成为我们生命存在的 essence(本质),或者说变成了我们生命中的 character(天性、本质、特性),这就是德。"(罗俊义《〈老子〉入门》)明心见性,方可有得于"道"而成"德"。这也正是"道德"一词的古代含义。故而中国人寻"道"不是向外求,而是向内求。中华文化也表现出明显的内倾性。

人人皆有对"道"的渴望,乃因人人都期盼实现自身的价值,谋得自身的幸福。从幸福观来看,先秦时期,中国人已有"天人合一"之观念,认为天意(即神意)为人力所转,故不重视向外祈求神明的赐福。《诗经》曰:"永言配命,自求多福"。《尚书》道:"天作孽,犹可违;自作孽,不可活。"因此,神权早在春秋就已瓦解,而不再高居于政权之上。后世佛教求福之法影响深远。佛教认为"万法皆空,因果不空"。人之所造"业",为己之阿赖耶识所记忆,阿赖耶识凭此影响、改变人之身体与命运,即引来相应之果报。故六祖慧能道明:"一切福田,不离方寸;从心而觅,感无不通。"所以,佛法被称为"内学",经典被称为"内典"。

再说人生之最大幸福,即健康。今人多把健康分为身体健康与心理健康。然二者实不可分。两千年前之《黄帝内经》,深得中国传统养生之道。《黄帝内经》的"内",就是提示我们每一个人都要关注自己,生命就掌握在自己手中,光靠外求是不能健康快乐的。《黄帝内经》重视精神的调养。张其成先生将《黄帝内经》中的精神调养法归纳为"四心":心地善良、心态平和、心胸开阔、心情快乐。他说:"如果结合儒家、道家、佛家的说法,我认为还要加上一个'心'——心灵纯净,共同构成'五心'。"(张其成《黄帝内经养生全解》)我们且看先秦圣贤,如孔子、孟子、墨子、老子、庄子等等,无一不是长寿的。当知,身体健康与心理健康息息相关。

保持心理健康,关键在于"反求诸己"。"反求诸己"是儒家道德修养的重要方法。孔子说:"内省不疚,夫何忧何惧?"(《论语·颜渊》)自我反省而问心无愧,就会心安理得,而不会有忧愁和畏惧。孔子的弟子曾参提出:"吾日三省吾身。"(《论语·学而》)强调每天都要对自己的言行进行多次反省、检查,以求在道德上不断进步。孟子则打了个比方说:"仁者如射,射者正己而后发;发而不中,不怨胜己者,反求诸己而已矣。"(《孟子·公孙丑上》)孟子认为,实现仁义,就像射箭一样,射不中,不会怨恨胜过自己的对手,而只会反省自己哪里做得不够好。"射"乃孔门"六艺"之一,被当作修养身心的重要手段——人若心术不正,怀争强好胜之心、嫉妒怨恨之心,一定提高不了射术。因此射箭比赛乃

249

是"不争之争"。正如孔子说的:"君子无所争,必也射乎。揖让而升,下而饮,其争也君子。"(《论语·八佾》)儒家主张像射者那样常常"反求诸己",其最终目的,正是"与世无争"、"与人无争",消除自身与外界的对立。因此孟子说:"行有不得皆反求诸己,其身正而天下归之。"(《孟子·离娄上》)时常"反求诸己",不失本心,周围人自然就会因此而亲近你、归顺你,如此便实现了自身与外界的和谐。

由此延伸到国家外交政策上谈,便不难理解我中华民族为何被称为"爱好和平的民族"。钱穆先生在《国史大纲》中说:"秦、汉统一政府,并不以一中心地点之势力,征服四围,实乃由四围之优秀力量,共同参加,以造成一中央。"中国数千年的"立国基本精神"即是如此,不好对外扩张、征服异族,而重完善自身之制度,发展自身之文明,自然吸引得外邦来贺。这在孔夫子就说得很清楚了:"远人不服,则修文德以来之。既来之,则安之。"(《论语·季氏》)历史上的丝绸之路、鉴真东渡、郑和出航等等,无不说明了中国人民向来以文明使者的身份与世界交流。礼仪之邦,光被环球;万邦钦慕,重译来朝。连伊斯兰教创始人穆罕默德都说:"学问虽远在中国,亦当求之。"

"率性之谓道"思想,反映了人与天地万物本性的和谐统一,让国人可以时常回归本性,拥抱自然;"率性之谓道"思想,提醒国人"反求诸己"、心内寻道,从而消弭自身与外在的一切对立;"率性之谓道"思想,塑造了中华民族"内倾型"的基本文化形态,让中国始终以"和平之邦"、"礼仪之邦"的姿态,屹立于世界的东方。

修道之谓教:让传统文化精神薪火相传

"修道之谓教",意即讲"道"修明推广,就是教化。阐释"修道之谓教",仍是对"天命之谓性"、"率性之谓道"的延伸解读。我还是从两大层面谈谈自己的理解:一层是古代教育的宗旨和地位,一层是古代教育的方式和方法。

"修道之谓教",一句话便点明了中国古代教育的宗旨,即将"道"修明推广。再者,"修道之谓教"既然是建立在"天命之谓性,率性之谓道"的"天人之道"上,那么我们当知:中国人将"道"修明推广的终极目的,就是实现天、地、人的和谐。

前文已说到，中华文化是"内倾型"文化。钱穆先生认为，中国文化作为"内倾型文化"，将传统文化精神寄托在形而上的"道"。这与西方文化是不同的。西方文化是"外倾型文化，他们总把"聪明、智慧、技能、才力一切表现到外面具体物质上去"。（钱穆《中国历史精神》）我们且看看"外倾型"文化之特点。西方人将文化物质形象化，则物质形象定型后，人即与文化脱离而对立。物质形象难免走向衰毁，则"外倾型"文化亦随之衰亡。因此，雅典毁了就没有了希腊文明，罗马城毁了就没有罗马帝国。再者，即便物质形象历久无损，则"外倾型"文化衰亡后，外在物质形象亦难对文化起挽救作用。因此，虽然埃及金字塔至今默默屹立，但埃及文化也仅存此一隅。遍观西方历史上的诸多国家和民族，如巴比伦、埃及、希腊、罗马等等，衰后不再盛，亡后不复兴，"外倾型"文化之特点可见一斑。

　　但我中华民族历经数千年的风风雨雨、沧海桑田，衰后再盛，亡后复兴。诚如《中华世纪坛序》所言："文明圣火，千古未绝者，唯我无双；和天地并存，与日月同光。"那么这是何原因？归根结底，乃因中国人将其传统文化精神寄托在形而上的"道"。前文已说到，"道"是自然的，是不生不灭、永恒存在的。"道"没有"生"和"灭"，只有"行"和"隐"，故而古人称盛世为"大道之行"，称乱世为"大道既隐"。但即便是"大道既隐"，"道"仍然是存在的。在哪里？如前文所言，"道不远人"，"道"就在我们每个人的心里。所以孔子自信道："文王既没，文不在兹乎？"（《论语·子罕》）春秋末年，周王朝名存实亡；时过境迁，文王之治世更已消散走远。然而，周代的文化遗产却尽在孔子身上。"三军可夺帅也，匹夫不可夺志也。""道"就在我心里，是任何外力不可以夺去的。因此，即便是身逢乱世，仍然可以"独善其身"、"独行其道"（语出《孟子》）。中国人又说，"德不孤，必有邻"，"君子之德风，小人之德草，草上之风必偃"（出自《论语》）。君子之修德、弘"道"，可以使周围之人同蒙"教化"，乃至扭转时势，再造盛世。

　　所谓"教化"即古代之教育，和我们今天狭义上的"教育"（即学校教育）有所差别。古人认为教育关系到天下的兴亡。何谓"天下的兴亡"？明末顾炎武有"亡国"、"亡天下"之辩。秦代之咸阳、西汉之长安、东汉之洛阳毁灭了，改朝换代，此乃"亡国"，非"亡天下"也。中国人不是中国人了，成了"披发左衽"的蛮夷，换言之，中国人所看重之"道"永久隐去而不复行，此真"亡天下"矣！因

"道"常在,中国仍是中国;唯"道"常在,中国才是中国!而教育便是弘"道"、兴天下之根本途径。故而世界历史上再没有任何民族如中国这般重视教育。

古代中国,政治所代表的是"法统",教育所代表的是"道统"。道统是远高于法统的。中国人让"士"这个阶层专门负责宣扬"道统"。

"士"大致相当于今天说的"知识分子"。凡为"士"者,皆可为"师"。众所周知,中国古代社会阶层的有着"士、农、工、商"的地位排序,"士"排在第一位。钱穆先生甚至说,中国社会自秦汉以下,皆是由士来领导。为什么士的地位这么高呢?正因为士是"道"的弘扬者、守护者,肩负着宣扬道统、教化民众的文化使命。而法统的最高代表——历代皇帝,也需要以孔圣人的弟子自居,如此便不能不重视士林的言论。早在先秦时期,孟子说:"说大人,则藐之,勿视其巍巍然。"(见《孟子·尽心章句下》)荀子说:"从道不从君,从义不从父。"(见《荀子·子道篇》)充分显示了作为士人的自信。《孟子·梁惠王下》记载道,孟子当面问齐宣王:"四境之内不治,则如之何?"齐宣王被弄得很尴尬,一国之君也只能"顾左右而言他"。孟子为后世儒士做了很好的榜样。宋代王安石名满天下,皇帝请他教读,王安石要求自己坐讲,皇帝立听。王安石向人解释说,这么做是为了让皇帝尊重他所讲的"道"。此后程颐做经筵讲官,也有这样的要求。诸如此类故事,无不说明中国古代社会之重"道"与尊师。

以下再讲到古代教育的方式和方法。这里说的"教育"就偏向于狭义上的"学校教育"。说到这,不少人的脑海都会立刻自然冒出这样的念头:古代的学校教育不是扼杀人性的吗?有什么好的呢?平心而论,这种观点站不住脚。"修道之谓教"的思想,既然是在"率性之谓道"的前提下推导而来,怎么会扼杀人性呢?前文已说过,中国人是最讲回归本性、遵循自然的啊!依我看,中国古代教育的方式和方法不但不是扼杀人性的,反倒是最符合人性的。

徐顺健先生说:"从孔子到民国,中国所有的私塾、官学,都是一对一授课。老师从来不会面对两个以上的学生讲课。上大课只有一种情况,所谓'会讲',也就是讨论课。老师的授课,从来都是一对一。"(徐顺健《我所理解的中国古代教育》)"一对一授课",即因材施教,充分考虑到学生的个性。这种教学方法由孔子开创,我们在《论语》中可以看得很清楚。《论语》记载,一次子路和冉有问孔子同样一个问题:听到什么就行动起来吗?孔子根据子路和冉有的不同个性,做了相反的回答——"求也退,故进之;由也兼人,故退之"。再如同样是"问仁",几乎是有多少个弟子问,孔子就有多少种回答。这样的例子在《论语》里非常多。孔子说:"不患人之不己知,患不知人也。"(《论语·学而》)孔子能做到"因材施教",正是因为他深知每一位弟子的个性。

中国古代学校还有一个重要特点,即很少使用教材来教学。"我们古代的学校,只有蒙馆才有教材,也就是《三字经》之类,自学馆开始,就再也没有教材了,一律读原典。"(徐顺健《我所理解的中国古代教育》)从一百年前的"教育改革"后,中国的学校才规定使用教材,从此学生不读原典,所有的学问都是听说来的,"目学变耳学"——这正是当年章太炎先生反对"教育改革"的重要原因之一。古代中国为什么不用教材呢?前文已说到,"天命之谓性"思想让中国人认为"人皆可为尧舜"。再者"率性之谓道",传统之"道"重在内求而修身,因而人人都可以有得于"道"而成"德"。圣人只能为我们引路,而不能代替我们完成道德之修明。孔夫子也曾感叹:"饱食终日,无所用心,难矣哉!"学习从来都是自己的事,"道"需要我们自己去探寻、去领悟。所以中国古代学校不用教材,就是尊重每一位学生的个性,尊重每一位学生对"道"的解释权。

如此我们便知,那些认为中国古代教育"只重学习传统,而扼杀创新精神"等论调,真乃无稽之谈!今人常谓创新必建立于批判传统之上。殊不知,一切创新都离不开传统,都是对于传统的重新解读。子曰:"温故而知新。"孔子发展了周公时代的礼乐文化,可曾批判周公?孟子发展了孔子的学说,可曾批判孔子?宋明理学家发展了孔孟之道,可曾批判孔孟?中国古代学校教育采取"一对一"的教学方式,且不使用统一的教材,正是要让每位学子都能熟悉圣贤之道,体悟圣贤之道,好用我崭新的生命去抒写圣贤之道的新篇章。因此中国古人从不担心"创新"问题。

如此看来,中国古代学子读书绝不像许多人误解的那样"死读书"。恰恰相反,古代是十分讲究"生活实践"和"学以致用"的。孔子说得很清楚:"诵《诗》三百,授之以政,不达;使于四方,不能专对,虽多,亦奚以为?"(《论语·子路》)因为学子们要用自己的生命去体证圣贤之道,实现自己价值理想。孔子在《论语》中开篇就道:"学而时习之,不亦说乎?"我赞同南怀瑾先生的理解,这里的"学"不仅仅指捧着一本书读,事实上,"随时随地的生活都是我们的书本,都是我们的教育"(南怀瑾《论语别裁》)。"学而时习之",就是在生活中随时随地反思、体验、践行古圣先贤的"天人之道",实现传统文化精神的"薪火相传"。

"修道之谓教"思想,反映了中国古人对"道"孜孜不倦的追求;"修道之谓教"思想,体现了中国古人对教育的高度重视,赋予了普罗大众肩负天下兴亡的神圣使命;"修道之谓教"思想,让古圣先贤"重生"在当下,让中国传统文化精神薪火相传,延续不绝,"与天地并存,与日月同光"。

以上,我已阐述了自己对"天命之谓性,率性之谓道,修道之谓教"所体现的"天人之道"的理解。其实这么多的内容归结起来就是一句话:"道不远人。"

"天命之谓性",天之大、地之厚皆备于我心,我与天地同体同德,故而"道不远人";"率性之谓道",万物莫不源于自然,明心见性、率性而为便是"道",故而"道不远人";"修道之谓教",通过修道明德,我们可以思接千载,与古圣先贤相视而笑,故而"道不远人"。

因为"道不远人",我们可以顶天立地,努力寻求自身的价值理想,完成自己的历史使命;因为"道不远人",我们可以时时悟"道"、处处悟"道",不奢望强求,不矫揉造作,永远以最纯真的姿态面对世界;因为"道不远人",我们可以让古圣先贤的光辉生命在我当下"活"出,照亮芸芸众生。

佛曰:"一切众生本来是佛。""道"就在我们心中。"道"不是"说"出来的,不是"做"出来的,而是"活"出来的。让我们用自己的生命去体证"道"吧!

归来兮，"士"之精神

——对于当前国民传统道德信仰缺失的思考

陈逸鸣

福建师范大学文学院本科 2012 级

从三鹿"毒奶粉"、"周老虎事件"，到红十字会信任危机、"小悦悦事件"，再到当前炒得沸沸扬扬的"李天一事件"、"校长开房案"……近几年来反映国民道德滑坡的事件或现象，真可谓是无处不在、无孔不入、无奇不有！许多人感叹"世风日下，人心不古"，认为中国人的道德到了全面崩溃的边缘。究其根源，我认为这与中国传统的"士"之精神的缺失关系甚大。

许多人以为中国数千年历史一直是没有信仰的。此言失之偏颇。中国古代固不像中世纪欧洲国家那样将一种宗教立为国教，促使国民普遍信仰该教，但中国人始终有自己独特的信仰——道德。正如钱穆先生说的，"中国历史乃由道德精神所形成，中国文化亦然"，"中国历史上、社会上、多方面各色各类的人物，都由这种道德精神而形成"。我们看黄仁宇先生的《万历十五年》吧。在书中，不论是万历皇帝、张居正，还是海瑞，他们的生活始终以道德为轴旋转。万历皇帝虽然厌倦礼仪，却对关乎道德的孝道不敢怠慢。张居正即便权倾一时，也要用忠诚正直来体现自己的道德。而海瑞则更不用说，他将道德视为生活的最高也是唯一准则。而那些平头百姓虽然目不识丁，却对"二十四孝"及各种礼仪烂熟于胸。即便是三岁小儿也能把推崇孝道、忠君、爱民的《三字经》等背得滚瓜烂熟。再者，中国古人拜孔子、关羽、妈祖等，并非真以为他们是神，而是崇拜他们身上的光耀千古的道德精神。道德,在中国历史中确实有着无可替代的地位和作用,应当说是渗入中国人血液和骨髓之中的信仰基因。

如此我们便可说,西方人有宗教精神、宗教信仰,中国人有道德精神、道德信仰。西方人的宗教精神、宗教信仰的最高传播者与解释者,是教皇、教士等神职人员。那么,中国人把道德精神、道德信仰的最高传播权与解释权交在谁的手里呢? 答案是:士。

"士",可相当于今天说的"知识分子"(当然这是就"同样是读书人"而言的,二者仍存在区别)。这个阶层在中国历史上是十分特殊的,其特点归结起来有四:一是地位高、作用大;二是专注于承担文化之使命;三是从事经济生产,人格独立于经济之上;四是相对独立于皇权,敢于捍卫"道统"。

众所周知,中国古代社会阶层的有着"士、农、工、商"的地位排序。"士"排在第一位。钱穆先生甚至说,中国社会自秦汉以下,皆是由士来领导。为什么士的地位这么高? 因为士的职责和使命,是最重要、最伟大的。这种职责和使命又是什么呢? 宋儒张载总结得很好:"为天地立心,为生民立命,为往圣继绝学,为万世开太平。"若依我的话说,就是弘扬道德精神,守护道德信仰。此乃文化之使命,亦即传统儒士孜孜追求之"道"。

那么,士又该如何担负自己的职责和使命呢? 儒家经典《大学》说:"古之欲明明德于天下者,必先治其国;欲治其国者,必先齐其家;欲齐其家者,必先修其身。"士要弘扬道德精神,守护道德信仰,必须从个人的道德修养做起。既然士要担负如此文化之使命,便不能再在意自己的物质生活条件。正如孔子说的:"士志于道,而耻恶衣恶食者,未足与议也。"(见《论语·里仁篇》)因此,中国古代的士,是不从事经济生产的,"无恒产而有恒心者,惟士为能"(见《孟子·梁惠王上》)。那么士是靠什么吃饭呢? 靠的是农、工、商的"供奉"。这就是孟子说的"治人者食于人"(见《孟子·滕文公章句上》)。

《论语》中记载着一则小故事,一天樊迟向孔子请教种庄稼的本领,孔子说自己比不上老农。樊迟出去后,孔子"骂"樊迟:"小人哉,樊须也!"许多人以此为例,批评孔子轻视劳动、鄙视农民。其实不然。我们要知道孔子和弟子们是什么身份。他们是"士",且是"儒士"(或说"文士")。儒士虽然不耕田、不种粮,但是要耕文化之田、种道德之粮。所以孔子接着说:"上好礼,而民莫敢不敬;上好义,则民莫敢不服;上好信,则民莫敢不用情。夫如是,则四方之民襁负其子而至矣,焉用稼?"孔子是要提醒弟子始终牢记,自己的使命是什么,且如何尽到自己的本分。

可见,中国古代的士人不该在意,也不必操心自己的物质生活条件。他们的人格独立于经济之上,不隶属于任何财团势力,从而能专注于"道",履行好自己的使命。

既然中国古人将道德精神、道德信仰的最高传播权与解释权,交给了士这一阶层,那么历代君王也就不能不尊重士的言论了。孟子说:"说大人,则藐之,勿视其巍巍然。"(见《孟子·尽心章句下》)荀子说:"从道不从君,从义不从父。"(见《荀子·子道篇》)以上无不显示着作为士人的自信。《孟子·梁惠王下》记载道,孟子当面问齐宣王:"四境之内不治,则如之何?"齐宣王被弄得很尴尬,一国之君也只能"顾左右而言他"。孟子为后世儒士做了很好的榜样。

资中筠女士指出:"封建时代,皇权是法统,儒家之道是道统,二者是分开的。在一定程度上,它们是各自独立的。所以儒生就有一份自信,他可以告诉皇帝,哪些事情做的是符合孔孟之道的,哪些是不符合的。"可见,"士"之精神中,包含着把真理(即"道")作为立身处世的最高标准,而不盲从于权势的傲人风骨。

从上文所述,我们可总结"士"之精神为:以身作则,弘扬道德,守护社会的良心;不贪图富贵,不做钱财之奴隶;不屈从权威,不做皇权之喉舌;永远执著于至高无上的"道",永远保持着人格的独立。

然而很可惜的是,在当今中国,传统的"士"早已难觅,"士"之精神也可谓是"丧失殆尽"了。我们且以今天的"知识分子"比附古代的"士"。改革开放以来,知识分子虽然早摘掉了"文革"期间"臭老九"的帽子,但地位仍远不如古代之"士"。其根源在于改革开放以来,中国"以经济建设为中心",而对传统的道德信仰弃如敝屣。知识分子已不再被视为担负神圣的文化使命的主体。而原本居于"末位"的商人的地位却大大提升,他们财大气粗,且逐步掌握了社会话语权。许多知识分子面对他们时已无法挺直腰板,甚至竞相讨好、依附于他们。"谁给钱,就为谁说话、写作",成了当下许多所谓"学者"、"专家"的"信条"。"笔杆子依附于钱袋子"成了普遍的令人痛心的社会现象。

更可怕的是,"笔杆子们"不仅依附于"钱袋子",还千方百计地要往"钱袋子"转变。当前,中国不少高校早已赤裸裸地商业化,其教授、导师等做学问不再是为守护社会良心,而是为自己赚钱玩乐。"笔杆子"成了换取"钱袋子"的工具,各种学术腐败现象发生就不可避免了。如今许多知识分子俨然成为商人,早晚盯着钱看,不但出卖学术,还出卖自己的良心,毫无传统士人的操守。

部分知识分子之所以"愈堕落愈快乐",一个重要的原因是:他们创造出的理论,给了自己以堕落的勇气。社会学家呼吁性解放,每个人自由地运用自己的身体追求快乐,木子美被认为是个性解放的象征,离婚率上升也曾被认为是社会进步的表现;经济学家运用现代福利经济学论证说,卖淫嫖娼既可以解决妓女的生计问题,也可以增进嫖客的福利,更可以促进服务业的发展。某些"勇于创新"的学者则说,贪污腐败是必要的,可以有力地推进经济增长。至于一些以启蒙者自居的知识分子,则不遗余力地批判传统文化,对于任何试图认真对待传统的努力,都群起而攻之。在他们看来,如果不彻底摧毁中国传统,中国人就不可能获得自由。这些知识分子塑造了不少误导民众的观念,从而使他们将道德信仰的丧失误认作思想、个性的自由。

另一方面,当今的知识分子已不再像过去的"士"那样,敢于挺直腰板评判政权的是非。正如资中筠女士说的:"(封建时代)君和师没有'合二为一',没有'唐太宗思想'或者'宋太祖理论'。'士林'会以'道统'判断是非。可是到了解放以后,导师和领袖'合二为一'了,所有的理论都要出自权力中枢,这样一来,就把判断是非的能力给收缴上去了,知识分子也就丧失了自信。"当今中国的言论宽松程度,比起三四十年前当然是进步了很多。然而一个事实是,大多数的知识分子仍然只能做政权的"喉舌"、"传声筒"。因为"真理"掌握在了领导人的手中,那么"官印儿指示笔杆子"就成了再自然不过的事儿。"跟着领导走",是当前许多知识分子又一"信条"。

陈寅恪先生曾说:"士之读书治学,盖将以脱心志于俗谛之桎梏,真理因得以发扬。思想而不自由,毋宁死耳。"独立的人格、自由的思想对于知识分子来说,本应该如灵魂般宝贵。一个政权若想长期屹立不倒,就应该要为广大知识分子提供一个"百花齐放、百家争鸣"的平台。毛主席说得好:"让人说话,天不会塌下来;不让人说话,迟早要垮台。"很可惜,这个"让人说话"的平台,直至今日仍未真正建立。如此,知识分子即便有良心,在很多时候,往往也只能是昧着良心说话,遑论"守护社会良心"!

可见,当今中国的知识分子,实际上早已没有了前文所述的传统士人的四大特点。在古代中国,士兢兢业业地守护着国民的精神家园,盛世则教化百姓,造福于民;乱世则杀身成仁,舍生取义。正因为有这样的"中流砥柱"在,中华民族才能历经数千年风风雨雨,衰后又盛,亡后复兴,创造出不中断的辉煌文明。这就是士的力量,道德的力量,文化的力量。如今这一群体既已消失,那么国民的道德信仰体系也就难免随之崩塌,社会上乱象丛生已不足为奇了。

国民道德滑坡问题之严峻性,已引发社会普遍关注。然而许多人在感叹"世风日下、人心不古"后,或摇头表示无奈,或有意回避问题,未能真正反思问题产生之根源并探寻解决问题之途径。眼下,我们首先要做的是:彻底剔除对于传统文化的种种怨恨和误解,重新平心静气地面对自己的祖先、自己的文化,从而真正唤起民众对于重建传统道德信仰之共识。在此前提下,还要着力培养一群如传统之"士"般有文化承担意识的知识分子,唤回"士"之精神,为污浊的世道注入一条条澄澈之溪流。以"士"之精神,引领国民重拾久违之道德精神。如此,国民道德信仰才有重建之可能。重建国民信仰可谓任重道远,并非一朝一夕之功。但若不从现在做起,从一点一滴做起,我们又怎能无愧于心地自称"炎黄子孙"呢?

归来兮,"士"之精神!

零落成泥
——读《情书》有感

张洛岚
福建师范大学文学院本科 2012 级

你好吗？我很好。

让一封寄往天国的信渐渐苏醒一段青涩的爱恋，让一个重名的巧合去释怀过去和未来，如樱花瓣落下之际，淡淡的，有一种清香能徜徉于心，亦积淀于心。

日本神户，对死者的缅怀，也是对生者一次悲思的唤起。正因为这情感在无处安放中泛滥，渡边博子才会天真地给远在天国的藤井树寄去一封满载思念的信。然而，一切不可能的发生会尽是惊喜与好奇，甚至隐隐不安与无措，正如博子收到了署名为"藤井树"的回信。于是，尘封的往事在一点一点地被开启，成为萦绕于生者与死者之间的牵念……

老天乐于时不时开一个玩笑，可谁又能指责这个玩笑开得不好呢？原来两个藤井树，性别不同，还是同班同学，这成了中学时代的尴尬和被玩笑。女性藤井树在与博子一次次的书信中，不断地回忆，才迟钝地发现年少时竟与男性藤井树有一段青涩、微妙，如潺潺流水般的"爱恋"……

我们都曾背着书包在夕阳下嬉戏，也都曾与异性在微妙中羞涩，或许那叫年少无知，或许那也叫天真烂漫。留下的、遗忘的，都叫曾经，都在心里走过、停留过，只是等待一次唤起，才好永久地细细品味。《情书》在时光的倒流中给我们含蓄优美的暗恋，让我们在淡淡感伤中铭记年少的那些人、那些事，就像冰冷的冬天里,感冒的藤井树收到了博子的一份关怀,温暖于心。

　　回忆是美好的,尤其是在那个懵懂的年纪里。即使再怎么不堪回首,现在的嫣然一笑也会是那么舒心。或许准确来说,我们应该是在那个回忆与被回忆的尴尬年龄里,但是仍然有过去可以在《情书》里找到共鸣。我喜欢当女性阿树在前面骑车时,男性藤井树骑车赶上来将一个纸袋套在她的头上,坏坏的笑脸给一次恶作剧以无限的遐想,阳光下,那是中学时代特有的标志,青春里难以忘怀的印记;我还喜欢在图书馆里,男性藤井树一直在被风轻轻吹起的窗帘旁看着书,看着那些基本没有人看的书,然后再抱着一大堆书放到阿树面前,欣赏阿树那满是疑虑的表情,他还是那个带着坏坏笑意的少年;我更喜欢在小说的结尾,那一本串起最后一次见面场景的《追忆似水年华》,还有借书卡背面他为她画的素描肖像,这时,他坏坏的笑容变成了她脸上的寓意深刻……

　　然而,一切的一切都不及那句"你好吗?我很好"来得平淡却深刻。这一句里有博子对遥远的男友阿树深深的思念。更为可贵的是,这一句连接起了空间上情感的碎片,还有生与死,过去、现在和未来的进一步思考。如果第一封信上的"你好吗?我很好"遥寄着的是博子对男友的难以忘怀,那最后博子面对藤井树遇难的那座山大声呼喊出"你好吗?我很好"就是一种释怀了,尽管当时的她泪水肆意横流,但她明白,死者已矣,生者的感情还在继续,过去没有空间停留她现在的生活,更何况要如何负担得起她的将来,毕竟死亡终将会淡化为一种哀思与怀念。正如女性阿树终将坦然面对父亲的逝世。《情书》的主题便是要"珍惜有限的生命和宝贵的爱情",只是在谈及死亡时摆脱了日本文学里常有的恐怖。每一个文学作品的深刻都不在表象上动人的故事、精致的描写,总要留有空间给读者有方向的生活感悟。难忘过去,那似水年华。追忆,终究不是生活的全部,却不影响其成为生活的调和剂。那如樱花瓣飘落瞬间的暗恋,淡雅清新;那如富士山屹立不动的爱情,刻骨铭心,在生与死之间串起了感动,许久,许久。

　　剪一段时光,荡漾于心。无论是爱情,还是生命,当樱花落下,有瞬间的美好,让我们痴迷其中,但零落成泥后,又何必只惋惜于花瓣归尘归土后的颓败呢?一切的毁灭,总会以新的存在方式诞生,揉香于泥,不是更吸引、更坚实的可靠吗?将一个巧合、两段爱情、三个故人,留在过去,绽放于现在。将那一份情感藏在内心,偶尔为自己送上一个会心的微笑,年少无知的有理,是不懂事的可爱!其实感情的真切表现正是存在于生活的细微之中,不一定要众人皆知,也不一定要蜿蜒曲折,就是那一个恶作剧的纸袋子,那一张借书卡背后的画像,汇水滴为汪洋,因为这些小事而深刻,深刻得耐人寻味。

零落成泥,香如故!

爱情的理想与现实

欧杨雅兰
福建师范大学文学院本科 2012 级

作家的作品风格往往都与作者的人生经历和阅历息息相关。张爱玲的作品亦是如此。特殊的家世背景，不完满的童年时光，与她变幻的人生历程等等因素，都共同筑成了张爱玲作品的独特风格。

作家的阅历在影响着他们的创作的同时，创作出的作品也折射着作者的思想情感、价值观、人生观。

张爱玲的作品与其不凡的人生同时在灿若群星的文坛之中，脱颖而出，成为世人无法忽略的传奇。正如她到来时，人们说她是一颗夺目的新星；又如她走时，人们说她的离去是华语文坛的损失、巨星的陨落。张爱玲的人生便是在这一升一落之间，在时代的夜空中划过了残缺却又完美的弧线。

张氏用那精炼、干净、纯粹的文字，忧郁又不失理性的笔调，向我们展示了这个女子敏感而孤寂的心。人们都说自己是悲观的，但最后为了苟存都还是会或强作乐观或不悲不喜地继续生活。由于她特殊的童年时光，我相信张氏骨子里是悲观的，但没有人希望悲伤，有了灾难的现实，才更加渴望美好，所以不悲不喜地活着，写作是她对理想的人生发泄的地方。你或许会说她的作品不都是体现了爱情中女人的悲剧吗？是的，然而，作家写着这些悲剧，难道不正是因为她对理想人生的极度渴望吗？

于是张爱玲用她那超凡脱俗的心境，历练出了充满灵性与感悟的文字。笔尖转动，流淌出充满哲理与宿命的文字，往往也让人的心动了一下。或许都是我们明白的道理,存于世间的平常,却因为张爱玲的揭露,让人震撼,让人醒悟,只是一句话,就令人感同身受。这,便是张爱玲与我们的区别。

理想的人生之中,爱情是永恒的话题,美满的婚姻是理想人生的归宿。《红玫瑰与白玫瑰》是张爱玲最出色的作品之一,它的人物、情节、文字,都倾注着她的天分与才华,都融入了张爱玲灵魂深处的荒凉与孤独,阐述着爱情的无奈与宿命,展示出了小说独特的氛围。

她说:"振保的生命里有两个女人,一个是白玫瑰,一个是红玫瑰。也许每一个男子全都有过这样的两个女人,至少两个。娶了红玫瑰,久而久之,红的变了墙上的一抹蚊子血,白的还是'床前明月光';娶了白玫瑰,白的便是衣服上沾的一粒饭黏子,红的却是心口上一颗朱砂痣。"娇蕊和烟鹂是振保生命中的两朵玫瑰。娇蕊是那朵红玫瑰,妩媚放荡,娇艳可爱;烟鹂是那朵白玫瑰,素净洁白,安安稳稳。

振保遇上娇蕊,心动了。她也爱上了他,真正地学会了单纯的爱,不再游荡,鼓起勇气毅然为了振保跟丈夫离婚,然而振保却没能主宰自己的爱情,为现实所羁绊和束缚,娶了安分守己的烟鹂。振保对娇蕊的感情毕竟还是不同于以前他经历的那两个女子,前两个与肉欲有关,对娇蕊却是从心开始的,他发自内心思念和渴望的是爱情。然而,振保"为了崇高的理智的制裁,以超人的铁一般的决定",舍弃娇蕊,他也难过、愧疚,但现实的追问,令他不愿承认自己的感情。娶了烟鹂,红玫瑰成为振保心上的一颗朱砂痣。与烟鹂的生活,无波无澜,看似现世安稳,但时间久了却是越来乏味,振保也将自己的不顺发泄到烟鹂身上,原本无趣的婚姻,更是蒙上一层灰色。烟鹂这样一个传统的女子,即使不是热情的女子,但安分守己过日子未尝不是一种幸福,即使没有爱情,为了婚姻,她也是想好好地过日子,然而婚姻却是无法把握与无奈的,她努力想要挽回,却无可自拔,变成了那一粒饭黏子。

振保的爱情奔走于理想与现实之间,他不想放弃理想的爱情,又无法摆脱现实的束缚,爱情的理想与现实的交汇率太小太小:娇蕊是他永远无法忘怀的风景,是匆匆过客又不是过客;烟鹂是他命运的归宿,也是悲剧的开始。

振保的选择,振保的爱情悲剧,"成全"了两个女子的悲剧。

写着孤独悲凉的文字,字里行间满满透露着的都是无奈甚至绝望,所以张爱玲追求的是一种纯粹的爱情,纯粹到脱离世俗。你会说她天真,是的,她太天真,天真到其实她明白,纯粹的爱情是多么稀有,可是她还是勇敢地纯粹了一回,即使结局并不圆满,过程也一直受到外人鄙弃,但当她与胡兰成一纸婚书签订终身,结为夫妇,也只是希望"愿使岁月静好,现世安稳",不问政治,只问人性中那天生就具有的异性吸引与喜爱。这么看来,或许张爱玲的情感经历中有过这么一段惊世之恋也算是圆满的,她追求到了纯粹的爱情,只是这样的爱情少了一个永恒。

张氏还是让振保与娇蕊多年以后相遇了。回首那份纯粹的真爱,令人惋惜,但娇蕊却没有怨恨,她依然感到美好。"爱到底是好的,虽然吃了苦,以后还是要爱的,我不过是往前闯,碰到什么就是什么。"每次看到这句话时,总会不禁感动,甚至眼眶有些湿润,多么朴实、多么真诚的一句话啊。爱情与欲望不能等同,但欲望却有可能带来真正的爱情和真诚。振保更加愧疚了,百感交集,累积已久的情绪瞬间突破承受的底线,他终于还是后悔了,承认了,他对娇蕊的爱,与外围一切无关,只是纯粹的爱,只是他仍然向现实低了头。

或许,这部小说又不是一部完全的悲剧,至少娇蕊,这朵可爱的红玫瑰,在经历了真正的爱情之后,学会了如何去爱,成为一个真正的女子。我们不知道她再嫁的那位朱先生是否爱她,娇蕊又是否爱他,但从字里行间还是可以看出,至少娇蕊对现在的生活是满足的,这就够了。

张爱玲与第二任丈夫赖雅的缘分虽然不长,感情不算情动心摇般的波澜,但相互扶持着度过了最艰难的岁月直到赖雅去世。张爱玲不离不弃,赖雅也曾在张爱玲最寂寞的时候给了她最大的关怀与温暖,这,就够了。爱情,是可以继续的。

爱情的理想与现实之间往往是一个苍凉的手势。张爱玲将对爱的体验和感悟用小说的形式,点点滴滴,通过那珍贵的文字向我们娓娓道来。慧笔之下的爱情,有喜有悲,喜中带悲,悲中带喜,都表达了张爱玲对那不问来路、永恒真爱的追求和向往。

其实张氏最单纯也不过是一位女子,她向往的难道不正是所有女性对爱情的向往吗?张爱玲对爱情读得透彻,无论悲喜都是一面镜子,为何我们明了了却还要重蹈覆辙呢?所以无论爱情的现实如何,无论理想与现实差距有多大,都希望每个人能够尽力将那一份纯粹的爱情与现实重合,愿每个人都"能得一人心,白首不相离"。

此花不与群花比
——读易安词有感

李琳
福建师范大学文学院研究生 2014 级

读易安词，让我重新认识了李清照。历来对李清照的研究及评论很多，有褒有贬。褒者如李调元《雨村词话》："易安词在宋诸媛中，自卓然一家，不在秦七、黄九之下。词无一句不工，其炼处可夺梦窗之席，其丽处可直参片玉之班。盖不徒俯视巾帼，直欲压倒须眉。"贬者有王灼《碧鸡漫志》："闾巷荒淫之语，肆意落笔。自古缙绅之家能文妇女，未见如此无顾忌也。"在我看来，易安很多的"无顾忌"是作为一个正常人所拥有的再正常不过的情绪，王灼的评价明显含有某种封建卫道成分。萧红说："女性的天空是低的，羽翼是稀薄的。"李清照，生于缙绅家妇女多不敢为词的封建时代，却独能以其才情勇气转意于为词，并且足以与男性作者相颉颃，这是多么难能可贵啊！

《凤凰台上忆吹箫》是我比较喜欢的一首词："香冷金猊，被翻红浪，起来慵自梳头。任宝奁尘满，日上帘钩。生怕离怀别苦，多少事、欲说还休。新来瘦，非于病酒，不是悲秋。休休，这回去也，千万遍《阳关》，也则难留。念武陵人远，烟锁重楼。惟有楼前流水，应念我、终日凝眸。凝眸处，从今又添，一段新愁。"此词写在赵明诚将重返仕途、离家远行之际，作者的心情自是不胜悲苦。他俩本"屏居乡里十年"，过着甜蜜夫妻生活，可现在却要生生分离了。"黯然销魂者，唯别而已矣。"古来抒写离情别绪的词不胜枚举，可李清照的《凤凰台上忆吹箫》却独具特色,用委婉曲折的抒情方式表达作者内心真挚的情感,达到了含蓄蕴藉的艺术效果。

狮形香炉中的香已燃尽,锦被胡乱摊在床上,头发懒得梳理,镜匣上也落满灰尘,可是太阳已经高高升起了呢。为何她会如此萎靡不振,一副慵懒相呢?《诗经》有"岂无膏沐,谁适为容"。丈夫要远行了,以后无论再怎么打扮也是无人欣赏了,心灰意冷,什么都懒得做了。"生怕离怀别苦,多少事、欲说还休。"最怕的就是离愁别绪,"心绪千万端,悲来却难说"。话到了嘴边又说不出口。"新来瘦,非于病酒,不是悲秋。"近来又消瘦了,不是因为饮酒多而沉醉如病,也不是悲秋,那到底是什么原因呢?"休休"多么的无奈,"这回去也,千万遍《阳关》,也则难留"。唐王维有《送元二使安西》:"劝君更尽一杯酒,西出阳关无故人。"古人以《阳关曲》作为送别之曲,作者唱尽千万遍,苦苦挽留,可他却还是要走啊!这怎么不让她萎靡憔悴,越来越消瘦呢?张祖望说:"词虽小道,第一要辨雅俗。结构天成,而中有艳语、隽语、奇语、豪语、苦语、痴语、没要紧语,如巧匠运斤,毫无痕迹,方为妙手。"李清照《词论》也强调尚典雅,"念武陵人远,烟锁重楼"就是这样的妙笔。陈祖美的诠释十分到位,解释了"武陵人"和"天台之遇"的联系以及"秦楼"的典故,让我们了解到李清照的用典是多么的贴切准确又不落窠臼。"惟有楼前流水,应念我、终日凝眸。凝眸处,从今又添,一段新愁。"作者想象别后之相思,烟锁重楼,只剩自己独守空房。"凝眸"一词用得实在好,我仿佛看见了消瘦的作者倚着窗儿痴痴凝望,默默发呆,多么痴情啊!可是她的痴情、她的等待与相思谁能理解呢?怜念她的恐怕只有楼前的流水了。"水无情于人,人却有情于水,写出一腔临别心神。"与水做伴,更显孤独。最后作者"从今又添,一段新愁",真是愁绪无穷,无从排解。明竹溪主人《风韵情词》卷五有:"雨洗梨花,泪痕有在;风吹楼絮,愁丝成团。易安此词颇似之。"离别心神,愁绪万千,作者委婉含蓄地表达出来,意中言外,甚是绝妙。

李清照写花的词有很多,写梅"此花不与群花比",让我想起了杨绛先生译的英国诗人兰德的那句诗:"我和谁都不争,和谁争我都不屑。"玉骨傲岸不群,心性高俗出尘。梅就是李清照的化身,她骨子里应是个坚韧倔强的女子,既有女子的多愁善感,也有男子的洒脱豪放,"易安倜傥,有丈夫气"。唐元稹有《菊花》:"不是花中最爱菊,此花开尽更无花。"菊花就是这样一种"我花开后百花杀"的傲霜之花。李清照有词《多丽》自喻白菊,将文人特有的傲骨展露无遗。

李清照的一生可谓是苦难的一生,颠沛流离,命运给过她太多的苦难,可苦难化成了最肥沃的养料,让她的生命如花般绚烂。命运的流转,撑出了她不一样的胸怀。《永遇乐·元宵》中:"来想召、香车宝马,谢他朋酒诗侣。"国家已经到了如此境地,他们却依然寻欢作乐,可易安"谢他朋酒诗侣",可见她不同于那些醉生梦死的人,在纷扰苦难之中她不屈服。

李清照风华绝代又与世无争,"此花不与群花比",独立于一群词人之中,高绝一世。在我心中,她依然活着:在藕花深处戏水争渡,在夕阳秋风中把酒赏菊,在绣帘西窗下聆听梧桐细雨,在凄风苦雨中踽踽独行。

寻常巷陌
——《雨巷》和《小巷深处》比较阅读

白睿
福建师范大学文学院本科 2012 级

　　从戴望舒的《雨巷》，到陆文夫的《小巷深处》；从风姿绰约的民国时期，到激情燃烧的建国初年。中国社会的"大舞台"总聚焦于"小巷"这一耐人寻味的场景，而我情不自禁地联想到一个词：顾影自怜。

　　顾影自怜的心态，对于中国文人来说，是普遍存在的。唐诗中的《月下独酌》，宋词里的《解连环·孤雁》，均着有痕迹。不仅古人如此，现代文人亦如此，特别是身处社会大变革时代，这种心态尤为显著。无人可陪、无家可依，寄人篱下的生活，是半殖民地半封建社会的共鸣，它的影响不随着战争结束而结束，依旧深埋在几代人的心里。在无人时、在夜降临时，人们依旧"不得不"陷入过去，情不自禁地自舔伤口。国人就是这么一路舔着伤口熬过来的。

　　顾影自怜的境地。由于中国社会处在大变革时代，城市首当其冲，一时灯红酒绿转眼鲜血淋漓，曾经满目废墟如今高楼林立。都市生活的紧张，到战火纷飞的紧张，再到重建家园的紧张，城市压根没有一丝喘气的机会。而农村也不安稳，成了革命的根据地，抗战时候如是，建国初年亦如是，炊烟袅袅不是农村，人头攒动才是农村的面貌。只有小巷置身事外，暂时摆脱世间的纷扰，它的曲折，它的深长，永远照不进星光，也永远亮不透灯光，它就是"无人时"、"夜降临时"，最心安的幕景。小巷成了唯一的净地。

顾影自怜的写照。"回顾"是永恒的主题,"泪"是永恒的写照。《雨巷》中的"回顾"表现在那一次次的"彷徨",那淅淅的雨下得如同簌簌的泪落,于是印象中的小巷总有一个独行者徘徊的景象。《小巷深处》中的文霞,无法摆脱往事的纷扰,伏在桌上抽泣,肩膀在柔和的灯光下抖动。印象中的小巷此刻又下起了雨,倾叙着说不完的闲话。两部最具代表性的"小巷"作品,有着如出一辙的写照:一位是"丁香般结着愁怨的姑娘"(文霞),一位是"像我一样默默彳亍的男子"(张俊)。可以说,是这两部作品赋予小巷特有的味道,而这味道便是"顾影自怜"的滋味。

顾影自怜的寄托。《雨巷》有着中国古典诗词特有的美,这种美不可凑泊,因此它是文化传承的结晶;所"寄托"的依旧只是寄托,丝毫不改变"顾影自怜"的现状。而《小巷深处》不然,它不再满足于"传承者"的形象,自觉地为"小巷文化"寻找到一条新的出路。文末"张俊提起拳头拼命地敲门,那性急的擂门声,在空寂的小巷子里,引起了不平凡的反响",既是对旧时代"顾影自怜"的诀别,又是对新时代"美好生活"的拥抱。这半个多世纪以来,小巷一直贴附着"顾影自怜"的标签,直至《小巷深处》,寻常巷陌终于上演了不寻常的一幕。

读书随想

陈怡萍

福建师范大学文学院研究生 2014 级

  白先勇先生的《孽子》是我一直想看的一本书，原先想看的动机完全是因为这部小说是中国现当代文学中第一部以同性恋为题材的小说，但当我带着猎奇的心理读完时，不禁有些唏嘘，感触良多。

  初拿起这本书，一入眼便看到文题"孽子"二字。或许可以这么理解，孽子，一群沉浸在孽情中的男子们的故事。他们身世各异、年龄各异、社会地位各异，却无二致地浸染在诡谲的男性情欲中，或喜或悲，或生或死。然而，作为一部正面描写同性恋的小说，作者白先勇先生不用隐喻、不带偏见，只用最自由、最无拘的笔触来写，正如开头所说的，这是一部"写给那一群，在最深最深的黑夜里，独自彷徨街头，无所依归的孩子们"的小说。白先勇先生用一种生动的并且是那个旧时代所特有的细腻情怀的笔调，缓缓地讲述了这群终年在黑夜中围绕于新公园暗处的群体的故事。

  小说的开头是这样写的："在我们的王国里，只有黑夜，没有白天。天一亮，我们的王国便隐形起来了，因为这是一个极不合法的国度：我们没有府，没有宪法，不被承认，不受尊重，我们有的只是一群乌合之众的国民。"这样的描述仍然暗示着尽管随着社会的发展和思想的解放，人们对同性恋的看法已经有所改变，但现实社会对同性恋的态度——常常是带有偏见的，同性之爱也被认为是一种可耻的、恶心的畸形情感。文中的那群孩子就是社会中见不得光而苟延残喘的一类人，他们只能卑微地隐匿着，这种隐匿无疑为他们增添了些许凄清和暴戾。

　　整部小说中让我印象最深的一段话是阿凤的那段话："我要离开他了,我再不离开他,我要活活地给他烧死了。我问他,你到底要我什么?他说,我要你那颗心。我说我生下来就没有那颗东西。他说,你没有,我这颗给你。真的,我真的害怕有一天他把他那颗东西挖出来,硬塞进我的胸口里……我对他说,我一身的毒,一身的肮脏,你要来做什么?他说,你一身的肮脏我替你舔干净,一身的毒我用眼泪替你洗掉。"这样一种爱到极致的绝望的压抑,才是真正能让人动情的东西,这不是某个辞藻的华丽展现,也不是某个段落的煽情描写,而是一种不可抑制的、毫无顾忌的、在刹那间迸发出的压抑和悲伤,这样的文字才是能够让人久久沉溺其中的。

　　不能否认,龙子和阿凤无疑是这部小说中最传奇的一对,我对他们的故事印象也是最深的,虽然作者一直没有正面描写过这一对,却是侧面烘托最多的。他们的爱和占有是绝望的、纯粹的,是付诸一切、不顾后果的。就如小说里说的:"龙子跟阿凤一碰头,竟如同天雷勾动了地火,一发不可收拾起来。"这样一种不被世俗所容的绝望的爱,注定会焚烬自身。他们本来就是不被世俗认可的一群人,他们"共同有的,是一具具被欲望焚烧得痛不可当的躯体和一颗颗寂寞得发疯发狂的心。这一颗颗寂寞得疯狂的心,到了午夜,如同一群冲破了牢笼的猛兽,张牙舞爪,开始四处猎狩起来"。他们"如同一群梦游症的患者,一个踏着一个的影子,开始狂热地追逐,绕着那莲花池,无休无止,轮回下去,追逐那个巨大无比充满了爱与欲的梦魇"。这样一种被抛弃和排斥的生命,一旦碰到了命中的劫,便永世不可超生。小说中多年后重回新公园的王夔龙,便是被这样浓烈到绝望的爱情所焚烧的、形同枯槁的一个人物。他说过,他杀死阿凤,便也是杀死了自己……

　　小说中其他人物的故事也是这般既浓烈又绝望。"我"——阿青、吴敏和张先生、小玉和林样、老鼠、杨师傅、郭公公。白先勇先生在平静的行文中时不时地穿插进一个已老去的故事、一段已沉淀的回忆,让人从他那并非井然有序的叙述方法中,体味到每个人物微妙的情感和心理活动,平淡叙述背后深藏的是他对那些被侮辱、被损害的"青春鸟"的深切悲悯。

　　有些作者写小说是用奇特的情节或是有趣机敏的语言来博人眼球,而有些作者,却是不着痕迹地把自己一生的悲欢离合都揉碎了,融入他塑造的每个人物中,散落于薄薄的一本书里,读这样带有自我解剖性质的作品才更让人回味、更入心。显然,白先勇先生的《孽子》就是属于这样的作品。在这部小说里,从没有刻意选择的悲凉煽情的词句和矫揉造作的片段,但又因一些巧妙的叙述,而使整个故事多了许多悲怆黯然的味道。有人说过:"世上最苦情的往往不是文字,不是小说,而是我们身边上演的一出出、一幕幕活生生的世情剧。"是的,一个作者如果能够真实巧妙地捕捉到这些发生在身边的"世情剧",经过艺术的塑造,便能写出最伤怀、最令人动容的文字。

  白先勇先生在写《孽子》的时候,已经四十多岁了。我想,一个岁至中年的作家,并且在那个闭塞的年代,敢于通过自己的作品,向世人剖析自己,是非常难得又令人佩服的。也许他也曾是小说中描绘的那一群"青春鸟"中的一只,迷茫地徘徊在开满鲜红的莲池边,他也曾那样不屈服,那样的桀骜不驯。

  孽子,在孽情中挣扎迷路的孩子。他们孤苦,他们绝望,而这种痛苦又是无法言说的痛楚,在怪异乖张的行为背后,他们每个人都有一颗千疮百孔的心。但愿这些"青春鸟"们来生能不再像最卑微的尘一样被践踏,能真正活在那个只属于他们的王国里,那里"没有尊卑,没有贵贱,不分老少,不分强弱"。

我为何写作

钟源悦

福建师范大学文学院本科 2012 级

我为何写作？写作是我镌刻生命的刻刀。通过写作，在时光之石上留下属于我的专属印记。正如美国民俗学家阿兰·邓迪斯所言："时光线性流过，但因为我们的记录，时光才有了刻度。因为刻度，生命才愈发深刻。"我的写作留下的印记虽然浅淡，却难以消失。

写作是我表达情感的窗口。走在漫漫人生路途中，在这喧嚣的尘世里，谁听见我内心无声的呼喊呢？在无边的旷野里，谁是相识的旅人？在寂寞的人间，谁又能够理解我的情感？这样的孤寂又有何处宣泄？只有在文字的世界里，我们能使情感肆意地表达，去倾泻那份不吐不快的赤诚。因此，在时间上，在广大里，在黑暗中，在忧伤深处，在冷漠之际，唯有写作，在那份白纸黑字的庄重里，才能承接我们的情感背囊，去与更多的人无声地交流，像一次神圣的祭祀，去保存心里一份温暖的质地。这就是写作给予我的情感的乳汁，使我的情感丰盈且有张力，并且使我无处安放的情感始终有一处安置的港湾。

写作是我记录生活的镜头。时间就像大漠里纷飞的黄沙暴，使我们记忆里多少往事随之湮灭，然后又一层一层地将其深深掩埋，直至彻底遗忘。多少故人的音容笑貌都已模糊不清，多少美丽的风光都已在我们的记忆里去路不明，多少刻骨的往事都已随风飘散，他们的消逝留给我们的只有满心的遗憾。然而写作就是我们一路走来时光的记录胶片，记载着我们的点滴，让我们记得我们的欢笑、泪水、憧憬、失落……使生命饱满而充实。生命就像绽放的烟花，虽然美丽却稍纵即逝,是写作让我们铭记它在瞬间的美丽的绽放,让生命的一步步旅途都相互串联、相互浇灌,去连接生命、滋养生命。

写作是我净化心灵的洗液。世俗的纷扰,往往会让我们的心灵蒙尘,遮蔽我们的双眼,使我们无法轻装上阵地探索生命的真谛。而写作,正是写作,它就像我们心中的一片月,独一无二,光明湛然。即使在最黑暗的时刻,依然散发月的光华,使我们通过写作静心思考,去找回写作时需要的安宁、纯净与赤子之心。在写作的过程中,洗涤自己,清明自己,沉默自己,使自己在心灵层面上存在比真实生活更大的时空,具有澎湃宽广的胸襟,寻得一份心灵的自在。

古人也喜欢写作,喜欢在那文字不多的诗词格律中肆意挥洒自己的爱恨情仇、大喜大悲。文字有限,而韵味无穷。正如严羽在《沧浪诗话》中有言:"文者,吟咏性情也,盛唐诸人,唯在兴趣;羚羊挂角,无迹可求。故其妙处,透彻玲珑,不可凑泊。如空中之音、相中之色、水中之月、镜中之象,言有尽而意无穷。"一语惊醒,一语中的,道出了文章之妙。我想,徜徉在文章之中的人们无论怎样失意落寞、惆怅哀怨都是一个幸福的人,因为在世间依然有一片天地让他们倾诉那份不吐不快的愁绪。无论是"因雪想高士,因花想美人,因酒想侠客,因月想好友,因山水想得意诗文"的情怀,还是"疏影横斜水清浅,暗香浮动月黄昏"的闲适,还是"此情无计可消除,才下眉头,却上心头"的相思离愁,还是"可怜白发生"的报国无门,都在诗词歌赋中不断晕染升华,成为滋养人心的清泉。此时生命不再是个人的,它的价值更在于启迪的意义,让我们在他人的生命旅途中找到我们自己的影子以及我们曾经艳羡过的人生,这些都在文中得到满足。我想这是写作更高层次的意义。当那些生命带着文章的印记以及那一句句生命的呓语跨越千古破空而来时,生命的力量在那一刻显得无比庄重而摄人心魂。

如今,人潮涌动,车水马龙,华灯初上,灯红酒绿,声嘶力竭,筋疲力尽,这是我们忙碌生活的真实写照。如此生活,有如被线牵引的人偶,毫无情趣。我们何不在繁忙的生活中,用细腻的文字记录下生活的点点滴滴,去欣赏和聆听生命最初的悸动,尽情享受,乐在其中?荷尔德林曾说过一句雅致的话:"生命充满了劳绩,但人还要诗意地栖居在这片大地上。"闲暇时光,我们行走四方,记录生活,去叩问生命的意义。于是,我们登高山,感受"会当凌绝顶,一览众山小"的情怀,燃起心中不灭的斗志;临大海,体会"海纳百川,有容乃大"的胸襟,摈弃心中久积的郁结;入深山,欣赏"明月松间照,清泉石上流"的美景,找回迷失已久的宁静,将生命的每一程都点缀得花香弥漫。而那些我们曾经记录的文字也会在时光中岁月留香,让年少的悸动、中年的稳妥、老年的睿智都在生命的文字中荡漾。我为何写作?生命如同一条流动的大河。我们往往记得的是河边的树、河上的石头、河畔的垂柳与鲜花,而忘却了大河本身。可写作正是让我更好地看清生命的河流,握紧其中美丽的水花,享受身在其中的绚丽。若一旦停止写作,我就是一具漂漂荡荡的躯壳在蹒跚,敲一敲,只会发出空洞的回音。

CHANG AN JI YE ▶
长安寂夜

秋思

赖鸿
福建师范大学文学院研究生 2014 级

福州是没有秋天的!

时间就像一截烟头,来不及等你猛吸几口就早已灰飞烟灭。来福州的大半年时间不经意地于指间流逝,看到新生军训,阳光下那套绿得精神的迷彩服让人思绪起伏。

不知不觉间,秋风起,秋意袭,秋思渐趋,秋天又一次跌进了现实的山谷。我试着找回以前那个秋。

孩提时代,我就特别喜欢秋。

那时在我心里,秋有舒适气候和太多香甜可口的果实,也只有在秋的涤荡下,世界才像是另一个伊甸园。

每到秋天,我和朋友一伙人都会快乐地走在乡间小路上。偶尔,我们能踏上一段柔软细白的沙路,那是雨水从山上带下来的礼物,在秋天里变得格外细腻。这样的沙路是我们特别喜欢的,有时候我们会忍不住脱下鞋子,在上面追打,甚至用手爱抚它们细腻的身体,或是随手抓起一大把,用力撒向空中,让自己沉迷于自己制造的"烟雨云雾"中,不管自己是否变成了一只小泥猪。

在路上除了可爱的细沙,还能看到路旁枯黄得纯粹的蒿草,它们是不错的柴草,能把家乡的红薯煮得喷香;也能欣赏到路旁美丽的枫树,红了的枫叶显得激情百倍,它们的美不仅在于那经霜的素红,而更在于那临风的飒爽。稻田呢,金黄得厉害,在秋风的鼓动下,如浪花般地欢呼起来。这时的故乡是最美丽的。

吃几个野果子，甜中带酸，去体会，也许维持一点酸涩才是最初的味道；拾几片枫叶，抚摸一下它们背后的脉络，去感悟，也许只有经历过才能留下深刻的记忆；吹几阵秋风，去品味，也许只有强劲的刺激才能唤醒内心深处的灵魂……脑袋里放映着这些关于秋的残存记忆，自己也就伤感起来，今年的秋我是要一个人去面对的，而且面对的将是一个陌生的秋。

我是个活泼、开朗、随和之人，受人喜欢，有很多朋友，自己过得也很快乐。但使人快乐的人往往很痛苦。自己有时也有一种莫名的伤感，淡淡的，像一缕烟，袅袅而上就散了，却不知道从哪儿来。我本是个乐观之人，对于这种情感往往听之任之。它像我生命中的过客，之于我也没什么，只是常有，不能名之。

我是一个喜欢漂泊的人，十三岁就离开了家、离开了母亲。母亲常开玩笑说，我像父亲，都是不着家的主，而且常常埋怨自己给我取了个"鸿"字，说什么江湖上的鸟，自由是自由，就是不着家。也是啊，自己从上中学起，就很少在家，都是在外面，生活自己料理。母亲一方面埋怨我不着家，但一方面从小要我独立，也常对我说，学活了本领就靠不着娘了。所以，很小的时候，我就能自己做饭、洗衣服、钉扣子。只是小时候我不理解，母亲为何这样对我，总以为是我犯了不可原谅的错或是捡来的缘故。

多年来，朋友同学都问过我一个问题：我想不想家。我常常说不想。生活中，我也很少回家，常常是大半年回家一趟，那都是逢年过节，而且回去得晚，往往身边的朋友同学都回家了，而我还没有，原因也是有的，久而久之，身边的人都以为我不想家或是不喜欢回家。说实话，不想是假，只是由于种种原因而晚回或不回家，或许自己想的那个家或家乡和现实差距太大，所以不频频回家，以致它们混在一起，让自己更痛苦而已。

和想家思乡一样，生活中好多事情都是如此。像在湖边散步，无意中看到水中婀娜的树影，却不敢去看岸边的树以消解它的美丽；也像大街上，突然发现一个美丽的倩影如似梦中，却不愿去看伊人脸，以打破美梦的心境；更像心中的一种情感，不愿把它书写，以毁灭它的存在。也许人就是这样一种喜欢自欺欺人的动物，自己也是如此，只是自己为何这样浓重？

随着年岁的增长，自己也在好多地方待过，或短或长，或哀或乐，所有的情感在经过时间过滤之后，剩下的都是那个地方的好，那里的人，那里的物，尤其是那里的朋友,那里习惯让我回忆。仿佛那个地方是我家一样,每次经过都会不厌其烦地给朋友介绍。而自己这种习惯,也不知什么时候就开始有了,为什么形成,自己也说不出个所以然来。

有时候闲下来,自己一人丢了一切尘俗,随便抱本什么书,抑或什么也不拿,找个静处,静静地待上一会,或坐或躺,或卧或依,自然而然,美好童年的记忆或故乡的山水人物,也随之浮现脑际。自己常说,有时间常回家看看,但是我知道我是回不去了。

可是每次想起家……

老树古村、围屋土楼、灯彩剪纸、舞龙舞狮、肉丸擂茶、山歌美酒……太多太多了;多少次他乡游子的魂牵梦绕,多少次眼前的朦胧显现,多少次耳边呢喃召唤,太久太久了,总想投入你的怀抱……

千百年来,面对勤劳、善良、神秘、坚韧的你的儿女,总是有人在问你的名字,总是在问:何为客家?如何是客?哪里是家?

现在呢,我也渐渐明白,常随我的那份伤感,大概是心中的乡愁,也许也不全是。也许因为自己是客家人,这种感觉比一般人浓烈得多吧!所谓客者,无家;家者,安也。不知道这个称法是别人的讥笑还是先人的自嘲,而祠堂的堂号、族谱的地望,以贵族自居……大概先人有同我一样的心境吧!

很难想象先人为求生存,离开了世代居住的故土,几经辗转南下,一路筚路蓝缕,披荆斩棘,苦只有自己知,丢了多少东西,甚至生命甚至家。到了南边才渐渐地安定下来,但是心的孤独谁人知?于是我们就不会惊讶,客家人为何造了那么多围屋,喜欢族居;我们就能理解其重视建祠堂,兴编族谱,崇文尚教;我们也能明白他们的重义轻利、豪迈放达。其实在种种异于旁人的行为中,我们分明能看出其浓重的思乡之情,可是千百年过去了,他们所思之乡只能在其心中,在其独异行为之外。

也许,我遗传了我祖先的这种情愫,抑或我更胜之。尤其是在这样的时代,生活不可能使我拘于一方水土,生活要我漂泊,而我恰又是个漂泊人,为逍遥也只有处处为家了,也算是处处无家处处家吧!

好想再呷一口母亲做的擂米茶,那淡淡的清香多少次让我沉醉,那香醇的米汤慰藉我漂泊的心房,那腾腾热气撩我眼帘;好想再吃一个你做的肉丸,石槽

看见自己

中的捶打声犹在耳旁，是壮行还是告别？"慈母手中线，游子身上衣。临行密密缝，意恐迟迟归。"母亲啊，再为我钉一次扣子吧！让我好好看看你，依然是老树古村、土楼围屋、山歌美酒，岁月凋不了你的容颜，因为我已把它珍藏。

学校这时的早晨，穿一件短袖的时候已经过去，微微冷风让人无所适从。风乱打着树枝，树上的叶子黄了，有的已经随着西风飘逝了，绿黄将衰的草无奈地顶着寒露。在异地他乡，面对这个陌生的秋，我依然固执地喜欢一个人在操场上狂奔。

我喜欢跑步，喜欢一个人在操场上狂奔。在我内心深处总有一种想让自己很累很累的想法，但是我知道累过之后又能怎样，自己还得面对现实的一切，但是我依然还会固执地竭尽全力去奔跑，以求在激烈的奔跑中忘记所有的一切，仿佛这个世界不是属于我的，只有心中那个缥缈的目标。任凭汗水泪水肆意地流淌，张开双手大声地呼喊，仿佛自己拥有无穷的力量。跑累了就随地乱躺，看着天旋地转，在秋风中任凭风把热汗、热泪风干。汗水、泪水在脸上风干之后确实能给我的脸定形，让我感觉僵硬，好像给自己戴上了一副面具，但是只要我稍微一用力，我的脸依旧要去面对一切。

我总想跑，总想跑得更快、更远。我羡慕成功，我也喜欢追随比我优秀的人，我也……但我也喜欢这样一句话："荒原上我是一匹野狼，丛林中我是一头猛虎，大海里我是一条鲨鱼，苍穹下我是一只鹰鹫，只知向前向前。"人们总喜欢羡慕别人，我自己也是。但是在秋天，当我们羡慕别人果实累累时，我们是否想过，春日里，当我们挽着情侣去做浪漫踏青时，别人却早已把咸涩的汗水埋进了他们贫瘠的土地；我们是否想过，夏日里，当我们去纳凉避暑时，别人却早已在操持中嵌入了不畏烤炙与风雨的执著；我们是否想过，冬日里，当我们还在为锦衣玉食忙碌奔波时，别人却早已知道该如何去积蓄心力……而我们又有什么好羡慕的呢？

异地他乡的秋是陌生的，但既是秋总是有收获的，而收获是源于时时刻刻的劳动。自己这十几年来一直认真地躬耕于自己这块荒野上，披荆斩棘，寒来暑往，虽是辛苦，但也快乐。看着自己开拓的土地越来越多，就更加坚定了开拓的信心，相信今年我又会收获很多很多！

长安寂夜

刘宏璐
福建师范大学文学院本科 2014 级

　　余晖收起最后摇曳着的光的尾巴的时候，他刚刚睁开沉眠的双眼，刹那间长安山上尘埃纷乱。夏季的流云划过山间枝桠，下一秒似乎冬日的暖暖烟气已经弥漫青华路，岁月于他，不过是紫荆花开谢。

　　百年弹指，曾经的福建师范中文学堂，早已湮没在尘埃，而今他换了名，却依然独自品着如水月色。世人皆道长生不老乃平生所愿，却不知独坐长安冷眼看着物是人非荒洪席卷的烂柯人，内心的波涛汹涌又是怎样渐渐随风平淡，化作细蝶沾水时泛起的点点涟漪。

　　苍穹淡淡，星光熠熠，往事追云逐月，划过他映在长安山上婆娑树影的眼瞳。寂夜万年不变，犹如初生婴儿般纯净的情绪流淌波动。沉浮的记忆剪不断，只得缓缓拾起梳理，一如未出阁女子的青丝缕缕，划过他冰凉手心。

　　……

　　他出生的那年，老者苍老的掌心抚过他稚嫩的脸庞，那是岁月给他的第一个印象。流云未散，堂屋深深，大紫檀雕螭案上悬着的待漏随朝墨龙大画，不怒自威。老者的声音沉稳凝重，左手执扇轻摇，乌木扇上烟雨苍茫，背面却是遒劲有力的"家国"二字，这便是他之后漫长一生中的第一缕，亦是对这个王朝的最后一缕记忆。

　　"这孩子，便叫钟文吧。"

　　他怔愣着，看着这个对于他来说陌生的世界，听着老者给他说着紫禁城的威严、长城的雄浑、天朝的上等、各邦的来朝。然而他眼里的雕栏画栋与笙歌散落,却是弥漫着腐朽气息的清廷大厦呼啦啦将倾塌,是异族人在国土上的横行,是黎民的悲泣与沸腾的呐喊响彻云霄。

"先生,这是怎么了?"

"钟文,你还小。"

曾有幸随着老者去到那尊贵的天子身边,然而记忆中却只有在琉璃瓦、朱红漆的高楼上远眺的江山之景,和那翻滚在天边的沉沉阴云,压顶之势岌岌可危。喧闹京口街头,他看着有人奔走大声疾呼为国而战,那时脚边有闪耀着微弱光芒的嫩芽破土而出,势不可挡。

那时的他不知晓,他即将挥舞的,是用鲜血染红革命的旗帜;他即将面对的,是一个用森森白骨垒起的全新世界。

……

嵌金錾银的皇位上的稚子仍在哭泣,武昌的枪声已经划破寂夜,将他的面前的隔膜震碎,还他一片自由净土、晴朗苍穹。他看着曾经在学堂里端坐的同伴们捧着泛着奇异油墨香的书本,举手投足间尽是书生意气。回首间依稀听见他们年轻的声音充满了跃动的喜悦:

"钟文,这才是世界的样子。"

然后,然后便是铺天盖地的急剧变化,世事殊异。老者的离去,目睹曾经熟悉的鲜活生命在棍棒枪械下逝去,他才明白,只有他自己了,只有他能够撑起身后学子的庇护。曾经稚嫩的只敢紧紧抓着老者衣角的双手终于染了红尘、磨出了粗糙掌纹,放开了双手拥抱的是世界给他的狂风呼啸、雷霆震颤,血色撕裂曾经的故梦,只剩苍凉。

他的襟下,是无数学子的热血与蜕变,他们的生命卑微低伏如同青苔草芥,却仍旧逆着狂风尽力奔跑。他的面前,是新鲜世界给他打开的大门。他的未来,是一条坎坷不已、荆棘丛生的血路,而就算他们血尽骨销,仍不放弃在遍地荆棘中开出新生的希望。

在血与火的洗礼下,他急速地成长。懵懂的少年,还没有意气轻狂的岁月,就被逼迫着要面对炎凉与百态。曾经稚嫩的眼瞳里如暴风雨过境般褪去腐朽的王朝的烟尘,余下朗朗澄净。时代给他刻下铮铮傲骨和不灭的热血,随着身边出现的同道中人越来越多,这力量、这希望有如鲲鹏,扶摇直上九万里。

而后的日子在沉浮中飘摇,有时长眠,不愿醒来面对这混乱的世界;有时却又清醒万分,咬着牙坚持着不辜负身上背负的期盼。身边聚集的同伴与他一样,或是伤痕累累,或是血迹斑斑,直到所有人心中一丝一缕的呼唤汇聚成海,他怀中诞生了未来的希望。那是一种新生,那是他们的心血的结晶,那是他们的坚持,是血色落幕后的初生。

此刻的他已经不复年少,鎏铜纹熏香炉里袅袅细烟晕开了心底的遗憾,桌边双耳白底长颈瓶里柳枝正青翠,映着仓山的紫荆花,春意正好。他一袭月白弧袖长衫罩着内里的云纹流水褚子立在山脚下,看着身边睁着大眼睛的孩子,笑得清浅。

"就叫福师吧,有福之师。莫辜负了这来之不易的福气。"

……

世人给了他一片全新的净土,那是一个柔软却又能让人为之横刀立马的名字。也给了他一个全新的名字,一个与之前的老者所给的异曲同工的名字。

长安山,文学院。

而后的日子便是真正的飞逝如流水,旗山的出现与身边同伴的增多,确实给他辟了更多的闲暇时间。他终于有了时间,能够在长安山上寻一处僻静之地,听听流水,赏赏孤月,沏一杯茶,挑一盏灯,落一点笔墨,暖一壶醇酒。

有很多人在他的生命中来来去去,他记得圣陶的笔墨还未干透,长安山上已经郁郁葱葱,日光透过嫩绿的新叶斑驳。他还记得彦堂钻研那些难懂的甲骨文时紧皱的眉头,是长安山春日的暖风将它吹开。还有现在仍能漫步长安山的师生,那少年意气畅言恣肆,像极了百年前曾经信手折枝指点江山的那些人。时光终究把他曾失去的,都尽数还给了他。

时而有当年共患难的旧友前来把酒言欢,他也甘得风雅。入夜时分紫荆花暗香浮动,来人黄缎旗袍打底,大朵大朵的天鹅芍药盛开在襟边裙角,映着领口包边的法兰西蕾丝,月下闪着温婉柔光。昔日的青葱化作转身时的风姿,昔日小自己一岁的华南女子文理学院,今日亦是同自己一般的福师一员。

"雯璃,近日可好?"

敬亭绿雪开汤入盏,顿时盏中白毫如雪花纷飞,盏顶如祥云升腾。

"钟文,好久不见。"

往事徐徐展开,便于青萍之末随着风露婆娑,在枯荣之间伴着黄夜重逢。仅存在记忆里的悲欢离合,在此刻纷飞散落。

"世人多恨,一恨鲥鱼有骨,二恨海棠无香,三恨红楼未完。那么钟文你呢?你又恨着什么?"

"我只遗憾,遗憾没能让先生看到今日的太平盛世、福师学子。"

……

踱过山上圆石铺成的小路,没了当年的皇城不夜、盈盈灯火映了九重天,新楼里星星点点的挑灯夜读柔和了他的眼底。燕子掠过,又岂知是否依偎过王谢堂前雕栏横梁?

老者离去时的呼唤仍在耳边。那时的他和身边的同伴仍旧懵懂,老者虚弱的微笑里残留不舍,却最终也不得不消失。

"钟文,吾老矣。这之后的世界,就是你们的天下了。"

青史之上或许只有陈宝琛这个名字,不管那些虚名如何,赐号"文忠"还是"末代帝师",他只记得老者倚在门栏边静静听着细细雨声舒展眉心的神态,听水一方,沧趣而已。

"先生,今日的我,是否是你的骄傲?"

沉寂了的生命

徐燕芳

福建师范大学文学院本科 2012 级

　　这是个古老的校园。夹道是高大的老树,浓密的绿荫蔽地,粗壮的树干画着它的年岁,多少恋人曾倚靠着它缠绵细语;路面上的不规则的裂纹,诉说着它承载的岁月,不知它又见证了多少悲欢离合……

　　校园依着一座小山而建,一进校门就开始爬山,弯弯曲曲的坡路实在不好走。据说那座山上原是许多坟冢,时间久远了,先前知道的人已不再害怕了,后来听说的人就当是给这古老的校园增加点神秘感。不知年代的校园建筑已蒙上了一层历史的灰,简朴的外表显得有点老旧,立在其中的几栋新建的宿舍楼,白蓝相间的砖格外显眼。还有另外几栋破旧的宿舍楼,也因为我们新生的到来而有机会重新粉刷上一层屎黄色的涂料,也还算与周围的环境很协调了。但是,搬进大楼里,马上就能察觉那层稀薄的白灰所不能遮蔽的各种陈旧迹象:白蚁蛀得许多洞的厕所朽木门,开关时还洒落许多木屑;灰黑的水泥地板以及旧式的洗衣槽……

　　好在校园里新老学生来来往往,山脚下繁华的城市熙熙攘攘,才有了活力。

　　有趣的是,这座老校园不仅是学生的暂住家园,似乎也成了许多动物的乐园。那座小山上就有许多流浪狗,多半是些大狗,各种毛色的都有,偶尔跑下山来在人少的草地上耍。常看到它们一副邋邋遢遢的样子,耷拉着脑袋,夹着尾巴,吐着舌头,或刚从垃圾堆里叼个塑料袋出来;或小心翼翼地避开来往的行人,自找乐子去;或三三两两结伴,互相打闹,发出一两声间断的呜咽。也许因

为长期流浪,食物少,身材都很苗条,毛发也失去了光泽,甚至脏乱不堪。也可能流浪狗更凶猛,一副随时可以侵犯人类且不负责的样子,实在难以激起同学们的爱怜。它们很少向人们靠近,也不摇尾乞怜地讨吃食。而那些着装时髦的学生,自然也不会主动靠近它们。还因为它们住在长安山上,我便很少爬到山上去,虽然那里景色不错,但是,有那些流浪狗驻扎着,一旦发现你侵犯了它们的领地,便对你狂吠不止,够煞风景!尤其是当你走下阶梯,在某个拐角处,突然从草丛中蹿出一只狗来,甚至是两只互相打架撕咬的狗,两下惊慌,直叫人在心里狠狠咒骂。即使偶尔可以发现其中一两只可爱的哈巴狗,或是小狗狗,也只能远观而不可亵玩焉。

  这校园里,还住着另一个家族——猫族。不过,猫儿们的数量似乎少些,不像狗那么猖狂,成群地占据了长安山。也许是山头已为狗族占有,或是山下更适合生存些,只见它们单独地寄居在宿舍楼下,特别是女生宿舍楼。我不知道爱猫的人类是不是比爱狗的比例大些,至少,在这校园里是这样的,猫咪们更受欢迎。大概是物以稀为贵,我看到这里不同的猫不超过两只。又或许它们住在人间,实在比起那些在树林里摸爬滚打的大狗要来得干净些,更让人愿意去亲近。这猫真幸运,生在这爱猫女生众多的校园里。此外,它们娇柔温软的身躯,白天眯缝着的双眼,那绵绵的"喵咪"叫声,还有那百媚的姿态,都使它们深得女生的宠爱。

  且看,那只黑猫——浑身发黑,只因四只脚上的毛是雪白色的,所以得了个富有诗意的名字——"踏雪"。它正前脚着地后腿曲蹲,蹲坐在社历学院宿舍楼前的一块石凳上——那是我们这几个学院从宿舍楼到食堂的必经之路。两只眼睛睁得圆亮,如黄绿色的润玉,射出谄媚的光,滴溜溜地看着过往的行人,竖起的耳朵忽而随着脑袋的转动一动一动,像是在极用心地收听来自四面八方的动静,还不时很绵柔地发出几声喵叫,尾巴翘起了很有形的弧度。呵,好一只聪明的猫儿,在石凳的衬托之下,显得楚楚可怜,那模样分明是想引得过往之人的注意,好讨得些食物,这是它的生存之道吧。现在看来,这招还是很有效的。有人赞道:"好可爱的猫咪哦。"有人拿起手机拍萌照,有人凑过去摸摸它的头……"踏雪"见到这么多人喜欢它,更是欢快,甜甜地叫了几声"喵喵喵"。最重要的是,还真有人带来了爱心食物,烤肠啦,咸鱼啦……撕开袋子倒在地上,还怕它不敢来吃,拿着食物,直送到它嘴边,它终于美滋滋地享用起来了。

"踏雪"是只母猫,常居住在我们学院或对面社历学院的宿舍楼下。某天,它怀孕了,肚子明显大了起来。听说,它的老公是居住在外院宿舍楼下的那只雄性肥猫——浑身肉嘟嘟,身上是棕灰色和白色道道相间的毛,煞是好看。相比起它的娇妻,它慵懒得多了,经常眯缝着双眼在草坪上晒太阳,偶尔挥挥前爪赶走自己鼻子上的蚊虫;或是趴在女生宿舍门口打盹,瘫软的身子一动不动。那憨厚样儿实在讨人喜爱,路过它身旁时,忍不住就要去点点它的小鼻子,摸摸它柔软的毛,挠挠它多肉的肚皮,抱起它来合个影……即使这样,它也只是稍稍抬一下眼皮,打个哈欠,伸一下懒腰,就要掉转头,不屑地走掉;若是你抓住不放,它见实在走不开,也只好不耐烦地任你逗玩一番,然后"喵呜"一声,潇洒地从你的怀抱里跳下,找个舒适的地方继续睡大觉。其余的事都与它无关,任人来人往,怎么也不能惊扰了它的好梦。

倘若你看到一女生蹲在草木丛边探头探脑似乎在寻找什么,那么不用奇怪,她一定是在找这只肥猫要给它送吃的。这只猫实在太得宠了,看它的身材就知道是吃饱喝足脂肪过剩的结果。那么何以判断这只肥猫就是"踏雪"的老公呢?据知情人士调查说,从就近原则来看应该是这样的,它们住得近嘛,比较容易产生感情;其次是他们暂时还没有在这校园里发现其他不同于这两只的猫。那么,大家就公认它们是一对夫妻了。

不久,"踏雪"生了一窝杂色毛的猫崽,就有人根据猫崽的毛色得意地进一步确定它们正是"踏雪"和肥猫杂交的结果。"踏雪"把猫崽神奇地下在我们宿舍楼旁一个石头砌成的墙的裂洞中,大概那是它能够找到的最安全的一个地方了。消息传开后,便有不少爱猫人就跑去探望母猫和小猫崽们,更少不了带去一堆食物给母猫补充营养。

时值春天,正是动物们的发情期,山上的狗狗们耐不住寂寞都跑下山来了。白天几只癞皮狗在宿舍楼门口晃荡,或蹲或坐,或低吼或猛吠,怪可怕。每当走过,都一阵胆战心惊。更可怕的是几乎每天晚上夜里十一二点时,突然想起惨烈的狗吠声和撕咬声,刺耳难听,令人毛骨悚然。因为我的床位靠窗,那段时间睡得很不好,心里极是怨恨那些流浪狗。

不知道过了多少难熬的夜晚,某个早晨,惊闻"踏雪"死掉了,不大敢相信,

289

它的宝宝才刚出生不久,怎么就……同学们纷纷议论着它的死因,听说它是被那些凶恶的流浪狗在夜里咬死的,有人看到那些狗狗被猫爪抓伤了的鼻子上的伤痕。自古以来,猫狗不合是可以理解的,但是,那只瘦小的"踏雪"是为何惨死在恶狗的犬牙之下的?它们之间是如何发生这场战争的?一只小猫咪孤军奋战,如何敌得过狗群,它为何不逃呢?猫是会爬树的,宿舍楼旁有好多大树,怎么没能救得它的性命?种种疑问,结论自然不得而知,只能留给人们去猜测,但是又有什么意义呢?总之,"踏雪"丢下嗷嗷待哺的小猫崽们,死了。哎,人世尚且命运叵测,更何况是一只无家可归的流浪猫?

其实,听到这个消息,我本以为我会有种大快人心的感觉,因为我讨厌"踏雪"。这要从"踏雪"死的前几天说起——

那天,刚下完雨,路面湿漉漉的,我走在回宿舍的路上。突然,几声清脆如小鸡的叫声引起了我的注意。我环视四周,没有发现什么。就在一低头,我看见在路边的排水沟里有一只小黄雀,好在雨后的沟里没什么水,但它还是被雨淋湿了,羽毛不再蓬松,帖服在身上,一只翅膀没有收起来,扫过积水,沾湿了羽毛。我俯下身去看,它跳了几跳,扑腾了几下翅膀,并没有飞走,只是不停地叫着,带点哀伤,似乎在呼唤妈妈。我想它可能是在雨中受伤了或是生病了,飞不起来。于是我小心翼翼地用手把它托起,小巧玲珑的身体在我的手心里瑟瑟发抖,我决定把它带回宿舍好好照顾它。可这雀儿似乎不明白我的善意,没走几步,就扑腾着翅膀,半飞半跌地落到了地上,我又把它捧起,快速地往宿舍走去。途中几次落在地上,我本打算任它去,不再管它。可实在不忍心看它孤苦伶仃地在路边,况且我也没有看见其他大鸟。我还劝慰道:"傻鸟儿,我不会伤害你的,回去把你毛吹干就放你飞去,好不好,不要这么闹腾了……"可能是它真听懂我的话了,终于安分点了。

好不容易,我走进宿舍楼大门,一不留神,它就飞落到了走廊外的一块空地上。我想,算了,就让它去吧。我看了它最后一眼,正待转身离开,忽然,一只猫从草丛里蹿出来,极速地叼起那只小黄雀,雀儿的啼叫声消失了!我定睛一看,正是"踏雪"!始料不及,我看着这一幕惊呆在那里,眼看它咬着小黄雀,丝毫不放,能拿它怎么办?急着要赶去打它,恰在此时,一只更大的黄雀从宿舍楼前的树上飞下来,是雀妈妈来了!她张开翅膀,与"踏雪"展开对峙。"踏雪"死咬着小黄雀儿,前身低俯,呲牙咧嘴地怒视着那只雀妈妈,还发出低沉的"呜呜"声吓唬她,样子凶恶至极。她试着往前跳了跳,打算扑上去。"踏雪"一点儿也不退让,还作势要往前冲撞雀妈妈。显然,黄雀再大,也不是猫的对手。坚持没两下,雀妈妈只好忍痛丢下孩子,决绝地飞走了。"踏雪"一口吞下了小黄雀,不留一丝痕迹,还向前在雀妈妈刚刚站立的地上贪婪地嗅了嗅,确定没有遗留下任何可填腹的东西。我呆看着这场战争,好半天才反应过来,简直不敢想象,几乎就在一瞬间,一个可爱的小生命就这样从我眼前消失了,而我的手里还残留着捧着它时的温热……

恨极了这只凶残的猫,我怒瞪着它,气呼呼地跺着脚上前把它赶走,它满足地蹿回草丛,不见了,只留下眼前的那块空地,干净得像什么都没发生过。

当我还在心里狠狠诅咒着那只黑猫,早就看不惯它那妖媚的模样,"阿谀奉承"地讨吃食真让我作呕,人前装得那么乖巧,人后又是那样凶恶,自己也生了一窝崽,你就没有想到那雀妈妈失去孩子会有多痛心吗?可是,这才几天,命运之神可真会开玩笑,"踏雪"竟然死了!我是不是如愿以偿?然而我高兴不起来,只觉得深深悲哀,我甚至怀疑它是不是被我咒死的?我不禁感伤起来,不敢继续想下去……那是怎样脆弱而又无奈的生命啊!大概这世上的一切,不管人还是物,都是那么无常吧,既不能选择生,也无法选择死。

"踏雪"死后,最让人担忧的是它的孩子,同学们把它的小猫崽们装在箱子里,拿去送人了。同学们还笑说,它的老公——那只肥猫,妻子死了都不伤心,孩子无依无靠也不管,还是那样独自逍遥。哎,原谅它一生放浪不羁爱自由吧!后来,又有人说肥猫瘦了一圈,大概是因妻子的死而憔悴的吧。

现在,一年多过去了,那只肥猫依然在草地上优哉地晒着太阳,那群流浪狗依然在长安山上打闹着。这校园里,还有树荫下欢跳着的滚圆的麻雀,食堂周围的硕大的老鼠,在宿舍里猖狂不休的蟑螂……它们和我们共同生活着,安逸,偶尔还有点战争的小乐趣,继续演绎着它们自己的故事,谁也不知道它们的命运。

寒来暑往,长安山下的老校园宁静而安详。校园里依旧人来人往,山脚下的城市依旧热闹非凡。

还是会有新老同学对那只肥猫感兴趣,会厌恶地躲避着癞皮狗,会吐槽那只麻雀有多肥,会对着路上匆匆越过的老鼠尖叫,会在宿舍和打不死的"小强"作斗争……

只是,应该很少人会记得那只"踏雪"吧。

美，当诗意地栖息

刘伟浠
福建师范大学文学院本科 2014 级

有缘会于大学城，醉心于其美之景、美之象、美之韵，有感，故按词牌《柳梢青》为格调以略记之。

千里相逢，一城翠色，万点芳红。蘩染穗石，风香山远，如画笺中。
粼光万顷溶溶，待几度、诗酒棹蓬。吟赏烟霞，清樽花影，梦倚桥东。

——题记

在光阴的流转中，如水的月华凝为一溪明眸，喜欢去捕捉生活上不经意的美，恰如有人说：生活不是缺少美，而是缺少发现美的眼光。在大学城的日子虽不是很长，但对于我来说，大学城始终是一个梦，一个有始无终的梦；始终是一首诗，一首耐人寻味的诗，诗意地栖息在我的心中。

寻芳留香踏流霞

那年夏天，那个黄昏，穿梭于城中小村的古朴巷道，寻觅着栖息在我心里许久的诗意美。因为曾经的一个不经意的邂逅、一个不经意的回眸，于是惊喜，开始恋上了你。

常常跟同学说："有空的话要带你们去发现美，大学城还有很多未发现的美呢！"

于是枕着一季又一季的期待,默默地守候着下一季的相遇。

抑或在轻轻柔柔的香风里,我只会是"最是那一低头的温柔",对着你的风情万种,对着你的绰约多姿,是一种剪不断、理还乱的情绪。

飞过的白蝴蝶绰约地翩跹,轻轻地吻着你的花瓣的边缘,诗化成时光里呈露的完美。我忍不住心灵的悸动,悄悄地抬起手,小心翼翼地摩挲着娇嫩的花瓣,指尖上停歇着初夏的风,此时此刻无不思绪悠悠,静静地等待着这一季的美的出现。

醉心于你的淡淡梳妆,倾意于你的亭亭玉立,当再次相遇,我依旧欣喜,依旧弯下腰,依旧用双手触摸着那天然去雕饰的肌肤,没有一笔、一墨足以渲染你的风采,来彰显我内心的欢悦。但就这样闭上眼,陶醉着,欹享着,亦足矣。我知道:美就在于感受!

风,在流霞中,浅吟低唱;我,枕着你,芙蕖,无声无息地,入我梦……

满架杜鹃一园香

曾几何时,在陌生的地方邂逅了那陌生的花。还记得那一刹那,我便臣服于它的绚烂,但我那时却不知道它的名字。

喜欢校园的那一片绿荫,但踏入校园这么久,却从未驻足欣赏校园季节的唯美,包括杜鹃花。

就在这一季,兀自走在校园小径上,花翻蝶舞,风吹云儿追,微露的晨曦流泻出似水年华,在黑色的柏油路上,我的影子被拉得好长好长。

然后,停下脚步,落拓地躲在树荫下,合上眼睑,枕着诗假装入眠……

诗人说:"美,当诗意般地栖息。"向往诗意般的生活,曾经去寻觅大自然的美丽,偎依在旁边,空旷里夹杂着舒展。就这样吧,用力吸着空气中弥漫的花香,任岁月穿堂而过,穿过杜鹃花,穿过记忆隧道,诗意,感动,无穷尽!

揽风观水濯尘心

有一卷长风,携带着淡淡的馨香,越过遥远的山,穿过大学城宁静的边缘。

有一道江水,从几千万年前盘古的传说中流来,有淙淙的音,有叮咚的韵。

喜欢站在船渡口,喜欢彳亍在江岸边,喜欢风拂过我的脸庞,喜欢倚在你身旁,遥望恰似遮不住的隐隐清岑,观看流不断的迢迢绿水,欲揽千里传来的蓊蓊清风。

"烟销日出不见人,欸乃一声山水绿。"清晨,樯橹敲破我的一帘幽梦……曾几度,梦到自己泛舟江中,诗酒年华,吟赏烟霞,一晌贪欢。

喜欢大学城的这一道风景,是景外之景、象外之象、韵外之韵。今夕,搁浅了曩昔的烦恼,杨柳风后,红楼梦醒,依旧撩人心思,净人心肠。

后记:

大学城之美,将氤氲成一阕阕唯美的词曲,永远栖息在我的心灵。离开大学城以后,我会轻轻地剪下这一段诗意的岁月,今生今世,伴我入眠……

看见自己

物哀之美

芦荟
福建师范大学材料科学与工程学院本科 2014 级

春天,来了。

对大多数人来讲,春天无疑是青春、活力的代名词。在这个季节,生命抛去冬天的严寒强加的枷锁,像被施了魔法一般,整个世界仿佛被重新注入了生命的力量。

但是,今年的春天,大自然赋予的这个职能被模糊了。

已经仲春了,但是在这个雨水主导的维度里,上天也很少"恩赐"风和日丽的艳阳天。久居在大城市钢筋水泥的建筑里,整日与几乎令人发呛的污浊空气"同流合污",赏美的心,被囚住了。感觉十九岁的我,已老去。

教室窗户的玻璃,也许许久未曾清理了,积了一层灰尘。这也为爱好绘画者提供了便利,有好事者在窗上涂鸦了一个经典的"阿衰"的造型,倒也生动有趣。透过这些擦痕,依稀可见外面十点钟的"骄阳",灰色天空大帷幕下的太阳已经年老体弱,光线像平地上的水一样随处流淌,昏黄暗淡无力。课程是无聊的,教授是无聊的,无聊的课堂叠加压抑的空间,结果是,沉沦。感觉此时的我,是一个压抑的精神囚徒,没有喘息之机,压抑充斥身体的每一个细胞,随血液集聚在心脏。也许越是压抑,就越向往自由,在这压抑的空间里,我情不自禁不切实际臆想着昔日朗丽的春光下的景色:那细柳,风中舒展着柔条,摇曳着飒爽英姿;那浅草,一抹抹的嫩绿,如点点碧玉装饰着大地;那碧水,微风轻拂过,留下一片片光影追逐的游戏痕迹。至于春天舞台上的主角——花朵,更仿佛天地之精华孕育的精灵,它们盛开时,靓丽、淡雅、万紫千红、妍丽万千、风华绝代……仿佛人类所能使用的褒义词全用到它们身上都不为过……

我觉得我必须出去走走了。

"哎,走了。"旁边的室友说。

"下课了?"我回过神来。

她点了点头。

"你先走吧,我想一个人去走走。"我回答。

外面,天还是浅灰的,面前的天空,仿佛是一幅巨大的灰色铅笔的工笔素描,与室内唯一不同的是空间的机械累加。漫无目的地漫步,期待着却是不期而遇。也许,或者说确实,外面的天空还是有颜色的。

早几日听说,学校图书馆后面的桃花林的桃花开了,红、粉、白,开得正美。曾几次想要去看看,诸多事宜,终究作罢。现在,不知怎么地,竟然走到了这里,可惜,桃花谢了。花树下,是密集的脚印,仿佛是她们集体的记忆。花树上,只有一部分花朵还在枝头上坚守着,像是在抗争,或许在证明,她们曾经美丽地存在过。残花,也是很美的。

春天,已经去了。

偶有的一阵微风拂过,几朵绯红的桃花从枝头飘落,在空中划过一段优美的弧线,仿佛在眷恋、在不舍,最后小心翼翼地躺在了大地广阔的胸怀里,花朵还是朝上的,望着树,像人面。

蓦地,我的心头为之深深地一颤,灵魂深处迸发出触动:她们绽放时,红艳典雅,雍容华贵,集万千宠爱于一身,盛誉尽享。当生命油尽灯枯,即将陨落时,那种脱离母体的无奈与眷恋,那些对将来的迷惘和恐惧,在落地一刻前凝聚,然后爆发,幻灭。她们在落风中用生命最后一舞,也为生命最后一舞,没有眼泪,没有戚伤,却分明感受到那摄人心魄的强大力量,如忧似乐,若苦似醴。

孕育到陨灭,是宿命。而她们演绎的,是生命的力量,是不朽。

阳光,明亮了。

春天,来了。

看见自己

关不上的门

汪节

福建师范大学材料科学与工程学院本科 2014 级

愣愣地看着教室后面的那扇门，一边已经合上加了锁，另一边则没有关上，看着一个个人从那边走过，不带一丝暖风而过，我感觉内心有一种莫名感哽上喉咙。

一个人放学走在回宿舍的路上，特意选了那条路，应了时节，春暖花开，总得去看看。或许能拍几张照片分享，但走在人行道的砖石路，看着新抽出的新草的嫩芽，莫名的亲切，也许绿色才是最值得亲近的朋友吧！它有生命，它给你无人陪伴时需要的温暖。一摊死水映着雨后轻抚的柳絮，难言不是一种慰藉。相比那棱角分明的瓦红色的大礼堂，我更愿意对清澈的心灵敞开心扉。踩着鹅卵石的小道，映入我眼帘的是并不知晓它的名字的花，它的纤细，它与绿色不相衬的特别颜色的叶子，它的如樱花的花瓣，如桃花粉嫩的花蕊，它就像想与你对话般的亲切。这个时候，给我一个画板，我愿化身画匠；给我一架钢琴，我愿化身乐师；给我一双舞鞋，我愿化身舞者……这样的我宁愿痴醉于此，会得到心灵的闲适与平静，这是个亲切的地方。前面有一块空地，我不知道它的用处，既没种花，也没有蒲草。夏天来的时候，会看到一群群白色水鸟在这边追逐嬉戏，会在这边汲水。真的非常感谢它们，它们真是神奇的创造者，它们衔来油菜花种子，便有了这一季的迷醉与芬芳，很多人都不知道它是怎么来的。我只希望今年夏天还能有一群这样特别的访客，它们有些更强的创造力，更热爱自然，我宁愿跟它们亲切，或许能见识它们的世界有着多么纯真、快乐、美丽的存在。

大路边排排粗壮的树木和路灯相映,昏黄灯光照着树叶密密麻麻的黑色。不知道一棵大树上簇拥着如此多的树叶,它有没有很厌烦、很焦虑？但它还是心甘情愿地从地下汲取养分供给,一切看似顺其自然,只因它们本是一体,谁会如此厌恶自己呢？那是否大树会厌恶日复一日的灯光呢？毕竟人总是会对聚光灯惧怕,害怕自己赤裸裸,害怕心灵不剩下一个角落属于自己。

　　还是会想起记忆中的那条老街,好像带给我一点点怀念。巷尾老爷爷卖的热汤面,味道弥漫过旧旧的后院;窄窄的、长长的过道两边,老房子依然升起了炊烟。记不得哪一年的哪一天,很漫长又很短暂的岁月,那些流逝的光景已经回不去,即使有放不下的熟悉片段,即使再回到曾经的地方。我们依然靠着肩膀,但脚步却渐行渐远。世界没了你们,我与花儿做伴、与鸟儿为邻,它们会与我亲切,它们不会让我寂寞,虽然时常会想起,但我已不再回头望。

　　天上淅淅沥沥地下起了雨,我裹紧衣服、夹紧了书,向雨中奔去。不知道雨水是苦是咸,身体已瑟瑟发抖;不知道前方还有多远,脚步已停不下来;甩开那些风,甩掉那些雨,裹紧自己的翅膀,护好自己的心,不想被刺痛,害怕被伤害,宁愿躲在角落蜷缩身子懦弱。有些伤不必触碰,它是带刺的玫瑰;有些伤尽量回避,它是嗜血的蔷薇;愿此刻,无人来扰。

　　回眸,那扇门已被关上,隔绝纷纷与扰扰,收回久滞的目光。

看见自己

匆匆那年，我有你们

史金雪
福建师范大学传播学院本科 2014 级

　　和往常一样行色匆匆地赶着路找教室上课,立诚？致广？知明？不对。像迷失了方向的孤雁,迷迷糊糊地在笃行楼里兜兜转转了半天,在铃声响起的前一分钟总算是找到了暂时的归宿。如释重负地觅了个靠窗的空位坐下,抬头瞥见远处矗立的钟楼,猛然发觉高中的那段岁月真的远了、模糊了,变得遥不可及,这种距离感让我很不安。

　　想喝杯热茶暖暖身子,却发现只带了个保温杯却忘了装水,丢三落四的毛病总是改不掉,但早已无人提醒。推开玻璃窗的刹那,冬日里无法避免的寒意扑面而来。阳光穿过细细密密的枝叶,摇摇晃晃地在我的桌面上落脚。星星点点的尘埃在这金色的光辉里轻轻游弋着,斑斓得有些刺眼。沿着记忆的脉络溯流而上,往事携带着你们一张张纯真的笑脸汹涌而来,势不可挡。我这才发现,原来回忆是如此令人难受,时间仿佛暂缓了流动,心底却泛起一波一波的疼。眼泪毫无征兆地一滴滴落下,溅湿了书桌上的作业纸,化开了那些黑色红色交织书写的字迹。人有时候真是善变,那些年被我们痛恨、咒骂的高考,巴不得赶紧抛过去眼不见为净的那一页,如今却那么渴望再重来一遍,即使会被虐得遍体鳞伤也心甘情愿。

　　这里一切都是崭新的,这里一切都是陌生的。大学的操场真的好大、好漂亮,有多少次上体育课的时候,我独自一人站在高高的看台上,俯视那绿草如茵的足球场,那长长的塑胶跑道,和那些缓缓移动的奔跑的背影,可是却一点都不快乐。因为这里没有长势疯狂得烦人的杂草和被碾压得零零碎碎的石块,没有那种一跑而过便会尘土漫天飞扬的不规范的跑道,没有那种看起来寒酸却不失温馨的、卖着五花八门的零嘴儿的小卖部,更重要的是,这里没有可亲可爱的你们,陪我自由散漫地躺在长得参差不齐的野草丛中,看着天蓝蓝,数着云朵朵,哼着不同风格的小曲,不管忘词,不管跑调。

　　某个午后,大雨倾盆而下,我手足无措地躲到仓山校区的那排老房子里避雨。这里空无一人,是一个已经习惯了被遗忘的角落,冷漠、凄清,弥漫着淡淡的惆怅和忧伤。这厚厚的灰尘,这边边角角结的大大小小的蜘蛛网,和这摆放的凌乱不堪的课桌椅,是尘封了哪些人的回忆?我不禁想起那座我们待了整整三年的矮矮的旧教学楼,它现在是否安好?会不会也是这么孤单?雨一直下,我没有撑伞就跑了出去,密集的雨点砸在我的身上,不痛不痒,却有一种撕心裂肺的感觉袭来。没有人追出来为我打伞,没有人,也不会有。那啪啪溅起的一朵一朵水花,我偷偷抹着泪,踩着它们想去抓住那些久违的回忆,虽然心里很明白那是徒劳。

　　还记得那面墙,花花绿绿的,写满了各种各样的熟悉的笔迹。我已经不晓得是在哪年哪月哪日我们信誓旦旦地刻下了共同的约定和一张甜甜的笑脸,可如今,那些天真地说好永远也不分开的人,却在现实面前不得不散落到天涯。好想好想你们。我真的不敢奢望太多,只求把之前每一个相处的瞬间在脑海中梳理好,刻录成盘,能够让我在异乡孤独的夜里徐徐放映,回味缱绻。

　　童话里都是骗人的。

　　再也回不来了,我的那段流年,那个一起哭过、笑过、奋斗过的夏天。

此间的少年

宋似琦

福建师范大学软件学院本科 2012 级

犹记得有一年寒假,我坐在车站候车室二楼的窗边,等待着回家火车出发的时刻。同行的学姐看着窗外来来往往的过客,突然笑着感慨:"六年了,在这个学校,这个城市不知不觉六年了。六年的时间不长不短,但自己已被时间的浪潮推挤,终究成为这个学校乃至城市的过客。"那一瞬间,我百感交集。

从刚踏入大学的小鲜肉,到现在渐成熟为大三学姐,我似乎对这个校园更为熟悉。但是走进立诚楼的时候我仍一阵恍惚,因为发现自己还是记不太清这座楼的复杂结构。就像午夜梦回我依旧想不起来在没有上课、没有自习、没有考前通宵临阵磨枪,也没有在单相思琢磨着恋爱的时候到底在想些什么。也许对着一本推理小说消耗脑细胞,也许一边看着动漫一边在脑海里穿越第十一维,也许什么也不琢磨就在偌大的校园里骡子拉磨一样地转悠了一圈又一圈。

不仅现在,可能毕业后出了学校这些也注定不能被我想起。我唯一能记起的是此间、此处那些鲜活的生命教给我的,让我在社会中受益无穷的力量。

跟 A 的认识是在学校广播站,不同于我在内的大多数"90 后"慢热的性格,刚见面她就像朝气蓬勃的太阳。性格的互补恰让我们成为最好的伙伴。也正如此,我得以从她身上收获好品德。大学食堂是一个我自认为最能体现当代青年文明素质的地方:从排队到买好饭菜说谢谢的礼貌,最后到将餐盘主动回收,每一个环节都能明确显示出教养文明。就算上完课后饿着肚子,A 也从来都是不慌不忙,安静地排队,等待着前面挤作一团的同学;会礼貌地跟打菜的大师傅说谢谢;吃完饭会用纸巾擦干净自己不小心留在桌子上的污渍。当时的我不以为然。直至一次跟A去麦当劳,排队,说谢谢,我都已经习惯,但是最让我不能理解的是吃完后,她依旧是端起餐盘放入回收处,我这才注意到原来快餐店也设有餐盘回收处,我竟从来不知。我羡慕当时旁边的外国友人对A赞赏的目光,以及夸赞的言语。也同周边直接走掉的阿姨一样疑问:明明有服务人员会来收,为什么要多此一举?A让我回头看,麦当劳的服务人员并没有很多,就餐高峰期,大多数人没有办法尽快有位置坐下,有一个很大的原因就是桌子上堆满了上一时段来就餐的客人留下的垃圾,没有办法入座。而顺手出门将垃圾放入餐盘,端到回收处,为其他的客人带来的便利更是让我一目了然。

回宿舍查看了网上的资料,国外类似麦当劳这样的快餐店没有设置专门收拾餐盘的服务人员,大家都是自觉地为其他人营造便利。这样的例子数不胜数:看完电影后,她会默默将自己的饮料杯带出来扔掉;自习完后,带走不用的演算纸……她总是尽自己最大的努力,给下一位在这个地方的客人或是同学营造最大的便利。也正如小太阳一般。

像A这样的同学,我在校园里见过很多:会对校内电瓶车的师傅说谢谢的B,会在西门外对发传单的打工者微笑的C,会给大学新生热心指路的D,等等。我从他们身上学会了很多、受益了很多,更会常常回顾起这些温暖的瞬间。之前网上好多说"90后"娇生惯养,没有礼貌,但是学习能力强大的"90后",只要有一个A就会有千千万万个像我这样看到后深受启发的Z。食堂中有一人排队,就会有一条长长的队伍,不正是这种情况的真实写照吗?

这才是此间、此刻的少年,青春却并不轻浮,激情却并不激烈,努力却并不呆板,应该对"90后"改观了,应该对这批在大学即将步入社会的新新青年改观了。他们如蓬勃的太阳,会给周围其他的人带去温暖。他们也将尽力燃烧自己,用自己的努力去温暖着这个国家。就像阳光穿过黑暗,黎明也一定会到来。

遇见师大

王思羿
福建师范大学数学与计算机科学学院本科 2014 级

夏末,我带着久违的期待邂逅了你的素颜。从此,我的四年就将在这里度过。象牙塔,曾是无数人在无数的时间赋予你的定义。而我,只想与你共度四年好时光。让自己的青春,一直闪闪发光。

我知道,四年,对于自己的一生,只是短暂的一瞬。但,我希望,这短短的一瞬可以幻化成为最美的回忆。师大给了我太多的第一次,第一次在外地过中秋,第一次晚点,第一次真正的离开父母,太多的第一次,终将见证,这个最美年华里最美的开端。也许,星雨湖的夜空、知明楼的钟声,将见证属于我们,这个最美的年华里最华丽的洗礼。

遇见师大,遇见青春,遇见不一样的人、不一样的风景。师大的风景可以说是美好的,每次站在星雨桥上,都会想起诗人卞之琳那首:"你站在桥上看风景,看风景的人在楼上看你。明月装饰了你的窗,你装饰了别人的梦。"就是这样的情怀,让我常常在夜晚漫步在校园,听着那首不变的《innocence》。而时光,便定格在那一刻。或许,西门外的喧嚣,也许是打开记忆之门的那点烛光。但,我不想用太多的词去修饰,也不想让你变得浮夸。只想把你给我的第一印象完完整整地封存下来,到了某一天,离开这个地方的时候,再去好好地去读懂你的心。

我曾无数次地在夜晚,幻想我会在这里,遇见怎样的人,有着怎样的生活。似乎,有一个片段,在现在看来,几乎是妄想。在一个有雪的夜晚,与自己期待已久的她,一起走在一条宁静的小道上。那种小道,在师大是较为常见的,但雪对于福州而言,近乎是有些苛刻了。爱情,这个词,我一直在尝试去解读它的含义,四年,希望有一个人,心里期待已久的那个人,陪我一起去解读。

虽然,我期待爱情,但我不愿有一丝的不适合与凑合!我想,四年也会是我不断磨炼自己的时期。让自己变得更优秀,对我而言,永远都不迟。无悔的青春,才是最美的青春。无怨的年华,便是最美的年华。所以,不负韶华!

福建师范大学,会给我四年,而我,希望四年以后,站在钟楼下对自己说,师大你给我的四年,我无愧于你的赠予。我在这里,追逐过自己的梦想,铭记过对于你的誓言。

仓央嘉措曾说:"住进布达拉宫,我是雪域里的王;流浪在拉萨街头,我是世间最美的情郎。"他,是一个才子,也是一个游僧,他的感慨,化作是我,便是对师大最美的心声!住进师大,我是新生,流年也无法释怀的第一次邂逅,就是这么美、这么真。

遇见师大,遇见青春,遇见更美好的风景、更美好的人!

峥嵘岁月,我们将共同走过

杜晴
福建师范大学外国语学院本科 2012 级

> 我们爱她,她让我们汇聚一堂。
> 我们爱她,她让我们共同成长。
> ——谨以此文,献给 2012 级日语一班的全体同学

一个团结向上的集体,总是带着不可思议的魔力,使人紧密相依、积极奋发。她如同一株参天大树,盘虬卧龙,擎天立地,而树根交错纵横,紧抓大地,遒劲有力,深延地下,只为主干的枝繁叶茂。2012 级日语一班便是这样一个具有向心力和韧性的集体。作为集体的一分子,我们如同一颗颗细小的螺丝钉,默默奉献,只为她更美好、更温暖。

青葱岁月,如水在指间流淌,稍纵即逝,仿佛昨天还是刚迈入大学校园的大一新生,踌躇满志,热情飞扬,如今已迈入大三的门槛,褪下青涩稚嫩的外衣,留下理性成熟的沉淀。翻开时间的纪念册,往事如浮光掠影,迎面扑来,那一张张被定格在四方框内的如花笑靥,令我们不禁遐想、微笑。回顾,是为了更好地前进。拾起那些被散落在心间的美丽记忆,让我们在温暖感动中,相携并立,且珍且行。

大一·年少如花,青春无悔

你们一定记得——

炎炎烈日下,掷地有声的呐喊,整齐划一的正步,行云流水的军体拳,我们挥汗如雨,为了共同信念,永不言弃。辩论赛舞台上,逻辑缜密的开篇立论,高潮迭起的唇枪舌剑,字字珠玑的总结陈词,我们齐心协力,为了集体荣誉,永不言败。

那一场如火如荼的联谊赛,激烈角逐的问题抢答,此起彼伏的欢呼唏嘘,我们在游戏中,让枯燥乏味的党团知识变得生动有趣。那一部感人肺腑的电影《地心历险记》,绚丽夺目的视觉享受,跌宕曲折的故事情节,我们在这场历险之旅中,感悟亲情的奉献与牺牲。那一场欢声笑语的冬至交流会,形态各异的汤圆饺子,令人喜出望外的精湛厨艺,我们在寒冷的冬夜里,体验亲手制作的乐趣,感受其乐融融的集体氛围。那一出精彩绝伦的音乐剧《大龄文艺女青年之歌》,唱功绝赞的文艺女青年,演技超凡的酸腐诗人,我们集思广益,大胆创新,倾情演出,为青春添上美丽灿烂的一笔。

大二·风华正茂,挥斥方遒

你们一定难忘——

院运动会上,腰肢曼妙的竞走身影,齐心合力的集体跳绳,我们再接再厉,共创辉煌。

配音大赛上,妙趣横生的影视画面,惟妙惟肖的原音模仿,我们挥洒自如,游刃有余。

立项评选上,声情并茂的活动解说,引人入胜的情景再现,我们独出心裁,别具一格。

那一份份充满着爱国热情、民族使命感的调查问卷,那一段段深入宿舍、走向校外的采访视频,我们用心传递,以真诚相询,在朝气蓬勃的校园内,在人声鼎沸的大街上,与众多受访者一同交流,相互学习。那一个个做工精巧、各具特色的环保标牌,那一次次满怀虔诚、奉献之心的弯腰屈身,我们将心比心,以身作则,在绿树丛荫里,在潺潺流水旁,以实际行动响应绿色号召。那一场场深思熟虑、煞费苦心的构思策划,那一次次不辞辛苦、夜以继日的舞蹈排练,我们精心准备,各尽其力,在老师的细心指导中,在学院的鼎力支持下,于外院多功能厅举办日语系忘年会,而其完美落幕正是我们成长的有力见证。

我们是万千世界中的一粒微尘,因冥冥命运,在此处相逢,携手共进,我们珍惜这样的缘分,感恩这样的安排。它使我们能够在宽广的草地上,仰望星空,相互嬉戏;使我们能够在困难挫折前,相互鼓励,共同进退;使我们能够在友情的细水长流中,谈天说地,感叹时光。

那一年,我们心怀故土,踏上崭新征程,初识于长安山麓下;那一年,我们秉承感念,漫步人生旅途,相知于时间洪流中。我们之间有争执、有冲突、有摩擦,但更多的是退让、宽容、融洽。流年暗把韶华换,若白驹过隙,忽然而已。在这趟长达四年的征旅中,我们终将乘风破浪、披荆斩棘,到达繁花似锦的彼岸。让我们怀着一颗赤子之心,一同静待两年后那萤火纷飞的盛夏流光。

峥嵘岁月,我们将共同走过。

说明:文中提到的活动依次如下——大一:军训、新生辩论赛、三次团日活动、忘年会和元旦表演。大二:院运会、配音大赛、团立项评选、三次团日活动、2012级日语班举办全系忘年会。

风乍起时

刘晓丽
福建师范大学文学院研究生 2014 级

  伴随着黄金周的到来，福州的早晨和晚上竟有些寒意，行走于宿舍和图书馆之间，蓦然发现扑在身上的风不似往常的热浪而化为阵阵凉爽，内心暗喜：福州的秋天来了？转身回宿舍问舍友。舍友答曰："还早，福建这边的秋天在十一月份。"

  不管福州的秋天要姗姗来迟多久，也不管福州白天的太阳有多大，只要有风，心中还是盛满了喜悦。只要有风，我的世界又回到了属于自己的秋意。虽然不喜欢夏天，我对夏夜的风却是情有独钟，还记得暑期在宁波上班的日子，一天中最开心的时光莫过于晚上八点钟下班后，一辆电动车，一个我，在点点的灯光下徐行，任凭对面吹来的风儿吹乱我的长发。这时的我是最自由的，除了尽情享受风儿带给我的惬意，再也不曾想起什么。偶尔也会不开心，对着风诉说，也只是一刹那的相逢，它便与我擦肩而过。风走过，也带走了我的话语和烦恼，又是满心欢喜地回家，这是只属于我一个人的幸福时光。

  风乍起时，我又宛如回到了北方的那座小城——信阳。它不是我的故乡，只是我大学时期生活四年的地方。四年时光，它见证了我的成长，看着我一步步迈向我所追求的自己。也许真的是失去后才懂得某些东西的珍贵，我也曾抱怨过信阳经常停电停水，也曾被隐翅虫咬伤在床上躺了整整一个星期。可更多的时候，我还是怀念它的好，怀念和舍友们一起上课、一起逛街、一起去玩的日子，怀念大学四年结下的友谊，怀念和几个闺蜜晚上在校园的操场上边散步边聊天的场景,怀念考研时的那些美好时光……

　　福州,一座空气清新又依山傍水的城市。除了阳光太热烈以至于我总担心被它晒黑之外,一切倒也挺好,怪只怪之前把它想得太美好。初识福州,那是在四月,四月的福州城溢满香樟树的清香,阳光也还算得上温柔,仓山校区的老榕树很有历史感,这一切都让我对这座城市充满了好感。而九月时再相见,回忆过往,总是有些失望的味道。于是,失望的我开始有些后悔,想要逃离这座城市,可是又能逃到哪里去呢?每座城市都有它独特的魅力,我还不曾真正走进它,就想拒绝它,这对它对我,都是有些不公平的。而对于陌生的地方,终归是没有归属感,仿佛自己是一个过客,正徘徊在一幢房子的门前,犹豫着自己要不要叩门进去,而事实是除了融入它,你别无选择。我试图在福州的地图上摸索它大概的轮廓,想对它有个初步的了解,可是我只能触摸到它的棱角。也许在三年后,我对福州的熟悉一如现在对信阳的了解,也完全适应了这座城,甚至发现自己慢慢喜欢上了它,也是我该离开的时候了。在那之后,我会不会也会像此时此刻的自己,在另一座陌生的城市回忆起福州的美好?

　　黄昏时刻,我会一个人在校园内随处走走。不得不承认,师大真美。漫步于星步桥上,你会发现星雨湖的柔媚与万般风情。暮色将起未起时,霞光散落在湖面上,风乍起,湖边的杨柳和湖水一起随风而动。我常坐在星雨湖边的石阶上静静欣赏,直到天色暗了,路灯也开始亮了。偶尔也会去溪源江边走走,不知道它来自哪里?亦不知道它要去哪里?那连绵的群山会有多高?流水不语,这一切都无从知晓,我也不愿去寻找答案。有些事情,何必非要知道得清清楚楚,留些幻想,又何尝不是一种快乐?有山有水,有草坪有绿竹,抬头还可以看到蓝蓝的天、闲适的云,这一切于我足够了。

　　风乍起……

从此一个人走

曾燕婷
福建师范大学文学院研究生 2014 级

好像从来没有给你们写过什么,刚刚推门进来,知道这个门里再也不会有你们的身影,心里不知道哪来的酸楚,想流泪,却始终流不出来。很早就开始离别了的,从这个学期一开始我就明白,你们在奋力支招留我一人独守空房的时候,我们这批最早就业的保研党有些庆幸,庆幸的结果是,当你们安安稳稳地享受着暑假带薪休假的时候,可能正是我们这群"老姑娘"在写论文之时。开学就乖乖来学校,原因之一是因为我是好学生,总得对得起校三好学生的称号;之二是论文完成期限在即,箭在弦上。有一个隐隐的原因是想最后一个学期,想着和你们的时光日少一日。这种话我是不可以说的,因为任何话从我的嘴里溜出来,再感天动地的悲伤也只会演变成一种调侃。我想你们是懂的,这个学期,吴阿蛮就很少说让别人带走我这种话了。

还记得那一天晚上吗?你们三个在备考,我戴着耳麦看视频,还是那种扰乱治安的狂笑,你们三个侧目,然后说,以后要等我在写论文的时候结伴来我这里玩耍,叫我出去喝奶茶之类的。当时只是笑着嗔怒:"你们真是太过分了,怎么有你们这样的舍友……"可是,我一爬到床铺上,细细回想这句话,恐惧莫名地生发出来,抓着我的神经,告诉我:"你就要被剩下了,一个人。她们三个都要走了,就只剩你了。"强烈的孤独感一下子就包围了我,我终于体会到了谁说过"人是社会的动物"这句话的深刻含义,人是一种群聚的动物。其实人是一种特别容易习惯的动物。可是即使适应性很强,离别时还是那么伤感,就像现在痛哭的我。毕业那天我们都没有哭,虽然被那天的气氛狠狠地笼罩,像胸口被薄膜覆盖,可能也是因为这样,所以眼泪也就被留在了薄膜里,没有涌上眼眶。很小很小的时候,姐姐和哥哥都去外地读书,只有我一个人的时候,不小心就看到一个节目,是一个大学毕业生,说他们毕业的时候那种抱头痛哭的景况,是对遥遥未来的害怕。可是我是没有的,因为接下来三年的学习、生活还是在这里,这个已经住了四年的地方。我提前做好的离别的情绪,在得知自己还在新校区甚至还在这栋宿舍楼的噩耗的那一瞬间如花朵般片片凋零。面对着这种无处安放的悲伤,我只能哑然。昨晚和阿蛮去看了电影,急匆匆地把平生吃过的最贵的面以生平最快的速度塞进嘴里,然后趿着拖鞋飞奔回电影院,刚好赶上《分手大师》的开场。本来是想宿舍集体去的,由于朱上班实在太忙,只能是三个人了,可是阿绵又因前日与隔壁宿舍出去放荡潇洒,导致精神萎靡不振,最终只有我们两个成行了。刚刚在路上还跟阿蛮说,四年了,竟然没有一次集体出游!我们四个人是不是都该好好反思,然后约个时间一起去更远的地方游一游?虽然是这样,但是每次过生日含金量倒是很高。前些天看咱们喝"白开酒"那次的录影,我简直无法想象当时咱们四个人是怎么做到无酒自醉的。

说到喝酒,咱们毕业吃散伙饭那天倒是都很清醒,清醒得太不对了。趁着年轻就应该做点疯狂的事,这一毕业,真的就老了,想做也不可能了。不过,我真心觉得今年咱们这群毕业生怎么这么淡定,没有在草坪上的吹拉弹唱、声嘶力竭,没有楼前气贯长虹,引得正在备考的学弟学妹泼水的喊楼,没有疯疯癫癫的夜游……真是遗憾,我真的很想把这些都做一次。可是,咱们没有这样的机会了。

这几日说说、微博、微信中的好友动态,主题只有一个——"毕业"。从学士服,到与学校的各处建筑道别,到毕业的散伙饭,到前天的毕业典礼,终于到了和舍友说再见的时候。昨晚,挺困的。可是不想早睡,听着陈奕迅的《人来人往》,悲伤从心里一个细胞接一个细胞地往外传递。吴阿蛮还没有回来,也算等等她吧,回来有个人等,就像在家里一样。(吴阿蛮,快说有没有这样的感受?)爬到床铺上,脑袋提醒自己这是与她们最后同眠一个宿舍的夜晚了,不能那样迅速地睡着。最终,控制睡觉的神经打败了它,沉沉睡去。

等听到朱喊我的名字,我就知道天亮了,虽然几根神经醒了,可是要叫醒我的身体还需要好一会儿,所以慧君叫我的时候,我的脑袋知道,可是身体却无法动弹,更别说张口回答了。我一个一个地叫醒自己的脚、手、腹部、头部。总算转了个身,"吱"了一声。才明白原来是要去还钥匙。然后听到阿绵拉拉链,我努力地提起眼皮,终于打败了身体里的睡觉小人下了床。这时,她已经背好书包了,阿蛮也穿戴好要送阿绵。等我站在桌子前时,我们只剩了最后挥手的时间。然后就留下我一个人呆呆地站在那里,桌子上有她留下的明信片,阿绵说的第一句话是早餐不要再吃瑞士卷了。(知情人士懂得的!)第二句话是找个好男人。(你以为我不想的吗?)然后,应你的要求,"阿绵说过"我以后会常常提起的。那一刻,眼泪就要涌出来……虽然这些天你经常是来"我们宿舍",但是鉴于你的明信片,我原谅你了。然后阿蛮回来了,还带回了豆浆和菜包。我说不会是阿绵叫你带的吧?她说本来想到我有瑞士卷的,后来想想还是让我换换口味吧……(这个空当,我查了一下字数,都是写论文的职业病!竟然就快两千字了,这是我写得最快的、最没有逻辑的文字了吧?)

只剩我和阿蛮了,行李从很早很早以前就开始整理了,直到今天还没有收拾完。因为我总是最后一个走的,就像刚进大学时辅导员说的,读研的他送走了宿舍所有的兄弟,然后只剩自己一个人。那种不知所措的空虚,就像卸掉了房子的顶梁柱。我私心里是想下午不热的时候走,剩下的时间就给你们写这样一篇废话。同样的,这样的事我也不能早说,因为一说就没有了惊喜。当然,我没有勇气说,怕自己控制不住也是缘由之一。整理这件事走走停停,是不想这么快就整理完,还是真的东西很多?抑或两者兼有之吧。桌上朱送的戒指有点浮夸,紫色的花,花很大,花瓣上镶着钻石。(要是真的钻石就好了!)我很喜欢,而且我承认它很符合我的气质。毕业礼物这种东西,在我们四个人之间真是送出了创意、送出了惊喜。(吴阿蛮,说的就是你!当然,我的礼物也是!)午饭是叫餐,于吴阿蛮这是最后的午餐了。于我,是最后一次和她在这个宿舍里用午膳了。悲伤的理由不同,悲伤的感受却是一致的。

又偷懒去微信发了几张照片,本来昨天整理东西的时候就要发的,怕今日的泪流,只能刚刚补发了。(没有把你们的丑照发出来,放心放心。)然而,到底是该有离别的眼泪的,即使是只剩我一个人的时候。烈日当空,我执意要送她到车站。扛着她准备传给弟弟的传家宝席子,背着包,撑着伞,自己不忍直视。

她说暑假要把厨艺练得更精湛,然后去她家她亲自下厨。我只能说,欢迎去我家,我亲自看你们下厨。骄阳炙烤着大地,腾腾升起的热气一阵一阵往身上袭来,风却迷失在了某个山谷。边说边走,不一会就到了站点。脑海中浮现出的旋律是吴奇隆的"当你踏上月台,从此一个人走……"。是啊,从此天各一方,从此一个人走。吴阿蛮一直催我回去了,终于车来了,把她吞进去带向了人生的下一个路口。回程,才明白古人的离别总是那么伤情,是因为总是阴沉沉的或者下着细雨的日子,适宜的温度总是让人把力气花在情感上。如此炎热的天气,热气就把眼泪蒸发了,悲伤也就不够彻底。可是那种无所适从的感觉在我想起宿舍将不再有她们三个的身影的时候,又迅速从四面八方包围了我,我只能缴械投降。

推开201的门,环壁索然,空空如也,很有"昔人已乘黄鹤去"的感觉。空调还是我送吴阿蛮出去时的温度,却没有出去前的凉爽,大概在外面待得太久了。然而一坐到自己的凳子上,眼泪夺眶而出。本来以为电影里某一个人临终前对一生的画面式的回放是电影的艺术手法,此刻那过往的一幕幕却如影而来:开学初的大洗、小时候每周一次的大扫除、冬日午后阳台的阅读时光、托着打包盒一起看《爸爸去哪儿》及《我是歌手》的萌叔和老男人、舍撮时的酒鬼和酒仙、舍撮后的过敏、不够四个人一锅的煮水饺……

送阿蛮回来天就阴沉了,大概是为我沉默。雷声大作,是提醒我,天下没有不散的宴席。昨天整理,看到了《谁动了我的奶酪》,没想到本科重温的最后一本书竟然是它。书的扉页赫然写着"惜缘",竟然是实习时的爱师的文章题目。那么,就借着这两个字给我的大学四年做个总结,让我们且走且珍惜吧,"四阿"宿舍!

打开电脑,总觉得要给自己、给你们一个交代,于是乎成此文。

看见自己
KAN JIAN ZI JI

天明与日暮

邱越洺
福建师范大学环境科学与工程学院本科 2013 级

时间,从天明到日暮;过程,从"日暮"到"天明"。

古人云:"天圆地方。"圆即天,非同小可。圆,求而造之。电视里泰拳的凶狠、拳击的猛烈,尽显攻防之术,是一种直刺入骨的尖锐;转而看中国武术,或许在很多人眼中更像是"武舞"。"武舞"是一种虚幻的圆润。技,揉进艺;刚,并上柔;武,合以舞。杜甫曾看过公孙大娘舞剑,说那是"武舞",似乎把武弄成"武舞",才圆满好看。

近日,网上一段空手进枪的对练视频可谓红得发紫,大家看了直呼过瘾、刺激!作为一名习武十余载的武术运动员,我很明白这台上的一分多钟,其背后是天明到日暮不停歇的付出。这一幕一幕都再平凡不过。运动员的一闪一躲,红缨枪的一进一出,精彩来自于日常的坚持!

去年,我作为一位大一学生,有幸代表学校参加福建省第十五届运动会的武术比赛。为此,我开始了从白天到晚上的训练。累,那段被汗水浸泡着的日子实在是累。回想起来,值。比赛过后,我每每怀念那段拼搏勇进的时光。五个多月的训练,用三个词来概括就是:疲劳、伤痛、回报。武术,不同于其他运动项目,非短时间能成,要在摸索中不断领悟其博大精妙。武术带给我们的,不仅是血性,更有人生的态度和人生的智慧。

天刚蒙蒙亮,我便随几个队友一起到市体校训练。把腿架到十多厘米高的毯子上劈叉,很多小孩都痛苦不堪,更别说我这一把"老骨头"了!压完韧带,几近瘫软。每个武术运动员几乎都患有骨膜炎，很疼。于是，绑鞋带便成了日常动作。低下头，有谁知道我们默默地擦干眼泪？擦干眼泪后，继续扎好每一个马步，做好每一招动作。下午，还要继续在体校系统训练。我们一行人便在毯子上午休，好想一直睡到第二天。这时候，如果有人不合时宜地冒出一句"不知道下午要练什么，练到几点"，我们便会把他"痛扁一顿"。熬过了下午，放松完肌肉，我们准备回老校区。赶着去坐43路公交车，我们要回学校的武术馆晚训。路上，随便吃两个馒头，算是充饥。后来，我们一见到馒头，就有点恶心。

记得有一次，43路公交车快出发了，一个好心的同学提醒坐在等车坐椅上的我们说："你们不上车吗？车要走了。"我们只是摇摇手，我们只想在坐椅上休息一下，多恢复一些，攒点上车的气力。我们宁愿等待下一班车。当时，最幸福的事，就是躺在43路公交车的椅子上，睡到朦胧处，听见车上报站的声音："终点站师大东门到了，开门请当心，下车请走好。"拎起放满汗湿的衣服裤子的书包，沉甸甸的。踏着沉重的步伐，我们到武术馆边上，边放松，边训练。

整天舞刀弄棒，不挥洒一些血水，好像都说不过去！练习刀术时，不小心割裂了手腕，我有幸第一次享受了校医院医生的服务。于是，每天我又多了一件事：到校医院换药、换纱布。左手不方便，我还有右手和双腿，就这样，休息了一天后，我又开始扬帆起航。我不怕，因为吃苦已经成为习惯，我坚信，奋斗便会苦尽甘来！

昼夜交替，四季周转，阴阳相依，合而不同，从天明到日暮，一天圆满了。一动一静，一起一落，只为呈现一套圆满的动作，取得更好一些的成绩。

天明，你们还在沉睡，我们已经开始拼搏；日暮，你们已经洗漱，我们还在抹药。从天明到日暮，我们挥洒着自己的青春。

"日暮"是疲累，是伤痛，是失误，是曾想过的放弃；"天明"是领悟，是收获，是成功，是拼搏过的青春。从"日暮"到"天明"，我们诠释着自己的执著。我们在"天明"时挥洒汗水、泪水、血水，只为在"日暮"给自己一个交代。"日暮"后，反思自身、摸索要领，只为"天明"时寻到一个新的自我。

蔓蔓青萝,娓娓不倦

陈雨晶

福建师范大学材料科学与工程学院本科 2014 级

素素花絮晚,菲菲红素轻。阳春三月的时节,无论何时何地总是透着一点绿茵。行走在校园间,我的心仿佛也被洒上点点绿光,熠熠生辉。校园里总是盛产着一种名为"朝气"的精神食粮,与园中的姹紫嫣红竞芳菲倒也是相辅相成。

胜日寻芳泗水滨

枝头新绿,回想去年秋时走出高中的我们,无不得意洋洋地庆幸自己终于"自由"了,踏上了承载着儿时无限美好幻想的远方。满怀期待的大学生活似乎有着说不清的奇怪感,那是一种什么情愫?是疑惑?是苦恼还是迷茫?或多或少都存在于还稍显稚嫩的我们身上吧。而时间就在不解与无助中悄然离去,初时那颗躁动的心已然安分了不少,然而总是有一种声音在空谷中回响,带着一股不甘心和激昂。放眼望去,映入我眼帘的是迸发着勃勃生机的景象,让我也不自觉地一扫冬日的颓废感,重新审视我的大学生涯。对于很多人来说,大学也许是对自己十二年寒窗苦读的慰藉,也许是清闲地看"月上柳梢头,人约黄昏后"的不眠的生活,也或许是没有目标、浑浑噩噩地荒废我们转瞬即逝的青春。而我们莘莘学梓甘愿做这样的人吗?时间还剩多少?可还记得千年前曹操举酒吟唱:"对酒当歌,人生几何。"时光易逝,此时不搏更待何时!

无边光景一时新

　　林荫道上，万物复苏的时节也抵不住枯老的枝叶纷飞，总是叹息时光如白驹过隙，而我却深知流年带走的不是不老的时光，而是我们的激情、我们的蓬勃。莫要自欺欺人地认为时光永存，我始终相信时间最是公平，而态度决定一切。当你赖床不起时，总有人在跑道上挥洒激扬的汗水；当你抱怨不公时，总有人已经努力为自己扳回一城；在你无所事事时，总有人代替你的位置，活出自己的精彩，秀出自己的舞台。回首往事时，想想自己又活出了几分精彩？也许你会为自己的往昔追悔不已，抑或不知所谓地回答这就是大学生活。这是什么？是懦夫！是空顶着青春的躯壳苟延残喘的老病残躯！既然活在当下，就应该如春天的雨一般"好雨知时节，当春乃发生"，待有朝一日且看"晓看红湿处，花重锦官城"。

等闲识得东风面

　　曾几何时，还是银装素裹，一缕春风已吹醒万物。从前，我们能承欢膝下，可以不懂何为拼搏、何为奋起。而今弱冠之年，怎能按捺自己不甘平庸的心随波逐流？我们要创造属于自己的天地，也许它毫不起眼，如沧海一粟，却是永久的独一无二。校园里随处可见的新芽总是倔强得让人敬佩，一点一点地挣扎抽芽也要一睹春日的风采，殊不知那点点春芽才是点亮这明媚春光的所在。正如我们才是一代风华，当思"数风流人物，还看今朝"！

万紫千红总是春

　　还看当年明月，一袭白衣，"仰天大笑出门去，我辈岂是蓬蒿人"，如今霞光万道，万紫千红看遍，"魏军聊赋今日诗，努力请从今日始"，不要徒留"人生风雨后，慷慨不再有；壮举一场梦，盛情一杯酒"的遗憾。须知，敌军围困万千重，我自岿然不动！

　　小楼一夜听春雨，清晨一缕微光洒进窗台，睁开迷蒙的双眼，洗漱妥当后迎着阳光，经过篮球场时看见场上矫健的身姿，田径场上稳健的步伐，听见琴房中传来的悦耳琴音都像极了春日里的朝阳。一回眸，远处老墙上的蔓蔓青萝，娓娓不倦。

花开半夏,回忆如风

常生凯
福建师范大学材料科学与工程学院本科 2014 级

我只记得我一个人,一直都是一个人,一个人呼吸,一个人取暖,一个人辗转在每一个春夏秋冬。

那些我不愿放下的东西,在岁月的斑驳里逐渐变得不值一提,无论是故事里的演员,还是风花雪月,都似一缕青烟,被风吹散。

我小心翼翼地藏起那些偏执的情绪,那些因岁月沉浮而流露的情绪,在每一个无人知晓的黑夜,暗自浅尝,不敢神伤,亦不舍遗忘。

记忆翻了一页又一页,过往写了一遍又一遍。留不住,舍不得,放不下,离不开。有时候回忆就是一道伤疤,想一次就痛一次。

有些事,轻易不能说出口,想说的时候,却不知对谁说。有些人,总是在不经意中,消失在视线里,再也找不回来。有些回忆,轻易不能触及,只愿时间可以带它走过这忧伤。

人情冷暖,总在变幻。熟悉的陌生了,陌生的走远了,人在情在,人走茶凉。将心比心,以心换心。有心,走心,交心。

不联系,是没有足够的勇气,其实不能流连的就算不上风景,不能永恒的便不是诺言。缘聚缘散间,总有留不住的容颜;悲欢离合间,总有想不到的再见。

真心离伤心最近,熟悉离陌生最远。所以真的感情,要的不是瞬间的温柔,而是一生的守候。既然选择了同行,便只顾风雨同舟、生死与共。

相逢是缘,驻足流连的才是风景;擦肩是客,触动心灵的才能生情。相识要坦诚,以诚相待才能倾心倾情;相处要真心,以真相对才能以情暖情。

一个人怕孤独,两个人怕辜负。我放弃了你,你却还要来打扰我的梦。错过,只是想让自己变得更好;远离,只是无法再接受你的不愿意。不愿意待在一个不美丽又不符合我的本性的关系里。

风沙吹老了岁月,却吹不走我的回忆。纵然我的记忆里没有了你熟悉的笑容,但每一个日子,我会好好珍藏,慢慢回忆。把自己买醉在忧伤里。咖啡里满满是忧伤,杯杯是回忆,吞下的是惆怅,咽下的是思念。漫漫长夜,唯梦相随,千世轮回,有缘相聚,希望再见时,留下的都是彼此最美好的回忆。

人生若只如初见,怎会有太多变迁、太多无奈?回眸一笑,所有的往事如梦如烟,而唯有那一滴残泪,泣留于心间。

初见惊艳,再见依然。但愿再次见到你的时候,你依然美丽如初。时光匆匆,我们已经回不到过去,也许曾经一见倾心,但是再见之时,也许会是伤心之时。若是如此,不如初见时的那份感觉……

人生如此,浮生如斯;情生情死,乃情之至。有情不必终老,暗香浮动恰好,无情未必就是决绝,我只要你记着初见时彼此的微笑。原谅我眉目间的忧伤,在岁月里的轻狂。

花开半夏,一如从前的美丽;回忆如风,徘徊在心间的守候。

鱼儿鱼儿，你怎么了？

卢允芳

福建师范大学体育科学院本科 2014 级

  天空中翻滚着的阳光，照耀着大地上忙碌的人们。毛孔中渗透出汗水的他们，咒骂着老天爷，为什么把这个城市变得如此炎热，如此让人连呼吸都那么急促？空气中流淌着烈日的气息，驱赶人们躲进舒适的屋檐。

  背着渔具的我，全身装备得像个职业钓鱼者。找了一块阴凉处就地坐下，匆匆忙忙地拿出包中的钓鱼装备，也同样对着老天爷唠叨了几句。第一次钓鱼的我，提了提鱼钩，用力地把它甩入河中，双眼紧盯着鱼饵缓慢下沉，直到鱼鳔在水面上荡漾。风来得突然，来得舒心，鱼鳔在风的鼓舞下，如年轻的小姑娘跳起了水中芭蕾。我闭起双眼，感受风的温馨，如同在母亲的怀抱中感受着世界。风，触动着我身上的每条神经，传输入我的大脑，在大脑中欢快地跳动着，好像瞬间能触摸到世界的中心。美好往往短暂，鱼儿盯上了刚刚抛下去的美食，嚼食着鱼饵，鱼鳔似乎生气了，不再跳水上芭蕾，气冲冲地往水里钻。然而鱼线像慈祥的母亲，拉着鱼鳔，把它拉到水面，叫它不要生气了，可这个孩子气极了，就是要往水中钻，母亲也是无奈了，就用力地把鱼鳔拉出水面。此时，这位母亲感觉到孩子似乎变重了。她低头瞧了瞧，原来淘气的孩子把水中的鱼儿也揪了出来，这位母亲有点体力不支，气喘吁吁地叫她的孩子放开鱼儿，鱼鳔看见母亲头上渗出了汗水，赶紧把在空中挣扎的鱼儿甩了出去。倒霉的鱼儿被甩到了陆地上。我手忙脚乱地抓住了那条小鱼，我望着它，不禁唠叨了几句："鱼儿啊鱼儿，你是我人生中钓上来的第一条鱼，可你还是如此幼小，真心不希望剥夺你幼小的生命。"我举起双手向上一抛,"鱼儿啊鱼儿,我给你一次机会,希望你能快快地成长。"我人生中钓上来的第一条鱼就如此轻易地被我放弃了,我继续装上诱人的鱼饵抛入河中,风停了,灼热的空气瞬间包围我,汗水黏结成小水珠从额头滚落到地下,驱散身中的热气,可这些小水珠未触及地面已消失得无影无踪了。鱼儿开始懂事了,不再那么贪婪,游动在水面的鱼鳔也不再那么生气了,安安静静地躺着晒起了日光浴。我等得有点焦急,时不时就拉起鱼饵,看看它是否乖乖地挂着。太阳看着我开始疲惫了,时不时地打着哈欠。

一天悠闲的日子过得如此迅速,天上的太阳疲惫不堪地躲进了它舒适的被窝,白天躲在家中的人们也都陆陆续续地走入晚霞里,聆听着上天给他们的今天最后的指示。在这片晚霞中微不足道的我,贪婪地吸收今日余下的气息,生怕错过什么似的。鱼儿开始探头探脑地在水面上嬉戏,完全感觉不到身边是否有朋友丢失,欢快地游着。然而第一次钓鱼的我,虽然不是一帆风顺,但依旧是满载回程。

鱼儿啊鱼儿,你依旧需要成长。

我青春，我骄傲

陈海山

福建师范学大学体育科学院本科 2013 级

假若人生是一本书，那么大学生活便是书中多姿多彩的一页；假若人生是一台戏，那么大学生活便是戏中精彩绝伦的一幕；假若人生是一次美妙的旅行，那么大学生活便是我们在途中看到的一道美丽风景。

看呀，可爱的春姑娘，迈着轻盈的步伐来到人间，那一片片生机勃勃的景象遍布了整个校园。星语湖畔柳树抽出细细的柳丝，上面点缀着淡黄色的小嫩叶。小草带着泥土的芳香钻出来，一叶叶，一丛丛，又嫩又绿。花儿也伸了伸懒腰，打了个哈欠，探出了小脑袋。一群群小鸟唧唧喳喳地从我们头顶掠过，一只大蜜蜂正落在一朵金黄的迎春花上辛勤地采着花蜜。春天的校园里，各种小动物们都忙碌着，而作为主人的我们更不能辜负这大好时光。

当第一缕阳光划破天幕，安静的校园开始热闹起来。不远处，漫步校道上正在晨读的同学，声音洪亮，神情专注，似乎周围的一切都打扰不了他。当阳光正热烈，同学们三五成群结伴到食堂吃早饭，大家都自觉地排着队。买到早餐的同学一起有说有笑地前往各自专业的运动场地。在各自不同的领域中，他们挥洒着汗水，在运动场上拼搏，是他们的骄傲，属于体育生的骄傲！

那田径场上，跳高运动员个个精神抖擞，腾空而起，像展翅飞翔的海燕，又像凌空直上的雄鹰。一声枪响，起跑线像一条绷紧了的弓弦，瞬间射出了六支彩色的箭。那武术馆中，她把剑舞得恰似一团银花，在月光下左右盘旋、上下飞舞。那剑越舞越快，就像一条银龙绕着她上下翻飞、左右盘旋。篮球场上，弯着腰,篮球在他的手下前后左右不停地拍着,两眼溜溜地转动,寻找"突围"的机会。突然他加快步伐,一会左拐,一会右拐,冲过两层防线,来到篮下,一个虎跳,转身投篮,篮球在空中划出一条漂亮的弧线后,不偏不倚地落在筐内。而另一个场地中,欢笑声随着足球的飞转而升温,激情跟随足球的滚动而燃烧。汗水在球场上挥洒,青春跟随球体飞翻涌动。雄健一脚射门,惊心动魄,喊声四起,进球啦!呼声震耳欲聋,此起彼伏。一个个画面清晰地展现出他们的活力,个性张扬。而随着黑夜的降临,或许只能听到一阵阵呼噜声从耳边飘过……

当人们看到领奖时辉煌一刻的他们,当人们看到训练时豪情欢笑的他们,当人们看到竞技时斗志昂扬的他们,却不曾有人看到受伤时神情没落的他们。歌曲《没有什么不同》中有歌词:"尽管痛的苦的没说的/但哪有一路走来都是顺风的/因为我们没有什么不同/天黑时我们仰望同一片星空/没有追求和付出哪来的成功/谁说我们一定要走别人的路/谁说辉煌背后没有痛苦/只要为了梦想不服输/再苦也不停止脚步。"任何艰难无法阻止,他们依旧活力四射、激情似火。这就是他们身为体育生的骄傲。身为大学生,他们丝毫不吝惜汗水,彰显大学生的年轻无限,成为大学生活中的一道耀眼的风景!

生活中,他们每天都在尝试。尝试中,他们走向成功,品味失败,走过心灵的阴雨晴空。他们不曾放弃尝试,成功了,是下一次尝试的动力;失败了,总结经验,吸取教训,继续努力。无论成功与否,重要的是勇于参与的精神,付出的背后就是胜利。

看见自己

骆雯

福建师范大学文学院研究生 2014 级

高中曾买过《沉思录》，不长的篇幅，但我没有看完。对于这部许多人反复阅读、推荐的作品，我还是怀有敬意和期待的。相信《沉思录》有它独特的魅力，让它穿过悠长的历史，令一代一代人从中受益。

在我看来，罗马皇帝马可·奥勒留·安东尼自我反省的《沉思录》，读来并不具有趣味性，甚至是枯燥的，但是娓娓道来的生命感受中，确有一股深沉的能量，引导读者去思考自己的生活，联想自己生活中所经历的、所感受到的。仿佛是一位老人，经过人世的沧桑，来引领你走出人生的重重迷雾，到达相对明净的境地。

作为斯多亚派的重要代表，安东尼在《沉思录》中体现出对摆脱欲望、拥有冷静生活的渴望。"你是由三种东西组成的，一个小小的身体，一点微弱的呼吸，还有理智"，安东尼在作品中如是说。他强调理智对每个人跳脱欲望的樊篱、挣脱生命的虚妄的重要作用。能够清醒地认识到什么事该做、什么事不该做；认识到生命应该有所敬畏；认识到人生中有些步伐，关键且重要，走错一步，可能会难以回头。知道在什么时候，做什么样的事情，在我眼里，就是一种理智。就像，大四了，发现时间很少，该做的事情却很多。需要考教师资格证，要考研，还要兼顾学校的课业，有时候，压力真的很大。只能告诉自己，现阶段就是为自己的将来铺就道路，所以为了自己期待的工作和生活，就需要牺牲：牺牲娱乐放松的时间，每天尽可能地学习，提高自己的效率，提高注意力。坚信，一直以来，凡是能够达成目标的人，无不是清醒地认识到自己想要什么然后付诸努力的人。

以前听过一句话，大意是，聪明是一种能力，善良是一种选择，随着年纪渐增，我们会渐渐明白，善良比聪明更难得。安东尼在《沉思录》中，反复提及善。他说："观照内心。善的源泉是在内心，如果你挖掘，它将汩汩地涌出。"他还说："亲自报复的最好方式就是不要成为像作恶者一样的人。"在生活中，难免存在争端、分歧，存在恶意、敌视，有的人选择报复、争斗，有的人选择的却是善意、和解。我相信，凡是怀揣善意的人，会比别人享有更多的安宁，它代表你有宽广的胸襟，包容生活存有的恶意、卑劣，对社会怀有期待，对人生拥有希望。正如我提到的，聪明是不易的，它是一种能力，但善良更难得，它表示你自觉地选择一种更开阔的人生。

困难、挫折，每个人都会遇到。安东尼在统治期间，正值战争时期，国势衰微，他深深明白，面对与接受的力量。"记住在任何可能使你烦恼的场合都采取这一原则：即这并非是一个不幸，而高贵地忍受它却是一个幸运。"他这样宽慰和引导自己走出自怨自艾的困境。有些事确实并非我们的能力所能改变，有些问题确实需要我们用更多、更大的勇气认真以对。不去逃避是一种姿态，勇于面对是一种选择，坦然接受也不失为一种气度。看见真正的自己，接受并不完美的自己，可能获得的，是生命的一种完满。

观照内心的自己，坚持独立的自我，追求自由的意志，这是读完《沉思录》后，最触动我的地方。可能，人终其一生，也不能完全了解自己，但人不该放弃去倾听自己内心的声音、观照自我的灵魂。跟随真实的自我是一个人一生不该改变的追求，能时时问问自己想要什么，如何达到，厌弃什么，该远离什么，对自己怀有怎样的期待，对人生有什么渴求；时时问问自己，做了什么，为了什么，这是一份智慧。保持内心的明净、温暖，同时不随波逐流，明白他人的想法可以作为参照，但不该成为人生的主导。明白"没有任何人能夺走我们的自由意志"，学会"不要为了虚有学问的外表而丧失自己的思想"，开始去懂得"不要寻求外在的帮助，也不要别人给的安宁"。

我们拥有黑色的眼睛，我们寻找光明。我们看见青山绿水，看见花鸟虫鱼，但我们往往看不见的，是自己。生活是匆忙的、琐碎的，很多时候，我们忙到忘了问问自己、看看自己的内心。我们陷在生活中、职场里人心的猜度，却忘了观照自己的灵魂，大凡许多烦恼，皆源于此。《沉思录》有种沉静的力量，引导读者观照自己的生活，观照自己的内心，从而看见理智与美，看见困难与不幸，看见可贵的自由意志，也看见自己，看见沉默的灵魂。

空床

卓一格
福建师范大学文学院本科 2012 级

即便没有色彩,我也知道那是一片摇摇欲坠的枯叶,经历了萧瑟的秋风摧残后的最后一片叶子。它顽强地依附在阳台的葡萄藤上,那是父亲亲手种下的。我家的吊兰、芦荟和仙人球都是父亲的杰作,但从主卧的窗台望去,能看见的只有葡萄藤。那株葡萄藤只在第一年结过果实,不说颜色不讨巧,就连味道也酸涩得很。不过说实话,那时候的记忆现在已经相当模糊了,甚至连当时父亲的表情我都不记得了。说也奇怪,我半躺在客厅的沙发上,通常是看不到阳台的,而现在,不仅是阳台,就连阳台上的葡萄藤、葡萄藤上的枯叶、那黑白分明的叶脉,都一清二楚。阳光从主卧的窗户射入,尽管没有色彩,我也知道那是束明媚的阳光,它照在空荡荡的床上。我上初中之前,放在主卧的一直是当时最流行的美得梦。只是后来母亲的腰渐渐不太好了,为了防止腰病恶化,就将美得梦换成了铁床。那沾满灰尘的床垫被丢在了杂物间,床垫上几个不明显的凹处,也不知道是放得太久,还是小时候踩坏的弹簧,都不会有人在意。铁床上升起细小的灰尘此刻在阳光中分外明显,被褥被掀开一角,而床上空无一人。这黑白的画面就这么静静地置于我的脑海中,五官似乎被分割开来,世界只为我留下一双眼睛,而耳朵早已不知去向。光线越来越亮,从主卧蔓延至客厅,白色的阳光爬上沙发,吞没我的脚、我的身子、我的手,直至我的眼睛。突然,那刺眼的白色不见了,取而代之的是略带灰色的乳白,隐约间还有更深一点的灰色花纹,那是次卧的天花板。次卧的窗帘半开着,从这里的窗户看去,只能看到半截花盆,那吊兰、芦荟和仙人球长势如何了,我看不到,更不用说葡萄藤了。恍惚间我明白了那近乎诡异的、从客厅看到的葡萄藤与空床,以及黑白的世界。

那只不过是一个失去色彩的梦罢了。

这是我在厦门度过的第二个暑假,虽说是度过,实际上头尾也不过两周。母亲代替忙于工作的小表舅照料住院的大伯公,而我则暂住在小表舅家。小表舅不在厦门工作,表弟一放假就随小表舅离开厦门,偌大的房子里只有我一人。偶尔有兴致的时候我会四处逛逛,坐在阳台二楼的吊椅上,或是给鱼缸里巨大的热带鱼喂食,但大部分时间,我只窝在客房里,躺在床上翻翻书。每天中午,一路蹓跶到医院里,和母亲一起吃饭。有时我会一直待到傍晚才回去。大伯公住的单人病房楼层很高,从这里的窗户望去,是一个人工湖。湖很大,有一半以上都被楼房遮挡住了,湖边是规划整齐的绿化带,茂密的树丛间隐约能看见几艘破旧的游乐船。一天中最美的就是这个时候了,尚未褪去的灰蓝色与夕阳的橙黄色混杂在一起,从山头晕染开来,又像是水彩纸上的颜料,蓝色与橙色逐渐重叠在一起,一层又一层,就变成了群青色的夜空。然而还没等天黑,我就窝回了房间里。在厦门的两周,几乎每天都是这样平淡无奇地过去。只是有一次,也许被烈日晒昏了脑子,我走错了房间,看着空无一人的病房,想着母亲大概是陪大伯公做检查去了,便坐在椅子上,一边发呆一边等母亲回来。自从大伯公前年病后,两个表舅都腾不出时间照顾大伯公,只好让叫得上的亲戚挨个看护。母亲说大伯公在两个儿子都不在的时候常对自己念叨往事。尽管年龄大了,但话语的逻辑却不颠三倒四的,只是再精彩的故事也敌不过一遍又一遍的重复,起初还能对上几句感慨,最后也不过当他自言自语罢了。大小表舅得空的那天,大伯公的床前难得热闹了一回,两位表舅和表弟表妹们围着大伯公认真地听他念叨。大伯公一改近日的消沉,显得精神许多。我陪着母亲坐在离床远一些的椅子上,眼前似乎浮现出那来了又走、去了又回的人们,以及依旧铺着惨白床单的病床,它空了又满、满了又空。午后的阳光从背后的窗台穿过,在空床上映出斑斑点点,就好像孩提时站在葡萄藤下,阳光从叶缝中流下,滴在父亲深蓝的毛衣上,我接过父亲摘下的第一串葡萄,我没有记住父亲的脸,却记住了那些阳光。如今想想,我们两家本是没什么交情的,而短短两周过去,光是想着大伯公躺过的空床就生出伤感,又或者这些无端的思绪,不过是记忆在促人恐慌。

空床在等待着谁？

如果是一个人睡觉，我更愿意挤在狭小的单人床上，将双人床用的被褥高高堆起，就像野兽的洞，脱下的衣物也必须将床的缝隙填满。蜷缩在各种棉织物建造的城堡里，不仅空床被填满，就连内心都好似没有一点空隙。可如今，寄居在他人家，容不得选择。母亲在医院看护病人，我独自躺在空旷的床上，不论侧躺或平卧，都填不满身边的缝隙。空调的冷风从被与背之间的廊道穿过，寒意阵阵。在陌生的床上，我做了一个噩梦，梦中母亲和我从摩托车上摔下，而身后的泥路不断崩塌。惊醒时，手脚早已冰凉，思虑许久拨通母亲的电话。由于大伯公连日低烧不断，母亲尚醒着。"别像在自己家把床堆满了，"她有些不耐烦，"那样睡着多奇怪。"挂断电话，我重新回到柔软的围墙中，窗帘缝中透过的月光投射着窗台上盆栽的影子，家里的花花草草怎样了呢？有健康地生长着吗？想想也是了，那些吊兰、芦荟就连仙人球早已枯死，只是谁都忘记扔掉它们罢了。那株葡萄藤呢？只剩下一根不知是干枯的枝蔓，抑或那只是从风中飘来的杂草种子的杰作，几年前不茂密却也不稀疏的叶丛如今成为晾晒衣服的好去处。回到令人怀念的小床已是几天后，斜躺在床上，果然看见的依旧是半截花盆底，什么时候得空了就把那些枯萎的花草扔了吧，这么想着，又把被褥堆得更高了。横在棉织物的中央，确实有一些微妙的感觉。

就像是躺在棺材中。

弈棋

王小敏

福建师范大学文学院研究生 2014 级

你是否会和我一样,对着雪花沉思、冥想?我在北方,今日,初雪。北方的冬天,是白色的。幸福总是从指尖流过。在每个人的面前都有一条只能向前走的路,叫时光。当即将走到尽头的时候,那些消散的岁月,有一天,你,是否还能记起?

年末了,总想用一个词来形容,如果必须的话我觉得是"重生"。这与世界末日无关,它纯粹地去射影我的这一年,只是想到了中世纪的骑士在受封具有荣耀性质的头衔前,必须拿着自己的盔甲武器,独自跪在教堂整整一个晚上。他们慎重考虑自己的义务与职责,或者应该用"思考"这个词较为恰当。忽然想起一句话:"莫对幸福的人道不幸福。"就像久石让所说,如果没有必要,我们不必经历痛苦。没有人愿意经历痛苦,但必须承认,没有痛苦,就不会有成长,不会有超越。青春的这些年我们快乐过、痛苦过、迷茫过、彷徨过,所有的都归结为成长,最终重生结束。每当黄昏来临,太阳坠落到尽头的时候,世界便开始降下沉重的帷幕,天空再一次失去了颜色,整片世界都是灰黑色的。午夜,我独自停留在窗台边,凝视着车流飞驰的道路,回想起往事,好比这车的灯光,一闪而过。落叶的温度遮盖住了我们走过的年华。落拓的风儿扯着夕阳的衣角想要让我们的思念重新开出倔强的花儿。很感谢周围的相遇所交织成梦一般的画,时间爷爷会选拔出那些代表初衷的稚嫩的芽儿,就像可乐还爱着红茶、蝶儿还在恋着花,如果你还在乎四月天的迎春花。

年末总是会收拾自己的东西,在整理衣柜的时候看到了我的道服。我喜欢跆拳道,大学的时候专门去学了跆拳道,去见证道带变换颜色。难忘在道馆的日子,那个地方有太多的回忆,关于友情,关于爱情,关于人脉,关于社交,关于改变,太多的经历让自己感慨颇多,更多的是关于对社会的认识。在这个世界上从不要苛求有任何东西是本该属于你的,或者天真地认为真的有人会单纯地帮你,不要相信任何人,什么事都要靠自己,重要的是做事一定要敢担当。"你是一个女孩子",这句话可以是暂时的借口用来委婉,但绝不是万能的推销。有自己的主见、独立的人格,喜欢弗洛伊德的书,尽管很多时候看不太懂,每个人从书中学到的东西不一样,而我是学会了分析一个人。不久前翻开了高中的留言本,以前一个同桌的留言让我发笑。他说刚开始做同桌的时候觉得我很冷,不敢和我说话,直到后来熟悉了就天天听我给他分析我班的大小号人物,从衣服到肢体语言讲解个没完没了,直到毕业他在留言本上喊我"王半仙儿"。现在想想那时那景只能算是八卦。庆幸这些简单的快乐是发生在那青涩的年华。渐渐地长大后不再说那么多,就算自己真的看出来了。弗洛伊德说过,任何五官健全的人必定知道他不能保守秘密。如果他的嘴唇紧闭,他的指尖会说话,甚至他身上的每个毛孔都会背叛他。我更喜欢的是下面这一句:人生就像弈棋,一步失误,全盘皆输。这是令人悲哀之事;而且人生还不如弈棋,不可能再来一局,也不能悔棋。第一次看到这句话的时候,我是很沉默或者是很信服的状态。在人与人的交往中必须承认,大千世界每个人有每个人的个性,每个人有每个人的生活方式,你能做的就是迅速地判断出你面前的人属于哪一类,从而以顺从类的意识去减少隔阂,达到你的目的。或是朋友圈的扩展,或是生意的成交,或是一面之缘的再见,在这过程中通过你的口语交际、你的能力,使彼此愉悦,使彼此不再伪装,能够展现真实的自己。那么你该庆幸自己遇到了知己,长久真诚的交往没有利益的驱使,义气担当的沟通真实是硬道理。有时候不得不相信这个世界存在一种默契,这是个很虚无的东西,它可以跨越时空、穿越地域,让原本平淡的沟通话语找到力量的均衡点。在这个词的内涵里,它不存在预设下的沟通,却能让思想碰撞。我,从不给自己假设。我喜欢新鲜的环境,喜欢遇到不同的人来验证自己的世界观。有些人都说学生单纯不够成熟,我觉得也得看不同年龄阶段的学生。如果到我们这个年龄的学生还带有单纯色彩的话是可以理解的,但是如果这个阶段的学生利用这个单纯误入歧途,我是要怀疑这些人的价值观的。我是"90后",身边的很多人也都是"90后",我们生活在校园的这个圈子里,不需要尔虞我诈的算计,所以我们是该识时务地隐藏起自己防备的意识,简单地追求自己的梦想。工作,出国,大家都在路上。当我们真正地走进社会时,我们会收起我们单纯的思维模式,开始与复杂的社会抗争。

"我目前最爱回忆和在一定时间去访问那些我曾经按自己的方式感到幸福的地方,最喜欢依照往日那种不可追回的节拍来建造自己的现在。"这是陀思妥耶夫斯基写在《白夜》里的话,我很喜欢。是的,谁不会使孤独充满人群,谁就不会在繁忙的人群中独立存在。深秋,过往,流年,宿命抑或凋零,人生真的演绎着太多的关于。北半球信仰孤单,所以孤单为信仰崇拜着,切莫折射出狂妄的虚伪,何况秋的本色不懂轮回。七月的流年,八月的韶华,展开却叠不起的是我的思绪,告诉自己,握紧这歆羡的韶华和纯真,回首秋风萧瑟,依稀记得看到了在周围阳光下隐藏的些许紫色的树叶,紫色?因为喜欢夏天,又不想被过多的阳光侵入内心只属于自己的世界,又贪心想要霸占更多的温暖,于是会在身体周围形成一片既代表冷又抗拒温暖的紫色,或许,然而。

我是"90后",网络上开始说"90后"已经进入晚婚阶段,我笑了,那"90后"的研究生岂不是更难嫁?在爱情上,有人说大学里是恋爱的季节,是的,大学也是堕落的开始。在爱情观上,谁也不能否认在大学会碰上合适的,会幸福到老。假如没有遇到万不可将就,万不可随波逐流,女生永远要保持一个高姿态,独立是遇见对的人之前最骄傲的资本,这是我以前的签名。独立在我的成长路上扮演了很重要的角色,从初中开始住校似乎被灌输的思想直到后来融入自己的骨髓,我们也是处在一个尴尬的年龄却仍旧停留在学生的角色中,很多同学已为人母,我庆幸自己关系不错的圈子中大家都还在上学或在工作。当女人经济独立时,她对男人的要求也会从平面的审美上升到立体,这是个逐渐发展的过程,因为她离开了任何一个男人都能活得很好,这种物质上的从容让她放慢了对婚姻、对爱情的脚步,不再像猴急的大姑娘,拼命想嫁给一口"帅锅",而不管这锅是什么材质。这是我很久以前空间发表的一个心情。最近跟朋友聊天,她告诉我,她的前男友快要结婚了,问我她该怎么办。我一直在强调,要她知道结婚意味着什么,既然分开了就不该有任何的动静。女生在爱情上容易陷得太深,而这个深度往往是自己多少年的思维形成的一个固定模式。有时候女生留恋的不是那个人、那段感情,只是当时的自己。就像有些男生坚持用五年、十年或是二十年来等一个女生,很多女生会一时感动以为找到了对的人,往往欠缺的考虑是在这长途马拉松的等待中早已消耗完了那份真心。随着彼此的改变,随着七年里人全部细胞的更新终会换了一个人,就如你现在问自己是否还是七年前的自己。所以到最后,有的只是对自己的坚持,对这些年份的积累,对岁月的痕迹斑斑。一直觉得对待一段感情应该理智,适当地开始,否则高姿态地离开,对自己狠一点才能放下得更快。从说分手的凌晨开始立马删掉一切联系方式,消失得杳无音讯,真爱过才能如此干脆,因为放手也是一种成全。真爱过不可能做朋友,敢担当的女生永远都不后悔当初高姿态、潇洒的离开。在这条路上必须学会拒绝,婉拒、强拒,都是一个交代。拒绝等于给这个世界发出了这样一个信号:你知道如何正确表达自己的观点。你有自己的需要、期待和优先考虑的东西;同时也重视和尊重他人的需要。你既懂得满足自己,更懂得如何让他人快乐。所以我们每个人都应该学会拒绝。Learning to be resolute and independent, to smile, and to give up on love that is not worth it, are signs of maturity——一个人成熟的标志,是学会狠心,学会独立,学会微笑,学会丢弃不值得的感情。我想很多人都读过这句话,很多人都能背下来,可是又有多少人做到了呢?

　　拿得起放得下需要一种魄力,每个人都有自己的标准,每个层次都会有不同的调整。在如今现实的照耀下,我们在传统的门当户对中游走,都在追求一种生活的档次与品位。如果你有能力你怎会甘于清淡的生活,平淡与清淡这种包含与被包含的不可逆转的命题大家都可以理解,幸福的定义在大家心中都有一种独有的渗透,爱情对于女生来说不应该成为全部,一个女人如果把爱情当作全部她就已经输了。美好的婚姻可以占到女人的半生,所以在这件事上保持理智、慎重是你应有的权利。在这个婚姻与爱情都被掺杂了人们太多诉求并附加了许多沉重负担的欲望时代,单不单身已经不是问题,能否想明白你的爱一旦到了最后还能剩下什么,这才是决定是否结束单身的关键问题。而我们每天都活在身不由己当中,身不由己的遇见,身不由己的相爱,然后再身不由己的分开,可是后来却身不由己地糊涂了,很多往事就这样迅速铺满你的头顶,交叠蔽日。冰雪无情为何铸就不了感情的冰雕？冷风凛冽为何尘封不了岁月的记忆？寒流猖狂为何凝固不了虚伪的誓言？现实骨感为何摧毁不了梦想的柔美？踮起脚尖眺望远方，海市蜃楼的缥缈虚幻刻画了瞬间的杰作。梦碎了，瞬间定格了。花瓣散落了一地，散落了一地狼藉的青春，记忆的脚步踏碎了、残留了痕迹，拾起那凋零的枝节投进了那波涛汹涌的大海，退走了那带着伤痛的潮，心事重重的人们听到海浪拍岸的声音，都会心地笑了。

李开复说我们不开心的原因是"把肤浅的关系当作真正的归属；认为能获得任何事物；把职业成功当作一生成就；害怕审视真正的自己；在凌晨没有一个朋友可以打电话倾诉；总想掌控一切但时常失望；不在失败中获得前进动力。"很多时候我喜欢李开复、周国平、潘石屹、白岩松和乐嘉的思想，喜欢在微博上关注他们的动态，他们总会让你学到很多。潘总每天早上在微博上发布北京的空气质量，这是一种小事的坚持，但是能成就一种品质。潘总始终认为人的高贵，不在于你身上穿着什么、头上戴着什么，不在于你拥有多少物质财富，而在于你的学识、智慧。周国平说，人得活出个味儿来。我喜欢乐嘉的性格色彩分析，也会越来越认同一个人越是炫耀什么说明他的内心越缺少什么。

在一次演讲中，有人总结出大学课程40%是用来洗脑的，30%讲授的知识是落伍的，还有30%是有价值的，能力最重要。我赞成。我喜欢人有一种淡然、朴实、不张扬、不喧嚣的生活态度，淡名利、淡荣辱、淡诱惑，没有傲气，但存傲骨。自信的生活，高姿态的前行，独立永远是前行中的支撑点。需要脚踏实地的平实，丰富而不肤浅，恬淡而不聒噪。在物欲横流的滚滚红尘中，更需要一份淡泊的心境，谢绝繁华，回归简朴，淡定从容地笑对人生。年轻就要折腾，就要创造，没有奇迹、没有辉煌就不配叫做青春。做人低调、做事高调是一种态度。

2015，我们在路上。窗外的雪已经停了。

最后用自己喜欢的茶道来结束自己对2014的沉思，或许是午夜的闲来无事，用两个小时的时间匆匆记录去年的时光，言有尽而意无穷，一年的时光太短，感触却很深，罢了。人一走，茶就凉，是自然规律；人没走，茶就凉，是世态炎凉。一杯茶，佛门看到的是禅，道家看到的是气，儒家看到的是礼，商家看到的是利。茶说：我就是一杯水，给你的只是你的想象，你想什么，什么就是你。心即茶，茶即心！

我是红茶,红茶安好。
我就是我,不一样的烟火。

反义词

叶杨莉
福建师范大学文学院本科 2012 级

  文字，大抵都是有生命的——自打识字起，我就有这样的直觉。午后的砚墨香，伴随了我十多年的写字生涯，提笔，运力，从柳公权的楷体，到汉敦厚的隶书，再到王羲之那场千年之醉的行书，我看到自己笔下的字从干瘦一点点丰满，从粗糙一点点精致，更从稚嫩一点点有了自己的味道。在习字已久后，偶然顿悟，并不是人创造书法艺术，而且文字自己创造了书法——因为这些调皮的小生命也爱美，也需要艺术的妆。

  并且，如果它们没有生命，为何又可以那么恰到好处地诠释这世间百态、情绪万千？

  这是我钟情书法，更钟情于文学的原因。

  文学之下，文字挣脱了书法字体美学上的桎梏，真正地描摹起了人世哲学，将万千情绪浓缩，以我二十年这并不丰富的人生感受来看，文字的世界包容大度又变幻莫测。字与字的牵手可以创造出一个崭新的符号，字与字的串联也可以打开一个完整的世界，那么字与字的敌对呢？

  有的字们是狭路相逢的冤家，从来不曾成为友好的伙伴。在启蒙的语文课本上，我看到它们被称为——反义词。课后练习题里，它们是冤家路窄的劲敌，如：窄的反义词是宽、长的反义词是短、冷的反义词是热……

  依稀记得，夏日蝉鸣中，小学初的我在课本上解答着那一对对站在极端两侧的字们，铅笔印都力透纸背，却不曾意识到，它们之中的那隐隐约约连接着的哲学之线，足以摹状我之后的成长命题。

一

浓与淡。

李和我是一辈子的好朋友，这是我们曾给彼此的承诺。高一，我坐在教室中间一列，唯一没有同桌又有最多同桌的一列，每个月有一个星期她会坐我右侧，我们开始聊天，在课本下窃窃私语。她是个气场偏强却带几分顾影自怜的女生，有着超乎他人的韧劲，又有着敏感的情绪，可她只是我诸多同桌中的一个，如李的单眼皮，清清淡淡。

我们的友谊升温却是在高二分班后，一同遇到的挫折让我们更频繁地走在一起，分享那些痛苦的心情，李还告诉了我父母离异给她的痛苦，这些细小的秘密我们一同消化。我们是有差异的，却是心心相惜的。彼时，高考是我们梦想沉甸甸的钥匙，但有一个对我说"我把你看做是一辈子的朋友"的人，我第一次明白了朋友这个词的分量。

那时的我们是浓的，像两滴重合在一起的墨水。高考成绩出来的那一晚，我们一起带着啤酒在商场门口蹲了一晚——成绩与理想大相径庭。我们各自上了一所不够满意的大学，各自带着对方的珍重开启了新生活。

可是直到一年后再见面，看到李变淡了的眼神，我们再没有说不完的话，只有需要用力才能维持下去的聊天，我才察觉到异常。这一年，我们在两个遥远的城市，李热情，好打电话，我却不喜欢电话这个聊天方式，偏向用文字交流，认为这样时间更灵活自由。不同的交流方式的喜好产生了矛盾，我们的交流变少了。时间逐渐冲淡了那浓墨，两个女生的友谊就这样被莫名其妙地稀释。

也许稀释的那两滴水是时间，是我忽略的电话，还是她的哪一句直言，我已经无法揪出那"罪犯"。我们也曾想要加点料，试图再将它涂浓，但是再见面时两人眼神的疏离感依旧明显，"一辈子的朋友"这个称号像个瘪了气的气球，逐渐远走高飞。

若要把人相识的感情分个大类，无非浓与淡两种，浓到深处，就变成重叠的两点，我和你站在这点里，有着重叠的默契。淡得过了，晕开成一个圈，我和你站在边缘，彼此无所牵连。

可是，感情哪有如此对立，并不是非浓即淡，也分程度。浓淡也不是一成不变，偏偏淡会变成浓，浓也会化为淡。从淡到浓，得加上爱、缘分、真诚、努力，再调匀。从浓到淡，却只要两滴泪水，再晾晒两天。总结所有人际关系的故事，不过浓淡转换而已。

古人云，君子之交淡如水，仿佛淡就是最佳状态。可当我想敞开心扉时，所有淡淡的朋友——淡到只知道名字的你们，却无法一同谈心。于是，淡到世界面目模糊，淡到孤单像潮水一样袭来。

如果是这样，我还是偏爱浓，因为我想成为一滴墨，给他人的人生添上一抹深色。

二

轻与重。

舍友春突然对我说"我觉得你的虚荣心很强。"这句话如六月晴天的雷，一瞬间劈得我脑壳发麻。

她所说的"虚荣心很强"是指我看重他人之于我的评价，总是想方设法去取得他人的赞扬。但是这五个字却依然刺眼，原来，我所看重的，这样清晰地入了他人之眼，而一向沉默的春，也可以一言去戳破，尽管戳得我有几分委屈。

二十岁左右的我们，价值观差不多成型，正像奔流向前的河流，看重的只会兀自浮上，轻视的就沉在河底。两千多年前的司马迁也许正是站在河边，看着河流上熙熙攘攘的船，发出这样的总结——"天下熙熙，皆为名来；天下攘攘，皆为利往"，将之写入《史记》。是的，每个人价值观里最看重的船，大概就是"利益"二字。

洁每一次出现在我眼前，都是一副风风火火的模样。她像是有许多做不完的事、见不完的人。

那日，她们宿舍爆发了最严重的一次争吵。所谓严重，也只是看到她们各自在朋友圈发些暗示意味很浓的话语。

"哎，我真的受不了她了"，洁的邻床晨找我抱怨，"我从来没见过像她这么功利心强的人。"女生之间总是有凑在一起"吐槽"同一个人的爱好，"她从来没有把我们当朋友过。只有需要我们帮忙的时候才会对我们好，她的一举一动都带有目的性,然而我早已看穿。"

晨告诉我,她曾经真心把洁当做好朋友,却在一件事情之后彻底对她失望。洁曾经主动给了晨一门课程的期末提纲,晨却偶然发现这份提纲其实经过"加工"。"那次我只是偶然经过她的桌子,看到同样一份提纲,她桌上的那份密密麻麻,而我的却缺斤少两,我才有意识地对了一下别人的,才发现原来我的这份被漏掉了很多内容,我把她当做好朋友,她却把我当成竞争对手。"这样的事情并不只有这一次,晨失望的是洁的不真诚。

"后来我才渐渐发现,洁的一言一行都是刻意的,她对我的好都是需要我回报给她的。对她前程有帮助的人,她可以用一切方法去讨好,而对她前程有阻碍的人,她甚至会耍手段。她没有朋友,没有人能成为她的好朋友。"晨说这话时,语气中带着淡淡的惋惜。

洁轻友谊,也失去了友谊,重视利益,但在她将来漫长的人生里,真的可以得到所有的利益吗?

十九岁生日那天,我并不开心。

因为我发现很多朋友都忘记了这个日子,这就像春所说的"虚荣心很强"。作为独生女,我的这十几年都是以自己为中心,认为世界应该围绕着我旋转。我把自己看得太重了。

当然,那天我还是有收到礼物的。一个精巧的水杯,上面画着的是一只飞在半空展开双手的天使。那天晚上,妈妈忙前忙后准备晚餐,直到我已经准备享用,她依旧还未忙完。

"你开心吗?"我问妈妈。"你开心我就开心啊!"她乐滋滋地回答。

"天使之所以会飞,是因为她总是把自己看得很轻。"我脑袋里突兀地蹦出了这句话。原来是这样的,你之所以自私、虚荣心强,是因为你把自己看得太重。为何母爱配得上伟大?因为每个母亲在子女面前都把自己看得很轻。在轻与重的世界里,并不是只有熙熙攘攘皆为名来利往的浮浮沉沉的船。还有,伸出双手就是微笑弧度的天使。

试着轻视自己,试着谦卑。活着轻如鸿毛,死时重于泰山。

三

长与短。

从博客到微博,人的思想由长变短了。原本可以耐心看完他人的长篇大论,变成了一百四十字就是极限。想法变得碎片化,随时记录,又随时丢弃。思考变成快餐化,迅速消化,又迅速遗忘。

许久没看到他发微博,深夜,他终于发了:"夜色清淡,你是月亮。"短短八个字,是什么名堂?

冷战期间的情侣凭着社交网络互相猜测对方的心意,我抓耳挠腮,字字解读,"月亮"这个意象究竟是指谁呢?夜色为何清淡?他是在向我妥协,还是在示狠?进而再从这八个字中探究他到底爱不爱我这样的宏大命题。最后,我像是看出了许多,更像是什么也没有看懂。

太短了,就像这场恋情,短暂而潦草地结束。

微博的简短最终像博客的冗长,慢慢在被淘汰。曾经简短压缩,以为可以字字珠玑,却发现偏见和歧义也在增多。长微博开始兴起,图片也由一张变成九张,人们发现一百四十字又不够了,想法的洪流喷涌而出时,没有办法不断做减法。于是,离开微博的人越来越多了,一百四十字没有深度,我的社交网络也跟随大流来到微信朋友圈,从公众账号里找寻大家们长篇大论之下的深度。

在报社实习期间,我提笔,信马由缰,洋洋洒洒写下了数千字的报道,却在上版面的时候,被编辑删得只剩下三百字不到。"为什么?"我像自己也被肢解了一样委屈地问编辑老师:"废话太多,读者没有兴趣听你唠嗑。"剩下的那三百字也被他大规模地改动了。我耗费那么长时间,一天的采访,一天的查资料,一天的撰写,却在他的指尖,用短短的十几分钟,删改到另一番模样。收获这么"短",究竟值不值得那么"长"的付出?

当完成一个任务的时间摆在我眼前时,时间成了一个伸缩的橡皮筋:若是短的,便是绷得紧的,我不得不像一个高速运转的机器争分夺秒;若是长的,便是松弛的,我反而以为有了细细打磨的机会,开始无限的拖延。时间的"短",会不会反而能创造出价值的"长"?

其实,不论是时间上的、空间上的,还是抽象里的、具象里的,不妨都把长和短看作路,长是盘山路的曲折蜿蜒,短是高速路的快速笔直。路有目的地,长短都能到达,盘山路的曲折蜿蜒,不得不增加油费、时间,却收获更多沿路迤逦的风景;高速路的快速笔直,提高了效率,也错过了更多丰富的风景。

不妨走走弯路,反而可以延伸生命的长度。

四

冷与热。

人的体温恒定在三十七摄氏度左右,不能过高,也不能过低。可是人所处的"世态",却有"炎凉"。

做社会调查报告最大的好处,就是让象牙塔内待久的人,试着走出去,触摸一下社会的脉搏,不过只是触摸而已。福州最阴冷的十二月,我和同学出发了,走进这座城市的各个社区居委会,准备对居委会的阿姨进行访谈。有一个阿姨看到冻得鼻子通红的我们,立马倒了几杯热水,一口地道的福州口音,"现在的大学生都这么勤劳,大冷天也要跑出来做调查"。热水暖了身,笑脸暖了心。

在另一个居委会里,我们却遇到几个不那么和善的阿姨,当一进门说明理由后,她们就警惕:"你们不是记者吧?""阿姨,我们有学生证。"我们哭笑不得,"有什么好访谈的,出去出去。"其中一个阿姨还起了身,推推搡搡地把我们几个女学生赶了出去。站在门口,寒风依旧刺骨,心顿时也拔凉起来。

入夜,广场舞阿姨们不畏惧夜晚的寒风,依旧在五一广场跳起了舞;而我们在畏惧寒风的情况下,也开始做调查问卷的分发。夜晚的市民根本不愿意执笔填问卷,我只能将问卷的题目一题一题地问出来,再一题一题地打钩。一位坐在椅子上的阿姨,看起来温柔和蔼,然而在我靠近后就迅速起身要离开,我不放弃,拉住了她:"阿姨,不好意思,耽误你几分钟的时间,我们正在做社会调查的作业……""我不懂!"她下巴抬得高高的,表情冷若冰霜,"不要问我!"她用力甩开我试图拉住她的手,冷漠地离开了。

冷漠,大概本来就是社会的常态表情。你只是陌生人,凭什么要让我对你热心肠?冷漠的极致,是冷血,是对街头瘫倒在地的生命的漠视,是屠杀手中无辜生命的狠心。

冷与热,还有更复杂的情况。对人,有外表冷淡、内心却火热的我,也有外表热情似火、内里却暗箭投放的他。对事,有打了鸡血、满腔热血的她,也有事不关己、高高挂起的你。

冷漠会伤人,热情也会灼人。但太阳究竟会升起,只有愿做向阳花的人,谁甘愿做一个最后融化在日光下的冰?

五

矛与盾。

还是犹如一个去触摸世界墙壁的盲人,我一点点试图触摸完整这墙壁上的棱角。偶尔被边缘刺到,捂着手上的血,自以为这就是哲学。我也曾竖着满身的刺,肆无忌惮地去袭击过这个世界,那些缺乏经验和思考的任性言行,也曾给身边的人带去痛楚。

暑期和朋友卧床谈心,讲起青春期的往事,讲到我们曾经的争吵,原来我口无遮拦说出的话,曾戳伤了她的自尊心,原来她对我不予回应的冷漠,也曾让我在回家后大哭不已。

所谓成长,不过是一手握着矛,一手拿着盾,互相伤害和防御的过程。韩非子笔下的楚人,自相矛盾,"夫不可陷之盾与无不陷之矛,不可同世而立"。而我看到的,确是这有矛有盾的人生,那一个个反义词,是互相拿着武器对抗的敌人,却也是瞬间互换身份的同胞。

那个用铅笔一笔一画地做着语文练习题的我,最后完成的一题大概是——简单,小孩抓耳挠腮一会儿,提笔在括号里写下两个字——复杂。我最后也变成了一个复杂的人,投身进了这个并不是非黑即白的、复杂的世界。

查无此人

高诗雅
福建师范大学文学院本科 2012 级

> 在时间的隧道中拾荒,能编织出什么?
>
> ——题记

寄一份问候给远方的童年,想念那张满是纯真的脸。

纯洁而美好,真实而不做作,属于遥远记忆里满满的欢乐。像刚刚充饱气的气球,携带满腹好奇,即使挂着容易受伤的标签,仍愿意流转于万千未知世界;像蒲公英般无所顾忌、无所束缚地飘荡,不安于未知,忐忑于擦碰,迷茫于方向,却始终坚持最初出发时的本心。一个勇敢而率真的灵魂,用自己的眼睛观照,用自己的心智判断,不做影子,不当追随者,而做自己。

那时的他们是值得怀念的,那个扬着真诚烂漫笑容的少年,放着骄傲的宣言,相信伸出双手能拥抱全世界,相信所有的梦想定会实现。如初生牛犊般,大胆而不羁,听过太多英雄情结的故事,油然地向往而张扬,满满地绘着希望蓝图,不畏那些失败受挫、经验之谈的影响,掌舵着一颗不甘平凡却脚踏实地、勤恳努力的心。对未来的美好向往与无限憧憬,是指引方向的灯塔,尽管时而微弱,仍存在于混沌天地中。

时间溜走,在悄然中加速,任凭几阵风吹过,被碾得如此细碎,稀里哗啦全都不知去向。

从什么时候起,青春只剩张黑白的照片,只是在提醒着那个简单美好世界的曾经存在,提醒着那个敢爱敢恨的人的曾经存在。那个在岁月流逝中被磨平棱角的人,遁形于人世中,熙熙攘攘,拥拥挤挤,吵吵闹闹,恍然间离去,不见踪影。

早已查无此人了?饱满的气球已经泄了气,飞不上天了?

让他们向往的总是天堂,让他们心碎的总是时光。在时光隧道中长大,在时光隧道中成熟,阅历逐渐丰富多彩,被累积的岁月沉淀起丰厚,却始终少了最初耀人的光芒。灿烂的鲜活变为按部就班的寂静,光泽暗淡至黑白,所有一切像隔上一层灰蒙蒙的尘埃。

有人气恼地指责,时光像小偷,流逝了热情,洗去了纯粹。

有人则任黑夜降临,让钟声吟诵,于心中静默:时光消逝了,我没有移动。

生活不是简单的平面图形,尽管层层展开,慢慢延伸,形状的各异显示出鲜明的个性,却不能一概而终。基于一种建设的愿望,生活应当是一种充满快乐与希望的冒险活动,像立体图形般,如万花筒的内构,轻轻旋转便会变换出不同的风景,当下的奇思妙想或突发的冲动便会影响着下一刻的上演的景致,于是格外引起好奇、吸引注意,亦或是在不知不觉中立起阻挡的屏障。

在这变化莫测的前路,当他们长大,自以为对世界已经非常熟悉时,其实却是越发的陌生。成熟并不以年龄的增长与阅历的增加为标准,而是期待着心灵的丰满。放任自己在时光中漂泊,在时间中行走,就像河中的一棵小草。他们不是在行走,而是随波逐流。

结果流逝的不是时间,而是自身。尽管表面仍风平浪静,一如当初,当时的雄心壮志却早已泛黄。不再无忧,更加平庸。当要考虑的越来越多,要面对的越来越多,要学会的越来越多,蓦地发觉:世界变成如此——其实,变的不是世界,是自己罢了。

因而,查无此人了。

此时,青春只剩一段未完的爱恋,当初的萌动挥发不见,偶尔像被风卷起的黄叶,盘旋飘下,落在心口上,像一滴被忍住的泪。

家庭

张佳倩
福建师范大学文学院本科 2012 级

　　福州的冬天不冷,麻雀却经常躲到教室里来。它以为被漆白的天花板也是一片小天地。文科楼的梯形教室与天下千百间大学教室并无太大差异,唯独脚下用油漆再漆上水泥地板的光滑"地毯"显得格外突兀,像五十几岁女人的脸拉了皮再熨了一遍也不过如此,泛着油光,远看神采奕奕,稍稍滴点水就能把你滑个底朝天。脸不像脸,地板不像地板,文科楼的"再装修"也不过是裹了一层"粗狞的皮",毫无味道可言。

　　麻雀来做什么了?它也不惊慌失措,也不呼朋引伴。来觅食?它头不点地。来探险?它只沿着光滑地毯,一阶一阶地跳,不管跳了几步,总能抓紧千分之一的机会,从门缝处飞出去了。四面门窗紧闭,它如何聪明地寻找到"一线天"?我想不通一片钢铁塑料林子有什么好寻觅的,放低了身子才发现起码这是一片"林子"——钢铁、板子、螺丝,按照固定的距离有序地排列,层层分布,在与麻雀等视线高度上,看到的应该是一片苍白的天,灰蓝的大地上长着灰白的树,没有虫子、没有树叶、没有同类,这是未知的世界,说不定它计划着带家人来这里开荒,安家避世。

　　安家避世,多美的词汇。

　　她是一个天真的女人,从小养在别人家里。细究其原因,只因为她是第二个女儿,是偏僻农村重男轻女"伟大"传统中的牺牲品,据说抱她回来的时候她只有小猫那么大。多年以后,亲姐姐们都羡慕她命好,被养在城里的"别人家里"。在我和她共同醒来的一个早晨里,我心血来潮,问她:"你想回去吗?"她摇了摇头,中间没有半点犹豫。我试图从她的眼神中看出"真伪",却惊讶地看到她眼中漫出的一汪清泉。她是单眼皮小眼睛,微塌的鼻子,小嘴巴,长到十几二十岁,脸也只有巴掌大,却有一头密密麻麻的乌黑头发。小时候,我常羡慕她头发能扎成两条油亮亮的辫子,羡慕她可以吃下满满的三碗米饭,羡慕她有轻快的手脚,跑楼梯做家务任劳任怨,大气不喘。她是山涧里的泉,自足自乐,遇到石头也能欢快地弹跳,却不敢和我一样,想跳上天去,于是放弃了升学,也放弃了去更远的城市。在另外一个午后,坐在冰冷的石桌前,如释重负地宣布,她不上学了。家人没有做太多干涉,她的手搭在石桌上,我抓起她的手,说很冰。她转而抓起桌布,利落地擦掉我桌前的茶水,乐呵呵地端来一杯热茶,她绽放的笑脸里依然有清澈的光芒毕露,问我为什么手脚冰冷。家人就着我身体谈论了一个下午,和她一起。

又在石桌前,我抱着她的刚满月的儿子,已经是六年以后。她在阳台洗着尿布,她的孩子在我的怀里缓缓睡去。我起身,转向婴儿床。石桌上的茶盘里,轻轻铺着一层茶渍,茶杯里是早上剩下的半杯茶,没有半点温度。石桌日久年深,桌脚垫着硬纸板,站立不稳,半杯茶微微晃动,棕褐色的波纹一圈圈荡漾开去。我探出头,想看清褐色的涟漪下是什么,我以为是圈着一层茶渍的杯底而已,没料到茶色太深,只看见一块黑影在里面多事搅动,那姿态太过嚣张。的确,它料准了我不想把手伸进褐色的泥潭,除了满杯倒掉,别无他法。处女座的洁癖迫使我抓起茶杯,倒扣在茶盘上,却也溅了一手茶水。茶水在茶盘里肆意逃窜,终于抵抗不住引力的力量,沿着出水口,一股脑儿涌走了,发出阵阵奇怪的尖叫声。我没找到多事搅动的黑影,只有一片展开的茶叶,漂浮在茶盘上。它沿着水流来到出水口,却逃不出茶盘,堵在路口,茶水的尖叫声更刺耳了。

我盯着茶盘,呆滞。她不知道在旁边站了多久,伸手,又一阵利落,抓起茶叶,甩进垃圾桶。然后用桌布,擦干了茶盘上的茶水。我抬头遇见的还是她绽放的笑容,应该是在笑我的执拗。还是那双手,她抓了一把糖果给我,夸赞糖果的时候,我分明看到那是孩子的眼。我碰到她冰冷的手,"手怎么那么冰?"我问。我预测着她的回答:"水很冷啊,那么多衣服要洗。"她只用手轻微捋了捋头发,问我几点了,边解睡衣的扣子,边往婴儿床走去。她和六年前一样,没有怨言，做她觉得该做的事。

　　我没有再开口，怕惊到刚被奶头唤醒的婴儿。她一句话没说，坐在婴儿床旁的竹藤小椅子上。那把椅子，在数十年前还有一把相同的。辗转搬了几次家后，只留了一把下来。小时候在石桌上吃饭，只有这把椅子的高度正好。于是我一来，它定是我的坐椅。而她依着我，挑了一把塑料小方椅子，手肘勉勉强强够到桌沿。我满足于我的坐椅，难得欢乐地吃完了一碗饭。她见我欢乐，心满意足完成她的三碗"功课"。她和我是一样的配菜，可是我的鸡蛋总会比她的大一些。是别人家区别对待？是她自己区别对待。似乎在她的观念里，大的只能是我的。我努力回想她谦让的原因，我记得她唯一一次"越雷池"，是在我们上大班的时候。

　　我在小朋友们中脱颖而出，奖品是时髦的"果肉娃哈哈"。来之不易，我一直当成奖杯珍藏，摆在石桌上展览。她每天都把头搭在桌上，看着我的"荣誉"。终于等到我出去了，她畏首畏尾地对家人说，她没喝过，想喝，声音只哽在喉咙里，以为可以被电视的声音覆盖过去。可是她清澈的眼睛不住心，家人说你想喝就喝吧。她依然不敢动，只用渴望的眼神全方位扫视瓶子，踮起脚尖，用小指头轻轻碰瓶身。家人不忍心，替她插了吸管，把我的"奖杯"递到她面前。她喜出望外，捧着它活蹦乱跳，紧紧抓着，生怕洒了一点一滴。她只顾着开心，依然不敢用嘴吸食，可能她觉得这样就足够开心了。家人不耐烦了："开都开了，想喝就喝，夹夹再给她买一瓶。"小小的眉头微皱，盯着吸管，"这是夹夹的"一句也哽住了喉。成年人可能没办法理解，小孩子的"分享观念"往往会被"荣誉感"掩盖，在我得知"奖杯"被喝光了后，尽管被许诺会买十瓶补偿，也阻止不了我无理取闹。她收了往日的笑容，像犯了不容原谅的大错，靠着石桌腿，坐在那方小凳子上，看我哭闹，看家人对我或是轻哄或是责骂。我想不起比这更早的她的"不谦让"，也记不起这以后的剧情发展，只是习惯地享受这以后的"习以为常"。她穿我穿的衣服，吃我不吃的零食，也从不跟我争玩具，吃的用的永远比我差那么一小些，尽管在家人眼里是两个一样的苹果，她都能挑出比较红的、比较大的、比较甜的，然后执意拿另一个。

　　竹藤椅子，对于现在的我们来说，已经有点局促了。她生完孩子以后，发福了不少，勉强地坐着，她托着孩子的头，把孩子放在腿上。她奶孩子的时候很温柔,世界一阵静谧,只听见婴儿喝奶的咕噜声。她奶水很足,过一会儿,就把孩子转个方向,动作娴熟极了。冬天的午后,太阳落山得迅速,晚风夹着寒意。她抬起头,对着阳台方向,示意我关门。拉了玻璃门,转身看见她的脸,红润光泽,五官依然小巧稚嫩。我以为当了妈妈以后,她会脱去一丝单纯,却毫无影响。未开灯的屋内,既安静又喧闹。我们都过了追逐藤椅的日子,再在石桌旁坐着藤椅,只觉得脚太压抑,无处安放,不过十分钟,便觉得辛苦。可能不久以后,藤椅会是她正奶着的孩子的独一位置,我很想问问熟睡的他,没有矮你一截的小方凳,坐着藤椅有没有我们那时那么欢乐?要积攒几辈子的福气,才能有一个只以你欢乐为欢乐的人,他会和我一样幸运。

说起这个孩子,我和她达成的共识只有"意外"而已。我们且求同存异,她觉得是生命的恩赐,我则认为实在不该在这般美妙年华中"锦上添花"。他的爸爸是一个很普通的人,第一次见面,他和她一起来我家,算是正式确定关系。在见面之前,对于他,我并不好奇,仿佛他从未在世上存在过。预习阶段,他俩的故事,就像万里之外的普通人家的八卦一样,我从未放在心上。潜意识里,她不过是单纯的孩子,这一汪泉隐匿在山涧,她还没见过大江,也从未体验过大海的辽阔。我还来不及将我看到的天空对她声情并茂描述一番,我预感我的表达能力修炼不到家,还未能说服她来我跳起所看到的世界里感受。我的世界她还不了解,何况那些我们都还未见过的"万紫千红"?在我来不及鼓动她的时候,他捷足先登。在他身上,她看到大江,似乎体验到大海,她知足,所以满足,也觉得快乐。在甜蜜与生理的神秘作用下,有了结晶。他们订婚时,我在学校,也是这样一个凉风侵袭的午后,哭了。

从此,石桌和藤椅的主人多了一个男人和一个小男人,他们的生活用品凌乱地散在屋子里的每一个角落,谁也避不开。她在他的天空里生存、跳跃,背上"结晶",跳得一次比一次低,最后,干脆缓缓地绕过石头,不再跳了。对于她,有他在前引导,她只剩下跟随。

幽暗的屋里,突然闪起日光灯,灯亮了。鞋架旁一个男人笑着跟我打招呼,我点了点头,算是回了礼。家里人从来没有注意我对他的称呼,我也记不起我与他的辈分,似乎是该唤他"姨丈"。隐约记得,她在怀孕时,每每和我谈起丈夫,总不忘了说"你姨丈",而我也总在忘记这位"姨丈"。许是因为年龄相近,从小我也不唤她"小姨",许是因为她谦让,从小把我当成"小姨",许是我心里还未接受这位突如其来的"姨丈"。

婴儿因为日光灯刺眼吧,突然哇哇地哭了。她来不及扣起扣子,转身责怪他鲁莽,他挺着微凸的肚子,小眼睛笑成了两条缝。他一开口,家乡的口音分外明显。家里人曾在私底下"咬耳朵"说,可能是我太严肃,他并不敢多与我说话,怕多说让我笑话了去。我没有正面否认,怕说谎必定心虚地发不出声来。一位我以为的过路人,进了家门,就此成为"亲密"的家人,双方都需要非常努力。我常想,和这位男人熟悉不起来,为什么那么疼爱他的小男人?至少与这男人,比与小男人多接触了一年多,我试着把一切归因于她。她有模有样地摇着身子,安抚受到惊吓的婴儿,边与他交谈。他将一把"上海青"孤单地放在晚餐的桌上,走进石桌,摆弄着好不容易才消停的茶杯,娴熟地烧水,换茶叶,唤我坐下泡茶。一个"见外"的刹那,我仿佛看见石桌化成冰桌,手稍微靠近,就能冻僵。我颤颤地望了望她,她安抚好婴儿,放回婴儿床,似乎也能感受到我的不自在,走过来拉了拉我的手,说:"夹夹又不是外人。"他还是笑着,问我留下来吃饭吗?我望着"上海青"形单影只的样子,客气地回绝了。水开了,茶热了,茶盘上运转自如,茶杯有了温度之后,也不显得肮脏怪异了,我在她唧唧喳喳的谈笑中,捧了杯茶,望着空落落的藤椅,抿了一口,又苦又涩。

正如我没办法理解麻雀的寻觅一般,离开时,我望着在厨房里背着孩子做菜的她,也难以理解她的天空。我曾经很反感,甚至排斥,走极端。如今,小男人慢慢长大,我和他们一起为他的第一次坐、第一次爬、第一次走、第一次说话……而感到激动,手机里也有了小男人的专属相册,再见到她,开口闭口也是小男人。可能我的世界也没有比她高端,她还是单纯,眼睛里难免多了一些生活的无奈,却没有丢失本质,清澈依然溢出,与小男人一样,看到的世界都是美好,天空总是湛蓝。谁也没有立场评断好坏,只是从她的爱护变成我的守护,希望她继续单纯与清澈。

菩提于心

张燕玉
福建师范大学文学院本科 2014 级

家里是信佛的。四处摆放着现代化的电视、家具的房间,特地腾出了一大块空间用来放置古朴沉重的佛龛,二十厘米左右高的佛像前,纹饰繁复的香炉积满了灰白的香灰。每月数不清的祭拜名目,或是祭祖,或是敬神,总之,香火未曾断过。

抽取三支暗红的沉香,用烛火点燃。未等它们燃起,就将其火焰扑灭,留下顶端点点的火星,缓慢地向下渗透热度,逐渐地燃着、燃着,直至将整支香燃尽,余下遍地的灰白。有缕细细的青烟飘散于上空,盘旋着向上,化开,慢慢消失在空中。

不仅家中重视祭祀,家乡的寺庙香火亦鼎盛。寺庙各有其特有的祭祀日,大的寺庙甚至还不止一个。祭祀日里,信徒从各地赶来,备上香、金纸银纸、儿对蜡烛,怀揣着一颗虔诚的心,开始心灵的信仰之途,奉上一炷最虔诚的心香,许下一份最衷心的期望。风吹散飘荡的青烟,扬起遍地的灰白,然而不变的是人们心中坚定的愿想。

和我颇为亲近的姨妈是一座寺庙里的固定义工,每月一号、十五号都必定去庙中报到,为寺庙做一些力所能及的事。在姨妈的带领下,我也时常在寺庙中出没。一日,趁着姨妈她们在忙着处理祭祀用的食物时,我悄悄溜进一座比较偏僻的庙。本以为这座庙堂位置偏僻,平常也没有什么人来,今日定然也是空荡荡的,不料,就在庙堂前的蒲团上就正跪着一名妇女。她的脸上满是皱纹,整个被风霜腌渍,刻满了岁月的痕迹,眼睛紧闭着,双手合十,口中念念有词地说些什么。后来,她睁开了眼睛,她的眼神和我的眼神相遇,我看到了她的眼睛里,投射出一种温暖的光芒,仿佛在对我说话。

在那一刻,我几乎能体会到她的心情,这种心情使我有着一种莫名的酸楚和难言的悸动。然而,她已经收拾好祭祀用品转身离开了,我的目光追随着她的背影离开,胸腔中有什么东西在冲动着要出现,却又在一瞬间恢复平静。

菩提本无树,明镜亦非台。佛性常清净,何处有尘埃。佛说,众生皆是薄地上的凡夫,几乎只有极少数的人在脆弱的婆娑中,还能维持心境的清净;也只有极少数的人是醉生梦死,不知死活,活在执迷而不可救拔的深渊。绝大多数的人,是活在梦与醒的边缘,活在光明与黑暗的边界,活在迷与悟的一线之间,活在菩提与凡夫的升沉之际。我们没有完全清醒,亦不会完全彻底沉沦,众生皆有菩提的愿行。

酒的断想

曹强
福建师范大学文学院研究生 2014 级

木头制成的桥头,湖岸是齐人高的衰草,天色阴沉,细雨迎面,独自一人对着一派萧瑟,灰色的围巾裹挟着风衣。

几年前,我的心里就出现这样一幅画面,萧瑟是心生的,可是这种气氛构造的环境,我一次也未曾到过。我在放下白酒杯,头枕着自己的手臂叫唤服务员结账的那一刻,这种念头来得十分强烈,在半醉半醒之间,我总是会思考自己何曾真正走出过闹市。

打开房门,就有了阳光与清风。舔舐自己的嘴唇,甜甜的二锅头与暖冬。酒真是一个好东西,不管你是高兴还是悲伤,抑或是不忧不喜,它总能在你端起酒杯,嘴唇与它亲密接触,舌尖味蕾感受到刺激的时候就共享你的喜怒哀乐。人有多种,酒类便繁杂。说男人适合烈性酒,女人适合温和酒,这种说法过于武断,我发誓自己亲眼见过男子的柔情似水,衣着活泼大胆,性格火辣地端着大杯白酒的女人也曾让我面露不可思议与惭愧。我爱酒,却极少多喝,我爱的更多是喝酒的氛围。一大群同学相聚,适合喝啤酒,酒不醉人,敞开肚皮灌酒,畅所欲言,一打啤酒下肚,意识依旧清醒,大笑之后发现酒过三巡转了场,身边坐着的是当年拿得起却放不下,暗恋多年的他或她,"来,再走一杯"。红酒适合情人或将要发生性关系的男女,暖黄的灯光,泛红的高脚杯,喝酒的双方互相含情脉脉地对视着,轻呷数口之后,月亮便理所当然地被挡在了窗外。白酒适合具有古典文艺气息的文人和知己,以及我。那种狂烈与刺激,正是为酩酊大醉量身定做,醉时与月为伴,邀月共舞,醒后问几句"海棠花花开几许"。逢了知己,这样的大醉自然不可少,两眼迷离之中再十分明确地告诉他:我仅仅只是喜欢读几首诗词,你知道的吧?

我的眼睛总是幸运的,在少数场醉酒之后能与心一起受到滋润;我的大脑总是不幸的,醉酒倒使它在连续的混沌之后变得异常清醒。不对,场景被人为地做了转换:木头制成的桥头,湖岸是绿草如茵,天中艳阳,戴着的是遮阳帽,搭着的是爱人的手臂,你迎着玫瑰花香。是这样的?嗯,没错,好像真是变了呢。独自一人在茫茫人海里起落升沉,在场景变换之后便得做好这样的心理准备。于是在以后诸多日子里,自己都落寞又欣喜地告诉自己:你作别花季,作别雨季,现在的你呀,就适合醉过之后躺在床上听风听雨。

我是一个极端的人,极好,极坏,极善良又极邪恶,极对立的两端我都把持着。而现实情况却是我的身体正处在一个中和的圈子里,无论是儒家的中庸、释家的圆通还是道家的自然,自古文人都囿在这样一个巧妙的圈子里,而我,很想让精神也融入其中,读几首诗词之余再写几首诗词,画画花鸟,描描山水,这样挺好。我想,在雨中喝酒便是我这样一个极端矛盾体获得宁静安详的好方式。走进雨中,雨便湿了我的身体;烈酒下肚,酒便暖了我的精神。涤净了污垢,再给灵魂洗个澡,一走进雨中,也就意味着我做好了走出闹市的准备。建一所屋外一直下雨的房子,房外有芭蕉,有梧桐,叮叮,叮叮。把房子建在杏花微雨的江南,只是唯一不能添加的便是那撑着油纸伞走过数条青砖黑瓦古巷的姑娘。这个姑娘见过太多的踩着哒哒的马蹄的过客,我怕她读得懂我的内心,消散了她的丁香一样的芬芳,这个姑娘多愁,而我喜欢在这样的房子里醉酒,习惯清净。

喝白酒的我大多数情况之下都是快乐知足的,当我哪会儿心心念念忆及佛祖之时,哪会儿便心生惆怅。佛法精深,救我于罪孽深重之中,尽管数周之前才认了佛,但本质上毕竟早存在一半的善,又因法无高下、根有浅深,故我自己觉得因善业而结慧根。既然已经把身体与多半的思想交给科学,把少半的思想交给佛法,就得常念佛。念佛便惧佛,不料醉酒之后人更洒脱了,连"酒肉穿肠过,佛法心中留"这样的托词都不需要,我明白自己信奉的是自己,面对苦难,我才是自己的人间佛。顿悟了,便靠近了佛,看看酒杯,它在佛祖面前露了底。

人生何曾不是一场酒宴,一场酒醉便是一场梦。我记得十分真切,现在的我经常告诫爱做梦的我:紧紧地拽住亲情与友情的绳子,听凭比烈酒还刺激伤人的爱情信马由缰。

看见自己

忆昔初阳

林舒颖
福建师范大学文学院本科 2012 级

　　用手轻拨射入窗内的几缕阳光，想鉴别哪一缕是熟悉的初阳。熟悉的初中母校、教室和同学，都存在记忆的唱片里，任曾经的初阳在唱片上尽情跳跃着，响起的音符开始撩动思绪。感时怀旧的情思总是容易催人泪下，于是我及时止住了初阳的撩拨，关上窗户，哼着歌，前往母校。

　　快到母校时得先爬一个陡坡。坡的两侧是一家家停放自行车的店铺。苍翠如画的树立在马路两旁，正好为自行车遮阳。虽是冬季，但柔和的阳光依旧为树儿描摹身姿，在地上留下泛着金光的黑影。

　　记忆就像这斑驳多姿的树影，有的历历在目，有的却又模糊不清。认得当年看车的叔叔，冲他笑笑，他却只是茫然一瞥。就像我对母校的模样深记于心，母校却不认得众生中的我一样。

　　慢悠悠地骑着自行车，迎面看到了六年前的我，和伙伴们一起骑车回家——

　　初中的孩子还未摆脱童时的幼稚，却又假装有着成人们的成熟。这是一个难以捉摸的可爱又可笑的群体，似乎活在他们与世隔绝的天地里。他们用单纯无知的心灵，感知着成长的乐与悲，用任性和激情描绘着青春的精彩。现在已走出这片天地的我，是多么渴望回去啊！

　　来到校门口，等着初中的老同学，迫不及待地端详起母校。只见教学楼红色的砖墙闪烁着昔日的金光，楼前的树木依然那么挺拔，墨绿的叶子层层叠映，似乎几年来的光阴给予它生长的精华。风吹过,枯叶被抖落下来,飒飒笑着,以金灿灿的容颜回到树根边。

今天是学期最后一天,学生们纷纷返校开闭学式。看着他们身着熟悉的校服,发觉自己已脱离初中生这个集体好久了。他们脸上带着青春憧憬的稚气和机警的锐气,瞅着身穿绿衣服的我,似乎一眼就看出了我的"另类"。

我的同学半年不见变化不算大,碰了面,便互相调侃起来。从缤纷多彩的大学生活聊到了初中泛黄的岁月,从现在的经验之谈讲到过去的天真懵懂。阵阵笑声,惹得从旁边走过的学生投来疑惑的目光。白中带灰的校服从我们两旁走过,映衬得我们这一身身的"奇装异服"格外显眼。

和保安说明情况后,我们进校门了。六年后再次走进母校,感到有点恍惚而不真实。那些天真任性的我们已属于母校的过去,而再次踏进这片本已属于过去的土地,便觉得时空交织、今昔重叠了。

过去的时光片段于今而言,充满着梦幻与浪漫。犹记得当时课间的唱歌玩闹,记得那支贴着"幼稚"的自动笔,记得前桌曾冲老师耍性子,记得自己曾因被老师训斥而落泪⋯⋯

这些往事深深烙印在心中,许久没去回想,走进母校,看到了同学,便像尘封已久的老酒一样,往事慢慢地发酵起来。

眼前的红色教学楼,装载着我们沉甸甸的回忆。在午后阳光的照耀下,那些岁月的光影渐渐浮现。教室里我们在晨读。总有那么几个同学,带头读得很起劲,也总有一些同学趴在桌上走神。我们几个班干部轮流领读。每次领读,我就像参加合唱比赛一样,嗓子全放开了。读完后总是口干,但心里却感受着任务完成的轻松感。每当我喉咙难受放不开嗓子时,领读完便好了。

这里有间教室,安静地坐落在走廊尽头,我们认出它是曾经的那间教室。环视教室,发现黑板换了样式,讲台也焕然一新。在阴暗处,棕红色的桌椅带上了些许古典美,光滑的桌面现出深红的条纹,仿佛在诉说那些久远的故事,又像在欢迎主人们回来。

来到隔壁教室,学生们正在大扫除。见我们走过,都用好奇的眼光打量我们,有的低声道:"是新老师吧。"心头暗喜,却又羡慕他们的年少。

有个学生正在认真地擦着窗户,却仍擦不干净。我告诉他,拿报纸来擦。

这算是经验之谈吧。记得我们当时在班主任的管理下,练就了打扫卫生的好身手。一开学,班主任便安排我们大扫除,并亲自"下乡"指导。最后擦洗得窗户一尘不染,甚至连窗框也不留杂尘。夕阳柔和地流进整洁的教室,充斥着每个角落。各处都充满着温馨的气息,就像摆满了百合花或水仙花一样,甚至就连内心也绽放着鲜花。

洗完手收拾好书包,和老师说再见,便和同伴们一起回家了。夕阳的余晖映照在兴奋惬意的脸上,在土黄的地上投下清晰的剪影。骑着自行车,说着玩笑话,似乎连夕阳也被我们的笑声感染,在那儿乐得发颤呢。

一起返校的有当年的数学科代表。多年过去,聪明劲不减,且更为帅气了。当时的我也是班上的数学高手,我们曾一起参加数学竞赛。

有一次,我碰到了难题,打算问这位数学"专家"。我把题目写在一张薄薄的纸上,放学后放到他的抽屉里。第二天课间便得到了一张"回信"。他解答完题目还问我几道题。就这样,我们互相传递问题信,颇有传送情书的韵味呢。

初中时的处事动机总是天真单纯,或者说是率性任性,但也往往带着几分腼腆与羞涩,做着青春年少应有的梦。因而他们怀揣着美梦,痴痴地幻想着未来,任性地裁决着当下,既像小公主又像个小霸王。

当年的"问题信"现在还躺在抽屉里,那个抽屉封存了许多年少的记忆。当年的数学科代表没有选择数学专业,而我后来成了文科生,更是与数学无缘,但这种对数学的莫名的情感,却因此留给了初中。

这里的冬季酝酿不出一丝寒意,顶多给人一种秋天的凉爽。在这舒适的午后,我们坐在办公室里,同我们的两位恩师泡茶谈话。老师的威严尚在,坐在他们面前就像被叫来面批一样。但心情却又格外不同——六年不见,心里百感交集,有激动,有欣喜,也有感慨。

语文老师仙风道骨的气质犹存。他把我们一个个认过去,大多记不得名字,但一提起来还是有印象的。对班主任而言,认起我们如数家珍,她关注的是我们读的大学、学的专业。"调皮鬼"还是当年的"德行",不断地调侃往事。他饶有趣味地说起陈年旧事,这些对老师而言,也是历历在目。旧事重提,引得我们开怀大笑,也惹来了无限的感慨与怀想。

太阳慢慢西斜,像个小孩羞涩得涨红了脸。灿烂的云霞如同麦芽糖一样,卷起红彤彤的云边,又像美人的云鬓,花纹条理清晰美妙,随意地铺张,却又恰到好处、妙不可言。我们依依不舍地向老师告别,来到正在修建的大操场。

微风拂动发梢,拂起醉人的发香,从小到大熟悉的味道,就像这里熟悉的花草。"调皮鬼"搬来了自行车当背景,我们坐在高台上,冲着镜头傻笑,就像六年前拍毕业照一样。摆着不同的姿势,换着不同的笑容,努力地留下在这一时空里的痕迹。

斑驳陆离的岁月,撩动敏感的情思。那些时光,那些教室,那些人,那些事……有一些保留在脑海中,但大多数却流失在时空隧道里。虽慨叹时光难挽、昔时难留,却也因昔日之花的余香和印象而感到充实幸福。

初阳跳跃着,附和着唱片传出的青春舞曲。那些动人的昔日印象轮番上映,在脑海的屏幕里交织着、滚动着。坐在幽暗的电影院里,嚼着爆米花。走出影院,嘴留余香。扬起脸看着初阳,扬起嘴角,手指向空中一划……

浮舟

刘颖颖
福建师范大学文学院本科 2012 级

总有离岸的船，总有回家的人。

——题记

出发那天很早就醒来了。因为要出行，内心不安。搭上最早的一班公交车，看到了这座城市睡眼惺忪的样子。空旷的马路没有车队蔓延的交通堵塞，没有如潮水涌动的人群。清晨的城市冷清、庞大，并且落寞，与醉生梦死的夜晚时的它没有丝毫关系。

下一刻，就要离开。又离开一座城。

火车车厢内，嘈杂的声音不绝于耳。夜晚由清醒至入眠，一直是蜷缩的姿势。游离在清醒和昏睡的边缘，仿佛下一刻就会醒来。晨时日出，冻得手脚冰凉。

对面坐着两个年轻的女孩，仰着脸看云。微微凌乱的长发从脸的两颊倾泻下来，透过玻璃洒进来的阳光，丝丝缕缕地浮现在她们的脸上，女孩们把眼睛眯缝起来，光洁的脸上细细的绒毛清晰可见。她们分享着一副耳麦，轻轻哼唱着："Try to remember……"

在这陌生的地方再次听到《Try to remember》，经典老歌。听着这首歌的时候，感觉到时光的衰老。高考结束后，和最好的朋友相约去看海。坐在颠簸得厉害的客运车上,昏昏欲睡。我们也是这般分享一对耳麦,单曲循环地重复着同一首歌。很简单的歌词,反复吟唱,像女子在反复询问爱人。有阳光的感觉,明媚又有一点点哀伤。

窗外是大片大片的绿色田野和稻草堆。野菊花漫山遍野,它们颜色艳丽、纯粹,从眼前蔓延到看不到的尽头。田野上方有架高的铁路线,火车轰隆隆地开来,然后变成夕阳下的一缕炊烟,烟从烟囱里冒出来,飘散开去。

爱情是一场偶遇的烟火,友情亦如是。有些人能够看到,有些人则一辈子平淡。在钢筋水泥的城市里,在玻璃之城,没有人有太多机会看到眼花。日子依旧在走,跨过你,跨过我,依旧如流水般。其实都很脆弱,其实都没有想象中的坚固,就像通透的玻璃杯,就像感情。

列车开往北方,窗外下起了雨,淅淅沥沥的,像小时候养在盒子里的蚕彻夜进食的声音,持续而旺盛。是雨水的声音。看向窗外,突然发现窗户上雨滴滑落的样子原来是有迹可循的,它们短暂、急促、破裂,像一个脾气暴躁的人欲言又止。

心突然柔软潮湿起来,如同大雨将至。

记忆破碎的剪影如同旧胶片般匆匆地从眼前掠过,清晰如绢帛上的墨迹,毫发毕现。

离家的那一天,也是下着这样的小雨。雨水流过青翠的梧桐叶,滴落在脸上,是冰冷的。母亲执意要帮忙,她吃力地提着沉重的行李,穿过古旧的石板路,送我到火车站。嘱咐我要吃饱穿暖,照顾好自己。过了一会儿,她又说了一次。人们在面临分别的时候,内心总有很多情绪和感情需要倾诉表达,可到了嘴边却一时嘴拙,换成了一句简单的叮咛。

记起那个称为故乡的南方小城,那个承载生命记忆的南方小城。那里有古旧的青石板,板缝间生长着一簇簇颀长绿茎的明艳的小野花,道路两边长满高大的梧桐树。每年夏秋季节,台风都会从太平洋洋面呼啸而至。整条青石板路在暴风雨过后散发出植物伤口辛辣的清香。

不知又一场台风席卷后,院子里母亲栽培的花草还在吗?

路口的那盏老路灯还亮吗?

母亲还好吗?

在同样雨丝缠绵的傍晚,我转而踏上归途。

列车由北至南,穿过茫茫的平野和深深的山谷,穿过曲折回环的丘陵。

这个南方小城在暮色四起的时刻平静地迎接我的归来。我站在熟稔的街道上,穿过好几个路口,路过几家熟悉的店铺。于灯火明亮的暖暖夜色中又见过往的记忆。童年时期的我,在放学后常和伙伴流连于此,嬉耍玩闹,直到母亲带着愠怒和焦急找来,才拖着书包,带着夕阳的余温和满身的尘土回家。

就这样我站在我家的庭院里,看见母亲耐心修剪花草的背影。淡定并且有条不紊,不带任何悲喜的镇定。她明显老了,终究不可避免地衰老下去,以和我成长一样的迅疾速度衰老。

我把风尘仆仆的行囊丢在地上。

妈,我回来了。

存一份匠气,享十里清风

秦嘉萱
福建师范大学文学院研究生 2014 级

匠气,历来就不是一个很受待见的词儿。清代王夫之曾在《姜斋诗话》中谈道:"徵故实,写色泽,广比譬,虽极镂绘之工,皆匠气也。"匠气一词,显得呆滞愚笨,甚至有点迂腐,历来为文人雅士避之唯恐不及。匠人似乎只知模仿,而大师才能献出不朽之作。大师凭借才情与天赋给予世人惊艳,而匠人则是默默在其后不断追随,让天才们的惊艳得以传世延续。

由此看来,匠气确有窘迫的意味。年少轻狂之时,想来我们都更喜欢听到别人夸我们"聪明"。似乎那种与生俱来的天赋更让人感到骄傲与满足,有着一种旁人难以企及的高度。可是,随着青春在岁月长河中缓慢磨砺,我越发感受到,拥有一份匠气是如此重要。

天才们凭着一份灵感和热情创造历史。但现实生活中,热情不是天天有,灵感也并非时时光临,可人生的责任与成长途中的艰辛却是无时无刻不在身边。我们每日都要面对或准备面对各种各样的挫折与挑战,不是每一次,都蓄积了满满的热情与灵感。这时,匠气中的那份"呆"和"愚"似乎更能起到作用。何解?匠人也许不如大师们巧夺天工的精细,却有着每日坚持不懈的安定和稳重,不急不躁地做着本分之事,一丝不苟地重复着手上的工作,以神闲气定对抗着枯燥无味。这不失是一份对生活的尊重。

每个人都是从懵懂不安逐渐走向成熟稳重的。越是长大,越是深切地感受到生活中充满了太多无奈,感受到个体的脆弱与不安。那种"山高人为峰"的豪情固然是令人称绝，可这之前的攀山之路却总是显得艰辛孤苦。在强大的逆境遭遇面前，个人的抱怨和焦虑是那样的微不足道，甚至有些可笑。这时，不如持一份匠气，心平气和处理着眼下的麻烦。《韩非子》云："千丈之堤，溃于蚁穴。"这道理用在此处也未尝不可：困难纵如千山阻隔，你能有份平静坚韧的心，想来亦是"谁无暴风劲雨时，守得云开见月明"。

匠气也是一份对人生责任的担当。年幼时，我们做事多为兴趣之使然，喜欢做的事乐此不疲，厌恶的事则弃之唯恐不及。年岁渐长，却发现不愿做的事越来越多，缠绕身旁，骤感烦闷郁结。殊不知这便是"成长"的滋味。从家庭走向学校，再从学校走向社会，我们在不断地受到更多的认可和鼓励，在不断地吸收着更多的公共资源，以促成自我的不断成长，变成一个更强大的自己。可我们很容易忽视一点，那就是"舍与得"的永恒辩证关系。既然有得，那么难免要有所舍弃与承受。

电影《蜘蛛侠1》结尾时彼特的叔叔对他说的那句话，我至今记忆犹新："Remember, with great power comes great responsibility." 也许这句意味深长的话语还有着更多的复杂意味。但就字面来说，这也许是对成长中各种阵痛的质朴诠释："能力越大，责任越大。"而责任就包含了我们当下所不愿意、不喜欢的事情，但必须去面对它、去解决它。正如英文中责任一词 responsibility，除去词性后缀，它的词根 spons，是承诺、允诺之意，而原词 response 则是回应、应答的意思，这个词其实很形象地解释了什么是责任——责任就是对生活的回应与承诺，对成长交出的勇敢答卷。

人生不如意十之八九，无尽的抱怨讽刺和不屑眼神看似洞穿世事，实则不过是内心的恐慌与逃避。不得不承认，生活中总有一些河流我们非跨过不可，总有一些苦涩我们非亲尝不可，也总有一段岁月注定要做着困兽之斗。不过，别焦心，持一份匠心，平和地、安静地一点点打磨、调整，以优雅的姿态走过荆棘，穿过曲折，静心等待明天。

佛说："放下，便会自在。"放下无谓的执念，正视那些苦痛与繁杂。在焦虑躁动的青春岁月，如若能守着一份看似傻傻的匠气，也是难能可贵的。

我的梦里有你

王斯泓

福建师范大学文学院本科 2012 级

有没有这样一个人,她哭得最丑的时候你在旁边,一同落泪?有没有这样一个人,她说她的梦里有你?朋友,姐妹,她都占据了每一个身份最重要的地位,她的梦里有你,而你的未来,毫不存疑地有她。

总有那么几个人,因为他们的存在,你感觉到自己的富足和感恩,感谢上帝的恩宠,让你的小情绪有地可抒,让你的真实得到释放。就是这样,他们成为你最重要的一群人。闺蜜,就是其中的那个人。

高三的那些艰苦而等待光明的岁月,和闺蜜一起造就了一生怀念的记忆。那个圣诞节,我们一起在后黑板上画下了一棵圣诞树,一起为绿色的松树挂上粉色的铃铛。那一棵树,陪伴我们度过了冬天的寒冷季。许多次班会课和家长会,黑板上类似主题的艺术字,也是由我们配合而完成。后来,我会发现,我用湿布写下的字,由她框形,才够满意。朋友,闺蜜,就是这样一个人,让你觉得她无可替代。

这些,是两个女孩共同的美好记忆,就像互相拼接的图画,没有彼此,这个梦就不存在。

她的世界总是很宽广,她会明白自己的未来有几条路、有几种选择,她会思考当下和未来所做的事情的意义。你从她的眼睛里,会看到蛰伏在她心里的那汪海洋,爽快地接受阳光,化解不快。而她的梦在海里自由航行。你会感到,世界是温和的,春无梅雨,夏无烈日,秋无枯叶,冬无寒雪。在她的面前,你会情愿让眼泪释放,而不是委屈地让眼泪流回心里沉闷的水箱。我记得,在我委屈的时候、想大哭一场的时候,我们会踏着下课的乐曲,坐在操场上头顶巨大的天幕,听星星说话,听她的歌声。前方茫然未知,情愿长久地停顿在此刻,静静呼吸。

那时,韶华尚未在我们的笑靥里埋下痕迹,更没有阻扰头脑里的几分幼稚。以为付出的,终究应该得到回应,如果没有,这意味着年轻心灵里的一场暴风雪。年轻懵懂的女孩,就这样,做着传说里美好的梦,自然地收到了一场春天和一场随之而来的风雪,她们各自经历着寒冬的压顶,经历了生死攸关的惊险,背着彼此闯过爱的北极村。那是高三的体育课,难得从学业的苦海里逃脱出来,我们坐在篮球场旁,依偎着路灯,远远看着自己慕恋的男生,一会儿笑他动作笨拙,一会儿露出花痴的傻模样。那时,以为春天来了就不会走了,但是,拦不住季节的更替。要感谢的,是彼此的陪伴,驮着彼此闯过青春的冬天。

像大多数人一样,因为一场考试,不能散的,到底还是散了。在那之前,有多少次无法坚持的时候,是对大学的期待支撑着疲劳,只看见那一次大的阻碍,却没看见对于当下的失去。拼命想要逃离的,原来是天堂。我们开始害怕时间和距离的力量,它们好像一个脾气很大的野兽,可以把一切都摧毁。而再次见面,你说,好多事情其实只是形式在变,关怀的心,永不改变。结交了新友,知心老友依然被牢牢地锁系着。

刘墉说:"成长痛苦地快乐。"人总是无可避免地长大,看清楚也,想清楚很多事,通过思考、追问,想要了解难以琢磨的世界,就像戴眼镜的人,厌烦透过镜片看这个厌烦的世界。相隔百日,你看见最熟悉的人已经悄悄地长大了。她开始看见这个立体的世界,不再攥紧拳头乜斜着眼睛憎恶伤害她的人,不再轻浮地热爱一个复杂的人,她学会看清这个世界,然后爱它。对于许多问题,不再给出一个肯定或者否定的答案,而是思考周全而谨慎地回答。两个女孩依然有聊不完的话题,言谈间也有了成人的端倪。曾经一起的课间、一起哭的平安夜,都那样美好,并且不曾消逝。

女孩走在过渡为女人的旅程里,开始构想未来的家庭,于是约定先预演关于厨房的幸福剧:她们买好了食材,用了一个下午订菜单,准备食物,紧张地操作着难缠的炊具,不顾满身的油烟味,一边谈论着自己的梦想,一边做好了约定。一个下午的折腾之后,厨房成了不可示人的战场,餐桌上也大都是烧焦了的半成品。她们一边轻松地笑,一边享受亲手烹饪的美食。以后,她们有了自己的家庭,对方不再是能够随时品尝的幸运儿,彼此却会记得这第一次,关于未来的预习……

如今,又说到分离,又轻松地想到再聚。人生,也许就是这样在感伤里期待,无法掌控而又能够约定。临行前,她塞给我一包信,我喜欢信里的这样一句话:"纵使相会遥遥无期,但愿你我来日方长。"

姐妹,就是那个念念不忘、无需刻意语言又可以抓住你的感情的那个人。她给你许多勇气,然后,你说,你的未来,她不能缺席。

从听摇滚说起

杨鑫
福建师范大学文学院研究生 2014 级

  不知从什么时候开始，摇滚替我说了所有我想说的话。换言之，摇滚是有生命的，它时时刻刻在叮咛我，生活就是一团火焰，在无休止地燃烧。这些燃烧的字句，像阵阵雨打易拉罐般的浓密鼓点，让我一生铭记。

  有人说，摇滚是属于年轻人的东西。这话说得对吗？颇有些道理。你叫一个谆谆长者过来，然后放一段摇滚给他，他的第一反应多半是捂紧耳朵，皱皱眉头，摇滚什么的就别说了，我的命要紧。而且，摇滚那热烈的节奏，会让人情不自禁地摇摆身体，中老年人的骨头哪经得起这般折腾。此外，说摇滚是年轻人的东西，还有一层意思：众所周知，摇滚给人的印象是激情的、迅速的，甚至是喧哗的、躁动的，而这些特质在老年人身上，即使不是荡然无存，也已所剩无几。当然，每个老人都是从年轻过来的，年轻时代的习惯能否保持到中年甚至老年？这是个值得商榷的问题，一个一辈子锻炼自己灵魂的人，就永远不会有丧失激情的危险，相反，它还会历久而弥新。这些人壮志新来与昔殊，如青松翠柏，经历霜雪而更加茂盛。诸君试看，那些武术上的一代宗师，不都是垂垂老者？体育场上那些上了年纪的教练，虽不能亲赴赛场，但他们智慧的头颅、坚定的目光足以震慑全场。美国以前有部励志的电影叫《洛基》，讲一个中年拳击手如何靠自己的奋勉努力，厚积薄发打败年轻的劲敌的故事，故事简单但却深刻。我说得这么多，无非是想说，摇滚并非如大家所见的嘈杂不堪、震耳欲聋，它的真正可贵之处不在于那些近乎狂暴的呐喊，而在于那种燃烧的精神、那些铿锵的字句,甚至可以说,摇滚无处不在,凡是昂扬向上的、澎湃人心的人事,不论老少,都能赋予它以名——摇滚精神。

  这个时代,信息爆炸,时烦世窄,很多东西,无论升华还是浮华,终将成为过去。但是,有些东西是否因为一个大人物说不要就不要了呢?还有些东西媒体不关注是否就代表它们消失了呢?而官方的界定又该如何解释呢?茫茫空漠之中,是否有真正坚固的存在?答案是无可置疑的。心里装着各种资讯的人可能真正一无所知。充斥在市场上的东西不一定就是好东西,这些道理是再明显不过了。西谚有云:He who laughs last laughs best. 翻译成中文的意思就是:谁笑到最后,谁才能笑得最好。这里的"最后"到底要等到什么时候?众人眼里的"最后"难以界定。比如,古希腊人把时间分为黄金、白银、青铜、英雄、黑铁时代等等,而中国的艺术史又顺口溜地列出秦文、汉赋、唐诗、宋词、元曲、明清小说等等。这里,我想把"最后"定义为心理上的意思,简言之,"我喜欢的"就是"最后"。"最后"并非经典,"最后"也不是随波逐流,"最后"是一种对心灵的直接冲击、一种浸透了身心的愉快,一旦接受了它,在我们眼中别的人物立刻变得渺小,直至最后,这种喜好变成了一种狂热,除去我们迷上的以外,世上的任何东西我们都看不见了。有人说,港台的流行音乐就像鸦片一样,使大陆人民上了瘾,这话有一定道理,但这不单是音乐的过错,而且更多的是受众的问题。好比说一部《廊桥遗梦》就让全美国人发了狂,而如果放在法国,法国人就不一定买账,因为他们有更高的追求。你若说中国人俗,他们可以用一种轻松调侃的语气回答你,我喜欢。话说到这份上,我们就无法反驳了。因为这就是他们的"最后"。据说,中国官方在介绍外国古典音乐时,也是经过筛选的,多是介绍像海顿、门德尔松、舒伯特这样的轻松、简单的音乐家,而像柴可夫斯基、贝多芬、巴赫这样显得沉重、复杂的作曲家就少有引进。这让我不由地想到那句话:"生命不能承受太多的真实。"国家可能是考虑到中国人民生活压力过大,不能再添加额外的压力了。不过,我们实在难以理解,像中国这样一个写字、画画都喜欢留白的国家,怎么似乎总要弯着腰累死累活地生活?算了,这是题外话,说回正题。官方的删减毕竟不可能疏而不漏,因为虽说人人生而平等,但人和人的品味总有些不同,有心人就会寻找那些适合他们的调味品。有的人一阵《江南style》,又一阵《小苹果》,但总有那么一些人他们一直喜欢贝多芬,而且,仅仅钟情于贝多芬,这里的贝多芬就是他们的"最后",而另一些人则很可能没有"最后"。

再大的阻碍,都不能阻碍一颗发现的心。只要有音乐就不会有世界末日,什么也改变不了 Rock Roll。它就在那里,在无声无息之中,既美好又令人惊叹,即使长期以来它成了生活的暗流,即使它的沉重、歇斯底里可能不太符合中国人的口味——不可能要求全中国人的品味都一样吧?所以有人听邓丽君,有人听甲壳虫,甚至有人喜欢欧美那些几近颓废的重金属摇滚。本科时有一个老师对我们说,要知道福清当地的光饼好不好吃,最好尝尝全国各地的光饼。我把这话牢牢记住,并且用在了摇滚上,从欧美日韩一路听到香港台湾,最后发现音乐无国界,可歌词有国界,于是我自然而然地偏向于港台,最后从中选了黄家驹和张雨生两个摇滚歌手(可惜他们都不在了,哎,天妒英才)。在我看来,他们一个如朗加纳斯、一个似莎士比亚,一个拜伦、一个雪莱,一个重如贝多芬、一个轻如莫扎特,当然,有时他们也对换一下风格。有一段时间他们的音乐简直让我着了魔,他们一个说"原谅我这一生放纵不羁爱自由",另一个说"我期待,有一天我会回来,回到我最初的爱,回到我童真的神采"。我常常为港台有这样一对双子星座而暗暗惊喜。当时我以为他们是一对宝藏,挖不尽,取不竭。我甚至认为,有了他们,现代诗人们存不存在又何妨?他们能够创造魔力的音乐,能写出题材多样、内容丰富的歌词,还有代表着超越、永远不死的摇滚精神,他们,才是真正的诗人啊!

后来,我把他们都听腻了,我开始怀疑起艺术的永恒性来。我有点失去了当初那种不可动摇的信念,难道如此富丽堂皇的摇滚也会死去?而这只是一系列惊吓的开始,接着,我去听了一些柏拉图曾经试图删减的煽情作品,以作片刻的将息,再后来,我在詹姆斯的《心理学原理》中看到了这样的一段话:

既不是演奏师,也不是音乐天才而能以理智方式领略音乐的人,却有过度好听音乐的习惯,大概对于他的品格,也会有使他松懈的影响。这种人充满着热情,习惯让热情发散,却不见于行事,因此始终维持着懒散的感情泛滥状态。

再后来,是爱因斯坦写给一位美国农民儿子的信,里面说:

任何真正有价值的东西不可能产生于雄心壮志或单纯的责任感，它只能产生于对人、对客观事物的爱和献身。

顿时，我仿佛明白了一切，摇滚和其他艺术一样，具有感染人心的力量，而且它特别容易打动不安于现状的年轻人。就如当年希特勒的演讲一样，听一两次是励志，听多了就指不定会干出什么傻事来。所以有位作家曾说自己的演讲"不可不听，不可再听"。另外，古人出征打仗前也有奏乐，不过相比于他们奏完音乐就投入战斗，现在的年轻人，无论是听了豪侠气概或是似水柔情的音乐，都只是春风过驴耳罢了，一觉醒来发现，世界还和昨天一样。

当然，这并不是说应该禁止那些优秀的音乐，它们虽然像性一样让人上瘾，但它们并不会伤身，只不过"五音觉爽"后该找一些实事做做。罗素先生曾在《西方的智慧》中说，浪漫主义有两种弊端：一个是过度突出个性，反对理性；另外一个就是，他们认为对于手头的问题，只要稍微用心就能一劳永逸地解决。这第二种或许就是多数人听完励志歌曲或者看完崇高艺术后的感觉吧。

最后，我们要说，这个时代已无恢宏的史诗、拜伦式的冒险、罗宾汉的侠盗以及腥风血雨的一系列革命事件……总之，"这个世界已不知不觉地空虚"，但假如我们能够用心，哪怕存下一丁点摇滚精神，就是好的，毕竟，年轻人也需要呼吸。

花意生活

许庆伟
福建师范大学文学院本科 2012 级

眼中惨白的天花板。

和惨白的床单。

呼吸着冰冷的空气,感觉,似乎时间一下子就能被冻结。

你手上拿着护士给的诊断结果,看着"癌症晚期"四个字,你怔住了。同样冰冷的天,你同样接到过相同的诊断报告,就是那份残忍的报告,带走了你最最亲爱的母亲。而现在,这份更为严重的诊断报告又降临在你父亲的身上,你,该如何是好?

看不出你的脸色有一丝血色。守在昏迷的父亲床前已经几天几夜了。

滴水未进。

一时间,你不知道用什么样的反应去接受上天的第二次捉弄。父亲的病是问题,治疗的钱更是问题,自己的学业同样是问题,家中的经济来源同样是问题,你,该如何是好?

坚韧的你没有掉一滴泪。怕吵醒、怕让睡梦中的父亲听见这狼狈窘迫的一切,你悄悄拉着护士的衣角到楼道,告诉她自己会尽快交上这笔医疗费,用恳求的话语请求她能多帮帮你父亲。

尽快交上?

尽快,有多快?

一如既往的疲倦,从医院回到学校。回到了学习与学生工作循环交织的地方。

课堂。校团委。两点一线的校园生活。

你满眼疲惫。你以为,你藏得够深,团委老师都不知道你的近况。你不敢也不愿,甚至不肯让别人去一起和你分担这些难题,因为你怕,你怕别人知道了这些之后向你投来的会是怜悯的目光,那是赤裸裸的施舍。因为你怕,你那高贵的自尊会因为家庭的突变被有意无意地狠狠踩在脚下。

怎么解决这笔钱的来源?"或许,创业开店是一个选择。"——你想到了创业开店。

嗯。卖花,开花店。

可是,你又哪来的钱开花店呢?

你真傻。真的好傻。天天这样疲惫的眼光、这样低落的心情,你以为团委老师都不清楚你发生了巨大变化吗?做事一如既往认真的你,却不知不觉多了好几分心事重重的思绪;和以前一样仔细沉稳的你,眼神里同样多了好几分疑虑和不安定。憔悴的面容、瘦巴巴的身子,谁看不出来你有情况了?

——"你卡号是多少?我这帮你申请了一份创业基金,要发到你卡上。"

——"可是老师,我没有申请过这个创业基金项目啊!"

——"问这么多干什么。你最近不是想开花店嘛,这个项目挺不错的,在团委那么久了,基本信息我还不清楚吗?我自己帮你申请帮你填的,钱打过来了,老放在我这也不是回事,赶紧发你卡号给我,我转给你。"

——"可是……"

——"平时看你都不那么磨磨蹭蹭,怎么现在就这么磨磨唧唧,赶紧啦,我待会还要开会!"

——"嗯……我……我发过去吧。"

就是这么一通电话,你卡中一下子多了一笔突如其来的"巨款"。

巧合的是,这笔巨款刚好可以付清你父亲这段时间的医药费,同时还够自己创业开店的首付基金。

是巧合吗?

你问自己。

老师不语。你没有找到答案。但心中有数。

花店开了。花店的名字叫"花意生活"。你说,希望自己的小店不仅能够为自己赚够父亲的医疗费,还希望这间小店跟它的名字一样,给每个人带去花一样美丽的快乐。

创业过程,筚路蓝缕,重重艰辛。那笔所谓的创业基金在交过医疗费、房租之后,捉襟见肘。能省则省,花架自己钉,花篮自己做,花束自己扎,花朵自己送。

可怎么钉歪了的花架,在别人眼中却好似一件艺术品;蹩脚的手工花篮,在别人眼中却是一个宝物一般的工艺品?

你那小小的花店经常是爆棚的。

不认识你的人,被你花店清新的装潢和新奇的经营模式——订花、卖花、送花的一条龙服务深深吸引。那认识你的人呢?

很多组织、社团做活动,都喜欢找你买花,因为你的服务态度确实热情周到。可活动会那么广泛地用到鲜花吗?

你默默接受着这一份一份感动,心中充满了感激的泪水,可眼中一滴没流。

你只知道,你会更努力,去回报这个世界。

小店的生意继续红火。

你希望,这样的红火持续到永远。你会让校园的角落都开满鲜花的芬芳,你会希望你父亲能够早日康复。同时你希望,那些强迫你报卡号的人,那些夸你花店美的人,那些来花店光顾的人,幸福像花儿一样绽放,就像小店的名字——花意生活。

注:文中主人公以师大学生、福建省孝老爱亲模范楚玉春为原型。

大学·小学

张璐瑶

福建师范大学文学院本科 2011 级

一、言学

今时我坐在大学三年级的课堂上,在倒数第三排的位置上翻小学三年级的照片,一张公开课的采拍,我坐在第三排。

要是问正数第三排和倒数第三排有什么区别,大学生的回答和小学生是不一样的。现在再去细想小学排座位时的猫腻,那时敬若神明的老师的形象顿时没有那么高大了。小学时努力学习的动力似乎是不要惹老师生气,因为老师手里捏着一张"叫家长来见我"的王牌。大学最大的财富是自由和可能性,可是实实在在的动力却找不到了,总拿未来说事,又有多少未来经得起在空想中消磨?

"当科学家、当天文学家"的梦想被搁浅,耳边响起小学老师问话时全班齐声拖长音的回答,大学课堂上教授自说自话,偶尔提问时的瞬间寂静。脑海中激起一片空茫的回音,仿佛看到小学生朗读课文时的表情从丰富到狰狞。放学解散时既恨不得飞回家去又怕表现得太明显惹得老师不高兴,回想起那小心翼翼的年代,逃课真是一件勇敢的事。

交流总是少数人的,考试得靠突击。满课、五张试卷、数篇文章,曾几何时习以为常的每日必修在如今看来是多么可怕,到底是懒散了。

二、行思

　　争宠是小孩子的本能,他人的惊羡和关注令人欲罢不能,小学生的荣耀总是特别重要,但是教室里贴着"谦虚使人进步"的标语,获得任何荣誉都要在老师同学前做出"我还差得远"的表情,内心却奔腾着想要在第一时间告诉父母。而如今,奖项是和爸妈电话里偶尔的谈资,再也抵不过那时因为一朵小红花而滋生的"世界以我为中心"的巨大喜悦了。

　　许是看了几本书,听了某些话,多长了点见识,不知不觉中目光变得刻薄。打量着儿时的浅白,那时无能却要假装强大,喜欢却要刻意诋毁,打小报告、虚荣显摆、背叛朋友、泄露秘密……此时也掀不起什么嘲讽和悲愤,只需淡淡说一句:教育真失败。

　　现在的我们可以质疑奥数、质疑人性、质疑无处不在的潜规则,却也没有改变的能力和勇气,无非做着口头上的愤青,摆着清高的姿态,斥责应试教育的大错特错。

　　倒是失了一份作为傀儡的轻松,那时有人领着走,大家都说是对的一定就是对的,大家一起走的方向一定是正确的,就像是一条河流,只管流动,不问走向,也不需明白为什么而流动,因为走向和源头是高中地理的范围了。而现在知道了为什么流动却不知往哪流了,各自分向,却没有共同的大海。

三、爱恋

　　男孩子总是比较皮,小学时在大多数女生眼里,男生是一群面目模糊、顶着不同名字却同样讨厌的家伙,而现在却长出了轮廓。女孩子总是比较静,也讨老师的喜欢,给男生的印象却是"胆小怕事、小肚鸡肠",现如今也扣上了细腻温婉的帽子。

　　热衷八卦和假装八卦是大家乐此不疲的游戏,小学时"谁谁谁喜欢谁谁谁"总要被编排得有声有色。"被陷害者"佯装的怒,内心里挣扎着刺激和羞耻的兴奋。如果当事人让传言逼出了喜欢,必会被赶鸭子一般起哄着安排一场告白仪式,但是"我喜欢你"仅仅是"我喜欢你",在那个只知道喜欢不知道爱的年纪里。不像现在,喜欢和爱总脱不了"在一起"的潜台词。可是老师家长都说了,早恋是可耻的,那些情绪都是不正常的,必须打压下去。就算如今有了"录取通知书"这张准通行证,考虑得也要更多更多。

于是暗恋永远通行。

四、作尾

时光终究远去,男孩子手中的弹珠卡片,女孩子收集的明星照片,无论拆多少包小浣熊干脆面,也总有一张卡片是集不到的。那裹着被单做倾国倾城状的傻样,那偷偷欺负"心上人"的别扭心理……贴在墙上的奖状纸已然褪色,小红花也不见了踪影,呼吸所闻,仰止之间,依稀是大学冉冉书香、闲闲所思。

学校永不老,一代又一代,吞吐接纳,沧桑是风云,年华是积淀,那些幼稚浅薄的年纪终是过去了,而充满"更"字眼的人生,永远刚刚开始。

蚂蚁的旅行

黄茜
福建师范大学文学院本科 2012 级

　　风起,云散。又是一个不知何事萦怀的午后。公交车在熙熙攘攘的人群车流中不断地走走停停。坐在橘色的塑料椅上,车窗外来来往往的尽是形形色色、匆匆忙忙的身影,他们不知何时才能停下忙碌的脚步,休憩。

　　风起,叶落。公交车在笔直的水泥路上走走停停,车中嘈杂,车外喧嚣。前方的黄灯一闪一闪,车子慢慢地停下了它前进的脚步。轻风过,两边的行道树随风而摇曳,几片落叶应和着,飘飘洒洒,打着一圈圈的旋儿,落在了一旁的银色跑车上。静静倚靠在车窗,漫无目的地看着窗外来往的人群。蓦地,一个小小的黑色身影闯入了我的视线。仔细一看,原来是一只小小的蚂蚁。

　　它紧紧地抓着光滑的烤漆,沿着车盖不断向前爬行着,似乎寻找什么。它的身上披着一层黑色的铠甲,无论风雨抑或是晴天,它都紧紧依附在那片它所属的天地之间。它或许本是泥泞中蚂蚁家族的一员,它或许本只是在那枯叶之上与同伴玩耍,它或许本想在硬邦邦的石路上、在那沟沟壑壑之间寻找它的乐趣,它或许……而今,一阵轻轻的微风,改变了它的命运。叶落的终点成为它新的起点,然而这个起点却不知将它的终点引向何方。

　　六十秒的红灯于它而言或许是一种煎熬吧,我想。跑车停下了它的行进。光滑的车盖上,它始终乐此不疲地不断奔走,阳光洒在银白跑车上,熠熠生辉。此刻的那只小小的穿着乌黑铠甲的身子仿佛也一下子亮了起来,那身黑色的铠甲在阳光下散发着它不灭的毅力。车尾的橙色的灯光闪着又闪,仿佛在发出它特有的警告,告诉那只小小的蚂蚁:"别上来了,小心啊!"可是咱们的小将军好似未闻,在银色的跑车后备箱上来回奔走,一点儿也不像是传说中的慢家伙。此时,六十秒的红灯一顿一顿地向前走着,司机开始一点点儿地踩下了油门,无论是公交车抑或是那辆银色跑车,都同时启动了,呼呼而过的风撩开了额顶的刘海,然而,小蚂蚁的六条腿始终如一地紧抓着那后备箱,偶尔再稍微松动松动筋骨,快速地向一边爬去,爬进那车灯的缝隙里,让人一点也看不到它的身影,似乎与之混为一色。我仔细地寻找着它的身影,可是它仿佛从后备箱消失了一般,怎么也找不到它的影子。

我心想,算了吧,那小小的蚂蚁或许躲到了某片不知名的树叶里,又或许是躲到了那后备箱的另一面,来寻求一方能够避风的港湾吧。前方的绿灯终于亮起,两头的车子开始加速度地向前,刮过窗边的风也呼呼刮过我的脸颊,却不知什么是疼。轻轻闭上眼睛,倚靠在一边,无事可想。偶尔抬头,来往的莫不过尽是些人们口中的铁包皮,以及一栋栋高楼大厦,少有那些除了人类之外的生命在这里出现,所谓生机,在这里,不过是人的气息罢了。这小小的蚂蚁在这满是人气的大街小巷里随着那辆奔走的银色跑车而奔走,它也不知道即将要前往哪里,只因一片枯黄的落叶,便定了它未来所走的路。

来时的叶,去时的路,有多少它们问过它有几分情愿?每一次的风起云散,不外乎又是一个新的起点与终点,不知尘世喧嚣繁杂,只为走出那一方阴暗潮湿的家。小小的身躯随风而去,因风而止。

如今,沐浴在这晴朗的天空下,却不知该何去何从,只似一叶扁舟随波逐流,淹没在这高楼群立的城市之中,再没有人知道它的来去。凡人眼里的普普通通的高楼大厦,在它的眼中似是崇山峻岭,形形色色的人快速地穿梭其中,来往的人流给它带来的都好似一阵轻风,将它吹起,不及指甲大小的它就此在这座城市里开始它的旅行,更贴切地来说——漂泊,漂到那一个未知的地方,却只能在那里思念家人,思念不曾有过想念的家人。

离开。就是这么简单。随叶而落,不知道下一个地方在哪里。带走的,什么都没有,除了想念。当往事如烟,回首眼前的故事,又是多少感慨。少了一个人的陪伴,多的是一份孤寂,数不清的日子里,如蚂蚁在前行,却不知道前方有什么路可以选择。似乎一切都已经被安排好了,无从选择。小小的蚂蚁依旧在前进，没有家人的路，它更加坚强地面对前路荆棘，黑色的盔甲又不知要累积多少伤痕。每一步的前进只为了，回家。

　　树欲静而风不止，想要停下的欲望不曾消失，可是一路的风景仍是齐刷刷地向后倒去，蚂蚁一步一步，从车上下来，继续在这里行走，不知不倦，一步一步……

第五个季节

余丹丹
福建师范大学文学院本科 2013 级

　　未来能开出花来还是荒凉疮痍，大概也不是多重要的事吧。我总想过好现在，只有这样，偶尔想到的以后才能有更多的基础，才能更坚实。可幻想总是应该盘旋在每个人的脑袋里，我也常希望时间多一些，好让我的梦也能久一些。

　　如果多给我一个季节，我一定好好待他。春夏秋冬似乎本来就是固定排列在一起的四个字，那我要想一个什么名字给第五个季节呢？你知道的，我对从前偏爱的春秋现在已经不冷不热、不温不火，反感大家都说有故事的夏天，尤其期待哈着气抖着牙的冬天，想着在最冷的冬天做什么事反而都是暖和的。可是我太贪心，只有一个喜欢的季节还不够，想要能有一个更好的季节陪我度过三个月。天气他自己决定，冷暖自知，我只要跟随就好。三个月，我可以披星戴月奔赴到你的身边，我可以一个人在陌生的城市打伞走路，我可以半夜不睡打开窗对整个世界喊你的名字，我可以把所有的雨滴阳光都留在眼眸里，我可以用多出来的时间来弥补过去四个季节的遗憾，还会有很多很多的时间给我用来想你们每一个人，然后再风尘仆仆地走近你，告诉你和我一起再度过一个四季轮回。总之啊，就算只是想象，还是觉得那么美好。成长的时间不够，沉淀的时间不够，好好相处的时间不够，用来回忆的时间更是太少。

　　如果多给我一个月份，我一定好好待他。第十三个月听起来有点别扭，可是我想你也和我一样想要有他。开始陪伴的十二月已经开始重复，六月那场离别真庆幸我们还是没有放弃，一起勇敢地走过来了，九月没有送别，心里满是想念。想象的十三月还没有到来,不过我还在期待。可以什么都不用带,穿好帆布鞋和我一起在大道小巷中行走,你准备好了吗?带我去看你看过的风景,向我介绍你走过的每一个地方、感受其中美好。好遗憾,不是每一步都一直一起走,可是我们分开旅行,最后也一定可以相遇在同一个目的地。到那时,每一个月都是多出来的十三月,因为我会感恩、会珍惜。十三月的天气是南国春天的细雨潮湿,还是北方冬天的萧瑟寒风呢?我一直很擅长等待啊,多等一个月我也愿意。第十三个月就停留在第五个季节里,可是我可以重复度过。

如果多给我一天,我一定好好待他。我要给你种下一大片的向日葵,在那一天播种,在那一天发芽,在那一天开成漫山遍野的金色,照亮天空,然后带你一起去看、一起去听。你能感觉得到我心里的期盼和感动吗?我想,对你的感谢、感激,用我心里全部的向日葵来表达够不够呢?如果不够,那我只能把这一天送给你,因为我的想法太少,不知道要怎么让你知道我对你的情谊。亲手折的纸花儿和一口一口咬出来的鸡蛋花,冬天生日山顶上的蛋糕,生气的关心,雨天撑着的伞,还有坚持的接送,多出来的一天来回忆一整年的美好怎么够?

如果多给我一个小时,如果多给我一分钟,如果多给我一秒钟,我一定一定都好好待他们。世界给我的只有这么多,我太想多点额外给我的时间。我还想做很多的事情,把想说的话全部写在心里,把你寄来的照片也存在心里。

可是这些终究只是想象,时间是最公平的,对每个人来说都是一样,永远都不能奢望时间对自己能宽厚些。"好时光都该被宝贝,因为有限。"有些美好在偶尔想想就够了,如果当成生活全部的寄托,最后会很失望并且落魄吧!无论是时间、身边的人,还是遇上的好好坏坏的事情,最重要的都是珍惜啊!我们都曾以为有些东西永远都不会变,所以信誓旦旦地说些不切实际的话。与其这样,还不如踏实走好当下的每一步。

第五个季节什么时候会来我不知道,不过我相信只要心存未来,未来就一定会来,而且不会辜负我们这么久的等待和期盼。

如果你也愿意,那你也来陪我,在我的第五个季节里。

归家

吴海燕
福建师范大学文学院本科 2013 级

  阴空当背景，飞鸟当道具，榕树是欣喜的陪衬，安谧让剧目开场：风不紧不慢地路过，轻轻地、轻轻地踱，却快要把树叶上的尘土拂净。这样的温柔，唤来了光阴的暖流，时光也在吹，柔柔地、柔柔地吹，将稚嫩的少年吹成清癯的老年，再吹成，黄土，慨然带走……
  将它们带去哪里？光阴说，将它们带回家。那么，哪里会是它们的家呢？
  有人说，它们的家，是天空。
  天空好远好远，上面映着，颜色的剪影。昼时，天空，透出莹润的水蓝色，还置着几朵欧根纱做的云。云儿轻飘飘的，仿佛风一吹，就会荡到你的鼻尖，让你闻闻豌豆花的味儿。若是傍晚，云儿的绵软里淌着几分嫣然。它们依旧温和，任凭夕阳一抹抹的丹蔻浸透脉络，现出娇艳绚烂的美态。
  太阳很安然地歇息了，天空为了不落寞，绣了大片的黑蕾丝，覆在身上。它还从遥远的宇宙牵来一盏又一盏的星光陪伴。星星是夜空永恒的焦点，在黑暗里，天空靠它来表露心迹。那象牙色的光芒，温润着四季的每一个细胞，让宇宙的尘埃，温暖的交融。它还会偷偷亲吻篱笆边上的龙眼树，龙眼果上那一层薄似蝉翼的光泽，是最浪漫的应和……
  时光穿行，月光在墙隅悄然离去，星光变淡了，天际正微微泛白。一天伊始，朝阳披上殷红的铠甲，喷薄出东方的气势。天空慢慢踱到淡蓝色，一场绝美的泼墨，再次落笔……

天空会是魂灵的家,让他们拥有云样的绵长和星般的光芒。若幻成云,他们便能再次享受人间的季节,春雨秋风,静默相随。他们也可以和天空一同步上一场人生的轨迹,纯洁稚嫩的白色少年,蓬勃炽热的金色中年,再到温暖柔和的橘色老年。化成云朵的人,定是睿智的,看淡一场轮回,在黑夜和白天交替的瞬间,醒来,微笑地,再赏一遍自己的生命线。化成星星,未尝不可,手心里攥着可以穿越亿万光年的光芒,放在地球上,用它来寻找亲人。有时寻到,欢喜闪耀;有时寻觅未果,静静隐去。欢喜也罢,失落也好。下一个夜空,仍纷至沓来。它们多情,让整个世界黯然失色;它们更懂,能在痛苦和幸福之间自由回旋的,唯有爱。

天空,温馨如家,是魂灵最美的选择、最好的归宿。尽管离去,但可以拥有另一种生命的形式,永不离开。天空,是地上的人儿寄托想念的牧野,他们知道每朵云为何飘荡、每颗星为何闪耀。

抬头仰望,你在企盼哪一片云、哪一颗星?

凄凄离别时

吴育莹
福建师范大学文学院本科 2013 级

我本就是一个极端感性的人，虽说是二十出头，却还没有成人的稳重和独立，对于家更是发觉越长大越有一份难舍难分的情怀。母亲常常笑我："姑娘长大了要嫁人，怎么还黏黏糊糊要被人家笑话的！"每每此时，我总是咬唇尖声回应："无论怎样我都是要回来的！"是啊，无论怎样我都是要回来的。

归家前的日子，每天都在备考、崩溃、考试，周而复始。日子虽不闲，倒也落个忙忙碌碌、不会胡思乱想的好处罢。偶得家人的一通电话是真好的，平静地听着那一头的话语，便是有千万种愁绪，也会被这柔情的问候抹去，似有将骨子里被折腾得够呛的苦闷泡酥之感。

光阴不疾不徐，似乎漫长又似乎短暂，张目凝眸，日子倏然已过。

母亲近来积劳成疾，却不肯去大医院就诊，只是抓了简单的药吃着。我印象中，母亲一直勇敢坚强，对家对我们，她有太多牵挂，若说她是最伟大的母亲，确是一点都不夸大。于是，她活了快大半辈子，外面的世界都还不曾去好好欣赏过。我刚上大学，也是第一次离家之时。伯伯说母亲太舍得了，送我来学校后转身离开竟没有落一滴眼泪。他不懂，我的母亲，她内心的波涛汹涌、万种柔情都不愿与他人说，只留给了浸湿的枕被。

父亲的电话从来是不会少的，却也是通话时长最短的。父亲在外，忙碌中总有憔悴的味道。我和父亲话语不多，却也不是彼此隔阂。在假前的这些日子里，突然得知父亲工作上的不如意，他常喝酒浇愁。那一次通话，父亲借着酒劲说了最长的"情话",我这一头,竟无语凝噎。父亲说:"你知道吗?你是我的骄傲啊!"我是知道的,若是在平常,父亲断不会说出这样的话,以为平日短暂的话语牵不出多么浓烈的情感,却在这一刻,被填得满溢。很多事情你可能好像知道,你也可能好像不知道。不要急,更不要误会,总会知道的。正如我和我的父亲。

时光是一部切割机,会把所有的日子都切割成碎片,幸福与痛苦、失望与希望、坎坷与无奈,漫过岁月的流沙。我在这里,忙忙碌碌。母亲在那里,忙忙碌碌。父亲在最北方,忙忙碌碌。不管你是否心甘情愿,有时候阳光很好,有时候阳光很暗,这就是生活。

正月是这一年里最挂心日子,也几乎算是唯一可以享有"用素雅的陶瓷茶具,同二三人痛饮,得半日之闲,可抵十年尘梦"机会的日子。但随着年味渐渐淡去,又是该启程之时。还没有说一声离别的话语,母亲的泪已经沾湿了这一条长长的离别路。今昔,往昔,一曲霓裳羽衣舞;魂兮,梦兮,几时明月共婵娟。

从小就吵着要赶紧离开的家,却在岁月的洗礼中成为我难以割舍的一部分。思念如果有声音,只怕现在早已经震耳欲聋。

命运之锁的真相

许秀婷

福建师范大学文学院本科 2012 级

这一把锁有个华丽的名字，叫命运齿轮。

可惜它的形状并不是齿轮状，而是两片银色的金属拧合在一起。当然一开始我被挂上这条链子的时候，没错，这么酷炫的锁自带细链子，大概像条淘宝项链，我并不知道它的尊名，也不知道它的意义，直到现在。

望着眼前高达十米的巨大屏幕，我也是惊呆了。

没有给我掉下巴的时间，屏幕由黑色开始出现图案，就是那锁的放大版。全方位旋转的影像和打进我脑子的字幕，没错，屏幕上并没有字，但是脑子里就是声色结合地知道了它正在解说这把锁。嘟嘟嘟，是字幕打下的声音，当然脑子里也有文字或者说就是有声语言文字，只是不如嘟嘟嘟突兀罢了。低头看下胸前，锁现在不在我身上了。

屏幕上的大锁由起初的旋转终于开始有了变化，没错，确实有锁被打开的感觉。如同见鬼的我从来没有想到转动这把锁，也许因为这不是我的任务。大屏幕，让我们叫它大电影吧，大电影上的金属片一开一合，然后卡在一个位置，又一开一合，卡在一个位置，如此循环。

解说说道，这把锁的降临代表混世开启了恒世。

但是它一开始的意义就像它本身交叉的形状那样,是改变两条线的命运,让它们从 X 的发射端走向交集,也就是我一开始的任务:让那两个孩子认识。

忘了说,大电影的 3D 实感超强,接下来的金属阵更淋漓尽致地体现了这一点。刚开始落下一根竖直居中的暗铜色方体金属条,形成时间轴的核心,陆续的几根长短不一的横条砰砰砰地相继落下,形成分支。当然这一切只要几秒钟的时间,只是我希望更详细地介绍给诸位看官。解说当然也在不差分毫地进行,我也已经习惯了它的进行方式。

前面的一段无规律的刻度,毫无疑问代表了混世的过去。

恒世的刻度开始于命运齿轮出现的地方(别忘了这是那锁华丽的名字),当然即使命运齿轮现在在金属阵旁边稍显渺小,但是它散发的微光让我像信徒一样愈发相信它的力量。

我出现在恒世开端某个不精准的时间点,让那两个孩子相遇。

这是我随着解说回忆起的对应的内容。至于我现在身处的时空,再说吧,姑且将电影继续看完。

一个人出现在诡异的时空,却带着明确的任务,当然也努力进行着,所以我一直是任务的优秀执行者啊。可是随着那两个孩子的交集、长大,我在他们脸上看到了异样的笑容。

不知不觉又陷入了回忆。随着命运齿轮的开合,现在已经是完全吻合的 X 型阶段了。接下来竟是不愿面对的那些事情的真相。

一切都是命运,陌生、走近、交集、分崩、毁灭。

因为命运齿轮如此转动,他们两人是世界的拯救者,也是毁灭者。

而我,一直是无能为力的旁观者。

命运齿轮完全打开,时间刻度也悲凉得像毫米刻度那样变短、变密。

好在中轴线还在继续向下,缓慢地,向下,命运齿轮也在继续转动。渐渐地到了卡住的那个位置,解说显示这是恒世漫长的、无望的冰期。

一切还在继续,但是我已经没有了初次降临这里的兴奋与震撼,莫名的悲伤一阵阵袭来。

一切还在循环。

大概是眼泪要流到梦外的时候又如醒来般切换了时空,可是身上的我熟悉的连衣睡裙嘲笑我真的是醒来的样子。

梦中的我有梦中的梦。

还好身边有一件墨绿的英伦大风衣,我迅速站起来,风一样地穿上了不知道是谁的风衣。抬眼才注意这视线的高度俨然也是十米开外!再仔细一看,不就是我们学校的豪华国际会议大楼吗?作为一个高考失利后被家长巧妙安排到此的我,只是一个与这个学校格格不入的普通大学生,平时更不会来这种地方。但是心中的好奇还是驱使着我厚着脸皮继续张望:一楼楼下是个咨询台,往上看是向两边延伸着楼梯的走廊,更高就是大片的玻璃幕墙,在室内安装玻璃幕墙也是够了,但绝对难以形成纯黑。

我往上走走看看,楼梯却陆续有了人下来,似乎是开完会了。"what a lovely girl."一个热情的外国姐姐向我说道。我匆忙地回了几句,突然看到一个可爱的身影,赶紧告别走向我们广协会长。

"太好了,会长你在这啊。"

会长拿着文件,扫了我一眼,用浓重的晋江口音回我:"是啊,刚开完会,你怎么也来了?"

"这,先不说这,你们刚刚有没有看到这里在放大电影啊,超大的。"

"有的话,我嘛,是想看。不开玩笑,没急事我得先走了。"

"嗯,你去吧。"

我怔怔地也是往外走去。

我知道那不仅仅是梦、幻觉,而是这世间流传着的那几个古老故事的深层关联。至少非常可能吧,我大概得回去把图书馆那几本没人看的破书再看几遍,也许这是我在这个时空的任务吧。

外面有一群玩耍的男生,我也没注意他们在干吗,只是好像传来了几个声音。

"是她,你还不快去追。"

但是！一是我此时脑子里都在想着翻书、做记录的事情；二是我一身睡衣加风衣，虽然在大学里 OK，没有异样，但是我自己不能接受啊！

于是头也不回地大步向前。

命运的齿轮从未停止转动。

你不知道的后来

段雪寒
福建师范大学文学院本科 2013 级

  刚来的时候,你小心翼翼,什么都舍不得扔,心里满满地填着这些杂七杂八,琢磨着以后都还可以留个纪念。等到真正离开,你也可能连句废话都不想多说,而多带走一样东西,都觉得成了累赘。

  那么经典的一句话,时间可以改变一切。好像的确就是这么回事,期盼总是特别美好。门没有打开的那一刻,你拥有无限想象的权利,门的那边也许就是你想要的,山的那边也或许就是大海无垠,才七八岁的你成长到二十岁又是什么模样?岁月在冷笑,你渐渐变成微醺的姿态,没有什么好着急的,无论生死,你都有到二十岁的那天,知道答案是迟早的事。大概每个人都有对成长的渴望,也是后来我们才领教到时间的残忍。

  后来才发现,原来也是不过如此,这里的空气并没有比那里的新鲜。而你有了些细数以往的资本,你仍然在憧憬着未来,只是不敢再奢望未来。你要知道这条路这么长,怎么能够事先预估它的模样?谁没有个意气风发的时候呢?谁没有过远走他乡的冲动呢?新鲜的人,新鲜的事,故事又有了新的开始。希望、失望、失望、希望,总是此起彼伏、循环反复。日子啊日子,像那长江水,东流不复回。本想满心欢喜讲段小城故事,却无人静心而听。可日子总不算太坏的,起码不会一直坏。憧憬还是要有的,幻想也要捎上一点。尤其不能弄丢了最初的少女心。很美很美的东西也许在半路被我们不小心弄丢了,有一天不知道是谁送了你几张照片,你欣喜若狂,原来是你的家乡。你生长的地方,却从未发现它这般的模样,因此你怔怔地看了好久。这时候可能你会想上好一会儿了,那年你还是个小姑娘,你依山傍水而长,抬头便是蓝天,低头便是清泉。那时候的老房子还长着你喜欢的模样,你的个头还不高,一排排地望过去,高高低低的小平房显得很老实,这种一览无余的感觉也很踏实。你也许从小就喜欢夏天,抓蝉爬树是你专属的快乐,也是你以后再没有兴趣做的事。你曾有过最灿烂的笑容,也曾真正留下几行伤心泪。这样的生活才叫刻骨铭心,才是真实。

当然你不可能回到过去,往前走是我们每个人的使命。东走走,西瞧瞧。走南闯北的人生也算潇洒快活。有时候你也会感慨这世界的神奇,一座川流不息的城市居然承载着那么多故事。那些事到底发生在夏天还是冬天,大概没有人记得,带着这一个一个的故事,你也还得一直走下去。有时候你得明白,必须一口吞掉这眼前的孤独。城市的喧嚣和霓虹灯只是为过客做伴。有时候你得清楚,你的独一无二并不特别。万万千千的人中,也不过小小人影而已。看得太重或太轻都太傻气,不过这些也要到后来才会明白。

只是后来的事情我们没人说得清,也真的不知道它要怎样。渐渐褪去最初的那种惶恐,你懂得了苦中作乐,也开始享受一个人的生活。那种踏实的感觉又渐渐回来了,你逐渐清楚什么才是你想要的。逐渐地,你也有了许多新的爱好,开始了一些你从来没有付诸实践的想法。如果偶尔碰到天很蓝,花上个半天一天,拿部相机到处乱跑,也许根本不为什么,图个心情,品味生活。突然哪一天,你觉得时机不错:背上大背包又开始了新的探索。你可能会感慨一下,当个背包客也还真的不错,世界的风景那么多,能看一点是一点;未来的路还那么长,能走一步是一步。不再人云亦云,不再匆匆忙忙。你做了很多旁人看来的傻事,但是这次你却没有动摇,你坚守住了自己的内心并且变得不慌不忙。既然道路那么多,当然要选择自己喜欢的;既然是自己选择的,当然也要拿得起、输得起,横竖爬都要爬过去。事物的改变总是会到一种令人惊异的程度,每一种抉择都是在冒险,而成长的是你,学会道理的也是你。那种不再轻易失落的感觉,那份来之不易的娴静沉稳,是这漫漫时空、浩浩岁月的磨炼。

而后来的后来,你还是不太清楚,却能满心欢喜地启程。你带不走一座城,但你可以带走一座城的记忆。